万丈星光

上册

锦凰 著

重庆出版集团 重庆出版社

图书在版编目(CIP)数据

万丈星光 / 锦凰著. 一重庆：重庆出版社, 2021.3
ISBN 978-7-229-15270-3

Ⅰ.①万… Ⅱ.①锦… Ⅲ.①长篇小说—中国—当代 Ⅳ.①I247.5

中国版本图书馆CIP数据核字(2020)第180628号

万丈星光
WANZHANG XINGGUANG
锦 凰 著

责任编辑：李 雯
责任校对：刘 艳
装帧设计：意书坊

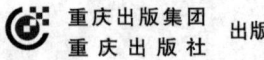
出版

重庆市南岸区南滨路162号1幢　邮政编码：400061　http://www.cqph.com
重庆出版社艺术设计有限公司制版
重庆一诺印务有限公司印刷
重庆出版集团图书发行有限公司发行
E-MAIL:fxchu@cqph.com　邮购电话：023-61520646
全国新华书店经销

开本：890mm×1240mm　1/32　印张：17.25　字数：700千
2021年3月第1版　2021年3月第1次印刷
ISBN 978-7-229-15270-3
定价：69.80元

如有印装质量问题，请向本集团图书发行有限公司调换：023-61520678

版权所有　侵权必究

目录

第1章
云想衣裳花想容　　/001

第2章
想做真正的演员　　/023

第3章
初露锋芒华光绽　　/040

第4章
一眼万年的初遇　　/068

第5章
以学霸的姿态爆红　　/093

第6章
扬帆起航新征程　　/121

第 7 章
他叫宋冕你的孟买　　/141

第 8 章
云想想的偶像论　　/175

第 9 章
你喜欢我吗？　　/197

第 10 章
你好,宋先生　　/210

第 11 章
东方天使的美称　　/225

第 12 章
她有她的骄傲　　/246

第 13 章
一直等待你出现　　/280

第 14 章
她认真而又刻苦　　/ 299

第 15 章
爱情最美的样子　　/ 328

第 16 章
她是个幸运女神　　/ 344

第 17 章
思念的滋味　　/ 361

第 18 章
让狗粮飞起来　　/ 375

第 19 章
初入国际市场　　/ 391

第 20 章
善良却有锋芒　　/ 424

第21章
扩展领域新合作 /456

第22章
平地起风波 /468

第23章
做演员不易 /495

第24章
与宋先生的甜蜜 /503

第25章
娱乐圈中的故事 /509

第26章
被爸妈戳破恋情 /518

第27章
双料影后 /533

第1章　云想衣裳花想容

【露华浓V：余生有你，真好。（出示结婚证）】
【若非群V：一起走下去@露华浓V：余生有你，真好。（出示结婚证）】
【寰娱世纪V：祝永浴爱河@露华浓@若非群】

三条微博间隔不到两分钟，当红花旦露华浓与人气天王若非群喜结连理的消息引爆娱乐圈，和引领舆论逼迫经纪公司妥协的其他人不同，人家是经过经纪公司官方微博盖章的。

花想容不用再往下看就知道下方必然是一片祝福声，毕竟两个当事人，女的二十八岁，男的已到而立之年，这个年纪已经不小，粉丝已经开始为偶像的感情生活着急。更何况两人疑似恋爱的新闻也闹了三个月，算是打了预防针，且已经领证，不祝福也不行。

"你输了。"病房的门被推开，文澜面无表情地站在花想容的病床前。

小西装、白衬衣、包臀裙、不透色的丝袜和五寸高跟鞋——标准的职场女精英装扮，显得她刻板而又严肃。

花想容却笑得随意，将手上的平板电脑扔到一边，双手交叠在脑后，身体往后一靠："嗯，我输了。"

"这是公司对你的安排。"文澜将夹在腋下的文件递给花想容。

花想容并没有接，而是轻轻摇了摇头："澜姐，我和公司的合约还有一个月就到期了。"

她今年也三十岁了，从二十岁进入公司，签下整整十年合约，这十年她在这个圈子，虽然没有登顶，却也享受了无数的赞誉、鲜花、掌声。十年的光阴，她从十八线到如今一线，虽不算传奇，但比之许多人已经很幸运了。

"你要解约？"文澜很少有表情的脸微微变了色，"我从来不觉得你是个为了男人要死要活的懦弱女人，更不是个输不起的女人。"

娱乐圈的花想容，长得漂亮，性格爽朗，绝不是拿得起放不下的人，更何况就算别人不知道，身为花想容和露华浓经纪人的文澜，如何会看不清，若非群心里到底装着谁呢。

整个经纪公司大部分人都以为花想容和露华浓这场争斗落败的是花想容，露华浓不但得到了男神青睐，还成功地在地位上将花想容踩了下去。

可事实呢？

"澜姐，我累了，老了。这个圈子应该属于新人，那些鲜活的青春姑

001

娘。"花想容轻轻一笑。

文澜一怔,看着还有一个月才满三十的花想容。三十岁哪里老?以她现如今的地位,还能再当红至少十年!

不过认真打量花想容,她脸上虽然没有什么颓废之色,却很是憔悴,气色虽然还不错,可消瘦得很快,以往那个艳丽充满生气的花想容已经不在,变得柔弱娇媚。

美人就是美人,重病也美得让人怜惜。

"你是要……退圈?"文澜被花想容语气里的疲态惊到。

倦怠地闭上眼,花想容轻轻地点了点头。

病房的气氛有一瞬间很压抑,文澜看着脸色苍白、神色疲惫的花想容,想到十年前,她刚刚看到她的时候,她那样倔强不屈。一晃她们都长大了,自己从寂寂无闻到寰娱世纪的金牌经纪人,她手下四个姑娘,有两个成为了寰娱世纪的当家花旦。

她还浑身充满干劲,野心勃勃地想要成为寰娱世纪的钻石级经纪人,而最被她看好的人却已经不想再往前。

只是站了会儿,文澜转身离开,没有人比她更了解花想容的性格,她既然决定了,那就是谁都不能改变。如果她只是对公司不满,想要解约跳槽,那还好解决。可她要退出娱乐圈,就不是自己能够劝说和做主的。

她已经无所畏惧……

寰娱世纪董事长的特助亲自给花想容打电话,并且跑了三趟医院,费尽唇舌也没有改变花想容的想法,总经理也亲自来了一趟,最后董事长亲自打电话。

对于别人,花想容可以态度强硬,但对于董事长贺震,花想容还是选择了据实以告:"董事长,我得了胃癌,晚期,不想浪费时间和金钱垂死挣扎。"

经历了大风大浪的贺震听了之后都顿了顿,许久才叹息一声:"可惜……"

可惜了,花想容不是最听话的艺人,但却是最省心的艺人,她做什么都能自己兜回来,从来不会让公司擦屁股和难堪,包括这次"两女争夫"的事情。

她也是寰娱世纪最看好的人……

"不可惜,人都有这一遭。"花想容语气轻松,"董事长,这十年我从来没有给公司惹麻烦,也许我要任性一次了,还请您见谅。"

对于这样一个人,贺震还有什么不能包容:"好。"

贺震很大方，当日下午就让律师和特助包括文澜一块来到医院，虽然还有一个月，他做了个顺水人情，提前解约，没有任何一方违约，并且给了花想容很多利益。

花想容也大方地收下，全部折合成了现金，转头联系了可信的律师朋友，让他们处理，在她去世之后，把这笔钱全部捐出去，亲自监督确定每一分都用在需要帮助的人身上。

她是孤儿，无亲无故，十年演艺圈，她身价不菲，贺震又大方，这一笔是惊天数字。

流程很快走完，就在网上一片对露华浓与若非群祝福的时候，当天下午寰娱世纪官微又更新了微博。

【寰娱世纪V：望珍重，这里永远是你的家。@花想容】

因为官方公布若非群和露华浓结婚喜讯，此时寰娱世纪的官微关注度很高。这一条消息一瞬间把上午还在热热闹闹的两家粉丝砸蒙了，大家都不太明白这是什么意思，还在暗自揣测。

【天上有猪在飞V：花想容这是把怒气撒在经纪公司，怒而解约？？？】

【妞妞不是牛牛V：是我，我也解约，多尴尬啊~~~~】

【抱走华浓：输不起，输不起……】

【我是一颗小露珠：你这么能，你咋不去跳楼？呵呵……】

底下一片议论，尤以露华浓的粉丝最激烈，就在这个时候已经三个月没有更新微博的花想容发了最后一条微博。

【花想容V：废话不多说，以后查无此人。】

花想容的微博一出，整个娱乐圈哗然。

比之露华浓和若非群的婚讯更令人震惊，因为她的语气很明显不是解约，而是要退圈啊！

花想容是谁，是当下最红影视明星之一，她还没有三十岁，事业和年龄都在如日中天的时候。她很少有绯闻，在电影圈没有什么水花，可在电视圈可以说是收视率的保证。出道十年，没有一部雷剧，有些作品就算收视率不高，但从来没人质疑她演技，代表作也有五六部。

媒体立刻打电话，但不论是花想容还是花想容的助理电话都已经注销成为了空号，经纪人文澜和寰娱世纪都已经统一口径，承认了花想容因为身体原因永久退出娱乐圈，其他的却一个字不透露。

花想容捂得死死的胃癌晚期，除了花想容和她最信任的助理，现在也只有贺震和文澜两个人知道。贺震和文澜都不想她再被打扰，医院那边早就打过招呼，并且知道花想容病情的医院人员都很同情花想容。

但媒体都是无孔不入的人，他们还是千方百计地找到了花想容入住的医院，只可惜花想容早已经料到这个结果，在他们到来之前办了出院手续，医院对于花想容的病情一概不提。

花想容就像真的人间蒸发一样，她的微博号也一夜之间注销，所有平台的官方号也陆陆续续地消失，她亲自和后援会的会长聊过天之后，粉丝团哭得死去活来，却只能伤心地按着她的遗愿来处理。

就在大家都以为花想容的粉丝一定会去手撕若非群和露华浓，两家的粉丝都做好了战斗准备的时候，花想容的粉丝很安静，安静得让人觉得不可思议，后援团发了最后一条微博。

【花想容粉丝后援团V：爱她，就让她身披霞光地来，洗尽铅华地离开。我们只认安安静静的芙蓉是我们的粉丝，谁撕、谁骂、谁闹，请自动脱粉，我们不认领，谢谢！】

微博先被花想容的大粉们默默转发，而后是被花想容交好的圈里人默默转发，不知为何就形成了一个格式，所有人不管是不是花想容的粉丝都只转发点赞不评论，这条微博创造了转发之最！

因为大家都隐隐猜到花想容这次退圈不像是闹脾气，不像是输不起，否则以她的人气大不了就离开寰娱世纪，多的是传媒公司抢着要她，大家心里都隐隐有个不敢宣之于口的猜测。

早上还喜气洋洋的气氛，一下子变得很沉默。

除了露华浓和若非群的粉丝还在爱豆的微博下祝福和小范围地转发以外，这条喜讯被花想容的退圈压下去了。

所有人的心都猫抓一般想知道花想容退圈的原因，但就像花想容说的那样，花想容似乎早有预谋做个隐形人，她清空了所有联系方式，好像真的查无此人。

但有一个人还是联系得上她。

她有四个手机号，其中一个是她和若非群相恋之后单独留下的，用的还不是她的身份证注册，这个手机号还做过特殊处理，不可能出现误入，除了她只有一个人知道号码。

当手机铃声响起来之后，站在落地窗前的花想容没有犹豫就接通。

电话那头却是无尽的沉默。

还是花想容先开口："给你五分钟时间，有话快说，五分钟之后这个手机号也会作废。"

"容容，你到底怎么了？"那头急切、焦虑而又忐忑地问，声音不似以往清朗，反而很沙哑。

"我很好，我退圈和你们俩没有任何关系。"花想容平静地说道，"还没来得及祝福你们，新婚快乐。"

若非群又是沉默，他的呼吸很乱，应该在一个很安静的地方，花想容听得很清楚，他很压抑甚至很痛苦。

抬起手看着腕上的表，花想容也没有说话，直到五分钟快到了："你还有三十秒。"

"容容……对不起……"隐忍而又颤抖的声音轻弱地传来。

时间一到，花想容立刻挂断了电话，然后关机拔出电话卡，电话扔到垃圾桶，电话卡丢入马桶，被水冲走了。

她不需要对不起，对不起她的人，她都会亲自报复回去。

若非群，那个这辈子她唯一动过心的男人，她爱他干净清朗的声线，爱他为人正直不被浮华圈熏染，爱他的有责任有担当，爱他的温柔亲和。

大概她们这个圈子里，所有苦苦挣扎过后的女人都会爱上那么一个阳光般温暖的男人。

她是，露华浓也是。

从他们三个崭露头角，因为他们三人的名字恰好出自同一首诗，就像宿命一样开始纠缠。露华浓和若非群是天之骄子，他们俩都是帝都影视大学毕业，而她是野路子，是被星探挖掘，她和露华浓又是同一个公司，抢名声，抢地位，抢资源，抢男人，抢了十年。

她知道若非群真心爱她，但若非群不信她。

她不止一次告诉若非群，露华浓对他有非分之想，让他远离。

他总是觉得她是因为和露华浓有意气之争才存在偏见，为了这件事他们闹了很多次，她一次次失望，直到被查出胃癌晚期之后绝望。

她不再吵闹，甚至在知道露华浓故意搞出一个恋情麻痹若非群，企图接近若非群之后，她还推波助澜了一把。

既然你这么相信她，我就让你看清楚，反正我也不想要你了。

可谁也没有想到，也许他们俩是天定姻缘，她和若非群不是柏拉图式的恋爱，五年虽然聚少离多，但却一直没有怀孕。而露华浓和若非群就这么春风一度，便珠胎暗结。

若非群啊，他是个负责温柔的男人，有了孩子他已经没有退路，哪怕他看清了露华浓，他也狠不下心让露华浓堕胎。

那就让他们俩好好相亲相爱吧，不过她花想容可不是这么好招惹的人。

抢个头条，破坏他们公布喜讯的气氛不过是个开始。

她会让他们俩知道，活着才是一件痛苦的事。

露华浓已经怀孕，考虑到若非群半年前还是她花想容的男友，露华浓自然不想外界批评她是靠手段，奉子成婚，以此来要挟若非群，更不想被若非群的粉丝恨，因此他们的婚礼从简。

就在公布婚讯的一个月后，选择在国内举办中式婚礼，刷了一波好感。

也许是补偿之前她退圈风波给露华浓造成的影响，寰娱世纪倒是很卖力地宣传。若非群所在的公司也是大力支持，一时间各大媒体都是祝福报道。

都已经结婚了，粉丝也好，路人也罢，也都给了祝福。尽管之前有着两女争夫的丑闻，可根据露华浓的粉丝罗列的时间线，露华浓和若非群是在若非群与花想容分手后三个月才好上的，也不算插足和小三，若非群承担了所有的责任，毕竟他五年深爱抵不住三个月，转头就和露华浓好上了。

可这一波谴责也立不住脚，也没有规定谁分手了就要伤心欲绝，三年五载走不出情伤。况且感情这种事，爱上就是一瞬间的事情。花想容由始至终没有指责过露华浓是小三，那么其他人的言论也就兴不起水花。

今天露华浓心里一定很得意高兴是吧？

花想容被公司压着，不能毁了露华浓，出面指责她是小三，她一定偷着乐。

露华浓一定在想自己是个胜利者，她花想容是彻头彻尾的失败者。

呵呵呵……

怎么办，她是个不喜欢别人把欢乐建立在自己痛苦之上的女人。

还是个小心眼，爱记仇的女人。

站在天台之上，一袭白裙的花想容拿着手机，看着对面世纪大厦电视墙同步播放的婚礼视频，真是舍得这波广告费呢。

风吹乱了花想容的发丝，她眯了眯眼，看着阴沉沉的天空，脸上的笑容却格外甜美，她拨通了电话，电话那头响起了文澜的声音。

同样是露华浓的经纪人，文澜不可能不参加婚礼，就算她不想去，公司也要她去。公司已经失去了一个花想容，在没有人爬到这个位置之前，自然要重培养露华浓，容不得她身上有丝毫污点。

"想容，你找我什么事？"知道花想容的身体状况，文澜十年来第一次这么温柔，不过显然她不适合温柔，让花想容听着一阵别扭。

"澜姐，你这样，我害怕。"语气愉快地和文澜打趣，她一步步地走到顶楼的边缘，"澜姐，你把电话给露华浓，我们姐妹这么多年，她今天结婚，我不能现场祝福，也不想送礼，怎么着也得亲自祝贺几句。"

"你……"文澜比谁都知道花想容的毒，想到今天是露华浓的婚礼，但

万/丈/星/光

006

又想到花想容的遭遇,她到底是偏了心,把手机给了露华浓。

正在化妆的露华浓疑惑地看着递来手机的文澜,在听到是花想容之后,她迟疑地拿过来。

"露华浓,今天结婚,高不高兴?你倒贴苦追了七年的男人,终于成为你的囊中物,又难得打败我一次,是不是扬眉吐气,晚上做梦都会笑醒呢?"完全没有给露华浓开口的机会,花想容说得不是特别快,但也没有停顿,"如果我告诉你两个月前,是我帮你支开了若非群的助理,是我故意和若非群闹了一通,让他借酒消愁,喝得烂醉如泥,才给了你上他的机会,你是不是应该感激我?"

"花想容——"花想容的话让露华浓不顾场合地高喝了一声,身边所有人都停下来。她才反应过来,立刻去阳台,"你想说什么?说若非群是你不要的男人吗!"

"不,是我玩腻了的男人,毕竟我睡了五年。"花想容露出邪恶的笑容,"实话告诉你,他跟我在一起的时候还是个处,我可是辛辛苦苦地替你调教了五年,以后你们每晚做的时候,你都要记得感谢我,我把他调教得这么有技术,没有我浇灌,你哪能这么舒服?"

露华浓气得脸都扭曲了,抬起手就要砸电话,到底想到这是文澜的手机,她忍住了。

"不过,这不是我送给你的最大的新婚礼物,我还有一重大礼送给你和若非群,很快你们就会收到哦,如果你心脏不好,记得提前准备好药,我怕你太激动。"说到最后,花想容笑出了声,她那畅快肆意的笑声充满了恶意,"再见,我的好姐妹。"

花想容说完,并没有挂机,而是将手机随手一抛,手机从高高的楼层跌落。

旋即,在胃一阵阵抽痛之中,花想容也闭上眼睛,如展翅的蝴蝶从高楼一跃而下。

第一次她觉得剧烈的胃痛竟然带来一种被凌虐的畅快,她终于不需要再忍受病痛的折磨。

从她放弃治疗的那一瞬间,她就打算自我了断,与其耗费大量的金钱和时间去折磨自己,不如把那些钱留给愿意和病魔抗争的人。

她不想活,并不是因为若非群和露华浓,而是她那么爱美,她无法接受自己一天天地枯萎。

本来她是打算安乐死,可若非群到底背叛了她。

那天她并没有让人把若非群灌得不省人事,真正醉得一塌糊涂的男人是硬不起来的。可他还是没有抵得住露华浓的诱惑。

也许那一日，他只是想要发泄，想要和她赌气。也许是露华浓那么痴心爱他整整七年，他终于觉得和露华浓在一起，比和她在一起更加轻松，所以他选择接受露华浓。

可他如果打个电话和她说一声，他们完了，分手了，挂了电话就和露华浓滚床单，她都不会恨他。

他和露华浓睡的时候，他们并没有分手，她的眼里揉不得沙子！

曾经她傻傻地还想为他努力一把，把身体养好，可现在她倦了累了，她要把她的美定格。

选择这样丑的死法，只不过是想尝尝飞翔的滋味，那种挣脱灵魂束缚的自由，自从进入这个圈子，爬得越来越高，她就越来越渴求。

反正这么血腥的画面也不会传出去，她在大众心里依然是美的就行。

若非群，露华浓，希望你们喜欢我的贺礼！

"不要——"

云想想高呼着惊醒，在黑暗中认清自己的房间，才意识到自己又做这个噩梦了。

翻开手机，热门的话题霸占各种新闻推送。

#若露大婚，旧爱跳楼自杀#

#露华浓结婚致电花想容，疑似逼死花想容#

#花想容选择若露大婚跳楼，致命的报复#

她不明白自己为什么会做这个梦，宛如身临其境，能够看到当时发生的一切一样。

她只是一个十六岁的高中生，和花想容这个当红影视剧明星如果非要说有什么交集，除了看过她两部电视剧之外，就是三个月前……

她因为压力大，日夜紧绷学习，成绩不进反退而在课堂上被老师批评，夜里睡不好，精神恍惚，不慎服用过量安眠药。

因为药量超标而被送到医院去洗胃，她所在的市只是一个四线城市，谁也想不到失踪许久的花想容竟然也在这家医院。

医院的院长和花想容是好友，花想容不住在病房，而是住在顶层的院长休息室改造出来的病房。

整个医院可能除了院长，没有人知道花想容的存在，云想想遇到她是个巧合。

她被父母追问服安眠药的缘由，却不能说她学习压力太大，因为她从小习惯了赞扬，一时间无法接受这一点挫折，害怕看到疼爱她的父母眼里流露出自责或者失望。

她也不知道顶层是医护人员的休息区,她到了顶层,找到了一个天台,正好看到一个身着白色纱裙,身姿妙曼的女人,慵懒地坐在靠背椅上。

她抱着一只雪白的猫,白皙得有些不健康的手顺着猫毛,脚边还趴着一只黑色的猫。

察觉到有外人,她转过头来,半边脸,眼眸流转,自是一番风情。

云想想不追星,但她有个追星的闺密,正好是花想容的粉丝,所以哪怕她对影视明星不上心,也认得花想容。

素颜的花想容唇苍白没有血色,见到云想想第一眼就惊艳无比:"你是我见过最漂亮的少女。"

能够让以美貌在娱乐圈占据一席之地的花想容赞叹,云想想的容貌之绝色毋庸置疑。

尽管她才十六岁,脸上带着婴儿肥,可容颜足够令人惊艳,从小到大她走到哪儿都是百分之九十的回头率。

曾经不少人请她做模特拍广告。

最美好的年华,嫩得掐得出水,她的眼瞳是琥珀色,迷幻剔透似乎揉碎着无数的星光。这张脸不是柔弱,不是冷淡,不是艳丽,不是妩媚,而是一种无法形容、震撼人心的美。

大抵是对美的包容和喜爱,花想容并没有赶她走,而是请了她过去,一起聊天。

花想容问她为什么会住院。

那些对父母难以启齿的实话,对着这个第一次见面的女人,云想想鬼使神差说了出来,也许是知道以后两个人可能没有交集,她变得大胆而坦诚,倾诉完,心里的郁气就散了。

花想容只是静静地听,直到她离开都没有再说一句话。云想想没有想到,第二天花想容还派人来请她。

这一次全部是花想容在说,云想想在听。

她说她得了胃癌好多年,一直在努力,想要活得更久,但是疼痛日益加剧,已经到了她无法承受的地步。

她说生命只有一次,不到万不得已,绝不轻言放弃。

她说她是孤儿,她希望这世界能够少一些被遗弃的孩子。

她说了很多很多……

云想想不知道为什么,听着她的话,明明每一个字都和自己无关,心境却悄然在发生变化。

和十六岁之前没有尝过冰淇淋是什么味道，十八岁之前没有穿过过年新衣裳，活到现在三十岁都没有一个人真正对她嘘寒问暖的花想容对比，自己好像就是福窝里长大的孩子。

她的爸爸是高级人民教师，妈妈曾经是舞蹈老师，后来辞职专心照顾她和弟弟云霖。

父母从来不重男轻女，她和弟弟相差六岁，弟弟懂事听话，有什么好东西都要留着和她一起分享……

"当你觉得世道不公，当你觉得活得痛苦压抑，当你觉得生活压力让你窒息的时候……不妨去看看这世界成千上万比你更痛苦更有压力的人，那时候你会觉得，其实你很幸福。"

这是云想想出院之前，花想容对她说的最后一句话。

她总觉得这句话打开了她世界里一扇紧闭的窗户，一缕缕光渗透进来。

之后花想容办了出院手续。花想容却没有搬离这里，周末会接云想想去自己住的地方玩。云想想特别乐意。

很多人说花想容是个连初中都没有毕业的人，没有文化和内涵，但是她的屋子里有很多书，都有翻阅的痕迹，有些还有她自己的心得。

她说话不深奥，却很有道理，她也和云想想讲述了自己娱乐圈十年奋斗的酸甜苦辣。

花想容偶尔兴致来了，戏瘾犯了，还会和云想想说如何演戏。从让云想想当观众，到配合她。

云想想能够看得出花想容是真的很爱这个行业，每次提到演戏，花想容的眼里都有星光。

云想想长得很漂亮，但是她从来没有想过走这条路，她曾经的规划是做一个受人尊敬的老师，可能是受爸爸云志斌的影响。

但她觉得她被花想容诱惑了，尽管花想容口中的娱乐圈，就像荆棘里盛开的鲜花，美丽却充斥着危险，却也让她有点跃跃欲试。

花想容在一个星期前，给她留了一封信就离开了，云想想没有想到花想容竟然……

闭上眼睛，想到她几次撞见花想容痛得面容扭曲的模样，云想想又觉得可以理解。

无心睡眠的云想想，爬起来复习，医院走一趟，认识了花想容，她的心境也突然变得不一样，心境不同了，学习也好像打通了任督二脉，变得轻松起来。

周一，她到教室的时候还早，只有三四个刻苦用功的到了，谁知道云想想刚刚一落座,旁边就多了个阴影,是她的同桌宋萌。

她还没有来得及打招呼,宋萌就扑过来抱着她:"想想,我的偶像死了!"

感觉到滚烫的泪水没入自己的脖颈,云想想不知道怎么安慰宋萌。

"想想,我恨死那对男女了。"宋萌哽咽着,咬牙切齿。

随着教室里人越来越多,宋萌也知道尴尬,推开云想想,抹了一把脸:"算了,和你这种不追星的乖乖女说这些,你根本不懂我的痛。"

我是真不懂你的痛。

这种讨打的话,云想想不敢说出来。

花想容的死,她也很难过,毕竟相处了两个月,就像一个好朋友去世一样痛惜。

但是宋萌连面都没有见过,却伤心流泪,云想想真的理解不了……

"想想,快把作业借我!"这时候坐在前排的李香菱转头,双手合十,一脸拜托拜托。

"哪一科?"云想想把所有作业拿出来,全是试卷。

"全部!"李香菱一把全部夺过去。

"哎哎哎,我英语和数学还没有做完,先给我抄英语和数学!"宋萌一下子就被治愈了,立刻去把英语和数学试卷抢过来。

云想想见此,不由微微一笑,她拿出英语课本开始预习。

云想想的朋友不多,因为她给人的印象是只会闷头学习,是个寡言少语的校花,让很多人有距离感,除了同样学习成绩不差的宋萌和李香菱,其他人也不会找她攀谈。

上课的时间过得很快,一下课宋萌和李香菱就死命地趁着老师还没有喊交作业前赶作业。

到了上午放学,回去的路上,宋萌借住亲戚家,也是教师楼,和她一道,才神神秘秘地道:"想想,中午我们去新校区吧。"

中午是要在学校睡午觉的,但她们这种住学校又不住宿舍的人很自由。

"去新校区干吗?"云想想还想睡午觉,美人都是睡出来的。

她这么美,她更要保证充足睡眠。

"听说新校区在拍电影,我们去看看嘛,说不定能够做群众演员呢,我听说高一的好多都被挑去了。"说着,宋萌一脸羡慕,可惜她们已经高二了。

"我宁愿睡觉。"云想想摇头。

明年她们要搬过去的新校区在拍电影,云想想前天就从云志斌口里知道了,毕竟她爸爸是学校里的人,知道的消息更多,云想想连导演是谁都知道了。

不过拍什么内容，云想想不清楚，她也没有打算打听，她考虑过以后走这条路，但不是现在，现在她要好好地读书。

然而，云想想没有想到，她中午吃了饭，刚刚准备午睡，班主任就打电话让她去一趟学校办公室。

一进入办公室她就看到了两个年龄相差无几的男人，其中一个率先自我介绍，是导演周维。

云想想一进去，周维二人目光就亮了起来，她大概知道他们的来意，依然有些茫然，疑惑地看着还坐在一旁的自己的父亲。

"想想啊，这是新校区拍电影的周导演，他们临时缺了一个演员，听说了你，就找上了我和你爸爸。"班主任对云想想道。

"我……我没有演过电影……"云想想虽然有些期待，但是更多的是无措。

"没关系，我们可以先试试，如果你愿意，我们再谈演不演。"周维显然对云想想的外表很满意，他脸上是善意的笑。

"爸爸……"云想想看着云志斌。

云志斌其实并不想女儿去拍电影，耽搁学习，但人家导演亲自找来，校长也给他做了思想工作，人家也保证如果真的演，也只挑周末，而且不是女主角，云志斌话都被堵死了。

"想想，你已经十六岁，你有自己的想法，可以自己决定。"云志斌只能这样说。

云志斌是希望她自己拒绝。云想想知道云志斌很古板，如果错过这一次机会，以后要让云志斌接受她去考电影大学，他会不认她这个女儿。

原本云想想打算做鸵鸟，等到一年后再找机会说服云志斌，可眼前是个机会。

就在他们眼皮子底下拍戏，让他们知道娱乐圈并不全是他们想的那样。

"我想试试。"云想想深吸一口气说。

云志斌有些失望，但却没有多说什么。他趁着下午没有课，亲自陪着女儿随周维去了新校区。

到了这边，立刻化妆换衣服，大家都知道她年纪小，对她都很和蔼。

先是试镜，周维亲自来给她说怎么面对镜头，但没有教她怎么演，只是对她说："你现在演的就是一个漂亮，成绩优异，被人羡慕，但也羡慕着别人，很矛盾的高中生，我大概打听了你的事，其实你不用紧张，不要多想，本色出演就行。"

周维并没有挑台词，只是想看看云想想的镜头感。这场戏就是云想想所饰演的杨琦站在窗户前，看着操场上嬉笑打闹、篮球场上肆意张扬的同学们，她的眼底迸发的是无尽的渴望与惆怅。因为她想加入，可她还有明天的课没有温习，还有父母单独给她寻找的习题没有做……

　　等到周维喊开始，云想想很快入戏，这些基础她都跟花想容学过了。她浑身都放柔和下来，站在窗口，明明下面一个人都没有，她却仿佛看到了无数鲜活身影，听到不断的笑闹。

　　她那双琥珀色的眼眸先是璀璨无比，唇角轻缓地扬起一个笑容。很快笑容就浅淡甚至消失，让人觉得她好似从来没有笑过，她的眼睛不仅慢慢地变得暗淡，就连周身都散发出惆怅的气息，她的手不自觉地抬起来，轻轻地贴在玻璃窗户上，似乎想要抓住什么，又似乎无力去抓，最后颓然地轻轻滑落。

　　闭上眼睛，有些挣扎却又决绝，她似乎下定了某种决心，背脊挺直地往课桌走去。

　　明明已经过了要求的内容，但周维被惊艳得竟然忘了出声，镜头随着她而动，她坐在课桌旁，闭了闭眼，似乎将那些不该有的奢望全部扔掉，她果断干脆地拿过旁边的书，摊开而后认真拿着笔开始勾勾画画。

　　一个认真温书，将所有的纷杂都排除，似乎只有书本知识才能吸引她的三好学生形象就这么活灵活现地跃然而出。

　　"太好了，你就是杨琦！"和周维一样惊艳的编剧高喊，所有人才回过神来。

　　"云老师，你一定要让你女儿来出演杨琦，她是天生的演员，你不能埋没她的天赋。"周维立刻走到云志斌的面前，很是热情，满脸喜悦。

　　他已经打听过云想想，知道云想想从来没有演过戏，但她的状态实在是比入行很多年的人都令他惊艳，这会儿他有点感谢那个因玩闹不小心扭伤腿的演员，如果不是这个意外，他真的不会挖掘到云想想。

　　任何行业都有天生人才，但演员这一行天生人才真的是几十年才出一个。云想想才十六岁，这样的年纪，这样的天赋，也许是本色出演的原因，竟然找不出一点瑕疵，让他如何不激动？

　　云志斌这会儿心里很复杂。他刚刚一直没有回神，他记忆中的女儿是后来认真温书的孩子，从来没有在他们面前流露过对玩耍的渴望，她总是那么乖巧，把他和妻子的话当做理所应当，对他们的要求从来不抱怨不反驳。

　　他女儿乖巧得仿佛没有叛逆期。

　　他一直以此为傲，可这会儿他却心口泛着疼。

俗话说会哭的孩子有糖吃，云想想从小就不是个会哭的孩子，他们也就从来没有想过她的渴望，也从来没有想过她是不是喜欢吃糖。十多年的安静懂事，让他们觉得女儿就应该是这样。

他这才意识到他的女儿太过于安静，和那些让父母头疼的孩子比，她少了一点生气。

"想想，你想拍这部电影吗？"第一次，云志斌不带个人主观判断，认真地问云想想。

如果换做以前，云志斌大概会直接让她拒绝，也许是云想想方才的表现，让他有了反思。

"想。"云想想也很认真地回答。

"想想，爸爸可以允许你做你想做、喜欢做的事情。但你还是个学生，如果你能够答应爸爸成绩不下降，不荒废学业，爸爸就答应你拍电影。"云志斌对云想想道。

云想想扬起明媚的笑容，口气愉快："好。"

事情谈成，云想想未成年，合约自然是和云志斌谈，不过剧本是给了云想想。

云想想本来只是打算用这部电影做个突破口，用来给云志斌和苏秀玲打预防针，以免她高考结束跑去学演戏家里鸡飞狗跳，对这部电影她是没有抱期望的。

因为和花想容看电影的时候，花想容会对她提到某个导演或者演员，其中就有周维，说周维导的电影，很苍白，缺乏张力，很难引起观众的共鸣。

但拿到剧本之后，第一次看剧本的云想想惊艳了。

这部电影叫《关爱》，杨琦不能说不是女一号，因为这部电影讲的就是几个不同的高中生的故事。

性格内向怎么努力成绩都在中上游的齐小冉，父母都是平凡岗位的工作人员，家庭普通，每天忙忙碌碌，却又咬着牙为了齐小冉的学习给她报了很多冲刺班。一家人除了睡在一套房子里，平时很少交流，父母对齐小冉说得最多的话，就是好好学习，看人家杨琦。

认真自律的杨琦是别人家的孩子，她努力地保持自己的成绩，为了月考掉一个名次而自虐地寻找类似丢分题目疯狂地做，每个同学看杨琦的目光都是仰望。只有她自己知道她为了这份被仰望，舍弃了多少。

家境富裕被扔在家里自生自灭的许晨，父母给他的金钱他挥霍不完，但比齐小冉更惨的是，他可能三五年都看不到父母一次，于是学会了自我放逐，怎么让人讨厌怎么来。发现早恋、抽烟、喝酒、打架会被请家长后，他就天天惹是生非。

天才型学霸魏优，父母离异，跟着母亲生活。每天上课睁着眼睛都能睡着，晚上约着同学通宵打游戏，由于他的成绩始终第一，因此不论他的亲戚还是老师对他都没有过多的干涉。

许晨发现齐小冉和他一样有一颗寂寞的心，对齐小冉产生了浓厚的兴趣，他喜欢上了齐小冉，并且开始追求齐小冉，齐小冉在许晨无微不至的关怀之中，明明觉得早恋不对，但还是在父母一次次忽视之中靠近许晨。

两人的恋情很快就暴露，双方父母很快就被请到学校。许晨的父母对齐小冉乃至齐小冉的父母都是轻蔑和鄙夷。齐小冉的父母竟然没有为女儿争辩一句，伏低做小，转头回家就把所有的气发泄在她身上。

魏优劳累过度精力不济，终于从神坛跌下来，年级第一花落努力校花杨琦身上，这让魏优注意到这个漂亮又认真的女孩子，看着安安静静的她，他莫名地觉得温暖。他觉得自己应该是恋爱了，但是他和许晨不一样，他没有追求过女孩。只能默默地学人送礼物，放学悄悄地送她回家。

这一切杨琦都知道，面对这么一个优秀的人追求，杨琦不可能不心动。但她是好学生，爸爸妈妈耳提面命，早恋的是坏学生。经历过许晨父母大闹学校事件后，她那一点蠢蠢欲动的心彻底丢了，她将魏优送的东西还给他。

魏优当晚因为发现对她不轨的人便和那人大打出手，他被打破了头，住了很久的院。杨琦并不知道，魏优回来之后也一字未提，他又成了那个沉迷于游戏的魏优。

直到有一天，魏优在网吧触电而死的消息传来。

学校并没有多么的哀痛，甚至很多人都把他作为反面教材来警告学生。

只有杨琦的心，空了一块。

魏优的死还没有平息，齐小冉在某一个黄昏，从学校的教室里一跃而下，跳楼自杀。

大概过了三日，许晨拖着刀将齐小冉的补课老师砍死。

原来齐小冉被她的补课老师玷污，她不想去补课，父母却逼着她去，她想找个机会和他们说，但他们没有给她这个机会。一直关注着她的许晨察觉这件事，在齐小冉跳楼之后，毫不犹豫为她报了仇，也葬送了自己的一生。

杨琦是四个人中结局最好的，但她从此再也没有了真心的笑容，越来越像个机器。

这是一部能够引起人深度反思的青春电影！

这部电影名字叫做《关爱》，通篇下来也的确体现了四种关爱。

齐小冉父母那种迫切的望子成龙，望女成凤的关爱。

杨琦父母那种欣慰的要求自律的学习的关爱。

许晨父母那种空泛的给予挥霍不完金钱的关爱。

魏优父母那种浅薄只重结果，以为成绩好就什么都好的关爱。

那孩子到底需要的是哪一种？

其中牵扯的已经不仅仅是关于教育，关于未成年身心保护的问题，细节处还体现了许多社会现象，足以引起孩子、家长、老师、学校、教育机构甚至政府重视、议论和反思。

可以说，只要其他三个演员在演技上不拖后腿，将前期高中生那种窒息、压抑、矛盾体现出来，这部电影一定会收到不错的效果。

云想想抱着剧本回家，苏秀玲知道她要拍电影，很是高兴。

苏秀玲是学舞蹈的，虽然没什么名头，但也算是搞艺术。自从辞职之后，她没有像其他年轻的母亲三五成群搭桌子打麻将，而是更注重个人对孩子的影响。平时教导女儿、儿子舞蹈的同时，也会学习不同文化。

她是个搞艺术的人，她也把电影看成一门艺术，兴致勃勃地凑到女儿身边看剧本。看完之后苏秀玲有了很久的沉默，她决定再和女儿聊一聊。

苏秀玲当晚就和云想想同睡，她问："想想，你觉得杨琦是不是很可怜？"

在被子里，握住母亲的手，云想想开口："妈妈，杨琦是因为她是杨琦才可怜，可我不是杨琦啊。"

"嗯？"苏秀玲以为女儿会借此将心里的不满发泄出来，却没有想到女儿是这样的回答。

"妈妈，每个人的乐趣是不一样的，杨琦她读书是为了维持她的形象，保持她的成绩，稳固她在同学、老师、父母心里的地位，她内心深处渴望像其他同学一样玩乐。但是我不能说我不喜欢周末和同学出去玩，可我心里更喜欢你们为我安排的满满课程。"云想想说得很诚恳，"出去玩很快乐，可回来之后我会很慌张，会很空虚，因为能够填满我灵魂的只有这些学习。没日没夜的学习会让我有压力，会让我偶尔想要退缩，可是熬过去，我的精神是富足的。"

曾经的云想想心性不够成熟，但现在的她自从改变了心境后，是真的渴望像海绵一样吸收不同的知识。

花想容说哪怕现在活得肆意张扬的孩子，他们到了一定的年纪，也会后悔现在没有抓紧时间学习。

这些话，云想想不能告诉苏秀玲。她也并没有欺骗苏秀玲，的确存在那种以学习为乐，与生俱来就没有童趣天真的孩子。

"妈妈，我们以后周六一家人出去玩好不好？"就算再喜欢学习，云想想也被安排得太满。

她因为家庭优势，学习得早，上一年级的时候她就已经会背乘法口诀，一直是以一种遥遥领先同学的姿态站在顶端，也因此苏秀玲对她的才艺格外看重，钢琴、古筝、绘画、书法、舞蹈，从小轮着来，到了初中又增加了一门法语。

苏秀玲在才艺上要求多而不精，她不指望孩子们靠这些手艺吃饭，只是为了培养他们的气质，扩宽他们的眼界和知识库。但云想想是个习惯了完美的人，她往往咬着牙拼命地往前撞，撞得头破血流就是为了老师那一句赞扬，父母那一声掌声。

苏秀玲已经算得上很称职的母亲，可家里还有个云霖，姐弟俩又相差六岁，苏秀玲不能全心全意地去了解女儿，有疏忽的地方实属情有可原。

她现在转变了心境，觉得自己可以承受，却不想弟弟走上自己的路，有一天陷入和自己一样的死胡同。

她是幸运的，能够遇到花想容这个贵人，那她的弟弟呢？很多道理，至亲来说，很难被接受，这是她为什么那么容易接受花想容开解的原因之一。

苏秀玲听明白云想想的话，女儿并不觉得现在的生活辛苦，但她偶尔还是会觉得沉闷，她喜欢学习，却也想要一点时间呼吸新鲜空气。

苏秀玲不由反思，因为女儿从来不喊苦不喊累，他们就忽略了女儿的情绪。别说是孩子，就算是大人在日复一日的重复劳累之下，也会疲惫。只不过成年人为了活着不得不咬牙往前，家长会拿自己和孩子比较，认为自己这么苦累都能坚持，也害怕孩子连现在的苦都吃不了，以后会生存艰难。

他们却忘记了，什么年龄阶段该有什么年龄阶段的承受力，一旦超负荷，就会致命。

"好，妈妈会和你爸爸说。"云志斌虽然古板，但怕老婆。苏秀玲信心满满，"你的片酬是税后二十万，先给了三分之一，余下的等你拍完打到卡上。这是你自己的钱，爸爸妈妈已经商议给你存在你卡上。卡先放在爸爸妈妈手里，等你十八岁之后，爸爸妈妈再给你。当然，你要是急用，只需要给我们一个合理的理由，我们也不会阻拦。"

通过花想容了解到的娱乐圈的市场，二十万，以杨琦的戏份，哪怕云想想是个没入行的新人也是很低了。

不过云想想却知道，周维前几部电影都失利，现在能拉到的投资肯定很少。应该不超过五百万，否则也不会来他们学校拍。

想必校长没有怎么收场地费，毕竟是新校区，放着也是放着，借出去拍电影，如果电影反响好，那就是对学校一波极大的宣传，这也是校长为什么极力说服云志斌，让云想想参演的理由。学校也需要宣传，这宣传不仅仅局限于每年的上线率，也需要其他的招牌。

"存着以后买房子。"云想想随口道。

她肯定是要上帝都的大学，云霖这个小跟屁虫，不出意外会跟着她的步伐，到时候也可以让爸爸退休，一起到帝都，那就得在帝都买房子。

她其实更想云霖四年后就去帝都读高中，那她两年后上大学，就只有两年的时间赚钱在帝都买房。

哪怕是在娱乐圈打拼，想在寸土寸金的帝都，用这么短的时间买房也是很吃力的。

虽然她想入这个行业，但她不想走花想容一样被动的路，做个只为了赚钱，没有资格也不认真去挑剧本的工具。

花想容说娱乐圈很残酷，是只见新人笑、不闻旧人哭最典型的真实写照。明星只要一年没有作品，除非搞点绯闻，否则转头就被遗忘，实在是这个行业竞争太大，冒头的人太多。

她不想做个明星，她想做个演员。

对于拍戏，她一定要做到宁缺毋滥。

她决定要进入花想容签约的公司寰娱世纪，寰娱世纪虽然竞争激烈，但是却难得干净。

至少花想容十年演艺生涯，她没有经历过肮脏的交易。她说贺震是个很了不起的人物，早年还在香江混过，黑白两道都打点得很妥当，只要他看得到价值的人，他都会护着。

寰娱世纪的资源绝对是顶级，不仅限于内陆，还有香江乃至国际。

她要有和寰娱世纪谈判的资格，必须先体现一下价值。

一部电影不够。

云想想规划着未来，渐渐沉入梦乡。

她要参演电影的消息，第二天整个学校都知道了。毕竟云想想是校园风云人物，又挑了不少高一的学生担任群演，想瞒也瞒不住。不过各年级各班的学生应该被班主任打过招呼，虽然走在路上，她的关注率和回头率增加，但也没有给她造成困扰。

"啊啊啊啊啊啊！"最先爆炸的是宋萌，一大早等着云想想，看到她就尖叫着扑过来，"想想、想想，你要拍电影了，以后就是大明星了，我觉得我随偶像死去的心又复活了，我现在起做你的第一个粉丝！"

"你的心可真容易复活。"云想想一脸嫌弃。

"想想——"宋萌抱着云想想，摇晃着身体，"虽然你不是我的初恋，但我保证，从此你就是我的唯一！"

"作业做完了？"云想想斜眼看着她。

"快快快，作业，我的英语试卷！"宋萌立刻被打发了。

云想想无奈地把自己的英语试卷给宋萌，她搞不懂，她们都是按照每月月考成绩，由高到低自己选择座位，作为年级前三的云想想，能够坐在她旁边的人，学习成绩怎么都要班级前十五，年级前五十，宋萌成绩不差，但从高中开学，宋萌的作业都是每天抄她的。

今天同学对云想想的关注更高，不过已经做过一年的同学，都觉得云想想是高岭之花，基本也没有几个凑到她的面前，班主任上课的时候特意说了这件事，也着重提醒大家以学习为主，而后大家就恢复正常了。

虽然说是周末拍，但云想想还是希望能够不要拖剧组的后腿。她很明白周维妥协，一是对她外表和演技的肯定，第二个原因，极大可能是因为周维已经没有资金去消耗，去专业的影视大学寻找合适的人选。

第三个原因，就是这部电影，四个主演交会的镜头不多，不会因为时间错开就耽误其他人。

所以，她不会被舍弃，但既然做了那就认真点，她决定每天中午放弃午休，跟着剧组。

宋萌死缠烂打要跟着她来，云想想也就带着她。

在剧组，云想想看到了另外三位主演，昨天知道都是华影大学的学生。年纪最大的是饰演魏优的易言，已经大四，今年二十二岁。身材修长，约莫有一米八出头，五官很干净，不是特别帅，但看着很舒服。

"你就是云想想吧，我是魏优。"易言很是和善地先打招呼。

"杨琦，多多指教。"云想想也应景地回答。

"小哥哥好好看。"宋萌笑眯眯地夸赞。

"那你考华影，就知道我有多普通。"易言笑起来就有两个酒窝，他人很大方坦率，说着就看到走过来的一男一女，"呐，这个就比我好看。"

看着这对俊男靓女，云想想就知道是饰演齐小冉的魏姗姗，和饰演许晨的方南渊。两人也是华影学生，都是大二，魏姗姗十九岁，方南渊二十岁。

魏姗姗长得很清秀，是那种婉约秀气的美，皮肤白皙，眼睛清亮有神，像个邻家妹妹。

方南渊的确很好看，他一出现宋萌就抓紧了云想想的手，抑制不住自己的激动。

五官精致，轮廓完美，他有一双勾人的丹凤眼，标准的薄唇。他的气质很不同，他手上有块腕表，云想想看到过花想容有个相同女款，三十多万。

这是个真正的有钱小哥，不过身上没有距离感，也没有浮躁之气。

"天啊，你怎么可以长得这么漂亮！"原本低着头和方南渊讨论剧本的魏姗姗抬头看到云想想瞬间惊呆了，大步就走到云想想的面前，发现云想想和她竟然一样高，她不可置信："你真的才十六岁？"

她有一米六五啊，她觉得她这辈子最多长到一米六八，云想想才十六岁就这么高，那她一定能够突破一米七，这颜值，这身段。

魏姗姗立刻抱住云想想："容我先抱个大腿。"

"谁抱谁的大腿还不一定。"云想想笑着，也不排斥魏姗姗这样的亲密。

都是小新人，没有什么可争的，大家都是青少年，云想想能感受得到这三人对她的善意，也就不排斥和他们做朋友，毕竟接下来有三个月左右的相处。

"你好，方南渊，他们俩都叫我南子。"方南渊笑起来就更好看了。

"啊啊啊啊，好帅，好帅，我要晕了。"宋萌终于忍不住尖叫。

云想想无奈："她就是这么直接，你们不要介意，她是我的同学，宋萌。"

"你们好，你们好。"宋萌连忙和大家握手，轮到方南渊的时候还舍不得松手。

好在方南渊很有修养，由着她磨磨蹭蹭仿佛生离死别一般放手，脸上礼貌的笑容始终不变。

"我决定了，我要进娱乐圈！"宋萌心花怒放地看着方南渊。

"咳咳，恕我直言，恐怕有点艰难。"魏姗姗直言不讳。

宋萌长得真的没有特色，虽然不丑，但和美不搭边。

被魏姗姗这样说，宋萌也知道她没有恶意，且性子大大咧咧："安啦，我有自知之明，我不做演员。"

转头就跟云想想说："想想，我给你做助理，为你鞍前马后，你只需要努力向前，让我陪在你身边，欢乐地做个颜狗，不给我工资也没关系！"

她的话一瞬间就把所有人都逗乐，一时间大家的距离都拉近了不少。然后大家聊起了剧本，发表了一些自己的看法，大概一点钟的时候，周维出现，原来中午他有放所有人休息，只不过方南渊他们想要好好地对剧本，都没有离开而已。

"周导，我以后中午十二点半都过来，两点赶回去上课，如果晚上用得上我，我也可以九点钟过来。"云想想主动对周维说。

"正要和你说，有几场夜戏。"其实给云想想这么好的条件，是因为除了在教室里的戏份，他们四个很少有交叉的，不过有魏优晚上送杨琦回家的戏份，很重要，"我重新安排一下，中午就尽量将你们交叉的戏份拍完。"

这样一来，拍摄的进度就会大大增快。

今天中午到底没有拍戏，周维让云想想注册一个微博，把她拉入了微博群，让他们四个人多熟悉，并且不避讳地说云想想的演技很棒，让其他三人多与她交流。

也许是周维挑人挑得很好，魏姗姗他们三个人品性都非常好，没有觉得不舒服，反而因为云想想年纪最小，多番照顾，渐渐地云想想就成了群宠。

虽然云想想只是中午一个半小时出现在剧组，彼此间还没有什么对手戏，但云想想却惊喜地发现这三人演技不说精湛，在这个年龄阶段已经算得上难得不错。

不愧是华影教导出来的。

看来周维这次找演员是只管找对的不找贵的。

过了两天，晚上有夜戏，要拍云想想和剧里父母在家的戏，苏秀玲就亲自陪着云想想来。就这样和没有走的魏姗姗三人说上了话，聊得很投机，苏秀玲知道他们天天吃剧组里的盒饭，觉得这个年纪太辛苦，他们家就隔了一条街，便邀请他们中午来吃饭，如果他们不来，就让云想想中午带过去。

魏姗姗几个就开始到云想想家里吃午饭了，不过三人也是每次轮流带着菜啊、水果啊什么的来，苏秀玲知道几个孩子是不想白吃白喝，叮嘱他们不能买贵重物品，也就由着他们。

如此一来，四个人的感情就突飞猛进，还私下里建了一个四季群。

【魏姗姗：@易言 易哥，你签的腾飞传媒怎么样？】

【易言：腾飞传媒的资源还行，我签是因为他们公司推出一种五年约。】

经纪公司对艺人要求很苛刻，谁也不想自己打造的摇钱树，翅膀一硬就单飞，基本最少的就是十年约，十五年才是常态，低于十年的必须是特殊人才，凤毛麟角。

五年对于男演员来说，可以当做学校，易言就算到二十七岁混不出名堂，但刷了脸熟，了解了娱乐圈规则，再来做个演技派也没问题，男演员二十七岁开始起步，三十岁以后当红是屡见不鲜，可魏姗姗是女演员，女演员二十岁到三十岁如果混不出名堂，想要三十岁以后红，就基本不可能。

【魏姗姗：今天辉煌娱乐的经纪人也联系了我，让我签他们家，新公司我有点怕。以前有个学姐推荐我去她公司，说要带我。】

【易言：什么公司？】

【魏姗姗：众星时代。】

刚刚洗完澡正在擦头发的云想想拿起手机：【众星时代不要考虑。】

【易言：???】

【魏姗姗：为什么？】

就连一直话少的方南渊也冒泡：【方南渊：众星时代现在是和寰娱世纪平分秋色的大公司，两个公司时尚代言、国际资源丰富，都和香江有牵连，相比寰娱世纪的高姿态，众星时代更亲民。】

众星时代一直和寰娱世纪斗得你死我活，在这个圈子它们是两条巨龙。巧合的就是，贺震也好，众星时代的陈瑛晖也罢，两个人早年都在香江闯出了些名头。

陈瑛晖和贺震都曾经有黑道背景，不同的是贺震混过黑，有着商人资本家的狠辣，却有底线，但是陈瑛晖没有。

贺震可以割舍股份来留住现在寰娱世纪的台柱子黎曼，可陈瑛晖却用了卑鄙的手段把众星时代的台柱子郁金琳变成了他的情人。

花想容和她说娱乐圈黑暗的时候，提到她偶然间撞见了郁金琳和陈瑛晖私会的场面。从郁金琳眼底一闪而逝的难堪，她可以知道郁金琳不是自愿。

贺震冷血无情，但他看男女演员都是看本事说话；陈瑛晖的私生活并不是秘密，不过能够让陈瑛晖动手的，也必然要达到郁金琳的地位，可上行下效，虽然现在众星时代还没有爆出什么大丑闻，花想容却不看好众星时代。

可是她要怎么来向魏姗姗解释？毕竟她答应过花想容，不对任何人提及她们认识这一段。

略一思索，云想想输入文字：【我看了很多关于众星时代总经理的桃色新闻，且好几次都是旗下女星，觉得他们公司很乱，你要是考虑资源，可以选择寰娱世纪。】

【魏姗姗：我也想进入寰娱世纪，但寰娱世纪挑选人特别严，比选美还苛刻。选上了还好，如果选不上，那我的选择就少了。】

这一点倒是事实，除非是寰娱世纪他们私下来邀请的艺人，其他的都要经过每年三月轰轰烈烈的面试。

为了表示公开公正，面试的时候很多媒体和公司关注，也是变相的宣传手段，有些人一场选拔就能小火一把。

被寰娱世纪刷下来，虽然依然有公司要，但选择性就会大大降低，比如众星时代就绝对不会要寰娱世纪不要的人。

紧随其后的几家大规模的公司也会为了面子百般挑剔，就算要了，签合约的条件也不如其他公平。顺利进入公司，也少不得要被冷一段时间。

寰娱世纪就是这么高姿态，但云想想就喜欢它这样！

第2章 想做真正的演员

可惜魏姗姗不是云想想。

魏姗姗已经露了怯，没有人比她更了解寰娱世纪，只要是上了牌，哪怕是银牌经纪人，眼睛都毒辣无比，任何没有自信的，没有野心的，没有性格的，一到他们面前就暴露，这种人哪怕是长着云想想这种绝世容颜都会被刷下来。

进寰娱世纪就凭魏姗姗这种心态就悬乎。

但除了寰娱世纪就是众星时代，众星时代真的不适合。陈瑛晖老婆死了之后就一直没有再娶，他给旗下的大花们画了个大饼，人人都做梦想成为众星时代的老板娘。比起这种吊着人，云想想更欣赏贺震的果决与不拖泥带水。

要换做以前，云想想绝不会参与这种话题，但这一个月的相处，他们真的成了朋友。也许是环境的影响，云想想做不到看着魏姗姗去众星时代。

诚然这个级别的魏姗姗进入了众星时代也不会遭遇什么，可人往高处走，魏姗姗除非不上进，一旦冒尖就有可能变成饿狼眼里的肥肉。

【云想想：@方南渊 可以打听一下辉煌娱乐吗？】

她已经知道方南渊家在帝都，家里条件优渥，身为独子的他执意要进入演艺圈，可把他老子惹毛了，这才断了他的经济来源，想让他知难而退。

方南渊肯定有办法打听辉煌娱乐。

【云想想：姗姗，我只是发表我的看法，你当做参考意见，最后怎么选择你自己决定。首先众星时代我觉得是个乌烟瘴气的大染缸，其次就是以寰娱世纪的行事作风，你还真的很难进去，那你不如选择财力雄厚一点的新公司，这样竞争少，资源多，你也会被重视。】

【方南渊：我赞同想想的说法，我帮忙打听一下辉煌娱乐。】

【魏姗姗：好，谢谢南子，谢谢想想，不早了，早点睡吧。】

放下手机，云想想打理好自己，躺在床上却迟迟没有入睡。

她打算先好好读书，再想办法说服云志斌，让自己去考华影大学。现如今云志斌已经被说服了，以后走这条路他们估计不会那么排斥。

如今最重要的还是和寰娱世纪签约，她要怎么拿下主动权。她得想办法挑大梁拿下一部不错的剧本，并且以极其高傲的姿态出现在寰娱世纪的面前，才能够达到自己理想的效果。

《关爱》现在进度不错，十二月应该能拍完，周维这是小成本电影，后期也没有那么精致，甚至他们连路演都没有，最多就是发行方宣传宣传，赶在春节档上映真的不难。

到时候如果反响不错，她应该会引起一些关注，肯定会有剧本找她，但女主角不可能。就算她在《关爱》中表现得再好，她非科班出身，年纪又小，还没有经纪公司。

只能暑假看看有没有大导演精良制作的海选和试镜，如果有的话，她拼一把争取下来。

到时候肯定要请假拍摄，除非她保证一个相当好的成绩，否则说服不了云志斌。

接下来云想想更加铆足劲地学习，高中的知识高一高二就学完了，等到高三是全面复习，只要这两年吃透，到时候带着历年考题请假去拍戏，也没有什么问题。

云想想的认真，带动了其他人。看着云想想几乎每次都是一条过，魏姗姗他们好歹是华影的人就更努力。拍摄比周维预计的更加快，十一月中就全部杀青，历时七十五天。

这期间云想想两次月考的成绩都是年级第一，云志斌对此非常满意。

周维特别喜欢云想想，他得去赶后期，不能在这里久留，走的时候再三对云志斌说，一定要让云想想走这条路。

云想想也用果汁敬了周维一杯："周叔，我也很喜欢拍电影，如果以后有机会，你一定举贤不避亲哦。"

"哈哈哈哈，你放心，有好剧本周叔一定帮你。"周维保证。

然后就是魏姗姗他们，相处了这么久，大家都有了感情，尽管交通便利，通信发达，还是很不舍，魏姗姗和云想想睡了一晚，第二天是周日，云想想一家把他们送到机场。

《关爱》剧组走了之后，云想想的生活恢复了充斥着学习的步调，不同的是周六云志斌会带着他们一家四口去游玩，元旦节过后云想想开始进入期末考状态。

在她期末考之前，家里爆出了一个重大新闻。

那就是三十八岁的苏秀玲怀孕了！

十六岁的云想想又要有一个弟弟或者妹妹。

对此云志斌又是高兴又是愁，高兴是不惑之年又当爹，可以说老来得子，这是任何男人都无法克制的喜悦。忧愁的是苏秀玲年纪太大，这可是高龄产妇。

"爸爸，别担心，医生说妈妈虽然年纪大，但是身体好，心态也好，不会影响孩子生长。"在云想想有意无意的影响下，家里人已经把她当做一个成年人看待，她的话变得很有分量，"到时候妈妈可以选个好医院，我们剖腹产，再选个月子中心让妈妈好好恢复。"

苏秀玲就没有那么多忧愁，她乐得不行。一想到她会再有个特别漂亮的孩子，幸福都要溢出来了。

云霖是在计划生育允许生二孩时生的，只有肚子里这个是超生。几年前政策严，云志斌这种教师绝对不允许超生，但现在不一样，交了罚款苏秀玲就可以把孩子生下来。

"小霖啊，你喜欢弟弟还是妹妹？"苏秀玲不担心女儿排斥，但儿子还小。

十岁的云霖想都不想就回答："我喜欢弟弟！"

他只想有个美美的姐姐，如果有个妹妹，爸爸妈妈肯定会偏心。

姐姐那么美，就应该是独一无二。

他才不要娇滴滴的妹妹，他只想要个跟屁虫弟弟，如果弟弟不听话，他就揍！

小云霖的心思自然没有人知道，就连云想想也猜不到。

苏秀玲怀了孕，云想想正好借此央求苏秀玲指点她厨艺。

苏秀玲觉得女儿的手应该弹琴画画写字，已经到了冬季就更舍不得让她下厨。

最后争执一番，云想想眼珠一动，把云霖叫到面前："小霖，妈妈肚子里有了弟弟，我们不能让妈妈劳累，我们俩得分派家务。从今天开始我打扫房间，你擦桌子茶几；我煮饭切菜炒菜，你负责择菜洗菜，饭后还要洗碗。"

云霖看着姐姐绝美的脸，脑子里只有一句话：姐姐这么美，说什么都对！

于是他傻乎乎地点头："我一定做到！"

苏秀玲在一旁看到笑得不行，不过男孩子她就没有那么心疼，碰水的事情都分配给了云霖，但她也不会欺负儿子，洗碗这些事就交给了云志斌。

云想想刚刚期末考结束，打算要好好温书，争取把学会的再巩固一遍，那边周维给她打了电话："想想，周叔给你推荐了一部电影，导演是韩静。"

"韩静老师？"云想想有些不确定地问。

"就是你想的那个韩静。"周维很肯定地回答她，"这是她回归影坛的处女作。"

"韩静老师要自己担当主演?"云想想接着问。

"不,她只做导演,现在缺个女主角,我一会儿把剧本发给你,如果你愿意接,我再让韩静联系你。"

云想想没有想到就这么直接给剧本了,韩静都还没有和她说过一句话呢。

韩静十年前是家喻户晓的国际影后,在事业正如日中天的时候嫁给了爱情,但是七年之后不幸婚姻破裂,三年前离婚,她输了孩子的抚养权,就独自去国外深造,她如今才四十岁,就是复出也不是不行,但没有想到她会投身导演行业。

能够跟这样的实力前辈学习,云想想立刻怦然心动。

但她还是要好好地看一看剧本,以韩静的人脉不可能找不到人,如果是她太挑剔,也不应该把主动权通过周维交给她,很显然是剧本的局限性,让韩静找人艰难。

迫不及待地从周维那里接收扫描过来的剧本,看着自然是没有纸质的那么舒服,可云想想还是看得很认真,这部电影叫做《大学梦》。

讲述的是生长在偏远地区大山里的夏红求学的故事。

夏红家里人口很多,她是家里第四个女儿,上面有三个姐姐,父母拼了命地想要生个儿子却不能实现,为此她和她妈妈都是家里的罪人,一直活得小心翼翼,她有个善良的大伯,大伯以照顾他儿子为由,让夏红可以跟着他家里吃,陪着他的儿子去上学。

学校距离他们的家很远,要翻过一座座山,走十多里山路,过了峡谷,小径从悬崖中间穿过,抬头望山巅,看不完顶;低头看峡谷,看不到底,只见云雾缠绕山腰,只听到谷底河水奔流不息的声音,站在中间腿肚子都打战。

可是读书的机会实在是太难得,她很珍惜。夏日炎炎的时候走在被太阳烤裂的土地上,感觉自己的脚板就是烤架上的肉,冬天寒风凛凛的时候,风雪将她的脸颊吹开了花。高烧近四十度,看人都是重影却依然爬都要往学校爬,就怕自己落下课程。

家里没有给她钱粮,大伯给的被堂弟理所当然地夺走,她经常饿一整天,最惨的时候饿到胃抽搐,每次经过学校大门看到包子铺的包子,她都会无比地渴望,停伫很久很久,就是为了多闻一闻那香气,她长这么大没有吃过肉包子。

在学校里要做双份的作业,要处处受堂弟的欺负,就怕他一个不高兴断了她的学习路。

老师常说只要考上大学就能改变自己的命运，夏红比任何人都渴望考上大学，改变自己的命运！她的努力让她的学习成绩虽然不是特别优异，但却也名列前茅，几次的考试成绩让大伯对堂弟越来越不满。

这也导致了堂弟越来越痛恨她，三番五次地为难她，她欠大伯家里恩情，不能告状不敢告状，堂弟甚至带了同学想要欺负她，被夏红的母亲撞见，侥幸得救，母亲劝她不要再读书，他们家就是鸡窝，飞不出凤凰。

已经到了十六岁可以嫁人，安安分分地嫁人，她读了高中还可以嫁个好人家，不用过和母亲一样的日子，但是夏红咬着牙也要去考大学。

堂弟却越来越过分，也许是上次的事情被夏红的母亲撞见，他不敢再做。于是变了其他花样，知道夏红只有一条可以穿的裤子，故意把裤子划一大条口子，夏红咬着牙躲在被窝里打了一个又一个的补丁；以前只抢夏红一顿饭，现在开始全部抢。

夏红只能早上很早起来，她学会了在山林里觅食，野果子，野菜，能吃的树根，什么能够吃饱吃什么，甚至会带到学校偷偷地背着人吃，周五放学早，会冒险去抓鱼，在山林里不拘味道狼吞虎咽。

尝过了鱼肉的味道，哪怕是没有任何油盐，她都为之着迷，山脚下有一条河，她想了办法捞了很多河里的水产物来吃，她觉得她的日子过得有滋有味。

终于，她考上了大学，整个村里都轰动了。

她的父母、奶奶、大伯都为她感觉到高兴，第一次正视她的存在，大山里的人家更是家家户户都愿意给她凑钱，老师知道她的艰难，学校给了一点补助，准备帮她办理大学生贷款。

就在老师给她办理贷款那一日，他们全家都上了县城，大伯问夏红，她有没有特别想要吃的东西，准备犒劳她一顿。

她想吃包子，想了很久很久。

于是他们去了包子铺，最先上来的是一笼灌汤包，夏红迫不及待地夹了一个一口咬进嘴里，打算提醒她汤汁烫人的老师就这么看着她好像没有知觉一般嚼着。

夏红的父亲也紧跟着，结果一口咬下去烫得舌头都麻了，他怒气上涌，甩了夏红一巴掌。

就是这一巴掌，结束了夏红的性命。

她脖子都被打歪，送到医院的时候，身体里全是寄生虫，那是她为了填饱肚子，不放盐偷吃河里水产物而来。

对于有些人，大学永远是一场遥不可及的梦。

大概看完剧本，云想想沉默。

这是一部现实片，并且韩静只取了一个典型的夏红。剧本讲述了夏红百折不挠，在艰难的环境之中执着自己上大学的梦想。这也是一部夏红的独角戏。

这种电影如果拍不好那就是纸片，单薄而又苍白。

这却激起了云想想心中的征服欲。

她现在也明白了，为什么这个剧本会落在她的手上。

实在是片子很难火爆，其次拍摄的环境太艰难，光是看了剧本上标注的几个场景，就足够让一大群人望而却步，能够考上影视大学的学生再差也不会生在这样的家庭，那就没有几个人吃得了这份苦，有些人就算咬着牙上，也未必不会身临其境之后尿，拍不出韩静要的效果。

云想想不想做花想容口中的明星，吊个威亚，跳个水都要被一大群人哄着捧着吹着心疼着。她想做一个踏踏实实的演员，不靠粉丝不靠流量不靠热度只靠作品，那么《大学梦》不过是一个开始。

所以，她决定接下这部电影，立刻给了周维回复。

第二天一个香江电话打入她的手机，云想想心里大概有数。

"知道我是谁吧？"电话那头，传来一道利爽的女声。

"如果不是打错，那就是韩静老师。"云想想也不拐弯抹角。

"聪明的姑娘。"韩静赞了一声，"你看了剧本，你告诉我，你看到了什么？"

顿了顿，云想想回答："艰难。"

是艰难，不论是夏红的经历，还是这部电影的拍摄都会极其艰难。

"看来你做好了准备。"韩静直截了当道，"你放寒假了吧，我给你订一张机票，你来一趟我们的拍摄地，我要你亲自看了之后，再告诉我你接不接，之前有好几个小姑娘，都是自信满满，到了现场没有几个不哭着要离开的。"

"好。"对于韩静这样的安排，云想想更高兴。

很多导演只重外表，很多导演只重投资，很多导演只重演技。虽说剧本上都有场景描述，但文字和亲临其境是两回事，不过合约签了，演员事到临头不能胜任，要么找替身，要么就是硬着头皮上，不然就是巨额违约金。

这样拍摄出来的效果，能够好到什么地方？

韩静的效率很高，当天中午周维亲自给云志斌打电话，不知道怎么说服云志斌的。云志斌把云想想的外婆接过来照顾苏秀玲，准备亲自带着云想想去川省，云霖这小子也吵着闹着去，云志斌想着是去穷困山区，也想让儿子顺道去见识见识。

父子三人第二天到了机场，韩静亲自来接。

她虽然已经年过四十，但岁月格外地偏爱美人，她还是那样的美丽，并且身上有一种难以企及的干练美。

和云志斌等人打过招呼，韩静认真地打量云想想。

"我看过《关爱》的母带，你有一种任何场合都鹤立鸡群的魅力。"这种魅力不是来自出众的外表，如果不是找人找得焦头烂额，她也不会在周维那里一眼看中云想想。

"希望我不会让韩老师失望。"云想想也没有谦虚。

越发地对了韩静的胃口，韩静带着他们去了准备好的酒店，是五星级大酒店。而后并没有像云想想和云志斌想的那般，他们需要坐几个小时车，走十多公里的山路，翻山越岭到达拍摄地，韩静用了直升机带他们去！

第一次坐直升机的云霖高兴不已，在天空之上俯瞰延绵河山，那种荡气回肠难以言喻，越往深山，风雪越大。

"我们的拍摄地没有进入的车路。"风雪大得已经将世界覆盖，怕是走都走不进来。

等到了目的地，饶是见过世面的云志斌都是瞠目结舌，他是生于改革开放之前，自问吃过不少苦头，但却没有想到还有这种简陋的在风雪之中四处通风，摇摇欲坠的房屋，屋子里的床老旧残破，仿佛稍微用力一坐就会坍塌，屋顶有好几个被破布遮盖的天窗，桌子和灶都是石块堆出来的……

房门也是腐朽的木板拼凑，风一吹那咯吱咯吱的声音，宛如油尽灯枯老妪的破嗓子，刺耳又冰冷。

令云志斌难以接受的还在后面，住在这里的孩子要从一面垂直于地面的崖壁走下去，路就是绳子和木板打造的软梯，站在悬崖上往下看不到尽头，他想一想如果一个不慎手滑……

随后又去了拍摄的学校，走了一遍现在可以走的崎岖山路，一路所见到的破败和那些面黄肌瘦，脸颊吹裂，穿着破旧而又单薄的人，都刷新了云志斌一个70后的认知。

"如果你确定拍这部电影，年后七月进组，我拍摄的周期长，为了取实景，从七月到来年一月，进组前我会安排营养师去找你，你需要瘦。"站在悬崖边，韩静吹着寒风，黑而深的眼眸平静无波，"瘦到脱形。"

山区里的孩子，夏红那样的生长环境，她的身体状况是什么样不言而喻。

化妆，能够画出营养不良，可体形神态，再好的演员都不可能诠释出来。

"没问题。"云想想毫不犹豫。

韩静自问看尽人生百态，这部电影也不是没有好苗子来过，但在所有跟着她走一遍的小姑娘中，由始至终这么从容镇定，完全不把这些当回事的只有云想想。

她这半辈子见过形形色色的人，各种各样的演员，从来没有打心眼里欣赏过谁，这个小姑娘却打破了她平静的心湖。

"我想知道你为什么愿意。"这么漂亮的姑娘，娱乐圈少有的美丽，这么年轻的姑娘，应该娇嫩柔弱，但她骨子里的坚毅和刚强，超出韩静的想象。

就凭云想想这份得天独厚的容颜，舒舒服服地刷刷脸，想要红起来太容易，实在没有必要来吃这份苦。

"我想做个真正的演员。"

直到很多年以后，这个美丽得过分的小姑娘，用她的实力和魅力征服了所有人，站在这个圈子无人能够企及的顶端，韩静依然无法忘记，她这么坚定地对她说：我想做个真正的演员。

此时，她站在风雪之中，寒冷凛冽的风吹得她眼睛都睁不开，天地万物都在风雪之中模糊，唯独她那么清晰。

天空是暗沉的，世界是雪白的，而她就像立于黑与白之间的光。黑暗被她照亮，雪白被她渗透，耀眼得宛如九重天上的皓月，无人能够与她争辉。

"好，我终于找到了我想要的夏红。"韩静心情十分愉悦，"在见到你之前，我拍这部电影只是为了宣传公益，你应该看出来这部电影剧本单薄，我没有想过用它赚钱，这个是真人真事，这一片也是我这些年致力于改变的贫困区，然而我一个人精力和能力都有限，我其实更多地把这部电影当做宣传片。你改变了我，我相信你能够赋予这部电影灵魂。"

一部电影如果有了灵魂，那就能够感染更多人。

"不瞒韩老师，我接这部电影也并没有多么高尚的情操，我只是看重了这部电影是我一个人的舞台。"没错，吸引云想想的就是因为这部电影，她是独一无二绝对的主角，这部电影连一个配角都没有，就连戏份较多的堂弟都可以说是个酱油户。

哪怕是大女主戏，也不可能干净剔透到这样的程度，也正因为此，这部戏更具有挑战性。

"哈哈哈哈，我喜欢你的诚实。"韩静拍了拍云想想的肩膀，"你放心，

万/丈/星/光

老师不缺钱，这部电影只有你一个主角，也没有其他投资商指手画脚，是真正你和我说了算的作品！"

韩静啊，她真的不缺钱，不说她息影之前就身价不菲。后来她嫁入了香江豪门，据香江媒体报道，她离婚的时候虽然没有拿到儿子的抚养权，但她得到了十亿香江币的巨额财产。不管传言真与假，既然韩静这么有底气地说了，云想想自然心里更安定。

她喜欢韩静还有一点，就是她是真的做了二十多年公益的女艺人，因为韩静也曾经是寰娱世纪的人，只不过花想容进去的时候韩静恰好退出娱乐圈嫁人，不过寰娱世纪还有很多她的传言。

真正见到了，云想想觉得韩静比她想的还要好，而且韩静自称老师，和她喊老师是两个概念："以后就请老师多多教导。"

两人相谈甚欢，甚至韩静打心眼开始喜欢云想想，聊起来也不再是如同最开始那般公事公办。韩静自己没有女儿，三十三岁才生下一个儿子，此后再没有怀孕，她想如果她不是身处这个行业，这个年纪应该也有个云想想这么大的女儿。

云志斌看到欢欢喜喜、像母女一般轻松愉悦的女儿和韩静，满脸愁绪。

最初听说是贫困山区孩子刻苦学习的剧本的时候，云志斌很是高兴，在云想想答应绝不会影响成绩的情况下，云志斌自然赞同。亲自看了拍摄环境的恶劣，又和编剧了解了拍摄过程可能遇到哪些困难之后，云志斌只剩下心惊肉跳。

他也是有私心的，自己这么聪明乖巧的女儿，哪里吃过这样的苦，受过这样的罪？又不是儿子，如果换了云霖，他心疼也能够狠得下心，可偏偏是捧在掌心的女儿。

"想想，这部电影……"

回到酒店，云志斌特意带着儿子到了女儿的房间，想要劝说女儿放弃。

"爸爸，我知道你心疼我，可我真的很喜欢这个剧本。"云想想目光坚定，"爸爸，您知道么，今天看了拍摄场地，了解了当地的民情，我真的好感恩。感恩上天让我生在我们家，成了你和妈妈的孩子。但这世界上活在这么艰难恶劣环境的孩子还有很多，我们一个人是没有办法改变多少时，只能让更多的人知道，让他们来关心，我也想让更多如我一般长在温室里的孩子能够学会感恩和珍惜。爸爸，这是一部很有意义的电影。"

云志斌被女儿的话说得红了眼眶，他伸手摸了摸以往调皮活泼，今天格外沉默的儿子，知道今天的经历，改变了两个孩子的心境。云志斌也知道，还有更多的孩子需要这样的改变。

但拍这部电影真的比战争片、冒险片都可怕，尤其是韩静要求全部实景实拍，云志斌只要闭上眼睛，脑海里不是云雾缭绕的悬崖，就是崎岖碎石只能单脚贴着岩壁走的小路，他觉得女儿要是拍这部电影，他会睡不了一个好觉。

"爸爸，你不要担心我。"云想想知道云志斌心里的担忧，她握住云志斌的双手，"爸爸，我爬山走山路都是吊着威亚确保安全的，剧组没有把握哪里敢乱来？谁也不想背上人命不是？爸爸，给我一点信任。"

"不能让你妈妈知道。"云志斌最终妥协。

云想想这会儿也庆幸苏秀玲怀孕了不能跟着来，否则让苏秀玲看到这些，只怕要疯了，她宁可女儿恨她都不会让云想想接拍这部电影。云志斌到底是男人，要刚毅一些。不过韩静要求瘦到脱形，云想想就不敢告诉云志斌。

说服了云志斌，当即和韩静谈了合约，云想想看着云志斌颇有一种她经纪人的味道。

韩静很大方，这部电影直接给了云想想税前一千万的片酬，把云志斌给砸晕了。

一千万啊，就算是放在娱乐圈，那也算得上二线当红影星的待遇，云想想都没有想到。

"云老师，这部电影拍摄的艰难您也看到了，而且拍摄周期长，想想要吃很多苦。虽然想想是新人，不过这部电影就她一个主角，和别的电影不一样。"韩静对云志斌解释。

这是说服云志斌的理由，转头韩静却对云想想道："等你以后签约经纪公司，你的身价就不一样了。既然你想走这条路，老师希望你能够走得更长远，你值得。"

虽然猜到了韩静的用意，云想想心里还是很感动。她和韩静非亲非故，接拍电影也不过是各取所需，韩静大概是找了很久，失望的次数太多了，这才对她这样另眼相待。

韩静不是扭扭捏捏的人，谈妥了细节，当天晚上做东请云志斌他们一家三口吃了饭，问他们要不要留在川省游玩几天，她安排人给他们做向导，云志斌拒绝了，毕竟家里还有个放心不下的高龄孕妇，于是韩静给他们订了第二天的机票。

韩静很忙，由于拍摄环境的限制，很多地方只怕要用航拍，她要筹备的东西太多。据说她已经航拍了这里一年四季变化的特点，确保能够把任何危险因素排除。

【魏姗姗：想想，听说你接了《大学梦》!!!!】

云想想回家两天后，魏姗姗就在群里语气震惊地问。

【云想想：对啊，很刺激的一部戏。】

【易言：《大学梦》什么题材？】

【魏姗姗：非人题材，我给你们几张照片，看看拍摄环境……】

云想想看到大雪纷飞的真实场景，那些小路，那些斜坡，那些悬崖照得很真实。

【云想想：姗姗，你也去试镜过？】

【魏姗姗：对啊对啊，我原本以为我能够克服，但我站在这个崖上，我浑身都在抖，脑子一片空白，抓着绳梯我浑身都僵硬，我回来后还做了两晚噩梦！】

【方南渊：这是要航拍，这路我觉得我踩下去一定会塌，掉下去还能找到尸骨不？】

【易言：贫困生求学题材，这环境也太恶劣了吧，想想你怎么会接？】

【魏姗姗：对啊对啊，这是我从剧组那里得来的图片，真实环境照片完全体现不出来，我的妈啊啊啊啊，想想你真的好有勇气，就冲这一点，你以后再红，我都不嫉妒！】

看来《大学梦》的拍摄地点给魏姗姗造成了巨大的心理阴影，云想想觉得还好。她心理承受力和魏姗姗不一样。

【方南渊：感觉蛮刺激，需要男性角色吗？求带。】

【易言：求带。】

【魏姗姗：你们俩疯子，根本没有去现场，不知道多么恐怖，我宁愿看恐怖片，也不要去经历。】

【云想想：走开，这部电影只有一个主角，其他都是酱油户。】

【方南渊：只能等你拍的时候，我去探班，长见识。】

【易言：我也去。】

【魏姗姗：你们别想了，除非你们俩翻山越岭走进去，否则根本去不了，我们去试镜都是韩老师用直升机带进去。】

【方南渊：韩老师？直升机？大佬啊，这部电影要航拍的镜头不少吧，谁这么大手笔，有哪些投资商？】

【魏姗姗：你求我啊，求我，我就告诉你。】

【易言：@云想想　导演是哪位韩老师？】

【云想想：作为女同胞，我站姗姗。】

【魏姗姗：哈哈哈哈……想想，我爱你！】

【方南渊：女权天下，走了……】

【易言：带我一起走。】

最后打打闹闹，还是告诉了他们俩导演是韩静，所有资金都是韩静一力承担，毕竟试镜了不少女主角，这也不是秘密，也没有什么不能说。

《关爱》群里，周维发出了宣传海报。海报都是直接从电影素材里取出来的。

云想想看了之后愣了，因为她站在中心位，而且最大最醒目，还有海报下面的名字，她也是在一番。

【云想想：周老师，这样不太好……】

【周维：你去川省期间，我和他仨商量了之后，他们都同意。】

【方南渊：颜值是王道，我们四个都是小透明，宣传海报自然哪张最吸引人就选哪张。】

【易言：对啊，我们挑选的，既然要用你的颜值来吸人眼球，没道理不把你名字放在前面。】

【魏姗姗：怪只怪我丑。】

【周维：哈哈哈哈，好了好了，你们都是好孩子，我们的电影在年初一上映，他们仨都在帝都，点映的时候肯定都在，想想你过来吗？】

云想想思考了片刻才拒绝。

【云想想：周叔，我就不来了。】

她不去，魏姗姗他们会多一些关注，既然他们把海报最醒目的位置和一番让给她，那她就应该投桃报李，不过还是要解释一下。

【云想想：我七月要进《大学梦》剧组，可能要拍到明年这个时候，高三基本没有什么时间学习，我要抓紧多复习，尽量把高中的知识先吃透。】

【周维：那行，你好好学习，祝你来年高考金榜题名。】

放下手机，云想想觉得和魏姗姗三人的情谊很难能可贵，希望他们以后能够永远保持这份情谊走下去。

接下来，云想想就全身心地放在学习上，云志斌看到她这个状态又是欣慰又是心酸。到现在他都不敢告诉妻子云想想的新片片酬，害怕妻子追问。回来之后他也是做了几晚的噩梦。

云想想在这个寒假点亮了煲汤的技能，并且迷上了煲汤，虽然手艺不算特别好，但可以慢慢来。

辗转到了年三十，一家人吃团圆饭的时候，云想想才把所有亲戚见了个遍，云志斌排行第三，上头两个哥哥，下面一个弟弟，还有几个姐姐和一个妹妹，不过有些没有回来，但还是坐了满满的两大桌子。

云想想发现云家这一大家，大伯母和二伯母很喜欢扯家长里短，但不惹人厌烦，大伯是老实巴交的农民，二伯在做些小买卖很随和，四叔在企业做白领，四婶是个很漂亮的美人，比苏秀玲还漂亮。她虽然天天打麻将，但把家里照顾得很好，堂妹云渺渺也很漂亮乖巧。

"老三啊，新校区外面的商铺，你可以给我看看不？"吃完饭许久，二伯云志武才有些不好意思地开口。

"二哥，新校区外面的商铺不出租，只卖。"云志斌皱眉道。

现在新校区外面的商铺很多人想要，学校外面，不论是开小超市，文具用品店还是餐馆，那都是稳赚不赔。但不知道为何校长给出的结果就是只卖不租，要租只能等人家投资的人买下来了再租，所以到现在还没有售完。

这一下就很鸡肋了，特别有钱的不在意这么一个学校外面的商铺，对此有心的又没有那么多钱买下一间，不过如果想要，那就得快下手，不然等云想想的电影上映，很可能会有变故。

"二哥，我和学校里商量过了，学校外面的商铺你就不要想，学校里面很可能让你租一个。"云志斌也不是不会帮家里人。

"学校里面的！"云志武尖叫起来，那是他想都不敢想的啊。

高中的学生除了放学，没有办法出来，在学校里面的利润那是外面难以企及的。

"是学校里面，不过也不一定，我先跟你说一声。"说是这么说，但云志斌没有九成把握不可能说出来，"你们也知道新校区拍了部电影，想想有参加，我当时答应想想参加，就提出了这个要求。"

校长能够答应，的确是用这个作为交换条件，别看这部电影现在好不好是未知数，可那也不是什么上不得台面的小打小闹，只不过相比较而言是小成本，却是正儿八经的。

就算这部电影兴不起水花，周维名校毕业，谁知道他哪天会不会成名？因此，这部电影对于学校意义深远，周维虽然没有给场地费，但一定给了校方什么利益。

学校里的店铺总是要有人开的，给云志斌一个也没什么大不了。

"有一个要求，就是你得对贫困生的文具用品、学习资料方面给予补助。"这才是云志斌帮哥哥最大的理由，自家人好说话。

"想想啊，想想啊，二伯谢谢你，你真是我们家的福星！"云志武满面红光，云志斌后面提的压根不是事儿，一个学校贫困生也就那么多，就算都资助，赚头也很大，"你的电影什么时候放，我们全家都去看！"

"明天。"云想想礼貌地回答。

"那我们明天全家去看电影？"云志武对所有人道。

自己家里的人拍的电影，就算不喜欢也要捧场，云志武大手一挥，请了所有人。

《关爱》已经点映，看过点映的影评人已经出了评语，春节档的电影不少，有著名导演的商业片，也有功夫影帝的功夫片，这两部的预售非常吓人，一部七千多万，一部五千多万。而《关爱》的预售才六十多万，还不及人家的零头……

云想想翻了几部要上映的电影影评，也不知道是不是人少，反正《关爱》的挑剔是最少的。

四季群：

【魏姗姗：马上电影就要上映了，我好紧张啊啊啊啊，这是我的第一次啊！】

【方南渊：放心，你的第一次，一定会有人好好珍惜。】

【易言：在点映的时候，前辈们对我们都挺认可，我觉得应该不会太差。】

【魏姗姗：和赵导、李影帝抢地盘，我一点信心都没有，如果不是我自己主演，我都跑去看他们俩的电影。】

【云想想：新年快乐，早点睡觉，明天起来就有结果了。】

【魏姗姗：！！！】

【易言：佩服！】

【方南渊：羡慕睡得着的人，我去打几盘游戏。】

【魏姗姗：南神，带我带我！！！】

【云想想：美人都是睡出来的，我睡了，晚安。】

这个夜晚，他们四个也只有心大的云想想能够睡得早，她睡觉习惯性地关机，等到她第二天起来，四季群里消息99+。她认真地看了，《关爱》的票房已经突破一千万，当然另外两部都已经破亿，他们有个优势，就是口碑评分最高。

现在都流行网上购票，网上购票有个推荐，就是票房最高，或者口碑最好会被置顶。这样就会被更多人的关注，增加销售率，周维乐得不行，在群里发了个大红包。

【魏姗姗：想想，你上热搜了！】

云想想打开热搜，最后一名，标题是#最美校花#。

戳开之后全是电影里面的截图，显然是在看电影的时候用手机拍的，这样的效果就是光线不明，照片容易模糊，还有不少人截了一个片段。

那个片段是杨琦听到魏优在网吧触电而死,她在魏优护送她回家停留最久的那个拐角,靠在墙上,微微仰头,努力不让自己哭,她的面部肌肉没有一点点的抖动,但是眼底的痛却很明显,那滴眼泪从她的眼角溢出,滑过她饱满苍白的脸颊,滴落到无法抑制地颤抖着的双手。

那种极致的隐忍,极致的痛苦,极致的绝望,极致的悔恨,渲染得很重。

下方有留言的尖叫声;有求问校花姐姐是谁;有求问是什么电影。

果然颜值就是王道,不管怎么样,云想想凭着她的颜值以素人的身份挤进了热搜。

越来越多的人走进电影院,被云想想的颜值吸引也好,因为没有买到另外两部大热电影的票也好,都开始选择《关爱》,大部分观众都是一脸沉重,双目通红地走出来。

云想想戴着一顶帽子和全家人来看下午场的电影时,就看到一个十几岁的姑娘抱着另外一个二十岁左右的姐姐哭得稀里哗啦。

她一边哽咽,一边固执地说:"杨琦喜欢魏优吗?她一定是喜欢的,不然她不会在魏优送她回家目送她离开的地方哭得那么绝望,如果她知道魏优是在那个地方被人打破了头,是因为这个原因留下了后遗症,才会在网吧恍惚间绊倒,打翻了水杯,触电而死,她会不会更绝望?"

还有人说:"如果没有许晨父母咄咄逼人,两个早恋被揭发,非要逼得其中一个转班。杨琦肯定会接受魏优,她每天夜里温书累了,都会拿出魏优送她的礼物,那么小心那么轻柔地抚摸,她是害怕魏优也像齐小冉一样被逐出重点班,才狠下心划清界限。"

"魏优那样一个寂寞的天才,网瘾少年,他为了杨琦收心,他每次看杨琦的目光多么温柔啊啊啊啊啊!为什么要这么对他们?"

"只有我注意到那一场篮球赛,魏优看到了杨琦,故意被对手撞倒,杨琦担忧的目光,她虽然没有出声,但嘴唇很明显是'小心'啊!"

"天才和学霸,为什么没有在一起啊啊啊啊,谁来告诉我!"

云想想没有想到,很明显齐小冉和许晨的戏份更多,等她身为观众亲自看了这部电影之后才明白,为什么电影播出之后,她和易言这对反而被热议。

因为她的演技成熟,而相比白纸一般的方南渊和魏姗姗,已经有了些经验的易言自然演技也更加有感染力,虽然没有刻意,可她和易言真的掌握了主旋律。

可以说,前期所有的观众都被杨琦和魏优所牵动,这种牵动在魏优受伤触电而死达到了高潮，就连云想想的妈妈、两个伯母和四婶都忍不住哭，整个电影院都在杨琦站在昏暗的路灯下，绝望压抑无声哭泣的画面中哭得难以抑制。

也不知道是不是云想想的演技太好，就连云志斌几个男人也是红了眼眶。

有了这一个高潮，哪怕后面出现齐小冉跳楼，许晨杀人，爆出人面兽心的补课老师，都没有那么煽动观众，大家最多就是沉重、难过、愤怒。

电影最后的画面是夕阳西下，杨琦抱着魏优送她的相框，迎着夕阳缓缓地走在一片稻田里，她越走越远，身影却越来越孤寂，像黄昏，像被割了的稻草般枯萎。

色彩太鲜明，十六七岁的姑娘，那样青春洋溢的年龄，萦绕的却全是令人心碎的暮气，仿佛她的人生才刚刚开始，却又已经结束。

又催了一波眼泪。

黑幕之后，出现一排字：请给孩子需要的关爱——致家长。

电影院的灯亮起来，才有人开始陆陆续续拿着纸捂着脸起身离开。看了这场电影的人，不论是男人也好，女人也好，学生也好，都是一脸沉重，满脸悲伤。

唯独云想想像个局外人，她很平淡。

《关爱》一下子就火了，尽管它的票房没有猛涨，但上升趋势很稳，大年初一只有两千万的票房，到了初二就破了亿，初四上午就破两亿，周排名成为了第三，下午的势头很好，周五的预售依然可观。

网上的议论声特别多，尤以年轻群体，经历过辛酸高中生涯和正在就读高中的学生的议论最为激烈，口碑一直遥遥领先，发行方看到了利益开始卖力地宣传。

云想想一下子就成为了学生心中的女神，很快她的身份就被公开，就读什么学校，怎么加入了《关爱》剧组，都被暴露。

旋即又出现了一个杨琦真学霸的话题，更是把云想想顶到了高处。最高兴的肯定是校方，这一波学校的宣传，肯定出乎了他们的预料。

她那个微博每天都粉丝猛涨，下面基本都是惊叹她的演技，惊叹她的盛世美颜，还有些打滚求她爆照。

【魏姗姗：啊啊啊啊，想想你演得这么好！】

拍摄过程中魏姗姗就知道云想想的演技比自己好，但真的看了电影之后，才惊觉她们之间的差距，不过魏姗姗不嫉妒，因为她看了之后，都站杨琦和魏优！

【云想想：本色出演，本色出演。】

【易言：不要谦虚，我们的电影，不是你不会这么成功。】

【方南渊：双手点赞。】

【魏姗姗：双手双脚点赞。哈哈哈哈，我也觉得除了想想，没有人能够把杨琦演得这么好。而且我偷偷去看电影，好多人都是因为被想想的海报吸引。连带我也小火了一把，已经有好几个经纪公司联系我，还有好几个剧本，我以前想都不敢想！】

【易言：公司通知我要给我换个经纪人。】

【方南渊：我爸也去看了电影，以后不阻止我入行，我妈哭得跟什么似的，还真以为我过得像许晨那么可怜，竟然跟我说，如果我有喜欢的女孩子就带回家。只要家世清白，其他啥都不计较，大年初一，我怀疑我妈被外星人绑架，这是个假的！】

【云想想：哈哈哈哈，这说明你们演得好，才有代入感。】

电影的成功，使他们四个都有了极大的收获，也带来了不少利益。

最开心的应该是周维，他是狠狠扬眉吐气了一把，五百万成本的电影，截至现在已经票房超过三亿！

最烦恼的就是云志斌，他的电话都要被打爆了，因为云想想未成年，之前什么都是云志斌出面，联系方式也是留的云志斌的，找云想想的人太多了，都被云志斌以学业为重拒绝。

韩静都打了电话祝贺云想想，并且打趣道："好在我下手快，要不然就轮不到我了。"

她这话一点都没有错，云想想如果没有和她签约，肯定会趁着这个机会挑个好剧本，在高中毕业之前给自己增加砝码，和寰娱世纪谈判。

不过有了《大学梦》，云想想就没有打算再接戏，上半年安心读书，下半年全心投入拍摄，韩静说过《大学梦》会在明年暑期播放，就算后期反响不好，她也可以趁着大学再战，反正没有足够的底气，让寰娱世纪亲自来请她，她不会轻易签约。

《关爱》的票房虽然开始下滑，始终被上面两头巨龙甩得远远，但口碑一直是最佳，热度也不减。云想想可以说是一夜成名，颜粉占了一半，还有看了《关爱》的粉丝，弄了个混剪，把杨琦和许晨两个颜值担当剪在一起。

有了热度，自然就有人蹭热度，云想想还没有开学，微博上就出现了一个话题：#错失的校花杨琦#。

杨琦两个字现在很有热度，发帖的上了杨琦的定妆照，但不是云想想，而是另一个女生，也就读华影大学。

云想想很快就知道，这个是原本杨琦的人选，因为她在学校受了伤，医生说要养一个月，周维耽搁不起，才选择了云想想。

姑娘是被选择演校花的人，自然长得很漂亮，于是下面就出现了很多阴谋论，为什么好好的换角？姑娘颜值更高，疑似云想想交易得到角色，疑似云想想父亲是校领导，以权逼迫的言论像雨后的春笋冒出来。

第3章　初露锋芒华光绽

现在正是《关爱》大热的时候，云想想的微博粉一下子就涨到了一百万，可想而知《关爱》的力度。

从年初二开始微博的大热话题#大年初一我为《关爱》哭成狗#、#暗恋过杨琦那样一个校花#、#我曾经历被迫分班#等，把《关爱》推得越来越高。

云想想是不介意有人蹭热度，但她却不想有人踩着她上位，还往她身上泼脏水。

突然一下子就冒出这么多的质疑，很明显是有营销号在带节奏。

甚至有不少营销号跑到她的微博下留言：

【有个爸爸真了不起。】

【这么小就知道抢角，惹不起，惹不起。】

【你的脸都被吹破天，也没见镜头外的模样。】

【能说说交易吗？】

这样负面的消息也一瞬间霸占了她的微博，网友丝毫没有意识到对于一个未成年女高中生，这是多么的恶毒。

《关爱》群：

【魏姗姗：太过分了，这肯定是秦玥故意的，这些都是营销号，就凭她一个没出道的新人哪里有这样的本事，都是她签约的经纪公司干的！】

【方南渊：冷静点，这个时候我们要想对策。】

【易言：别冲动，我们这个时候不能自乱阵脚。】

【魏姗姗：我们帮想想作证吧。】

【云想想：这个时候你们不要出声，我们现在利益捆绑，你们出声他们也不相信。】

这个时候任何《关爱》剧组的人员出声都没有什么作用，还很可能会起反作用。大家会觉得整个剧组都欺负她一个小姑娘。

就连韩静都打电话来问她:"要不要我帮你?"
"我如果连这一点小事情都处理不好,趁早离开娱乐圈。"云想想勾唇。
"哈哈哈,我觉得也是。"韩静就是打电话来问问,她真心喜欢这个姑娘,"你这个时候不能放任不管,你还没有签约,很多人都看着你的反应,越是有能力的公司,越不喜欢只会被欺负的艺人,当然更不喜欢惹事的艺人。"
"谢谢老师的点拨。"云想想感谢,"如果老师不怕麻烦,帮我推波助澜一把。"
"你还想玩火啊?"韩静突然觉得有意思。
"有人想要借我东风,我不要点利息,对不起自己啊。"云想想笑意盈盈。
这些手段多么低劣和稚嫩,真当她是一个普通的高中生?
"好,期待你惊艳出场。"韩静突然有点好奇云想想会怎么做。
挂了电话,韩静就找人干活,她的人脉哪里是秦玥这么一个小姑娘能够比得了的。就算秦玥背后的公司,也不可能为着这一个新人来全力抵抗韩静。
一时间,热搜第一名就变成了#真正的校花,真正的杨琦#
《关爱》的热度虽然高,云想想也上了几次热搜,可都在尾巴上,前五都没有上过。
等到这个热搜一上去,还有好多人满脸问号,杨琦是谁?
不过大家对美都是好奇的,校花两个字足够吸引人眼球,这个话题戳开,就有秦玥精修照、艺术照,然后作为对比,就是从电影里截图的云想想照片,专挑最模糊,光线最有问题的。
云想想的颜值毋庸置疑,如果换一个人就算是这样的悬差,也未必能够盖过云想想。但秦玥也实实在在是一个大美人,在这样的对比下,自然是秦玥胜一筹。
于是下方就出现了很多评论:
【心疼小姐姐,这么漂亮,错失了一个红的机会。】
【小姐姐别怕,我们支持你,是金子总会发光。】
【抵制潜规则上位。】
【这才是我心中的杨琦啊啊啊啊!】
……
清一色地夸赞秦玥,一边倒地捧秦玥踩云想想。
随着愈来愈多的人加入,话题越发地火爆,偶尔两个说公道话的人也被淹没，很快就出现了疲态，路人的逆反心理被激起。

【呵呵，用精修图和模糊图来对比，社会社会。】

【看不懂这一波操作，蹭热度蹭成这样也是。】

【说得好像长得漂亮就能演好杨琦，关键是你长得也就中上。】

【什么时候一个未出道，蹭一个新星也能够上热搜第一????】

云想想一直关注着动态，等到这个时候，她才登录了自己的微博，发了一条震惊网友的微博。

【演员云想想V：听说我一个素人能够抢到贵公司签约艺人的角色，可把我牛坏了，又会儿腰。@长盛传媒】

谁也没有想到云想想会不理秦玥，而是直接正大光明地质问秦玥的签约公司。

一下子关注这个事态的人都惊呆了，疯狂在下面留言：

【杨琦姐姐威武霸气。】

【墙都不服，就服校花姐姐。】

【吓得我掉了瓜……】

【哈哈哈，长盛这么弱鸡的吗？我也去抢一个。】

这条微博瞬间把长盛传媒给拉下水，虽然云想想是个刚刚冒头的新人，可谁让人家现在势头好，受关注度高，他们总不能装死。

如果承认，那么长盛传媒的颜面何在？自己的艺人都护不住，连个素人都能抢走他们艺人的角色，以后哪个艺人还敢相信他们？

如果不承认，那么网上的那些话是不是要出面澄清？该怎么澄清？

然而还不等长盛传媒做出反应，云想想又发了一条微博。

【演员云想想V：听说你长得比我美，对不起我不接受。@秦玥（两张定妆照）】

其中一张是云想想的定妆照，一张是秦玥的定妆照，没有做任何处理，就是那么大大方方地摆在面前，下面又沸腾了。

【不接受不接受，你美你说什么都对。】

【我们不接受。】

【妈妈啊，我恋爱了。】

【想姐有个性，就冲你的颜，我明天去看《关爱》。】

【看《关爱》走起。】

【走起。】

《关爱》群

【魏姗姗：哈哈哈哈，厉害了我的想姐，你怎么想到这么还击？】

【方南渊：想姐，请收下膝盖。】
【易言：想姐，求罩。】
【周维：预计明天我们电影票房要增。】
【云想想：打蛇打七寸，不出手则已，一出手就要一击致命。】
【魏姗姗：秦玥还想要蹭热度，等着被公司雪藏吧。】

正如韩静所言，经纪公司不喜欢只会被欺负的艺人，但更厌恶惹事却兜不回来的艺人。

秦玥毕竟曾经是杨琦的首选，对于一个还没有作品的小姑娘，多么渴望一夜成名，云想想能理解。

不说她出演过后会不会有如今的成绩，也许没有，也许更好，这是未知。因此看着云想想小红了一把心理失衡，想要博取一点关注度，这是人之常情。

云想想不介意她这样做，二十岁的姑娘心志并不完全成熟，如果她懂得适可而止，营造一个双赢的局面，云想想也愿意让她捆绑一下。

偏偏她这么贪心，往自己脸上贴金的同时，还要企图毁了云想想，将云想想踩到泥泞里。

那就不要怪云想想狠！

还没有给公司带来利润，就先让公司颜面扫地，会让她作为一个新人接下来在公司举步维艰。

雪藏倒未必，毕竟秦玥长得很漂亮，且她这个举动很明显暴露她的野心，只要她舍得，就凭她的容貌和青春也很容易。

就看她自己怎么选择。

很快长盛传媒就对此给了回应。

【长盛传媒V：公司艺人秦玥因伤退演，不存在抢角。希望广大网友更关心电影《关爱》，杨琦小姐姐演得很棒。@演员云想想】

长盛传媒不但很快澄清谣言，晒出了秦玥诊断书的图，并且非常大气地替《关爱》宣传了一把，将大公司的风度体现得淋漓尽致，赢得了不少好感。

网上那些质疑声一下子消失，就连《关爱》剧组都不得不承情，纷纷转发表示感谢。

紧接着秦玥也聪明了一把。

【秦玥V：《关爱》很好看啊，我也去电影院看了，请大家多支持（电影票根）】

大家看到秦玥晒出来的电影票根竟然是大年初一上午场，而且网上言论由始至终不是秦玥本人发起,不过玩微博久了的人都知道,这事儿不是秦玥闹出来是不可能的,但这关他们什么事儿,他们只是看戏的吃瓜群众,既然双方都息事宁人,他们也只能散场。

第二天《关爱》的票房的确上涨了一千万,网上再也没有什么抢角以及云想想负面评价的新闻。

辗转到了元宵节,云想想已经开学,《关爱》的票房十五天也突破了六亿的关口,还有半月的时间,看这样的趋势,大家都觉得《关爱》要突破十亿有点悬。

而上面两座大山,一部已经突破十亿,一部已经八亿多,《关爱》一直占据口碑第一。

就在这个时候,针对《关爱》的话题再度炒了起来,起因是一个有着三万粉丝的博主发了一篇帖子。

帖子的内容直指《关爱》挂羊头卖狗肉,打着教育的幌子为高中生早恋摇旗呐喊,传播的明明是负能量,却被人引导看成正义的化身,微博的内容如下:

【愿美好人间V:今年电影圈杀出一匹黑马,在众多大片的夹击下,虽然没有一马当先,但却赚足了眼球。据说是小成本制作,这样算来比起票房更高的两部电影,它才是最大的赢家。

怀着好奇我也去看了一遍,首先不否认几个小演员的演技,的确让人眼前一亮,尽管还有些青涩,但瑕不掩瑜。

其次是剧情,我发现观看的高中生居多,大部分人看完之后都在感慨自己的青春和剧中主角一样无奈,但最多的竟然是在讨论关于男女主之间的爱情。认为他们的悲剧源自于父母的逼迫,源自于学校重视学习的冷漠。

当时我听着心里就隐隐发寒,原来《关爱》之所以火爆,竟然是高中生内心憋屈的一种发泄,一场无声的对来自于家庭和学校期望的反抗?这就是电影要宣扬的主题?

前天我听到了住在隔壁父女的争执,心中纳闷,为什么一向被小区夸赞的模范家庭,乖巧懂事的孩子,竟然和家长爆发了这么激烈的争吵,直到孩子摔门而出的大吼声:你们应该看看电影《关爱》,是不是要把我也逼死,你们才开心?

而后我看到无力跌坐在沙发上的父亲满脸泪痕,一股凉意从脚底蹿起来,遍体生寒。

我很想知道,这部大热的电影到底影响了多少孩子,又引发了多少家庭战争,它真的是一部传播正能量的电影?电影的最后写着,请给孩子需要的

关爱，如果一切都按照孩子的需求来，不是一种无限纵容的映射？】

文章的最后艾特了教育机构，广电局，周维以及所有的主演。

这个帖子出来，因为博主的艾特，一下子就受到了很大的关注，大家在下面议论纷纷，有支持博主，有附和博主，有煽风点火，有反对，有指责的人，热度越来越高。

被艾特了，事关电影的黑与白，周维肯定不能视而不见，他很快就发了微博。

【周维V：很久以前听过一个可笑的故事，故事讲述的是一个烟瘾很重的人因为大量吸烟得了绝症，在他被查出绝症之后他企图杀了医生。给我讲这个故事的人问我：你知道为什么他想杀了医生吗？我第一反应是：因为他恨医生救不了他？讲故事的人笑着对我说：不，他恨医生告诉他得了绝症。我当时觉得很不可思议，很惊悚。

直到今天我才深刻地体会到，原来很多人宁可捂着毒瘤自欺欺人地活着，也不愿承认自己长了毒瘤。一旦挑明，所有的过错都归咎于挑破者。您觉得呢？@愿美好人间】

周维的回击让大部分人如梦初醒，那些支持博主的人也渐渐变得沉默。不过到底还有很多人奇葩思维嘴硬。

【虽然的确有自身问题，但《关爱》依然做了错误的引导，建议该片下架。】

【《关爱》把感情偏重了，相比较家长的反思，很明显高校生的共鸣更重。】

【《关爱》被更多高校生看成为他们轻狂、早恋、叛逆的正名，影响负大于正。】

这样的言论层出不穷，这些并不是营销号，而是实实在在的网友想法。

《关爱》群：

【魏姗姗：我的妈啊，要不是我演了这部电影，我都不知道世界上这么多奇葩】

【方南渊：凡事都有双面性，不同的人站在不同的角度，看到的结果也不同，你不能理解奇葩的思维，他们也看不到你的美】

【易言：我们是不是要发言？毕竟人家也是艾特了我们，而且周导的话虽然让局势好转，但不利的言论还是在散播，如果不彻底地堵住他们，就会有越来越多的人被误导。】

【魏姗姗：我段数太低，撕不赢，你们打算怎么发声？】

魏姗姗的问话，换来一阵沉默。他们身为主演，自然是维护自己，正因为如此，他们的话说服力会大打折扣。

如果不一下子把所有人堵住，反而会造成不好的影响。可要一下子服众，他们又想不到方法。

而且他们几个要么不发言，虽然这样会出现他们默认这些的奇葩言论。一旦发言，必须口径一致，就连表达的思想也必须一样，不然一定会被人揪着不放。

【方南渊：@云想想 想姐，可有高招？】

过了几分钟之后云想想才回复。

【云想想：一会儿我发个微博，你们转发就好，也可以发表一下自己的看法。】

【魏姗姗：想姐一定想到法子了，快说快说。】

【易言：想姐剧透一下。】

【云想想：我的图还没有画完，晚点你们就知道了。】

之后无论群里怎么追问，云想想都没有再回复，大家心里又是期待，又是抓心挠肺。

也许是云想想回怼秦玥太漂亮，不知不觉之中其他人对她的期望和信心暴增。

不仅仅是他们，就连云想想的粉丝都在翘首以盼。

【想姐快出来堵住这些人的嘴。】

【好期待校花姐姐大显神威。】

【莫名对想姐期待。】

【期待。】

而云想想也不负众望，她在事情最激烈的时候更新了她的微博。

【演员云想想V：今天画一幅画，弟弟问我：姐姐你画的是天使吗？我很高兴，因为我弟弟眼睛看到白的地方，所以他心里装着天使。

我没有告诉他，如果他只看黑的部分，那么他的心里一定住着恶魔。

这世界上总有人的眼睛只往黑的地方看，却还要怨怪为什么要有黑夜。心里住着恶魔的人，抗拒光明，哪怕赠给他璀璨星河，他也只会想到诡异的黑洞。您说是不是？@愿美好人间】

云想想晒出的一张素描，只有铅笔的黑，纸张的白，但如果看白色的地方那就是一个漂亮的有翅膀甚至有光晕的天使；如果看黑色的地方，那就是一个张牙舞爪邪恶的魔鬼。

这篇微博一出，云想想的微博再一次沸腾。

【心里住着天使的在这里。】

【哦不，我第一眼看到的是恶魔，我拒绝承认。】

【我是善良的小可爱，虽然我也先看到了恶魔~~~~】

【假装自己最先看到的是天使。】

【先看到恶魔的我，只有小姐姐的亲亲才能拯救。】

【只有我注意到小姐姐的素描功底，画得真好！！】

【已下载，每天看一遍，相信总有一天我只看得到天使。】

【抱走。】

然后这篇微博下面的评论瞬间就歪楼。

不过随后不但魏姗姗三人转发，就连周维甚至韩静都转发，紧接着长盛传媒也卖了个好转发。

越来越多的人跟着转发，云想想又这样小火了一把，这一举动兵不血刃，没有尖锐的反驳，而是看似春风化雨实则凌厉无比地将所有人的嘴堵上。

这些卫道士，可不像网友那么大方，不介意承认自己心里住着恶魔，所以看什么都丑陋。

须知这世间任何事任何物都有正反两面，如果因为它可能让人看到邪恶就杜绝，那么世界将会变得多么可怕？

又真的杜绝得了有不好一面的事物吗？人的立场不同，所求所需不同，你之蜜糖彼之砒霜，彼之蜜糖你之砒霜，如何来衡量？

这一波闹腾的结果，受益方就是云想想和周维，云想想因为她的才艺，因为她的明辨是非，微博粉丝瞬间突破三百万，而《关爱》因此票房又增加了一把。

网上还出现一个比较热的话题：#用《关爱》来测试心里住着天使还是恶魔#。

不少人为此去看了《关爱》，至于他们看后到底是看到了天使还是恶魔，自然不会宣之于口，这也和云想想没有关系。

最后《关爱》以十亿五千万的票房收官，突破十亿大关，让魏姗姗他们惊喜不已，从此他们都有了个十亿票房主演的标签。整部电影最受关注，名声最响的依然是云想想。

不过她并没有去关注这些，倒是宋萌真的组建了云想想的粉丝后援会，云想想的粉丝也有了个团名，叫云朵。

好在云想想没有什么通告，也没有什么活动，没有签约经纪公司，所以要做的事情不多，不然宋萌这个高二学生党根本没有能力成为会长。

不过她的会长做得还很称职，经常对外公布一些云想想的学习动态、学习方法以及成绩。云想想的粉丝大部分是学生,对他们也有着一种正面的引导。

云想想并没有理会这些,随着《关爱》的热潮冷却,魏姗姗几人都扎堆在不同的剧组忙着他们人生的下一部电影或者电视剧,云想想却一心只有学习。

这半年她不但一直保持着年级第一,甚至在一次次月考中,她的成绩把第二名甩得越来越远。

周末除了法语班,其他的都已经停掉,除了每周上两节课法语,她大部分时间都是在做试卷,有个高中班主任父亲就不缺任何试题。

看到女儿这么努力,云志斌知道她是为了下半年的电影,除了配合也别无他法。

辗转到了五月下旬,周维给云想想打来一通电话:"想想,申市电影节在六月二十号,你一定要来。"

云想想一怔,对于第一部电影,云想想从来没有想过获奖。

申市电影节的意义非常不一样,它是唯一受国际认可的A类电影节,评委都是来自于各国,含金量不可谓不高。

现在她在上学期间,如果不是提名了,周维是不可能一定要她去一趟的,这意味着她很可能拿奖。

云想想内心激动一下,她立刻决定去,国际性质的电影节不一样,时间上也不会耽误她期末考。

"礼服方面我帮你准备吧。"周维也有点高兴,电影的收益已经到位,周维现在不穷了。

其实他心里明白,《关爱》有这么好的成绩,云想想一个人占了三分一的功劳。

"不用了周叔,我自己准备。"云想想婉言拒绝,"韩老师给了我三分之一的片酬,我这个年纪,又没有赞助商和品牌代言在身上,不需要和别人攀比。"

有多少本事吃多少饭,她可不想打肿脸充胖子。

周维挂掉电话之后,很快韩静也打来,先是恭喜她,希望她获奖,另外也是问关于礼服的事情,都被云想想拒绝。

似乎知道云想想要参加电影节的人都担心她的礼服和首饰。

四季群:

【魏姗姗:想想,我给你弄礼服吧,不是什么大牌奢侈牌,你不要嫌弃】

【方南渊:首饰包在我身上】

【易言：我呢????】
【云想想：谢谢各位大佬，我自己准备，你们也参加吧?】
【魏姗姗：对啊对啊，我跟着我们《关爱》剧组去，刷一波脸熟，据说会有很多国际导演和编剧，说不定谁慧眼识珠，发现了我独特魅力呢?】
【方南渊：醒醒，别做梦了】
【易言：梦，还是可以做一下】
【魏姗姗：你们俩，我要拉黑你们俩!!!!】
【云想想：那我们电影节见】

闲聊完之后，云想想就去跟云志斌和苏秀玲坦白这件事，苏秀玲现在已经七个多月的身孕，听到女儿可能要得奖，激动得宫缩，吓得云志斌脸色惨白。

"六月二十日爸爸没有办法陪你去了。"云志斌安抚好苏秀玲，才蹙眉道。

那时候他还得给学生上课，当天虽然是星期天，可家里还有月份这么大的苏秀玲。

"爸爸，我已经不是小孩子，都已经满十七岁了。"云想想缓缓地对父母道，"我到了机场让姗姗来接我，直接去找周叔。"

"那只给你请一天的假，你十九号去申市，二十一号也就是周一赶回来可以吗?"云志斌不太喜欢女儿请假。

虽然因为《关爱》学校的知名度大涨，云想想的成绩又一直这么好，校方领导对云想想很宽容，可云志斌不想这些优待影响了女儿的心性。

"好。"云想想本来也没有打算在申市久留，"爸爸妈妈，我要准备一套首饰和一件礼服。"

这些苏秀玲都懂："明天妈妈带你去买。"

当天晚上云志斌才把云想想下半年接下一部电影，得了一笔片酬的事情告诉苏秀玲。

苏秀玲对于女儿税后有六百八十万的片酬也是吓了一跳，韩静已经给了三分之一，那就是二百二十多万。

她立刻追问细节，云志斌只是笼统地说拍山区贫困生求学的现实片，说云想想是女主角，并且拍摄起来时间长很辛苦，才会有这么多钱。

苏秀玲反应不大，只要不是什么不符合年龄阶段的戏她就不反对，在得知导演还是她曾经喜欢的韩静之后也就不再追问，让云志斌松了一口气。

有了钱就有了底气，自己女儿那么漂亮，而且花的还是她自己赚的钱，苏秀玲自然没有舍不得，拿着卡就带着云想想去了最高端的商业区，想要给云想想买好一点的。

先买首饰，苏秀玲的意思是买钻石一整套，刷一百万她都不心疼。

可是云想想却被一套珍珠首饰吸引了，铂金打造成梅花瓣的托，花瓣上十分细碎的红宝石染出粉红的花瓣，中间点缀着一颗圆润的洁白珍珠。耳钉就像一朵梅花，很漂亮唯美。

项链则是做得稍微大一点的梅花，五朵像奥运五环的样式排列，还有一串同款绕着梅花的手镯，一个戒指，戒指的梅花和耳钉一样大小，配着一个精巧同系列的皇冠。

一共才不到二十万，苏秀玲也觉得这很配女儿，说实在的她这辈子还没有给自己买过这么贵重的首饰。

云想想拿着卡去刷的时候，还特意挑了一条二十多万的钻石项链一起付款。

马上就是她妈妈的生日，这条项链很漂亮精致。

卡绑定的电话是云想想自己的，所以刷了多少钱苏秀玲也不知道。

然后是买礼服，对于礼服云想想只需要好看，但也不能买实地摊货，后来买了一条五千多的仙女风礼服，一双银白色只有七寸的高跟鞋。

又陪着母亲逛了会儿，买了些礼物给爸爸弟弟，直到苏秀玲累了才打车回家。

请了假之后，云想想十八号晚上放了学，坐了晚间的航班飞往申市，周维已经订了酒店，魏姗姗他们早两天到达，当天晚上一起来接了云想想。

申市的机场蹲守的记者挺多，不过《关爱》已经过去半年，加上深夜，还有其他大牌抵达，他们基本没有受到任何关注，就顺利抵达酒店，云想想给家里报了平安就睡下。

第二天魏姗姗非要拉着她去逛街，她的原话是："趁着我们俩现在还没有什么知名度，就可着劲享受这样的时光吧，我怕再过一两年，想逛街都不可能了。"

云想想觉得也是，她已经很久没有和闺密逛过街，闺密就宋萌、李香菱和魏姗姗，之前忙着学习，几乎不出校门。

逛了会儿，云想想看出来了，魏姗姗是担心她没有首饰，这是变着法要送她！

"这条项链好看，你生日我们可是在群里说过，要合伙给你补生日礼物。"魏姗姗拿着一条蓝宝石项链在云想想的脖子前比画。

云想想不小心瞥见了标签，这条项链要二十万！

《关爱》的片酬，她后来都知道了，他们四个人都是一样，二十万，云想想知道这半年魏姗姗演了一部电视剧的女二号,上个月杀青,她应该得了一笔不少的片酬。

方南渊则是拍了几个广告,易言也拍了个广告和演了一部电影的男三,他们肯定都有一笔收入。

可他们现在都已经签约,得自己养助理,自己养团队,还有各种其他养生啊、护肤啊等等一大笔开支,就他们现在这个阶段,绝大多数还是负债状态。

云想想的生日在二月二号,当时他们都很忙,就说等他们商量一下一起送一份用心的礼物。

那时候云想想点头说好,只不过是不想让他们觉得忘记了而尴尬,没有想到他们都记得,她心里真的很感动。

"小富婆,我已经准备好首饰,是和妈妈一起选的,你送得再好,我也不可能明天戴。"云想想第一次亲昵地抱着魏姗姗,"不要把我想得那么穷,我虽然这半年没有动,但我签了韩老师的电影啊,说不定我比你有钱哦。"

"韩老师那么豪,电影都全航拍,我们当然知道你不缺钱,这是承诺,必须兑现。"魏姗姗一脸认真,大有云想想推掉,就别想回去的架势。

"可我不喜欢这个,那我去挑个喜欢的?"云想想只能退而求其次。

"不能低于十万。"魏姗姗冷着脸,"你放心,是我们三个人合出。"

"好好好。"云想想答应之后,最后选了一块梅花状同样点缀着红宝石的手表。

这款手表还有个蓝色同款,云想想趁着魏姗姗去付款的时候买了下来,而后又挑了两款男士的手表,同系列同款不同颜色的表带,方南渊是咖啡色,易言则是黑色。

好在苏秀玲知道她要来申市,特意把银行卡给了她。

回到酒店才把易言两人叫来,一一送给他们:"生日礼物。"

易言的生日在四月,方南渊则是在五月,唯有魏姗姗在八月,不过他们聚少离多,碰到一起就先送了,或者补送。

魏姗姗打开和云想想同款同系列的手表眼睛都瞪直了:"你这纯粹是打我们脸,我们三个合起来送了你一只,你分别送了我们一只!"

"谁让我是现在最有钱的呢?"云想想挑了挑眉,把自己漂亮的脸蛋凑到魏姗姗面前,"有本事片酬超过我之后,再来打我脸,随时等你。"

魏姗姗一把将云想想这张讨厌的脸推开,恶狠狠地圈住她的脖子:"老实交代,韩老师给了你多少。"

既然要交心,云想想也没有什么不好说的:"税后六八。"

看着云想想这么豪，三块手表加起来都五十多万，那肯定不是六十八万，六百八十万，那岂不是税前一千万！

"握草！"魏姗姗直接飙脏话，"竟然这么高！"

"比不起，比不起。"方南渊换上云想想送的手表，"我以为我这半年赚了一百万已经很了不起。"

易言默默地同步换手表："明天就戴这个，刚好和我的黑西装配。"

"以后我们都跟着你混。"魏姗姗也痛痛快快地换了手表，"我明天恰好是蓝色礼服。"

"好意思吗，你们最小的都比我大两岁半！"云想想控诉地看着易言，"易哥啊，你可比我足足大了六岁。"

本来觉得自己二十三岁青春无限的易言，莫名心口中了一箭，这么一听他好像很老了。

"哈哈哈哈，老易！"魏姗姗和方南渊不厚道地笑得东倒西歪。

接下来四个人就聊了会儿这半年的事情和下半年的计划，魏姗姗已经签了约，和方南渊一起签了之前方南渊看好的辉煌娱乐。

晚上的时候他们都把各自的经纪人带来一起吃了一顿饭，三个经纪人对云想想都很热情，语气里的试探让魏姗姗他们都很无奈。

不过云想想都礼貌而又坚定地拒绝了。

次日一早起来，魏姗姗就拉着云想想去做了美容，然后跟着周维安排好的人，云想想没有自己的团队，造型师用了魏姗姗的。

云想想的礼服是一袭由白到浅粉再到粉色最后裙摆玫粉色渐变的轻纱长裙，裙子腰间和裙摆都点缀了梦幻的蔷薇花，腰间有一抹轻纱搭到肩膀上堆出了一朵点缀亮片的蔷薇花，然后从肩膀飘垂在身后。

这条裙子把她纤细的腰身，修长的身体，优美的天鹅颈展现得淋漓尽致。

当她披散着头发出现在造型师面前的时候，对方就目光一亮，立刻给她上了妆，发现她的皮肤柔嫩得惊人，还有那一头乌黑浓密柔顺的长发，真是每一处都是备受老天爷偏爱。

因为她的礼服，造型师将她头发全部盘上去，正好戴上小皇冠，也可以体现耳钉。项链和戒指云想想都戴上，只是手腕上没有戴手链，而是选择了手表，恰好也是梅花形。

等在外面的魏姗姗三人一见她出来，都惊呆了。

云想想很美，他们都知道，素颜的时候就令人惊叹，当初拍《关爱》云想想几乎是全素颜上阵，妆容也最多是修饰眉毛，这是云想想第一次这么隆重装扮出现在他们眼前。

她美得令人窒息！

"老易啊，一会儿我们换个位置，让我有幸为美人服务一把。"方南渊先回过神，往云想想身边一站，"看我们俩站在一起，绝对大出风头，那效果一定不是一加一等于二。"

"南子啊，你现在可比我吃香，哥哥我就靠着沾想想的光博点眼球。"易言站到云想想另一边。

魏姗姗也回过神，一把将云想想拉到自己身边："你们都别想了，想想是我的！"

"阿三啊，自杀的方式有很多种，你为什么这样想不开，非要选择最难堪的一种。"方南渊毫不留情地打击魏姗姗。

"姗姗，我怕明天出个最美最丑同框的报道。"易言也是一脸担忧。

"你们懂个屁，看了鲜花。"魏姗姗双手托向云想想，又托向自己，"能忽略绿叶？"

云想想一出现，一定艳压一大票，关注度肯定很高，她才不介意沦为陪衬，至少能够吸引很多镜头不是？这么好的机会，才不要便宜这两个臭不要脸的男人。

"没看到绿叶，就看到了枯叶。"方南渊毒舌。

"枯叶也比你这坨牛粪好！"魏姗姗毫不示弱。

"你们几个别争了，一会儿姗姗你们三个走前面，我和想想走后面。"这个时候周维走出来，周维也很惊艳，但他目光清正。

周维发了话，还有谁敢开口？走红毯就这么定了。

观众对于走红毯的关注度很高，而且是现场直播，周维想着几个都是第一次，再三地叮嘱细节，他之所以带着云想想，倒不是为了抢镜头，纯属是不想这三个发生争抢，另外也是担心云想想紧张。

云想想到底才十七岁，她并没有经历过这样的场面，这三个或多或少也是镜头下的老油条，如果出一点临场事故应该有些应变能力，而他们《关爱》的重点很明显是云想想，不容有失。

电影节的直播现场，素有车祸现场之称，说的就是那样光鲜亮丽的男女明星，每次经过的时候都会暴露，不是五短身材，就是面部油腻，或者皮肤粗糙。

很多女明星其实真的很痛恨电影节的镜头，不过观众却特别爱在这个时候挑刺。

他们的电影虽然成绩不错，可也只是一小朵水花，既不可能走开头，更不可能压轴,是在中间偏后一点,这个时间点可以说很不利。

经过了开头的高潮,中间会有很长一段平淡期,他们恰好分到了观众最疲惫的时段,也就是关注度最低的时候。

大概走了一半的时候,观看的观众已经开始连吐槽都没有力气,弹幕上刷的大多是:

【好慢啊,都是些什么人啊,我全程懵逼,大半不认识!】

【恨不得快进,我偶像还没有出来,还没有出来!】

【那女的好丑,我看到她白色裙子上有了粉,不知道涂了多厚在脸上。】

【天啊,林淼和我认识的林淼是同一个吗?】

【快快快快,我已经打瞌睡了!!!!】

这时候天色已经偏暗,好不容易轮到他们,主持人提到《关爱》剧组,魏姗姗才一边挽着易言一边挽着方南渊走在前面,而云想想并没有挽着周维,而是拿着一个精致晚宴包挨着周维。

云想想一出场,仿佛暗夜之中的光,立刻引起了关注。

【啊啊啊啊,美人,竟然能够在照妖镜下这么美!】

【好漂亮好漂亮,舔屏舔屏。】

【云想想啊,那个最美校花,比电影里漂亮百倍啊!】

【惊得我瞌睡都没了】

【小姐姐走慢点,那个谁别挥手,挡到我看美人啊】

不仅仅是屏幕前的人,就连现场也是一阵阵的尖叫。对于自己的颜值,云想想是很有自信的,她始终保持着礼貌得体的微笑。

就在这时,看着前方的云想想恰好看到在他们前一个走红毯的人抬手打招呼,放下手的时候,有什么从他的手腕脱落。

他自己好像没有发现,而现场的注意力都到了她这里,由于光线的缘故,那东西落在红毯上很不显眼。

方才听官方提到过,他好像是个法兰国友人,云想想犹豫了片刻还是出声提醒。

不然她一会儿走到前方蹲下来捡东西也很突兀,到时候正主很可能已经离开这里,如果她装作没有看到,清理现场的人不注意,这东西可能会彻底遗失。

"先生!"云想想声音略微提高,她用的是法语。

如果说英语前方的人未必会有反应,这一声高喊,被现场的高呼声淹没,但似乎意识到云想想开口了,现场静了静。

抓住机会云想想又喊了一声,已经走到尽头准备签字的人回过头。

云想想抬起手腕对着他示意，然后指了指东西静静躺着的地方。

对方这才意识到自己的手表不见了，他连忙大步走回来捡回自己失去的手表，看来手表对他很重要，他都不顾及场合地往回走，要给云想想一个热情的拥抱。

"美丽的姑娘，真的是太感谢你，这是我父亲留给我的遗物，对我很珍贵。"他的拥抱很绅士，就连手都没有触碰到云想想的后背，"我叫米勒思·伊卡，美丽的姑娘，我有荣幸知道你的名字吗？"

"当然。"云想想含笑回答。

云想想用的是法语发音，这个就是云的意思。

"云，我知道了。"对着云想想挥了挥手，米勒思扬着笑容大步跑向签名板。

红毯上很快恢复正常，不过尖叫声又高了一浪。

【啊啊啊啊，法语，法语，女神竟然会法语，而且说得这么好听！】

【学霸，杨琦学霸，我爱你。】

【粉了粉了，从此我就是云朵。】

【明明可以靠脸吃饭，还这么有才，我现在去天台，还能不能重来？】

谁也没有想到云想想会掀起这样一个高潮，比起开场压轴的大腕们引起的轰动也算不小。

走进了颁奖会场找到位置之后，云想想才问周维，米勒思是谁？

"好像是一个新起的导演。"

很显然米勒思没有什么名气，否则也不会和他们一个时间段走红毯，周维只知道他是个导演，云想想就更没有听说过。

其实云想想还以为是演员，因为米勒思长得很帅，看着也就是三十左右的年纪。

颁奖仪式很快开始，主持人都是名嘴，妙语连珠，云想想始终保持着微笑坐在下方，像个乖巧的学生认真地看着舞台，很快就到颁奖嘉宾颁最佳女主角。

"我们先来看看最佳女主角提名。"嘉宾微微侧身向着身后的大屏幕，看着自己手上的卡片，"《长安》孙琦萝，《变身情人》德林拉，《爱你的魂》梵妮，《关爱》云想想！恭喜四位入围。"

云想想听到自己名字的时候，整个人都愣了，前三位一个是华国影后，两个是国际知名艺人，而她是个崭新的小透明！

【哈哈哈哈，我想好呆萌，一定没有想到自己入围。】

【截屏截屏，真是太可爱了。】

055

【好想捏脸，手痒。】

镜头打过来，云想想立刻调整，露出甜美的笑容。

当然云想想不知道自己的呆萌一瞬间被截屏，并且被许多人保存。

大屏幕上将最后《关爱》的片段播放完，正是当初她试镜的那一片段，将一个渴望而又压抑，克制而又固执的高中生演绎得淋漓尽致，没有任何台词，也能够看到她内心的挣扎。

入围的四个人定格在屏幕上，颁奖嘉宾拖长了声音："获得本届电影节最佳女主角的是……"

这一下子让现场鸦雀无声，大家都在屏息等待结果，灯光也在四个提名的人身上扫来扫去。

"恭喜，《长安》孙琦萝！"掷地有声的宣布，引来了雷鸣般的掌声。

云想想的笑容一如既往的真诚，同样热烈鼓掌。

她是一点都没有失望，能够提名都是意外之喜，最佳女主角看重的是演技。诚然在《关爱》之中她的表现很不错，可杨琦这个角色并不是特别复杂，展现的空间只有那么大，虽然她自认演技不差，却还是有提升的空间。

前面三位播放的片段，云想想都有认真地看，情感爆发得收放自如，比她好很多。

颁奖典礼还在有条不紊地进行，毕竟是国际性质的电影节，奖项很多，还有很多获奖的外国作品。《关爱》由始至终就她一个最佳女主提名，接近尾声的时候，来到最佳新人奖，颁奖嘉宾竟然是若非群。

云想想没有去关注过若非群他们，因为她算是花想容生命结束前最后一个知己，她知道，在花想容跳楼的一瞬间，她就带走了所有的怨和恨。

既然当事人自己都做了了结，她这个外人就更没有资格去评判。

若非群干净清隽，却很消瘦，虽然眼里没有什么疲惫之色，可却单薄得令人心疼。

浑身萦绕着一股子挥之不去的忧郁，站在舞台上他依然笑容温暖，和另外一个嘉宾一搭一唱很是相得益彰。

云想想却没有想到在亚洲最佳新人奖的时候她再度入围，并且这个名字是由若非群念出来的。

看了另外三个人的入围片段，云想想觉得自己的希望很大，真不知道是什么孽缘。

"获得亚洲最佳新人奖的是……"若非群清朗的声音顿了顿，才笑容加深，"《关爱》云想想！恭喜这位十七岁的小姑娘。"

云想想站起身，和魏姗姗拥抱了一下，才提着裙摆离开座位，缓步从阶梯走下去。这时候整个现场都是黑暗的，除了舞台上，就只有一束灯光打在云想想的身上，笼罩着她从楼梯一步步走下来。

她绝世的容颜，被映衬出更加惊心动魄的美。这种美澄澈得像一汪湖泊，令所有企图靠近的人都害怕，害怕被她映照出自己庸俗的一面。

这个世界不缺美人，这个圈子更是百花怒放，千妍万色，但能够做到只一眼就万众瞩目的却很少，而云想想恰好就是这其中一个，且还是最璀璨的一个。

云想想不急不缓地走上舞台，她仪态万千，没有丝毫的慌张。

明明是这么陌生的脸，明明是这么年轻的容颜，明明是完全不相干的两个人。若非群却在看到她从光晕中走来的时候，恍然看到了花想容，他瞬间愣神。

忘记了周遭的一切，仿佛视线里只看得到她。

云想想友好地和外国友人拥抱之后，走到若非群的面前，礼貌地先伸出手，然而若非群还没有回过神，好在主持人临机应变："看来我们非群也被想想的绝世容颜惊艳了。"

若非群这才回过神，有些歉意地笑了笑，伸手和云想想礼貌性地触碰。

主持人紧接着问："非群，来告诉我们，看到想想有什么感想，都呆了。"

这自然不是挑事儿，而是格外照顾若非群，给他一个解释的机会。毕竟是直播，不说清楚，明天不知道会被传成什么鬼样子。

若非群露出无奈的笑容，很自然地接下："我为即将死在沙滩上而感到惊恐。"

一句话，引得台上台下连同屏幕外的观众哈哈大笑，气氛一瞬间就恢复如初。

"哈哈哈哈，那就请非群拿起奖杯颁给令你有危机感的后辈吧。"主持人笑了之后顺势道。

奖杯就这样自然而然地由若非群递给了云想想，他真诚地说了声："恭喜。"

云想想也礼貌地回了声谢谢，才走到话筒前，深吸了一口气，微笑着开口。

"我看起来好像很从容，其实我已经紧张得脑子一片空白。没有想过自己能够获奖，因为很清楚自己还有很多的不足，也就没有想过自己如果站上这个舞台之后，该如何面对，如何发表获奖感言。"

057

云想想笑容多了一点腼腆，引起台下一阵阵善意的笑声，"以前很好奇为什么每个获奖的人都要说一连串的谢谢，直到今天站在这个舞台，手里握着奖杯，才明白千言万语真的只能凝聚一句由衷的感恩与谢谢。"

　　说着，云想想退后两步，深深一鞠躬："感谢让我站到这里，拥有这份荣光的所有人。"

　　简单的致辞，引来了热烈的掌声，云想想也在属于她的掌声中款步离开。

　　《关爱》只有这两项提名，而云想想两提一中，也很惊喜，至少她凭借第一部作品就获了奖，而且是国际电影节的奖。周维很开心地要搞个庆功宴，不过云想想拒绝了，她在颁奖典礼一结束就迅速地躲开媒体回到酒店。

　　她现在还不到去交际应酬，左右逢源，扩宽人脉的时候。

　　如果没有接下《大学梦》，在自己手上也没有任何剧本的情况下，云想想还是愿意去，可既然有了资源在手，她就要爱惜羽毛，那些场合记者太多，可以说是群魔乱舞，有时候随便礼貌性地敬一杯酒，都会被一些无良记者宣传成陪酒。

　　为了让自己以后的路更加平坦，她尽可能避免让人拿她做文章的机会，尤其是负面报道。

　　周维也念在她现在以学业为重的初心珍贵，不想她太过早地接触这个满是浮花浪蕊的圈子，以免心性不定的时候被熏染，就只带了其他三人去。

　　然而娱乐圈是个从来不缺话题的地方，就算没有话题也能找到无数话题。

　　云想想的颜值实在是出众，加上她年初的声势，昨晚的表现，最后还获了奖，可以说她的风头完全不输给影后和影帝，第二天一大早对于她的报道也是大篇幅的。

　　尤其是米勒思和若非群两个意外，更是给了无数人想象空间，最初大多都是在夸赞她颜值高，类似于惊艳天王的话题不少。

　　还有夸赞她才学好，画画棒还会法语，其次就是夸赞她演技，毕竟入围最佳女主角，又拿了最佳新人奖。

　　到处都是夸赞，这个时候再写夸赞就没有办法博得眼球，就在云想想被吹得天花乱坠的时候，有人站出来疾言厉色地批评。

　　先是说云想想衣着廉价，对电影节不够尊重。在满篇赞美的新闻中，这篇新闻成功地夺得了眼球。

　　不知道为何参与者还蛮多，有说穿得漂漂亮亮，干干净净就好。有怼这是国际电影节，来的不全是华国人，云想想这样不重视是把脸丢到了外国人面前。

争论不休,云想想并没有去理会,这个时候秦玥发了一条微博。

【秦玥V:致所有质疑想想的网友(图片)……】

秦玥发的是云想想一身装扮的官方售价图,这个时候所有人才哗然,云想想那一套没有任何大牌奢侈牌认领的装扮,连最便宜的鞋子都要四千多,饰品衣服加起来超过了四十万!

说云想想丢人的人纷纷闭嘴,而云想想很多比较单纯的粉丝纷纷跑到秦玥的微博下留言感谢,有些还为年初抢角风波质疑秦玥表示歉意。

都觉得秦玥这个姑娘挺好,大家的高兴劲儿还没有过,当天下午就有人站出来发微博。

【看朱门酒肉臭V:娱乐圈璀璨华丽的外表下到底包藏着一颗怎样的心?一个只演过一部小成本电影,最多二三十万片酬的新人,在没有任何赞助、没有任何代言的情况下,竟然能够穿戴价值四十多万的衣饰去参加一个颁奖典礼。

听闻该新人家中只有一个做高中老师的父亲肩负一家生计,母亲全职在家,家中还有一个小学的弟弟,很想知道是什么让一个高中女孩失去该有的平常心,用华贵的礼服,闪耀的首饰,将自己包装出来,非要去和一众前辈攀比?

这让我想起了当年轰动一时,为了追星逼迫父亲卖肾的疯子!这个社会未成年人的言行举止,越来越被引导得令人心忧与悲哀。】

这条微博一出,在云想想热度最高的时候,立刻受到广泛的关注,不少大V都纷纷转发,尽管没有指名道姓,却一瞬间将云想想推到了风口浪尖,她的品格立刻受到大众的质疑。

发生这件事的时候,云想想正在飞机上,等她下了飞机之后,新闻已经被顶到了热搜,完全取代了那些夸赞的话题,还是宋萌急匆匆地打电话来云想想才知道。

下方的评论绝大多数是指责,有些更是粗鄙不堪得令人难以启齿。

她翻看了微博,眼底划过一缕冷锐的光芒。

幸好她妈妈月份大被禁止碰电子产品,而爸爸根本没有注册微博,否则给他们看到了后果不堪设想。

云想想坐上了车,看着开车的父亲言语轻松并且带着喜悦,很明显他还不知道这件事。

她并没有立刻处理,而是笑着应答父亲的话,回到家整理好东西,还洗了个澡,才躺在床上,看着愈演愈烈的谩骂与质疑。

先打个电话给韩静。

韩静正在川省做拍摄的最后筹备，今天一直在大山里没有什么信号，等她回来之后，她的助理立刻把网上的事情告诉了她，她正要打电话给云想想，却先收到了云想想的电话。

"老师，我们的签约合同我可以拍下来发到网上吗？只发签约日期。"虽然这一点也不违背合约，但云想想还是先尊重韩静的想法。

"你发吧，晚点我也发条微博，正好做免费的宣传。"韩静既然不再只是想拍一部宣传电影，就自然不放过任何机会，电影马上就要开机，也没有什么不能对外公布。

得到了韩静的许可，云想想就行动了。

【演员云想想V：首先很感谢秦小姐这么快就把我的装备摸清楚，毕竟不是什么大牌奢牌，我自己到现在都没有找全它们的价格，秦小姐这份仗义执言的恩情，我记下了。@秦玥

其次，某些人在为未成年哀叹的时候，请先摆正自己的心态。未成年人再荒唐，还能说年少无知。

而作为一个成年人，在完全不了解事实，不求证事实的情况下，仅仅凭着揣测想象无病呻吟，横加指责，最后丢人的只会是你自己。@看朱门酒肉臭

难道我要把每天赚了多少钱打个明细发给你看？不过您对我上一部电影的片酬倒是猜测精准，是不是你们泄露的啊@周维@魏姗姗……

最后，朱门未必酒肉臭，只是对富恨且仇！】

云想想晒出了《大学梦》的签约合同，日期是去年年底，很快韩静转发了云想想的微博，并且留言：处女作《大学梦》，唯一的主角，快到碗里来。

一下子大家都明白《大学梦》是韩静主导的电影，看样子是云想想挑大梁。

韩静可不是缺钱的人，又是处女作，她绝对不会含糊，就算网友猜不到云想想的片酬，总不能只有二三十万这么寒碜吧？二三十万加上上部电影也有四十万了啊，人家赚四十万花四十万怎么了？

聪明的网友还是嗅出了阴谋的味道，他们都回过味来了。

秦玥反应的确快啊，云想想自己都说她一时间找不齐这么多官方价格资料，秦玥却有，这是为什么？

云想想另外那一句她的片酬被猜得精准，艾特了《关爱》导演和其他三位主演，更是意味深长。

片酬一般只有少数的人才知道，不会对外公布。

《关爱》再是小成本，也是花了五百万，把百分之五十给四位主演，一个人也能够分到税后五十万，这和云想想一身穿戴也相差无几。

那么为何那位博主这么笃定云想想的片酬是二三十万？如果不笃定他凭什么这么严加指责？

既然笃定，那么博主是从何处得知片酬？

这个博主和周维以及几位主演八竿子打不着，不可能是从这里得来消息。

这个时候大家都想起了秦玥曾经可是杨琦的首选，她都已经进过剧组，怎么可能没有谈到片酬？

再联想后面发生的事情，还有什么不明白？

呵呵呵，好大一朵白莲花啊。

就在云想想的粉丝反应过来，咬牙切齿地想要去手撕这朵白莲花之际，云想想的后援会成立以来发出了第一条置顶微博。

【云想想粉丝后援会V：粉丝规矩如下：第一，凡确认并且肯定加入云朵的小可爱们，请记住你们粉的人叫做云想想。个人行为不加干涉，一旦围绕云想想展开的话题或者言论，请在自己微博或者后援会以及云想想本人微博下活动。超出该范围，后援会不承认该粉丝。

第二，云想想是个新人，尚未成年，心性不定，作为云朵我们有必要监督、引导她。一切不靠作品说话的内容请云朵自觉屏蔽，营造一个不捆绑、不炒作、不造谣的良好环境给云想想成长。

第三，如果云朵看到关于云想想或赞美或批评的言论，请不要去参与或辩驳，因为小可爱们不是云想想本人，并不知道这些是事实或谣言。可以艾特后援会以及云想想本人，我们此后一切以官方发言为准。

以上，是云朵行为准则，接受无能者请绕道，粉丝有自主选择权。】

这条微博一出，瞬间哗然，热搜很快出现一个#云朵粉丝行为准则#的话题。

云想想应该是第一个给自己粉丝立规矩的演员，而且还是一个刚刚出道，只有一部电影的新人！

很多人好奇她哪里来的底气。

有些人说她故作姿态，有些人抱着看戏的心态，有些人说这是拿了奖就飘了，不知道自己几斤几两。

这条微博一出，云想想的粉丝掉了几十万，掉粉几十万也上了热搜。

这些脱粉的满肚子怨气，觉得云想想不尊重他们，也不拿他们当回事。不少直接转黑在下面开喷，却也不想想当初也没有人逼着他们，求着他们粉。

云想想也从来没有对他们索取过什么,既然他们决定要粉云想想,成为云想想的粉丝,以后言行很可能打上偶像的标签,凭什么不能遵守她的规矩?

虽然掉粉掉得厉害,但真的没有人去秦玥的微博下撕,最多是些路人去嘲弄她。有云想想那句不承认粉丝的言论在,秦玥的粉丝就算是想指责这些人是云想想的粉丝,想要扳回一城,想要再闹也是无能为力。

云想想本人没有动态,不过她私信了秦玥一条:【不要把你过盛的精力在我身上浪费,否则我会让你没有下跪道歉的机会!】

此后就没有再理会秦玥回复什么,她既然敢这么做,自然不怕秦玥闹。不过秦玥到底不蠢,硬生生地把这口气咽了下去。

四季群:

【魏姗姗:想姐啊啊啊啊,你怎么这么霸气,这么强悍,这么果断!】

【云想想:你也可以效仿。】

【魏姗姗:不敢。】

【方南渊:这样有利有弊吧,不过对于新人而言,你这么做就弊大于利,你把话说得这么死,多少经纪公司都不敢要你,否则十有八九要打脸。】

【易言:想想,你这样长远来说会少很多不必要的麻烦,可在你这个时期,却成了阻碍。】

【云想想:规矩就要从一开始立起来,不然等到我红了,就会说我翻脸不认人,到时候约束力就不够。】

花想容说过,粉丝就像毒品,如果从一开始就依赖他们,最后就再也离不开他们,成败都会由他们说了算。

所以,她选择破釜沉舟,从一开始就不依赖他们。也许是她年轻,对名利还没有那么看重,所以她下得了这个决心。

粉丝不在多而在真,别说掉几十万粉丝,掉光了她都可以面不改色。

这些规矩并没有触犯任何人的利益,他们无法接受,不过打心底没有尊重她。

这一点,云想想和魏姗姗他们不可能达成共识,任何人都拒绝不了名利,因为名利在他们的眼中不仅仅是名利,还是成就是地位是认可。

七月五号期末考结束,韩静亲自来她家里将她接走,云想想唯一的遗憾是不能陪伴苏秀玲生产。

一到了川省,云想想就开始控制饮食,每天除了摄入身体必备的一些营养,就什么都不能吃,她一边背剧本,一边整日整日忍受饥饿。

有时候饿得慌了,就在揣摩这是不是夏红饿的时候的真实感受?

剧本揣摩累了,就开始刷历届考题。只是一个月,已经一米六七的她就降到八十斤,真正做到了瘦到脱相。

再美的美人,瘦成这样也就别想有什么风华。云想想差不多皮包骨的状态,可看着并不觉得可怕,反而令人看了忍不住心疼,后期化了妆,处理了头发,那真的是一眼就看出是贫困区的孩子。

就连韩静都佩服她这股子毅力和韧劲儿,发了一条微博。

【韩静V:为艺术献身的姑娘,让我这个老油条都汗颜与钦佩】

上了一张云想想定妆照,照片上她穿得单薄破烂,整个人枯瘦如柴,营养不良很严重,但越发凸显得大眼睛水汪汪,是少有的干净与质朴。背后是巍峨高峰,将她映衬得越发单薄可怜。

因为之前韩静说过云想想要拍她的戏,所以云想想的粉丝在后援会发布云想想进入《大学梦》的剧组后,就一直关心韩静的动态,这条微博又很快被云想想后援会转发,这样的云想想,惊掉了无数人的眼睛。

【我的妈啊,我戳开一看吓得我手上的杯子都掉了!!!】

【谁来告诉我到底发生了什么,怎么一个月不见,我女神从电影节的艳压群芳变成了这副鬼样子!】

【啊啊啊啊啊,不看不看不看,我拒绝承认这是我女神!】

【看这定妆照,应该是要拍山区贫困题材,那背景是什么地方,看着很险峻崎岖。】

【呜呜呜呜,女神你那么美,你为什么要这样折磨自己,咱们美美的拍点小仙女不好吗?】

【心疼我女神,就冲女神这样的牺牲,电影必看!】

【必看。】

外界怎么评价韩静发布的定妆照,云想想并不知道,她全身心地投入了拍摄。

说实话,实际拍摄的时候,比她想象的还要艰难和痛苦,她才知道之前挨饿瘦身真的只是最微不足道的开始。

七月的川省真的炎热到超乎想象,剧本上说陆地被烤裂可以将鸡蛋煎熟真的是一点不夸张。

夏红没有那种凉爽的衬衫,她只有一件单薄的打了补丁的长袖衣裳,脚上穿的也是一双草鞋,云想想的脚不过两天就被扎得全是血泡,每天晚上都挑破,为了更真实,她那双圆润的脚硬生生地磨得伤痕累累,看不出一点娇

063

嫩的肌肤。

饶是磨出了一层老茧，走在这样的地上，云想想也感觉得到自己要炸裂。但她必须克服，对于这些，夏红已经到了麻木的地步，脸上不能有一点痛苦之色。

有一次不小心踩了一根锈钉子，从草鞋之中直接穿入云想想的脚，当时韩静特别变态地没有喊停，而是最真实地拍摄下来，怎么挣扎着爬到树林里，找到老一辈人口中的止血草，不顾泥土拔下来往嘴里塞，嚼碎了往脚上涂。

那种绝望，那种为了活下去的拼命，云想想都不需要演，是自然而然摆出来的，后来为此养伤半个月，拍了些不需要行走的戏份。

韩静后期把剧本丰富了起来，虽然主角依然只有夏红，但从很多细节上来凸显夏红上学的不易。

困难艰苦的环境已经不是唯一，大伯供她上学引来大伯母的不满，大伯家里三天两头地争吵，大伯母当着她的面摔摔打打。

这些夏红都看得清清楚楚，她的内心出现过挣扎犹豫，但终究是被老师描绘的大学的美好所折服。

她变得厚脸皮，为了让大伯母少些不满，她几乎用了全部剩余的时间承包了大伯家的农活，软弱的母亲在做着自家的农活时，会伸手帮一帮她。

可即便如此，也不能磨灭大伯母心中的恨，尤其是夏红把她的儿子对比得太平庸，她就更加把夏红当做了眼中钉肉中刺。

夏红虽然瘦，但也不能否认她是全村最美丽的姑娘，还是唯一一个高中生，大伯母就和夏红的奶奶暗中商量，找个好人家把夏红嫁了。

对方是个赌鬼，家里就剩一个人，是下面村的，整个村子都比他们这个村子富裕，而且对方最近赌运好，发了一笔财，正想娶个漂亮的媳妇，一听夏红的条件很快就同意，并且允诺拿出五千块来。

这件事被欺压夏红的堂弟无意间说出来，夏红疯了一般跑回去。

那是个寒风凛凛的冬天，镜头从高空打下去，她在崎岖满是雪的路上奔跑，渺小得像一只蚂蚁，她浑身也透着那股子无法掌握命运的悲凉，比恶劣的环境更让人揪心。

这一场戏拍的时候也险些出了意外，在云想想从下方沿着软梯爬上去的时候，因为寒冷侵袭，因为手脚冰凉僵硬，她没有抓稳软梯，整个人就掉了下去。

好在她身上吊了威亚，并且她反应很快抓住了软梯，可是眼睛差了那么一点就被尖锐的石头戳伤，如果不是她反应快，只怕要赔上一只眼睛，额头上到底划了一条血痕。

　　但是云想想这几个月已经和韩静达成了默契,她没有感觉自己不行了,紧紧抓住软梯,咬着牙爬上去,然后倒在了崖上的厚雪里,咬着手背伤心绝望地哭了出来。

　　她并没有哭多久,就站起来接着往前跑,镜头一直在直升机上跟着她。

　　她跑回了家中,还没来得及去找伯父恳求,迎接她的是母亲快不行了的消息。

　　原来她的母亲也听到了大伯母和奶奶的私下商量,老实了一辈子的母亲,被欺压一辈子抬不起头的母亲,第一次站出来为她抗争,却被奶奶一巴掌甩出去,摔倒在地磕破了头。

　　她母亲难得硬气一次,死死地盯着大伯母,她说她知道误杀人也是要坐牢的,如果她们俩不答应放过夏红,她就会告诉大伯是大伯母推了她,现场只有她们仨。她这么说,她们那自私凉薄的婆婆,一定会做证人。

　　夏红母亲成功地吓退大伯母,大伯母允诺以后不再阻止夏红读书。

　　于是夏红的母亲说自己是不小心摔倒,她直到死都在等着女儿回来,但大伯母并没有派人去喊夏红,她害怕夏红的母亲悄悄告诉夏红,自己以后被夏红威胁。

　　大伯母看着满脸是血的夏红跌跌撞撞地跑回来先是吓了一跳,还想阻拦她进屋,但是在大伯的质疑下让了路,直到听到屋子里传来哭声,夏红还没有迈进门槛,她才如释重负。

　　母亲下葬之后,夏红做了个梦,梦见她考上了大学,梦见母亲粗糙的手摸着她的脸,满脸的欣慰。没有母亲,又被心虚的大伯母和奶奶不待见,父亲从来对她心中有恨,怨她为什么不是个男孩。夏红的日子过得更加艰难,但是越发坚定了她要考上大学的决心。

　　接着就有了后来她自己在山上觅食,饿极了可以把好不容易弄到的巴掌大小的鱼砸死,胡乱点火烤得半生不熟就啃,满山遍野找吃的,遇到过毒蛇毒虫,最后目光投向了那一条死寂的小河。

　　也就开始走上了她人生的绝路。

　　这部电影云想想几乎没有一个镜头重拍过,除非是设备故障,或者其他原因,都是一条过,可却拍了足足七个月,她连新年都是在剧组里度过。

　　因为中间恶劣的天气耽搁,因为她意外造成的数不尽的伤要休息调养。

　　拍完之后,云想想前所未有的累,累的不是心,而是身体,回到酒店她整整睡了两天才缓过神。

　　她并不能就这样回家,顶着这副模样,苏秀玲看了会吓得魂飞魄散,她自己现在都不敢照镜子。

整个人不仅仅是瘦，还狼狈得真的像个乞丐。

韩静带着她各种调养，又去了最好的美容会所，花了一大笔钱，才用了两个月把云想想养回来。

这样一来，她直接错过了华影和帝都戏剧学院的报考时间。

甚至她十八岁的生日，也是韩静的陪伴中度过。

时间一晃到了五月，幸好云想想年轻底子好，新陈代谢快，虽然赶不上巅峰时候，但也恢复了八分元气。

云志斌已经打了好几次电话催她，下个月就要高考，体检、准考证之类的备考事情必须要回去准备。

她回到家中的时候，家里多了个新成员，已经十个月的弟弟。

小弟弟在取名字上还闹了个笑话，云志斌打算给取名云霄，苏秀玲想取云雷，而云霖则是坚持要叫云霸，说云霸听起来威风。

云志斌和苏秀玲就笑他，威风也不是他威风，十二岁的云霖不以为然，转头就给云想想打电话。

"叫云霸多好，以后别人一听我有个小弟叫云霸，我多有面子？"

云想想至今想起来都不由想笑，不过三方争执不下，谁也没有说服谁，就打电话问她支持谁，她自然是谁都不想得罪，于是给取名：云霆。

哪知道四个名字拿去算了之后，算命大师说云霆最好，于是弟弟就叫云霆。

对此，云霖觉得虽然没有云霸那么威风，但还是比爸爸妈妈的有档次，勉为其难地接受了。

事后，云想想开玩笑问他："这么遗憾，不如自己改名云霸。"

云霖果断拒绝："这么傻缺的名字，我才不要。"

云想想不由没好气地质问："你还知道傻缺，也不怕弟弟长大了和你拼命。"

云霖则是一脸认真地思考后说："我和他相差十一岁，按照科学发展，除非我残了，否则在我五十岁之前他打不赢我，等过五十岁后，我会让他打不赢我儿子！"

云想想不由笑喷，拍电影那段时间，也就是偶尔跟家里打个电话能够让她感到慰藉。

回想那半年的艰苦，云想想认为她没有再重来一次的勇气了。

电影二月中旬拍完，暑期档上映并不赶。不过韩静很遗憾来不及参加五月的法兰国电影节，她对这一次的拍摄很满意，她说不得奖天理难容。

好在上映之前,可以先参加申市今年的电影节。韩静让云想想安心高考,其他等她通知。

她悄悄回来,没有告诉爸爸妈妈,想要给他们一个惊喜,站在门口按门铃时,却有些忐忑,这是她从来没有过的情绪。

开门的是苏秀玲,她一手抱着一个小婴儿,一手开门,看到分别快一年的女儿眼眶瞬间就红了,一把将儿子塞给云想想,在云想想发蒙的时候,将她一把抱入怀中。

云想想生怕手上的弟弟掉下去或者被妈妈给挤到,她还是第一次抱这么小的娃娃,她妈妈真是激动得昏了头,儿子都不要了。

"妈妈,快松开,弟弟要掉了。"云想想为了不让弟弟被挤着,弯着上半身,又被妈妈紧紧搂着脖子,这个姿势可以说真的很难受。

苏秀玲这才松开,接过自己的儿子,带着云想想进门。今天是周四,云志斌在学校,云霖在上课,家里就只有苏秀玲。

"你饿不饿,妈妈给你煮碗面?"苏秀玲问云想想。

"妈妈,我吃了饭,你别担心我,我如果饿了自己会做。"云想想回到自己阔别已久的房间,屋子干净整洁,洗了个手出来先逗了一会儿弟弟。

云霆长得特别可爱,白乎乎水嫩嫩的,睁着黑溜溜的大眼睛,也不爱哭,不过云想想看着他的小脸陷入了沉思:"妈妈,我怎么觉得他长得好眼熟。"

"噗。"苏秀玲笑出声,拉着云想想进了她自己的房间,指了指她书桌前贴的照片。

云想想瞪大眼睛,看看有些老旧的照片,再看看这个白白胖胖的弟弟,根本是一模一样,立刻有些惊悚地双手捧着自己的脸:"那他以后岂不是要和我长一个样子?"

自己这样的绝世美貌长在一个男性脸上,云想想有点接受无能。

"放心,和你只是有几分像,和你弟弟更像。"苏秀玲原本看着女儿消瘦憔悴的忧心被驱散,又去拿了云霖的照片给云想想。

云想想把两张照片和这个新弟弟对比,发现云霆的确和云霖更像,想到云霖现在的模样和自己也有五六分相像才松了口气。

"你还怕有人和你像?"苏秀玲没好气瞪了她一眼,"你以后要是生个儿子你也不要?"

"妈妈你在说什么呢,人家还是个孩子!"云想想无语。

她才不想告诉苏秀玲,她就没有谈恋爱嫁人的心思。

有那闲工夫谈情说爱,不如多拍一部电影,多陪陪家里人。

只不过这一刻的云想想不知道她人生第一次打脸会来得那么猝不及防。

晚上云志斌知道女儿回来了松了一口气,周五也没有让她去上课,就让她多休息两天,并且拿了一套试卷测试她,测试的结果他很满意,也就不计较她的迟迟不归。

云想想舒舒服服地在家里宅了三天,她挺喜欢云霆,他基本不哭,就算拉臭臭也只是哼唧两声。每天定时定点地给他喂奶粉,其余时间他要么睡觉,要么就是睁着大眼睛做表情。

萌得云想想一脸鼻血,抱着他爱不释手,口头禅都变成了:"这世界为什么有你这么可爱的小宝贝。"

可把云霖醋得不行,时不时地往姐姐面前凑,经常询问:"姐姐,姐姐,谁是这世界最可爱最乖巧的弟弟?"

把云想想逗得哭笑不得,云想想可不想他记恨云霆,十一二岁的男孩子最是记仇,每次都不厌其烦地对他说:"肯定是云霖啊。"

一家人过得快快乐乐,云想想家里是三室一厅,以前住着刚好,现在多了个孩子,就多了许多东西,不得不考虑买房的事情,对于这个问题云想想认认真真地和父母说了自己的想法。

"爸爸妈妈,我们买帝都的房子吧,我肯定要去帝都读大学,到时候我们全家都去帝都,弟弟下半年上初中也可以上帝都的中学。"

第4章 一眼万年的初遇

云志斌和苏秀玲对视一眼,云志斌眼底透着笑意:"想想,孩子长大了,爸爸妈妈就应该放手让他们飞得更远,给更多的自由空间。虽然你才成年,但你一直独立自强。这里是爸爸妈妈的根,爸爸在这所学校二十多年,爸爸妈妈的亲朋好友也都在这里,我们俩并不想离开。"

云想想一怔,在她心里人都是向往更好的生活,她有能力给他们更好的生活,给弟弟们更利于成长的环境,加上云志斌和苏秀玲又这么疼爱她,她一直理所当然地觉得他们会毫不犹豫地跟着她走。

结果却和她预期的完全不一样。

突然听说要与他们长期分开有些失落,不过很快就释然。

站在苏秀玲和云志斌的立场上,孩子长大了就要学会独当一面。

最重要的是她以后的事业注定她不可能长时间在家里,就算他们和她去了帝都,她也不能陪伴他们。

她又怎么能自私地让他们抛下这里的一切，去一个新的地方重新来过？至于更舒适的环境，并不是所有人都觉得极致的物质享受是舒适。

他们学校是市重点学校，弟弟们若是足够优秀，她能够考到理想大学，她相信他们也可以。如果他们本身不行，就算条件再好，也是不能达标。

"那好吧，不过爸爸妈妈，我上大学之后可能也会拍戏。"云想想必须把自己未来要走的路摊开在云志斌和苏秀玲面前。

苏秀玲没有任何意见，她露出了坦然的神色拍了拍云志斌的手背。

如果是两年前的云志斌，他一定不会让自己的女儿进入这个圈子，也许是因为他古板的思想，也许是因为外面把这个圈子传得太过于金玉其表败絮其中，他曾经对这个圈子抱着很大的偏见。

但是这两年，女儿为了两部电影付出有多少，他看在眼里，而且他的思想也在转变，通过接触周维和韩静，他觉得这些人和他想的也不一样。

再说电影，也并不是都是情情爱爱，哗众取宠的东西，也有具有意义的电影，比如女儿主演的这两部。

"爸爸不能干涉你选择自己的人生路，但爸爸只希望你无论走多远走多高，无论顺遂还是逆境都要记住，做人心要正。"云志斌语气严肃。

云想想笑得格外甜："爸爸，你放心，我一定会记得这五个字。"

"那我们就来说说你想考什么大学。"苏秀玲终于开了口，"我打听过，帝都两所和演艺事业相关的高等学府都是年初报名，你已经错过。"

"是啊。"云想想有些遗憾，华影是她最理想的大学啊，却没有想到这样错过了，她当时就算是报了名，那种状态也不能去参加艺考。

"想想，爸爸想给你个建议。"云志斌似乎做好了准备，"并不是电影大学或者戏剧学院毕业才可以做演员，而演员所需要的也不仅仅是演技。"

"一个优秀的演员，有演技是必要，但空有演技没有底蕴，也是形似神不似，演技你要是觉得自己不足，可以报个演艺培训班，可有些时光错过了就是一辈子的遗憾。以你的成绩，只要高考不出意外，足可以上最高学府。"

"爸爸我明白，可最高学府的课程紧，管理严，我如果读了最高学府，很可能大学四年没有办法拍戏，我并不是急着拍戏，可我不想错过好剧本。"

如果可以上最高学府，谁不愿意，这么辛辛苦苦地学习，为的不就是那最高的认可和荣誉？

奈何除了和演艺相关的大学，哪里会允许长期请假？如最高学府这样的大学，和她的事业相冲。

要么她放弃四年的拍戏时间，这样一来她和寰娱世纪就别想在四年内签约，还要错过不知道多少好剧本。

要么她坚持拍戏，只怕最后也只能被学校劝退，最高学府可不会因为是个小名人就给开绿灯。

"凡事都有例外。"云志斌却笑了，"规矩都是让足够优秀的人来打破。想想，我们省是先出成绩后填志愿。"

这是云志斌最喜欢家乡的地方，全国各地的高考政策不同，有些地方还是先填志愿再考，大部分地方却是考后评估成绩填志愿，而他们省则是考后出了成绩再填。

这样对于学生而言，大大增加了录取率，除了少数会因为抱着侥幸心理，打算擦边会被刷下来，基本不会出意外。

"爸爸的意思……"云想想立刻领会了云志斌的想法，她的心扑通扑通跳起来。

规矩都是让足够优秀的人来打破。

如果她足够优秀，就像她一直在增加自己的筹码，让寰娱世纪先放低姿态主动找她一样。

为什么她不能考出一个足够优秀的成绩，让这些高等学府来求着要她呢？到时候她不一样可以谈条件，只要她保证上学之后她不挂科，对专业成绩做出一个承诺，她为什么不能拿到特权？

"加油！"云志斌看女儿懂了，就鼓励一句。

苏秀玲也抓着小儿子的手对着云想想晃着小拳头："加油。"

"姐姐加油！"云霖也不落后，"你要创造纪录，等我来打破！"

"嗯。"云想想看着一家人的激励，顿时浑身充满干劲。

接下来她几乎是抓紧每一分每一秒努力，数学方面有云志斌给她开小灶，在云志斌极尽挑剔的目光下她也做出了几份满分试卷。

其他学科托了云志斌的福，她也是天天找着各科老师，加上学校也想要培养几个标志性的高考生，最后校长一商量，就把最后一次月考年级前二十着重拎来最后冲刺一把。

当然有自愿觉得跟得上的其他同学也可以加入，不过是多印几份试卷的事情。

也许是之前拍摄《大学梦》的经历锻炼了云想想的筋骨，很明显她身体素质和心理状态都比其他同学好太多。

成绩也是一直领先第二名一大截，加上她这半年跟着那位有名的营养师，学了不少营养均衡调节的知识，他们也加了微信，偶尔云想想不懂的也会问，对方对云想想的感观很好，对云想想的提问都很有耐心地回复。

云想想也不藏私，直接贴在了学校给参加冲刺的同学们分享。

从五月到六月，云想想一个月刷了五十套题，平均一天两套的量惊呆了整个学校，最后十套题她的总分基本都在740分以上。

到了六月，距离考高还有一周的时候，云想想就没有再学习，没有再看书，也没有再做任何考题。

"为了跟上你的进度，我们俩可是拼了老命！"云想想停了，宋萌和李香菱也停了，比起云想想的容光焕发，她们俩一脸菜色。

"你们俩打算考什么大学？"

站在新校区的操场上，凭栏望着操场上追逐的学弟学妹，云想想第一次问了她们俩理想中的大学。

"我要报考华国传媒大学。"宋萌早就想好了，"我说了这辈子好姐妹，永远不分离，我老妈没把我生得貌美如花，我只能曲线救国咯。"

"什么专业？"宋萌一直很喜欢媒体这一块，云想想觉得这个专业应该是发自内心。

宋萌最后刷题也稳定在660分左右，要考传媒大学十拿九稳。

"肯定学最好的新闻传播专业啊。"宋萌理所当然。

笑了笑，云想想转头问李香菱。

和宋萌的普通不一样，李香菱长得很清秀，虽然不是绝色，但一打扮也不输许多女明星，不过李香菱是个网瘾少女，她对于演戏也不热衷。

"香菱呢？"

推了推眼镜，李香菱说："华国人民大学。"

和宋萌对视一眼，云想想两人都好奇："你要学什么专业？"

"她呢，是因为长得太丑，没有办法读电影或者戏剧大学，所以退而求其次读传媒。"

李香菱把宋萌拉过来，指尖在宋萌的脸前一绕，然后举起自己的臂膀，努力想要撑出肌肉，"我呢，是因为太弱鸡，没有办法读刑警大学，所以也只能曲线救国学政法。"

"未来的大律师，失敬失敬。"云想想摆出诚惶诚恐的表情连连作揖。

"去，我长得丑怎么了？这年头想要读电影大学还需要长得美？我要是真想做演员，我不会动刀子吗？"

宋萌凶凶地在脸上比画，然后鄙视李香菱，"倒是你，这辈子是没有办法如愿，只能乖乖去读政法，不过一个网瘾少女大律师，哈哈哈哈，你最好不要成名，否则看我怎么把你的糗事公布于众。"

"本是同根生，相煎何太急。"李香菱一脸叹息，"你也最好别做出业绩，否则我也不好意思说某人因为舔某某的海报，上厕所竟然只顾着拿海报进去忘了带纸巾，还专门打电话让我给送纸，某人还很花心，很现实，谁红喜欢谁，流水的男神，铁打的花痴……"

"行了行了，咱们俩和解。"宋萌听不下去，打断李香菱，转头问云想想，"想想，你好像错过了戏剧学院和电影大学的报考，你这么拼命地刷题不会是冲着那两座大山去的吧？"

"不冲着它们去，我干吗这么自虐？"恐怕整个学校都知道她的目标。

"那你更看重哪一个？"李香菱问。

"都一样，谁满足我的要求选谁咯。"云想想对于这个还没有想好，甚至以后读什么专业都没有去了解，等考完再说。

"想姐，请你保持这种高傲姿态霸气地走下去。"宋萌做出一个恭迎女王的姿势，"小的一定兢兢业业读完大学，争取为您服务。"

"小的也努力变得优秀，争取成为您的法律顾问。"李香菱也作势低眉顺眼。

云想想拨了拨刘海，下巴一扬："格外恩准你们俩走后门，提前考察。"

两人对视一眼，齐齐道："谢主隆恩。"

"平身……"

云想想才刚刚一抬手，两人就跳起来往她身上扑。

"说你胖你真敢喘，还平身呢！"

"以后别惹了一身麻烦，天天让我给你发律师函！"

"看谁以后求着谁……"

三人嬉笑怒骂，在操场上疯跑，清脆的笑声弥漫开来，飘扬着无限的青春活力。

时间一晃就到了高考，考试的前一夜，云想想登录了微博，拍了她的准考证发到微博上，久违地更新了微博。

【演员云想想V：明天加油，同伴在哪里，一起加油！奋斗！】

【高三。】

【和小姐姐同一天考试，一起加油。】

【小姐姐没有报考华影和戏剧学院，小姐姐考哪里，提前透露下。】

【楼上，你想干吗？】

【我想和小姐姐成为校友。】

云想想难得有心情挑了一批留言回复，不过对于自己的目标只字未提，基本上都是一些勉励的话。

这是云想想第一次这么近距离和粉丝互动，一下子不少粉丝纷纷冒头，一直到晚上九点整云想想最后一个回复说的是晚安。

第二天云想想神清气爽地起床，吃了妈妈一大早准备的爱心营养早餐，他们学校就是考试地点，除了他们以外，其他都放假腾考场，他们这个班在自己学校考试。

　　这对于她倒没有多少影响，但对于其他同学，自己的主场地还是更有利，而那些因为看过《关爱》对他们学校好奇的其他学校考生，入住的这几天也兴奋了一把，云想想被不少人围观，发到了微博上去，她只希望和她同考场的同学不会被她影响。

　　考试进行得很顺利，考前倒是有不少考生打量她，不过云想想基本是掐着点入考场，没有任何机会给别人凑上前，以免造成不必要的麻烦。

　　云想想做题很顺利，虽然不是一模一样的题，可都是换汤不换药，一样的套路而已，交完卷就立刻回家，和她同考场的人基本整个考试中没有来得及和她说一句话。

　　考完试的当天晚上，云想想接到了韩静的电话："二十一号申市电影节，不能缺席。"

　　"老师真的赶上了啊。"云想想有点惊讶。

　　他们拍完的时候都是二月中旬了，而电影节的评选活动好像是三月报名，满打满算留给韩静后期制作的时间也最多一个半月，才能赶上报名的尾巴，以韩静这么精益求精的姿态，云想想以为会赶不上。

　　韩静如果只是为了求奖，就应该更快一点，上个月的法兰国电影节就不会错过，显然她后期也不会敷衍。

　　"没有把握的事情，老师会先告诉你？"韩静笑着说道，"可把我累得够呛，付出了这么多，现在就等结果。"

　　"会有个好结果。"云想想心里也是这么想。

　　对此韩静不置一词，哪个导演和演员不觉得自己的作品好？

　　而自己觉得好，并不代表评委也觉得好，评委觉得好也不见得观众觉得好，所以很多获奖的作品其实都没有什么票房。

　　同样很多高票房的电影也未必能够获奖，对于《大学梦》最终的结果，韩静也猜不到，不过该做的都做了，一切交给老天爷吧。

　　"你暑假有什么安排？"韩静突然问。

　　云想想坐直了身："本来打算休假，不过老师这样问，肯定是有好剧本介绍给我。"

　　"小蛔虫。"韩静笑骂了一声，"我这里的确有一部电影介绍给你，是香江这边的电影，导演是我的好朋友林家良，你要是有空，就来一趟香江，我带你去见见，顺便我带你在香江玩一玩，再一起去参加电影节。"

"好，我和爸爸妈妈说一声，后天去香江可以吗？"

云想想压根没有问是什么样的剧本，她相信被韩静看上的一定不是部乱七八糟的电影，而且林家良导演可是非常著名拿过很多大奖的导演。

虽然现在香江电影正在走下坡路，但不能否认香江的电影更具专业性，拥有属于它们自己独特的风格和特色。

香江的电影内陆的演员其实很难加入，尤其是像云想想这种还名不见经传的人，如果不是韩静的力荐，她估计和这位大导演见面的资格都没有。

别看现在内陆演艺事业发达，但局限于电视这一块，而电影的真正大腕大多都在香江。

花想容在电视圈几乎已经发展到了最高峰，她已经做好准备面向香江和国际，可惜来不及实施。

这大概是她人生唯一的遗憾。

而她的起点比花想容高太多，很幸运地认识了韩静，接下了她的电影。以至于花想容以前想要的东西，云想想这么轻而易举地就拿到。

不过韩静也说过，是去见一见林导演，也就是说能不能拿下这个角色得靠自己。

粤语她是个半吊子，不过她相信如果她能够留在香江拍完这部电影，一定会突飞猛进，至少她懂粤语，和其他演员对戏也不会太麻烦。

兴奋的云想想转头就把这件事告诉云志斌和苏秀玲，夫妻俩对于才回来忙完高考，一点都不休息就又要跑的女儿很无奈。

亏他们俩还在商量等云志斌的学生放假了，他们要不要一家出去旅游，这下好了，全泡汤了。

云志斌还得继续给没有放假的孩子上课，苏秀玲怀里这个还没有满一岁，还有一对父子放不下心，只能让云想想独自去香江。

从云想想亮晶晶的眼睛里，夫妻俩都看到了兴奋的光，知道她是真的很喜欢，哪怕是担心她太劳累的话也说不出口，马上要上大学的孩子，已经不能住在象牙塔。

"去吧，手续之类的办好，去了那边多听韩老师的话。"云志斌只叮嘱了这么一句。

倒是云霖拽着姐姐的手不放。

云想想摸着他的脑袋："如果姐姐在香江拍戏，你放假了就和爸爸妈妈带着弟弟来香江玩。"

至于手续，到时候可以拜托剧组，游玩一个月应该问题不大。

云想想是主张假期多带孩子出去走走，难得有像云志斌和苏秀玲这样有假期的家庭。

果然云霖期待地看着父母，夫妻俩默契地看了对方一眼点头，云霖才露出高兴的笑容。

"不过云霖得考年级第一，才能出去玩，并且保证玩的时候带上全部作业。"云志斌又给云霖加了条件。

对这些云霖一点都不在乎，这小家伙比云想想可聪明多了，再加上受云想想的影响，一直以第二名及其以下为耻。

察觉他并没有特别钻牛角尖，对于弟弟这点傲气，云想想也就不干涉。

次日，云想想正在收拾行李，宋萌和李香菱相携而来，本打算约她一起出去玩，商议要不要一起来个出国旅游，知道云想想要去香江随后要去参加电影节，两个人死缠着要一块。

鉴于两人高考前的努力表现，并且自信满满地对家里说考试理想，家里一听是跟着云想想出去，打电话询问了云志斌后，也就同意她们俩跟上。

四季群：

【魏姗姗：恭喜想想毕业！】

易言和方南渊也紧跟着一起发了个恭喜和礼花的图片，几个人倒是像商量好的一起上线。

【云想想：你们几个商量好的啊，今天不忙吗？】

【易言：昨天你才考完，让你好好休息，我们今天商量好的一起上线。】

【方南渊：这会儿在剧组，今天没有我的戏。】

【魏姗姗：我今天拍了个广告就完了。想想，你接下来有什么安排吗？】

【云想想：韩老师让我去香江找她，晚点一起去电影节，正好我也约上几个同学，去香江进行几天的毕业旅游。】

关于去香江试镜的事情，云想想并没有说，要是没有成功就尴尬了，不过依然引来羡慕。

【魏姗姗：哇哇哇哇，你的电影都没有播，就又能去电影节，好羡慕！】

【方南渊：祝想姐旗开得胜，再创新高。】

易言则发了个加油的图，去年云想想得了亚洲最佳新人，再创新高就是预祝她拿下最佳女主角，云想想并没有这野心。

《大学梦》云想想尽力了，但具体播放出来是个什么效果，云想想其实并不知道。一部戏的成功，真的不是一个人起作用，而是整个剧组，哪一个环节不到位都会毁掉。

又和他们几个聊了会儿，他们就各自有事忙去了。现在他们四个当中，最红的应该是方南渊，凭着他出色的外表方南渊去年演了一部青春偶像剧，在去年年底播放的时候火爆。

云想想从川省回来的时候，就被宋萌念叨得耳朵起茧。魏姗姗去年的女二号剧反响一般，不论是剧还是她都没有兴起水花。

易言的电影倒是成绩不俗，可惜是个男三号，电影的男三号和电视剧可不一样，镜头少得可怜，表现的地方也不多，因此事业也没有多大的跨度。

不过事实证明辉煌娱乐虽然是后起之秀，但因为财力雄厚，比易言签约的腾飞更加有资源。

加上辉煌娱乐现在没有什么顶梁柱，舍得往新人身上砸，所以魏姗姗和方南渊的发展前景要比易言好。

云想想和宋萌、李香菱三人到了机场是韩静亲自来接的，可见她对云想想的喜欢，对于云想想带来的朋友，也是很亲切，像个家长一样招待。

韩静甚至没有让她们住酒店，直接把她们带回了自己的家里。

一套相当奢华的别墅，曾经看过八卦新闻的宋萌抽空拽着云想想小声道："据媒体爆料，这套别墅价值这个数。"

宋萌比了个二，看她那满面红光的激动样子，肯定不是两千万这么简单。

韩静原本打算给她们三人一人安排一间客房，但宋萌强烈要求她要和李香菱同屋，也就没有强求，韩静也喜欢宋萌，感觉大大方方，很开朗活泼。而李香菱则是文文静静，看起来很娴雅，她对她们的印象极佳。

回到家韩静就没有打算再出去，她似乎很随性不受束缚，直接换了一套宽松的真丝睡裙，披着外套就拿着剧本放到了云想想的面前："你看看。"

宋萌和李香菱都不知道云想想还要来接工作，以为只是来玩然后和韩静一起去电影节，两人还没有看到过剧本，都好奇地凑上前，韩静既然当着她们的面给，那就不需要避讳。

可是一看到繁体字，宋萌直接默默移开视线，李香菱也就是好奇瞄了两眼就收回目光。

不同的地域文化，自然导致剧本的个性化，看惯了简体剧本，第一次看到这种繁体，最初云想想还是有点不适应，尤其是香江式的对白描写也有点与众不同。

不过不妨碍云想想把这个故事读完，并且两眼放光。

不是打酱油的角色，确切说应该是女一号，电影名字叫《正义无私》。

听名字可能误以为是警匪片，但并不是，而是一部悬疑教育电影。

云想想拿到的这个角色是男主角的女儿，这里面可没有什么伦理纠缠。之所以女儿是女一号，爸爸是男一号，完全是因为爸爸是高级总督察，而那个令警方头疼心惊害怕的大boss凶手,就是云想想手里的这个女儿。

故事的开端是男主角许康晋升总督察,就在成为总督察的第二天出现了一起杀人案。

死者是一名普通的女老师,这名女老师单身独居,死在家里,现场只有她自己的指纹。

她死的时候穿着漂亮的艳红色晚礼服,安静地躺在沙发上,茶几上放着一瓶红酒,杯子里剩下三分之一,检测出来的结果是酒精中毒而死,可她喝下的酒根本不足以导致酒精中毒,只能等更精准的法医检验才能确定她真正的死因。

女老师住的地方是普通小区,监控不完善,楼上楼下都没有听到任何动静,她死得很安静。

等到警察到了现场收集完证据回到警署,同组办案的一个人员的手机当天晚上收到了一张照片,照片上的女死者看起来很诡异。

发照片的电话打过去却是空号,警察查不出半点痕迹,公然把死者照片发到执法人手机上,这是对警方的赤裸裸的打脸!于是警方立刻组建了专案小组,其中自然包括收到照片的人。

这是总督察上位后发生的第一件凶杀案,许康自然要亲自监督。

他们还没有摸出什么头绪,当天夜里第二个死者出现了,死者竟然是一个小有名气的明星,死在自己的别墅,一样是隆重的艳红色晚礼服,优雅地靠坐在客厅沙发上,茶几上有一瓶红酒,杯子里剩下三分之一,屋子里有了两个人的痕迹,一个是死者的,一个是死者的男性朋友的。

检测出来的死因依然是酒精中毒,等他们取证回到警署,不出意外地又一位专案小组的成员收到了一张图片,图片上是女明星的死相。

普通女老师,小有名气的女明星,两个八竿子打不着的人,一下子让警署焦头烂额。

并且这件事很快就引起了社会恐慌,警署受到了前所未有的压力。他们还没有找到凶手杀人的关联共性的时候,命案再度发生。

这次死的不是女人,而是个有家室的普通工人,穿上了得体的西装,坐在自己家里的破旧沙发上,看着很滑稽,面前的桌子上依然是打开的高档红酒,酒杯盛放着三分之一,毫无意外检查出来的死因是酒精中毒。

警察前脚采集完证据回到警署,专案组又有第三个人收到了一条短信,同样是定格着这个男人的死亡。

这个凶手不但这么轻轻松松地杀了三个不同身份不同性别没有任何关联的人,并且对警署成员的电话号码了若指掌!

杀人手法可以说极其的温柔，没有一点血，凶手用了高档红酒，精美的礼服，都表明他的家境富足。

　　故事到这里，女主角只有三个镜头，第一个镜头是许康升任总督察出门前，她眼神清澈，安静优雅地替许康正了正衣领给他鼓励。

　　第二个镜头则是第二件命案发生，许康抽空回家，看到女儿伏案认真做作业，忍着疲惫和女儿聊了几句话，她的话里只有对父亲的安慰与关怀，是个警署人人都喜欢、人人都夸赞的乖巧女孩。

　　第三个镜头是许康连着办案没有回家，她亲自煲了汤拎到警署看望爸爸。

　　因为第二天是周末，女主角嘉惠固执地要在那里等待爸爸，警署的人对这个看着长大的聪明伶俐的姑娘完全不怀疑，谁也没有看到她那黑暗萝莉般阴诡的笑容。

　　而后当天夜里又死了一个人，这个人是嘉惠送汤来的路上所杀，当然目标是她很早就寻觅好的，杀人之前也已经做了很多安排。

　　这次死的是一个老人，一样是精致的晚礼服，高档的红酒，事后专案组又多了一个人收到照片。

　　专案小组一共八个人，如果每个人一张照片，那么这个人要杀八个人！

　　这个时候死者的真正死因查明，原来是四氯化碳干扰，只初步检查就会误以为酒精中毒，只有深入检查了肝脏之后才能确认。

　　许康忙得一个头两个大，尽管越来越多的线索和分析将凶手的范围越缩越小，却完全不能锁定目标。

　　嘉惠还是每天晚上煲汤去看爸爸，只是她觉得没意思，这群人实在是太笨，于是在杀了第五个人的时候，她每次出现手腕上都会绑着一根艳红色的丝带。

　　如果说几个死者有什么共同点，那就是礼服上艳红色的丝带，男的在领结上，而女的在腰带上或在礼服装饰上。

　　她都这么明显地告诉他们，她就是凶手，并且三番四次地对每一个收到照片的警察说：你真笨。

　　偏偏没有人意识到，她真的把他们想得太聪明，在杀第六个人前，她先发了照片给他们，给他们赶来的时间。

　　但他们依然迟到了，虽然她这次成功地逃脱，但暴露的细节实在是太多，尤其是当天晚上她又绑着红丝带去给许康送汤的时候。

　　许康被她腕上的红刺得眼睛发疼，他第二天在一个监控中看到了一抹模糊的身影，自己的亲生女儿，哪怕再模糊他也能够看出来，他不愿意接受这个事实。

许康回家看到女儿安静做作业的背影,他的心很害怕很恐惧,他试探着和她聊天。

嘉惠发现她这个能够成为总督察的父亲终于反应过来,但她仿佛什么都没有做,眼睛那么纯真无辜,许康决定带着女儿去看一看心理医生,被深度催眠的嘉惠依然干净。

这让许康有些后悔,聪明的女儿在回家的路上问他:"爸爸,你是不是怀疑我是杀人凶手?"

羞愧的许康不敢直视女儿的眼睛,所以他错过了女儿那黑暗萝莉阴诡的目光。

嘉惠又问他:"爸爸,如果我真的是杀人凶手,你会抓我吗?"

原本已经打消怀疑的许康又开始直视嘉惠,并且很义正词严地对她说:"爸爸身为警察,不会让任何罪犯逍遥法外。"

听到这句话的嘉惠已经打算跟许康摊牌:"那小姑呢?"

许康不可思议地瞪大了眼睛,对上了女儿讽刺的目光,他的手开始抖。

他还没有回答,女儿那讽刺的眼神一闪而逝,又是那么澄澈:"所以,当年妈妈死了……"

这句话又像一柄利剑刺进许康的心脏。

妻子死的时候女儿才六岁,她竟然记得这么清楚!

许康的妻子是因为遭受到被他逮捕越狱的罪犯报复而死。

罪犯本来是绑架许康的妻子女儿做要挟,想要逃跑,许康自然没有允许,最后激怒了罪犯,嘉惠的母亲为了救她而死。

那一晚她们母女穿上了精致的礼服,打算参加许康的晋升宴。她发着高烧都强忍着不说,就是想要让爸爸看到最漂亮的女儿,但等待她的是母亲的惨死,是父亲的冷血无情。

后来所有的警察,就连她的亲戚都说让她不要恨爸爸,爸爸是个警察,如果让罪犯逃走,会有更多的人像她一样失去妈妈。

那时候她也这么说服自己,没有了母亲,她一直以爸爸为荣。

直到后来她姑母犯了罪,她的奶奶跪在爸爸的面前求他救姑母,她一直以为他也会大公无私。

可是丑陋的现实却狠狠地打了她的脸,也就是那一瞬间,恶魔在她的心里发了芽。

原来所谓的大公无私也不过是要分人,是她妈妈和她的分量不够。

看到他成了总督察,她觉得好讽刺,既然他说她是他最重要的人,那就让她亲自来向世人揭露他虚伪的嘴脸。

最后一个收到照片的是许康，许康收到的是嘉惠的图片，已经十六岁的嘉惠不再是六岁那么稚嫩，但她穿着与十年前被绑架那一夜一模一样的同款礼服。

嘉惠用自己给许康做了一个局，最终嘉惠输了，她被无情的父亲亲手送进了监狱。

一个月后，许康给了嘉惠一份证据，许康的妹妹脱罪，并不是他的缘故，是有人收了贿赂，并且打着许康的幌子。

后来许康自愿成为狱警，他说：惠惠，爸爸爱你，以前没有太多的时间陪伴你，以后的每一天爸爸都陪伴你。

剧本看完，云想想不由泪珠滑落，为父爱的伟大，也为坚持正义的警察感到心酸，更为嘉惠感到悲哀。

如果她的爸爸不是个警察，她没有那样惨烈死去的母亲，有着家人的陪伴，她是不是不会成为一个凶手？

她的悲剧来自于她父亲职业的特殊性，来自于她无人倾诉的孤寂。

"你是第一个看到真情实感的人。"这时候一道沧桑的声音响起。

云想想抬起头才看到竟然来了客人，是个五十来岁的老者，韩静介绍："这是你手上剧本的编剧，你叫他吴老师。"

"吴老师好。"云想想和宋萌三个都站起来，有礼貌地叫了一声。

吴正庸笑着在沙发前坐下，压了压手示意她们坐，才和蔼地问："哭了？"

"挺有感触，我这个年纪和嘉惠差不多。"云想想点头回答。

"为嘉惠惋惜？"吴正庸接着又问。

云想想的指尖摩挲着剧本，沉默了会儿才摇头："为嘉惠欣慰。"

从韩静的手里接过茶杯的吴正庸正准备喝茶，听了这话抬起头看着云想想。

"求仁得仁，嘉惠这么聪明，如果她不想坐牢，没有人能够抓得了她。"云想想也不含糊，把自己的观后感全部说出来。

都说天网恢恢疏而不漏，其实也不尽然，这世界总有那么多可怕的天才，而嘉惠就是其中一个。

剧本很紧凑很刺激，接二连三地有人死去，而死去的人共同点实在是太难寻，如果不是通读剧本，没有人会想到嘉惠是凶手。

她站在最光明的地方看尽黑暗。

她做这些并不是单纯地想要报复许康，看到大结局，云想想有一种这样的结果才是她所求的感慨。

许康不会轻易地离开岗位,他心里的正义感让他热衷于做一个人民警察。可嘉惠只想要一个每天能够陪伴自己的家人。

在经历母亲惨死之后,她的心灵就开始扭曲,又没有及时得到疏导,以至于越来越阴暗,她内心的孤独让她被恶魔吞噬,她是个需要温暖的孩子,她用这样的方法告诉许康。她比市民更需要他。

警署少了一个许康,还会有赵康,钱康,王康……

而她没有许康,就什么都没有。

所以,哪怕她最后彻底失去了自由,被禁锢在那一方小天地,但她可以每日和许康做伴,对于她而言,自由没有父亲的陪伴重要。

"你觉得这部电影取名《正义无私》好不好?"吴正庸浅饮一口茶后问。

"很好。"云想想点头,"正义无私人有情。"

许康在穿着警服的时候,他只有正义,所以当他追捕绑架妻女的罪犯的时候,他必须对得起他身上的警服,造成了妻子惨死。

但他脱下警服的时候,他也是个有血有肉的人,当他的母亲跪求他的时候,他没有答应,却也没有因为知情而强硬地非要把自己的母亲和妹妹逼入绝境。

所以,当他得知母亲用了其他办法让妹妹脱罪的时候,他在挣扎之后选择忽视。

他为这一点私心付出了惨痛的代价,这也是为何面对女儿质问时,他会被恐惧笼罩。

后来他把证据给嘉惠,并不是要为自己正名,也不是要推卸责任。

而是告诉嘉惠,如果当年他有千分之一的机会救下她妈妈,他会拼尽全力。

并不是要用她妈妈的性命来成全他的大公无私,也并不是为了功名而冷血无情,所以他最后自愿成为一名狱警。

他始终坚信自己女儿心中是有阳光的,抛开律法她杀的人都是死不足惜。他希望他能够用余生来改变她,让她重新笑对人生。

这部电影,不论是许康还是嘉惠都是矛盾的人。

许康在罪犯、在市民眼里是执法人;当他面对骨肉血亲却又是普通人,自古孝义难两全。

嘉惠心里有根刺,她怨恨所有的不公,自私。所以她杀了几个自私的人:老师为了替侄儿隐瞒私德败坏,把被其搞大肚子的女学生驱逐,并且加以威胁;小明星为了让自己弟弟躲开醉驾撞人的罪名,花大钱买了一个缺钱救命的人来顶罪；那位工人为了偿还儿子的赌债，把养了几年未成年的侄女推入了淫窝……

这些人，无一不是为了自己的私心而损害他人的祸害，可他们做得干净，被害人又心甘情愿地帮忙圆谎，无凭无据就算是警署也没有办法。

嘉惠母亲的死让她得到了整个警署的怜惜，从很小她就能够自由进出警署，这些人的事要么是在她身边发生，要么就是她在警署看到过，一个个被她记在了心底，他们在受害人的包庇下，对警察嚣张跋扈的态度，都在挑动着她的神经。

她痛恨罪恶，却又把自己变成了一个罪犯。

非常的矛盾，可这样一个杀人如麻的角色却偏偏让人痛恨不起来。

"我果然没看错，你能够看透故事。"吴正庸对云想想很欣赏，侧首对韩静道，"打个电话给家良，我们晚上一道吃饭。"

"那就在我这里吃家常菜。"韩静鼓励地看了云想想一眼，基本上嘉惠这个角色十拿九稳。

林家良导演，云想想只在新闻报道上见过。这次能够这么容易地拍他执导的电影，多亏韩静的举荐。她想如果她没有接下《大学梦》是不可能得到韩静的赏识，正因为《大学梦》的付出，才有了现如今的成果。

所以，即便《大学梦》拿不到奖，对于云想想而言收获也大于付出。

有了韩静的力荐在前，又有吴正庸的认可，加上他们已经看过云想想的电影，吃了饭之后林家良就把嘉惠这个角色定给了云想想，不过流程还是要走，约好了明天去试镜，并且也让嘉惠见一见父亲。

演嘉惠父亲的乃是素有铁汉之称的大影帝高锋！

高锋今年四十五岁，是香江金像奖影帝，身材高大魁梧，五官刚毅，皮肤偏黑，双眸黑亮深沉，看起来更加具有成熟男人的魅力。

"许康，你女儿，你自己试。"云想想来的时候，林家良正在和高锋说话，看到云想想就对她招手，然后甩了一句话给高锋。

并不是云想想偏袒香江演员，而是事实上香江的演员更加敬业和具有实力，并且他们不像内陆的演员那么有架子。也许在高锋眼里，云想想是哪号人物都不知道，但林家良开了口，他身为拿过国外国内大奖的影帝，却一点架子都没有，而是带着如同父亲一般亲和的笑容走到云想想面前，并且还弯身平视云想想："我是高锋，在未来三到五个月内担任你的爸爸。"

应该是早就知道云想想来自于内陆，高锋说的是普通话，虽然不标准且香江口音很重，但这份尊重和友好很让云想想感动。

云想想也用她半吊子的粤语回答："云想想，请前辈多多指教。"

谁也没有想到云想想竟然会粤语，比起土生土长的香江或者粤省的人肯定差一点，但一点不妨碍他们听得清清楚楚，这下子让高锋和林家良都觉得这个小姑娘很有意思。

既然云想想表示她用粤语交流没问题，高锋也不为难自己，他们拍戏的时候肯定也是粤语台词："你选一段我们对戏，先熟悉一下彼此？"

云想想也不矫情，她选的就是许康带着嘉惠去看完心理医生，父女俩那段对手戏。

"爸爸，我的鞋带松了。"嘉惠停下脚，把一只脚伸出来，娇俏地望着许康。

许康宠溺地笑了笑，似乎明白女儿的心思，又想到自己对女儿无端的猜测，就像她小时候一样蹲下身，给她系鞋带。

骨节分明的手才刚刚触碰到鞋带，冷不丁地头上传来女儿的声音："爸爸，你怀疑我是杀人凶手对吗？"

许康的手微微一抖，他的身体瞬间僵硬，不知道该如何面对女儿。

却不知道，在上方低头看着他的女儿，那双眼睛幽暗诡异宛如鬼魅。

似乎想好了怎么回答，许康的指尖绕起鞋带，抬起头对上的却是女儿澄澈甚至有些受伤的目光。

他的睫毛颤了颤，似乎到了嘴边的话吞了回去，神色复杂地望着嘉惠。

嘉惠却忽然伸手将被风吹乱的头发撩至耳后，看似漫不经心地问："如果我真的是凶手，爸爸，你会抓我吗？"

许康仰望着女儿，和她波澜不惊的目光不同，他的眼底有审视，有逃避，有害怕，有深藏的不堪一击的脆弱。

时间似乎在这一瞬定格，好似过了很久，又仿佛只是一瞬，许康利落地将鞋带系好，在漂亮的蝴蝶结拉紧的一瞬间，他斩钉截铁地回答："爸爸身为警察，不会让任何罪犯逍遥法外。"

说着，他已经站起身，高大的身体散发着令人窒息的压迫。

嘉惠却丝毫感觉不到，她像询问天气好不好一般漫不经心地问："那姑妈呢？"

许康的瞳孔猝然一缩，他的手都在颤抖，一瞬间好似被人击溃了所有防线，变得不堪一击。

嘉惠的眼底讥讽冰冷的光缓缓渗透出来，她收回脚，往后退了一步，拉开了距离："所以，妈妈死了……"

父女俩的气场刹那转变，嘉惠这样静静地带着一点仰视的冷意望着许康，她的强势和许康的无力形成了鲜明的对比。

"精彩!"林家良竖起大拇指。

"你很棒。"高锋也对云想想刮目相看,他刚刚特意散开气场,别说云想想这么小的姑娘,就算是在这个圈子里摸爬滚打十年的演员,也有很多会被他压戏。

云想想不但没有,而且眼神特别有戏,层次感鲜明,能够把对手都带入进去。

"谢谢高老师。"云想想也恢复过来。

这种瞬间入戏,刹那出戏的本事,也让高锋赞叹。年轻一辈,像云想想这样收放自如的演员已经越来越凤毛麟角。

经过了导演、编剧和男主角一致认可,云想想顺利地拿到嘉惠这个角色。电影将会在六月二十五号开机,鉴于云想想九月初要开学,林家良也很好说话地表示,尽量先让她杀青,不耽误她的学业。合同已经等不到云志斌来签,就由韩静带着她和剧组签。

香江没有天价片酬一说,尽管有了韩静给她的一千万在前,林家良也只给了云想想三百万且是税前。

对此,云想想并没有失落或者不满,她觉得如果不是看在韩静的面子上,这个角色很明显是要找年轻的演员,未必会给这么多。

这部电影对于云想想并没有多少要求,因为整部电影也不存在她的打戏,她只要不受伤,身材不走样地进剧组就好,林家良也不要求她早到剧组报到。

接下来半个月她都由韩静亲自带着或者韩静指派的司机陪着她们三个小姑娘在香江玩。云想想这身体是吃不胖的那种,所以她压根不忌嘴,和宋萌与李香菱把大街小巷好吃的吃了个遍,顺便买了些珍贵的补品准备寄回去给家里人。

这期间云想想认识了韩静的儿子,一个八岁的小少爷,长得特别可爱,而且英语说得很溜,好像是韩静和秦家约定每个月月中会让韩静把孩子接过来住几日。

秦朗是个特别聪明的孩子,并且很有礼貌,才八岁浑身上下就透着一股子贵公子气,毕竟人家是香江数一数二的豪门家族长房嫡孙。托了颜值的福,秦朗来了之后就彻底地成为了云想想的迷弟,每天都跟在云想想身边转。

面对云想想的时候,就是一个嗷嗷待哺的小狗崽。面对宋萌和李香菱的时候,就是骄傲不已的小少爷,可把想要伸出魔爪,捏一捏他小脸的宋萌郁闷得不行。

不过秦少爷虽然才八岁但早已经开始接受精英式的教育，每个月只有四天休息时间，他都用来陪伴妈妈，十八号的时候拽着云想想的衣摆依依不舍地被秦家老管家含笑抱走，如果不是云想想答应他下个月还等他，他都不会走。

"这臭小子，对我都没有对你不舍。"韩静望着儿子远去的车，虽然嘴角有笑，可眼里却透着惆怅。

来了这么久，云想想也大概猜到韩静离婚的原因，有小三插足了她的婚姻，公公婆婆都站她这一边，他们基本每周通话一次，可却从来没有看到秦朗的父亲。

据说秦朗的父亲离婚的时候，韩静的公公很明确地表示他想养多少女人都行，但从此以后休想再明媒正娶谁，这应该是为了确保秦朗的家族地位不被动摇。

这样一来，秦朗身上的责任和压力就特别重，让云想想心疼。

"哪有，阿朗把一个月仅有的四天假都用来陪伴你，可见你在他心中多重要。"云想想也和韩静一道目送着秦朗离开，还对着贴着车窗的小家伙不断地挥手。

韩静笑了笑没有说话，而是收回目光落在云想想身上："这段时间玩得如何？后天我们去申市，明天还出去？"

云想想摇头："玩了这么多天也累了，打算明天休息一天。"

早就和宋萌她们商量好，虽然她们都是精力旺盛的年纪，但也不是铁打的，这十来天基本都是早出晚归，如果不是拍了《大学梦》得到了锻炼，云想想肯定吃不消。

宋萌和李香菱两个脚都已经起了泡，也跑不动了。

"好好休息一天，明天晚上带你们去开开眼界。"韩静拍了拍云想想就转身上楼。

"开眼界，我已经想到了豪门盛宴。"等到韩静消失，宋萌立刻一脸畅想地凑过来。

"到时候管住你的眼睛。"李香菱提醒宋萌。

她们俩纯属好奇，想要长点见识，但也知道那样的地方，随便一个人都不是她们能够得罪得起的。

虽然韩静决定带她们去肯定就不担心有人会不给面子，可人多是非多，尤其是豪门更是血淋淋。

"好啦，我到时候只把我的眼睛放在美食上。"宋萌也不是没有分寸的人。

"早点睡，明天气色才能好。"

云想想其实并不想凑热闹，但韩静一番心意，她也不好拒绝，而且宋萌和李香菱明显很感兴趣，她们俩日后要发展的行业，也需要人脉。

第二天起床用了早点，韩静就把她们带到美容院做了几个小时的护肤，用了午饭就去造型屋设计造型。

就这么折腾了一下午，很快就到了傍晚，韩静的司机开了一辆特别豪气的宾利带着她们仨去了码头。

还没有下车，云想想就看到一辆辆豪车驶过，下车的人无一不是盛装出席，好多都是在新闻上看到的富商大鳄。

云想想或多或少有点心理准备，而宋萌和李香菱两个一个喜欢刷娱乐新闻，一个是网瘾少女，也是看到过一些，瞬间宋萌就有点脚软。

"韩老师……"宋萌弱弱地唤了一声，"这，这眼界是不是开得有点大？"

她原本还以为最多是秦家举办的家宴，没有想到竟然是这么可怕的名流聚会。

看着停靠在码头边，那一条华光四射，宛如海上皇宫一般的游艇，宋萌忍不住打退堂鼓。

"是闵家老爷子七十大寿，不用怕，一会儿少说多吃就行。"韩静笑着安抚，"这种机会可是很少有，难得让你们赶上，就一块儿去玩玩。"

这时候车子停下来，已经有穿戴整齐的人来拉开车门，韩静先一步下车。

"想想……"宋萌特别尿地望着云想想。

云想想看了她一眼，就跟着韩静下车，都到了这里还退缩，那就成了扶不起的烂泥巴。

李香菱抓着宋萌也跟着下车，车子就开走了，韩静赞许地看了淡然而立、面带浅笑的云想想一眼，提步往前，要先过一道安检门，核对了请帖，她们才顺利地登上了游艇。

饶是做足了心理准备，云想想还是被这游艇的奢华给吓到，一路上所见的不仅仅是整个香江上流名人，还有来自于异国和内陆的富商。

一个娱乐圈的人也没有见到，想来如果不是韩静是秦朗的生母，深受秦家人喜欢，也是不可能有资格来这样的场合。

很多人都说娱乐圈的人赚钱，一线明星没个几年就能够成为豪门，其实他们最多只能称之为有钱人。

真正的豪门她们这个行业是不太可能融入进去，就譬如闵家这次举办寿宴的游艇，少说也要十几亿，这是她们这辈子都别想轻轻松松买下来的奢侈品。

在真正的豪门面前，她们连暴发户都称不上。

等进入游艇一层内部大厅的时候，云想想还看到了一个熟人，竟然是方南渊。

方南渊也正好看到了她，和身边的人说了声，就朝着他们走过来。

"遇到熟人了。"韩静也认识方南渊，"你先带着她们三个，我去给老爷子贺寿。"

地位不同，礼数不同。她们是来蹭吃蹭喝，韩静则是以秦朗母亲的身份前来，自然是要亲自去送贺礼，云想想她们没这个资格。

"说好的只是家境优渥呢？"云想想打量着方南渊，这厮现在手上的表可是七位数，看来当初去他们学校拍戏已经很低调了。

方南渊把她们带到一个安静的角落，这里恰好摆着很多精致的点心饮料果酒，宋萌立刻被吸引。

方南渊提醒了一下哪些是后劲大的果酒之后，就对云想想道："我们家，在今天来的人群里就是垫底的，也不知我爸从哪儿弄来两张邀请函，非要带我来见世面，否则我才不来这里装孙子。"

拿了一杯纯果汁在手上，云想想抿了一口："我要是早知道是这样的场合，说什么也不跟着老师来凑热闹。"

宋萌嘴里吃着一块糕点，忙不迭地点头。

"宋萌你见过，这是我另外一个好朋友，李香菱。"云想想趁机介绍一下。

方南渊和李香菱点头示意，然后低声叮嘱云想想："你们不要乱跑，今天据说有非常了不得的大人物要来。"

具体是什么大人物，方南渊也不知道，只知道他爸就是冲着这个不确定的消息砸了不少钱才挤到这里来。

不过他看到了很多大有来头的巨鳄，凭闵老爷子的脸面，这些人电话上恭贺一声也就差不多，偏偏都来了，可见也是和他爹一样，冲着那个神秘人而来。

"你放心，我们尽量缩小存在感。"云想想刚刚看了一遍，到处都是保镖严阵以待，真的比电视剧还要震撼。

本来方南渊一直陪着她们，没多久就被他爸爸叫过去，很明显是要介绍人给他认识，云想想她们不好跟上去，原本是打算窝在这里，可美丽的人在什么地方都吸引眼球。

"有荣幸和女士共舞吗？"一只骨节分明，一看就保养极好的手伸到面前，云想想抬起头看着面前的人。

他约莫二十七八的年纪，浅短的碎发很有型，五官英俊，长相儒雅，很有英伦绅士的贵气，身上湛蓝色的西装很明显是纯手工高定，手上的表比方南渊的贵一倍不止。

"对不起，我不太会。"云想想很明确地拒绝。

这也不知道是哪家的公子哥，她可不想和这一个层面的人扯上关系。

对方很有修养，虽然被拒绝，但却一点不愉的神色都没有，他收回手很自然拿了一杯香槟："那就只能遗憾地请漂亮的女士喝杯酒。"

这下就不太好拒绝，云想想也拿了一杯香槟，礼貌地和他碰杯，浅饮了一口。

"我叫蒋泽勋。"对方很自然地就说出自己的名字。

姓蒋，能够来这里，他的普通话虽然很标准，但依然有着香江口音，那就很明显是香江唯一的蒋氏大家族，云想想心里有了底，面上笑容不变："云想想。"

蒋泽勋的眉头很明显地动了动，然后他沉默了会儿。

"蒋公子不用想了，我不是什么名媛，你的记忆里不会出现和我相关的家世。"云想想并不想这么快打发蒋泽勋，因为她已经看到很多人对她投来了目光，一旦蒋泽勋离开，还会有其他人上来搭讪。

谁让她没事生得这么美呢？

蒋泽勋这个人至少感官上是个谦谦君子，很绅士温和。

"抱歉。"蒋泽勋很温和地说道，"只是习惯性地去想想。"

"理解。"云想想笑道。

蒋泽勋发现眼前这个很明显特别年轻，极其美貌的姑娘，一点都没有小女生的忸怩和羞涩，谈吐和举止都不显得稚嫩，说起自己不是名媛也是落落大方，明明已经知道自己的身份，却依然礼貌而又生疏，很是奇特，且很有魅力，便起了交谈之心。

云想想的文化底蕴绝对过关，和蒋泽勋聊起天来也不算吃力。

可云想想能够感觉到对方是在迁就着她。真正的贵公子，十个当中一半是学霸一半是天才，到了二十七八岁的年纪，可以说是历尽千帆，什么大场面都经历过，什么人都基本见过。

"想想姐！"就在云想想快要聊不下去的时候，秦朗这个小救星扑了过来。

云想想立刻抱着他，侧首竟然没有看到一个跟着他的人，不由皱眉："怎么是你一个人？"

小人精正要说什么，看到蒋泽勋顿时面色不善，拉着云想想往一边挪：

"想想姐，我要去洗手间，你陪我去。"

"小朗，我陪你去吧。"蒋泽勋看了看云想想开口道。

"我又不是美女，你陪我浪费什么时间？"秦朗人小，但气势不小。

云想想目瞪口呆，没有想到这小家伙竟然说出这样的话。

完全不给蒋泽勋再开口的机会，秦朗用了劲儿把云想想往外面拉，云想想只能顺着他的力道，然后转过头对着宋萌和李香菱打个手势，让她们在这里等她。

"想想姐，那个蒋老三就是个花心萝卜，他换女朋友的速度比他换衣服还快，你以别和他说话。"把云想想拉出大厅，走在过道上，小家伙一脸严肃地对云想想道。

这小大人的模样把云想想逗乐了，她弯下身摸了摸秦朗的头："好好好，我记住了。"

秦朗这才不绷着小脸，他拉着云想想继续往前走，还真的到了洗手间，让云想想在外面等他，他自己走进去。

"我也去洗手间，如果你先出来，就在这里等我。"

和秦朗说定之后，他们俩各自进入了男女洗手间，云想想挑选了最里面一个。

她有个习惯，就是不论洗手还是上厕所，总习惯挑最里面的。

当她握着门把，准备走出来时，外面响起碰撞声，中文的道歉中压低一句法语。

因为距离远听得并不完整，但她却抓住了几个关键词：今晚，杀，K。

一下子她的脚如同灌了铅，就连呼吸都屏住，说话的人并没有进来，应该是把这句话交代给另外一个人，而这两个人云想想猜想应当是恰好在洗手间的门外错身而过，否则声音不会是逐渐减弱。

她在厕所不敢出去，在她的意识里杀人是一件很可怕的事情，尤其是这样的场合，多少名流齐聚，真的闹出什么事，他们能够逃得了？

也许他们压根没有打算活着离开，但云想想不想成为被殃及的池鱼，她发誓今晚之后，她一定要远离这样的场合。

"想想姐？"外面响起了秦朗的呼喊声，云想想才调整情绪走了出去。

她立刻拉着秦朗快步离开，走到她觉得安全的地方，她才问："小朗，你刚刚在洗手间有没有听到人说话？"

"有啊，不过没有听清。"秦朗也听到了门口有声音，好像是一个清洁工不小心撞到了客人，他听到了赔礼道歉的话。

"小朗，无论一会儿遇到任何人，问你刚刚去哪儿，你都不要说去了一层的洗手间。"敢在这样的地方做这样的事，除了有亡命之徒以外，很可能还有内应。

秦朗认真地点头。

云想想深吸一口气，面色从容地带着秦朗进入了大堂，她的目光迅速地搜索，好在韩静和秦家人应该已经发现秦朗跑不见，猜到秦朗是来找她，带着秦家的人在宋萌旁边。

不敢有丝毫耽搁，云想想拉着秦朗就走过去，将秦朗交给韩静："静姐，我有话跟你说。"

见云想想神色从未有过的凝重，韩静有些疑惑，但也带着她们三个去了二楼的卧室，她有一个单独的休息间，一进去，云想想就关上门，先把休息室检查一遍。

"发生了什么事？"韩静越发有些担忧。

云想想确定没有任何不妥的地方，她才把韩静拉到正中央，低声在她的耳边将方才她听到的话说给韩静。

韩静也被惊得不可思议，她好歹也做过豪门长媳七年，虽然没有经历过，但却听说过。

"你在这里等我，哪儿也别去。"韩静当机立断，把外面的宋萌和李香菱也叫进来，并且派了两个人守在门外，她自己则迅速地去找秦家当家人。

"出了什么事儿？"李香菱比较敏锐，虽然云想想面色无异，但从刚刚种种举动可以看出，一定是发生了什么大事。

云想想只是摇了摇头："但愿没事。"

一旦出事，那就是捅破天的大事。

云想想三人在屋子里煎熬地待着，一个小时之后，韩静才面色微白地走进来："我们现在走吧。"

"好好好。"宋萌求之不得。

人真的要有自知之明，这种地方就不是她们这样的人该来的，浑身不自在，害得美食的诱惑都大打折扣。

不止韩静他们离开，其他人都在陆陆续续撤离，很明显今天的宴会才过了一半，真正的高潮都还没有来，就这样匆匆结束。

离开的路上，倒是听到几个人议论，说是闵老爷子病发不适合再招待客人。

云想想坐上韩静的车时，总感觉到有视线若有视无地落在自己身上，她敏锐地顺着那个方向看过去，竟然是静静停着的一辆加长版豪车，只看到车身并不知道是什么牌子。

就在她准备收回目光之际，车窗被摇下来，她就这样不期然地对上了半张脸一双眼。

那双眼睛很难形容，它有着亚洲人的狭长，又有着欧洲人的深邃。

天色太暗，云想想看不太清楚，这个时候恰好中间一辆车驶过来，车灯照亮之下，在车子擦过视线之前，云想想捕捉到了一抹极其潋滟魅惑的紫。

紫黑色的眼睛！

云想想还没有来得及惊艳，她坐的车子已经启动，等她再调整视线，却发现那个地方已经没有那一辆车，和她相反的方向，看到了一个越来越远的车尾。

"想想，你在看什么？"宋萌很少发现云想想这么好奇的目光，不由跟着回头看了一眼。

"没什么。"云想想笑了笑没说。

要说她看到了一双紫黑色的眼睛，宋萌非得尖叫着发疯，她最受不了这种致命的诱惑。

回到韩静的别墅，云想想刚刚洗完澡，房门就被敲响。

打开房门，竟然是韩静亲自端了一杯热牛奶来，知道韩静有话对她说，云想想让了路之后关上门。

将牛奶放在床头柜上，韩静才对云想想道："今天你帮了闵家一个大忙，老爷子让我转告你，这份情他记下了，以后一定会还，不过为了你的安全考虑，暂时他不会有任何表示。"

云想想点头表示理解。

这都不知道是什么级别的杀手，从国外追杀到了华国，她到现在都有些心有余悸。

今天晚上他们的计划失败，一定会查失败的原因，如果这个时候闵老爷子重金酬谢她，那才是把她往火坑里推。

要不是害怕自己或者宋萌以及韩静她们遇害，云想想才不想说出来，最好闵老爷子也忘了这件事，她一点也不想和这些高门大户扯上关系。

见云想想没问什么，韩静越发喜欢云想想，可惜她儿子太小，不然她都想要把云想想变为自家人。

这么小就这么不骄不躁，且沉得住气，即便是十八岁的自己，遇到这样的事情，只怕也会吓得六神无主。

"早些睡，我们明天去申市。"韩静伸手拍了拍云想想的肩膀就离开了。

云想想喝了牛奶一夜好梦，但只有她自己知道她的心是提着的，直到飞往申市的飞机起飞，云想想才安下心来。

到了申市，云想想和宋萌几个也没有力气去逛，明天是电影节，她们都待在韩静安排的酒店，参加电影节的礼服首饰，云想想在香江的时候就自己准备好了。

狠狠地睡了一天，云想想精神饱满地去参加电影节。

和上次不一样，他们没有被安排在最令人疲惫的时间段，而是在开头，几乎是开场的大腕之后，算是一个非常好的时间段。

云想想今天穿了一袭香槟色晚礼服，蕾丝的边金丝勾着精美的花朵，一字肩半臂袖，袖子是一层半透明的轻纱。

长裙是层层飘逸的轻纱及至脚踝，踩了一双磨砂金色高跟。脖子上和手上都是细细一条蕾丝绑着一朵香槟玫瑰，耳朵缀着金色大星星耳环。

造型师把她的头发从上面盘起来梳到了一边，从后垂到了胸前，在发梢用同样蕾丝缠着香槟玫瑰的发带捆绑。这样一来，她脖子上，发梢上，手腕上的蕾丝带就形成了一条斜着的直线，将她整个人点缀得空灵优雅不失公主范的甜美。

原本已经快把云想想淡忘的路人，这一会儿看到云想想再度尖叫起来。

随着年龄的增加，云想想五官的稚气越来越少，宛如一朵娇花，悄然在清晨绽放，染着露珠，越发娇艳欲滴。

【心跳持续加速，需要120。】

【明明她只是对着镜头笑，我却觉得她在用笑容谋杀我。】

【伏特太大，按不住我的魂儿。】

【啊啊啊啊，我女神终于恢复了。】

【截屏，截屏，截屏！！！！】

自带光环的云想想自然是又引起了一波骚动，不过这一次红毯走得顺利，和韩静早早地进入了里面。

没有像上一次直接寻找位置坐下，韩静带着她去见了几位电影节的评审。他们都是国际的大咖。

云想想的英文还不错，和这些人聊起来也很是愉快。

"云，真的是你！"一道惊喜的声音响起，云想想回过头就看到米勒思，他非常高兴地上前给云想想一个拥抱，然后极其热情地要和云想想交换联系方式，"上次你走得太快，这次你一定给我一个感谢你的机会。"

"好的，如果可以，我们明天一起用晚餐？"云想想后天得回家，高考成绩要出来了。

解决完上大学的事情之后，她就要立刻去香江进《正义无私》剧组。

"我的荣幸。"

和米勒思约定好之后,他们又聊了会儿,会场人越来越多,韩静也就带着云想想找到她们的位置坐下。

第5章 以学霸的姿态爆红

主持人还是去年的主持人,用词幽默,妙语连珠,三两下就把气氛调节好。

颁奖很快就有条不紊地进行,前面几个奖都和《大学梦》没有任何关系,所以一整个单元的奖项都没有出现他们的电影。

一直到最高单元的最佳摄影奖才听到了他们的名字,大屏幕上放了片段。

云想想看着播放的画面不由心潮起伏,不是因为这是她参演的电影,而是站在第三方的角度来看,这部电影拍摄的画面真的太美太美。

原来贫困的大山里,从高空拍下来的俯视角度画面竟然美得像艺术品。

画面从盛夏跨越到初春,一年四季的风霜雪雨,山林峭壁、田野风光,真的格外大气磅礴,令人看了忍不住心驰神往。

"获得最佳摄影奖的是《大学梦》谢金跃!"颁奖嘉宾宣布了《大学梦》获得的第一个奖项,拍摄的摄影师激动地站起来,和韩静握了手这才上台。

接下来是最佳编剧奖,《大学梦》并没有入围,然后是最佳男演员也就是影帝奖,这和他们电影更不可能有关联,毕竟他们电影没有男主角。

男主角之后就是最佳女主角,颁奖的两位嘉宾在舞台上把握节奏和气氛聊了几句,才开始念入围名单。前面三部是一部香江电影,两部国外电影,最后《大学梦》再度被提名。

云想想认真地看了前三部电影的播放片段,觉得竞争很大,并没有多大的把握。

而《大学梦》播放的片段正好是夏红在寒冬攀爬峭壁险些失足最后绝望之中抓住救命的绳索的镜头。

看着那柔弱被冻得唇瓣发紫的小姑娘,所有人的心都忍不住为之一紧,她额头上的鲜红滴落在大雪之中,晕染开刺目的艳色。

血是真的血,雪也是真的雪,尤其是这一段原本电影里并没有,是她不小心发生了意外,越没有刻意,拍摄出来的恐慌与惊惧,才越发真实,衬着那样严峻的场景,看得观众忍不住为她捏一把汗。

"获得最佳女主角的是……"宣布的嘉宾拉长了声音,灯光在提名的四个人身上来回地转动，最后消失不见，紧接着嘉宾高声宣布，"《丛林求生》妮娜！"

最佳女主角最终还是被来自异国的友人抱走，灯光照射在那位金发碧眼的性感美女身上，她先是双手捂着嘴，然后站起身和导演拥抱之后缓步走向颁奖台。

韩静伸手拍了拍云想想以示安慰。

云想想侧首对她自然一笑，因为从来没有想过影后大奖会来得这么快，哪怕两次提名，两次落空，云想想都没有觉得一点失落。

她仅仅参加的两部电影，都得到了最佳女主角的提名，这是一种认可。

之后就是最佳导演奖，这是韩静的第一部作品，之前在另外一个单元也有最佳导演奖，但韩静并没有被提名。

"……《大学梦》韩静！"没有想到在这个最高单元，竟然被提名了。

韩静脸上满是惊喜，可见她也没有想到会被提名，云想想的心一下子紧张起来，比她自己更加期待，心里有一种迫切，希望韩静能够获奖。

"我宣布，获得最佳导演奖的乃是《放出灵魂》米勒思！"

云想想一怔，她方才竟然没有听到米勒思入围，不由看过去，那个年轻的来自法兰国的男人，很高兴地站起来走上了领奖台。

云想想也学着韩静一般，轻轻地拍了拍韩静的手背以示安慰，换来韩静笑瞪她两眼。

时间一点点过去，很快就到了最高潮的尾声，接下来要颁发的是第二高的奖项，评委大奖。

获得提名的电影前三部都是国外作品，其中一部还是米勒思的《放出灵魂》，最后一部又是韩静的《大学梦》

可惜的是韩静再一次败给了米勒思，他的《放出灵魂》一举夺得两项大奖，一时间就成了整个颁奖典礼的焦点。

云想想虽然遗憾《大学梦》没有获奖，但也很替米勒思感到高兴。

"接下来就是我们最激动人心的时候，首先我先感谢一下制作方把这个大奖交给我来宣布。"颁奖的嘉宾是一位华国的老艺术家，虽然年过六旬，但是精神矍铄，说话铿锵有力，"人老了，也不讨嫌，现在我宣布获得最佳影片提名的是《罪渊》。"

灯光落在《罪渊》主创团队上，他们都是惊喜不已。

"《挽灯》……"

这是一部华国的怀旧民国电影，据说今年年初创造了民国电影票房的纪录，云想想在恢复身体的时候也特意去看过，拍得很好，很有味道。

万/丈/星/光

"《放出灵魂》……"

云想想没有想到米勒思的电影又被提名，看来他今晚还真的是大丰收啊，目前好像没有评委奖和最佳影片被同一人摘夺的先例，米勒思要创造奇迹吗？

"《大学梦》！"

云想想和韩静对视一眼，她们俩也没有想到竟然闯入了最高奖项，并且和米勒思三次提名，产生了三次碰撞。

这几部电影，云想想只有米勒思的《放出灵魂》因为没有在华国上映，所以没有观看，《罪渊》和《挽灯》都是佳作。

《大学梦》毕竟是韩静的处女作，虽然她专业知识过硬，但实际操作又是另一回事，毕竟经验不足，两人都做好了陪跑的心理准备。

"获得最佳影片大奖的是……"颁奖嘉宾声音上扬，"《大学梦》，恭喜你们！"

韩静和云想想都错愕，两人不可思议地看了对方一眼，灯光聚拢在她们的身上，韩静才拉起云想想，两人一前一后朝着颁奖台走去。

最佳影片并不是颁给一个人，通常是导演和主演或者导演和制片人。虽然这不是属于一个人的荣耀，但却是最高的认可，云想想和韩静一人拿到了一个奖杯。

【啊啊啊啊，我女神问鼎，《大学梦》快上映！】
【看了几段片花的我表示已被震撼。】
【好像是七月八号上映，还有半个月。】
【可惜这部电影舔不了女神的颜。】

"非常意外，同时也非常惊喜，能够得到这个大奖。"韩静先一步发表获奖感言，她的语气很激动。

"这是我第一次脱离演员这个身份，得到这么高的认可。站在这里我要对我的剧组所有人说一声，你们辛苦了。你们的汗水浇灌出最高的荣誉。"

顿了顿，韩静侧首看着云想想，"但，我最想要感谢的是站在我身边的女主角，她赋予了我电影灵魂。是她的坚韧、毅力和努力让我把电影打磨得更加精致，虽然她才十八岁，但我在她身上学会了很多。这部电影所有的荣誉，一半的功劳来自于你。"

韩静就这么自然地将话筒送到了云想想的面前："上次获奖很意外，所以我分不清要感谢哪些人，方才韩老师在发言的时候，我一直在心里想我要感谢多少人，要先感谢谁，再感谢谁，可是我才想到一半，韩老师就把我推上来，我一下子全部忘了。"

云想想无辜的笑脸引得下方一阵大笑。

"虽然忘了，感谢的话有先后，但感谢的心一样重。"

云想想不急不缓地开口，"我很幸运遇上韩静老师，遇上《大学梦》这个剧本，韩老师说一半功劳来自于我，实在是抬爱。坚固的城墙脱离不了每一块砖瓦，这个荣誉是我们所有付出过的人堆砌的。

"当然最感谢的还是评委和电影节的所有人，赋予并且认可我们获得这项荣誉。最后插一条广告，七月八日，大家记得到电影院观看《大学梦》，欢迎指导和批评。"

电影节大高潮过去之后，在掌声之中落下帷幕。

今年的云想想却没有像去年一样逃脱，作为获得最高荣誉的剧组，他们有一个直播记者会，多家媒体都一涌而来。

"云想想，对于两次提名最佳女主角都没有获奖，你有什么想法？"记者提问永远尖锐犀利。

云想想一本正经地回答："革命尚未成功，同志仍须努力。"

"云想想，听说你拍戏请了两个学期的假，你觉得拍电影和学业哪个更重要？"

"为什么要分个更？不能一样重要？"云想想从容应答，"不要问我哪样重要，为什么要去拍电影不上课，再过两天我的高考成绩会告诉你答案。"

"看来你对于高考很自信，就我们了解你并没有报考华影和戏剧学院，可以透露你未来理想的大学吗？"

"这个和电影有什么关系？"云想想反问。

"和电影无关，和你有关啊。"记者理所当然地回答。

"那就是我的私事，对不起，不便应答。"云想想对着镜头恬然一笑。

记者们没有想到这个十八岁的小姑娘竟然这么滑头，一个不慎还被她反堵了。不过记者众多，很快就有记者接上："那请你和我们讲讲电影的内容。"

"一部电影三言两语讲不清的，你们实在好奇，七月八号电影院，我可以请客哒。"云想想很认真地回答。

记者们：……

还能不能愉快地聊下去了？

"云想想，能说一说，你为什么要接这样题材的电影吗？"

这个时候一个年轻的女记者挤到前面问，"像你这样年轻和漂亮的女孩子，我很好奇你为什么会接这样艰苦的电影，我相信很多观众也和我一样好奇。"

"因为不可思议。"云想想不再遛记者,而是同样认真地回答,"长在温室,住在象牙塔,没有经历风雨而不知所拥有的有多珍贵。我希望更多人知道,拥有一个学习的机会多么难得。在我们为作业为上课痛苦的时候,很多人在为无法读书而绝望。每一个能够走进教室的人,都应该更珍惜更爱惜更努力地学习。"

云想想的话把话题带入了另外一个氛围,接下来认真提问的记者,云想想都耐心细致地回答,渐渐地,记者们发现云想想就是那种你不挑衅她,她就不敷衍你的人。

而且云想想是个语言幽默,很会调节气氛的人,不会让任何时候冷场或者尴尬。

愉快地结束了问答时间,云想想和韩静又去参加了电影节后续的一些相关流程,回到酒店的时候已经是深夜,韩静告诉她明天上午电影频道会有个访谈节目录制。

正好上午没事,云想想答应下来。

电影还没有上映,需要更多的宣传,现在电影获得最佳影片奖,已经有了噱头。

昨晚的电影节他们五提二中,拿了最大的奖,今天的娱乐版需要稍加运作,又有云想想的颜值加分,要博得醒目的版面很容易。

"想想,快给我看看你的奖杯。"宋萌和李香菱早就在酒店等着她,一见她回来就围上去。

云想想把奖杯递给她们俩,自己去卸妆然后洗澡,贴上面膜护肤再擦头发,明天的节目录制在上午十点,可以睡懒觉。

"羡慕可以获奖的人。"宋萌把准备好的夜宵拿上来,"你肯定饿了,我们俩特意给你准备的。"

是燕窝粥,云想想还真的饿了,这个点吃点燕窝粥正好。

"你们俩明天出去玩吗?我要去参加一个节目录制。"云想想喝了一口对两人说。

"节目录制?我们可以去吗?"宋萌对这个非常感兴趣。

李香菱可有可无。

"可以。"带人去很正常,云想想点头。

"那我们明天和你一起去,我也去看看电视台长什么样。"宋萌一下子就来了劲,"几点钟,我要不要早起?"

"十点钟,我们九点半出发。"云想想说,"不过为了吃酒店的早餐,你还是要早起。"

酒店的早餐是早上七点到九点提供，五星级酒店的早餐丰盛得眼花缭乱，宋萌就是为了这份早餐也愿意从床上爬起来，以前不爱吃早餐的毛病一下子被治好。

"好吧，好吧，我现在就去睡觉。"宋萌顺势打个哈欠，转身回自己的房间。

她们住在一个套房，各自一个房间。

"香菱，有事？"看着李香菱没动，云想想问。

"想想，借我十万。"李香菱也不拐弯抹角。

"好，我现在转给你。"云想想拿起手机没有迟疑，用手机银行软件转了十万到李香菱的银行卡上。

"都不问问我原因，什么时候还吗？"李香菱准备好的话都不用说。

"我们一起长大，你的性格我还不了解？"

云想想把燕窝喝完，"你要不是急用肯定不会和我开口，至于你什么时候还，我相信你会在第一时间还我，而且我现在也不着急用。早点睡吧，我快困死了。"

好在一碗燕窝并不撑肚子，云想想实在是不想等，把李香菱推出自己的房间，说了声晚安，洗漱完就立刻把自己摔倒在床上。

早上的生物钟把云想想叫起来，她拽着宋萌和李香菱去了酒店的健身房晨练。

回来洗个澡之后，八点钟到餐厅吃早餐，刚好韩静也是这个时候来，大家坐在一起吃，然后休息了会儿就一道去了电视台。

节目负责人和主持人亲自招待他们，这算是云想想的节目首秀，这个节目叫做《电影人》，是一档关于电影的访谈节目。

云想想就穿了一身休闲装，简单化了个裸妆，乖巧地坐在韩静的身边。

主持人是个很亲和的男人，谈吐很风雅，看着三十左右，是华国传媒大学毕业的。

"韩老师拍摄这部电影的初衷是什么？"主持人按照约定问了问题。

要采访的内容早上韩静已经给云想想看了，这样的节目一般没有什么私人话题，不过是早一点让被采访的人有个心理准备，打好腹稿，在镜头下显得自然一些。

"其实这个故事，是我在扶贫公益时听说的真人真事，当时听了之后心里很难受，后来就想把它记录下来。"韩静回答，"原本是打算拍成宣传电影，后来却被想想融入了真情，我觉得电影已经不再是讲述一个发生的故事，而是真实地再现这个故事。"

"听得出来韩老师对想想的评价很高,有什么特别的原因吗?"

"她身上有太多让人喜欢的特性。"韩静夸起云想想来毫不含糊,"吃苦耐劳,敬业尊重,热爱电影,坚韧顽强,脾气好,性格好……我在她身上到现在还没有发现缺点。"

"现在很少听到老前辈夸赞新人敬业,韩老师能具体举例吗?"

"太多了……"韩静顿了顿,"我说几个典型的,我们拍的是贫困区贫困家庭的题材,开拍前我就让她瘦到脱形。

"拍摄的时候为了符合人物,这么小的姑娘硬生生地把双脚磨出几层血泡,粗糙干裂到看不到一块好肉。

"女主角是个特别贫困,且没有家庭地位的孩子。只有两身破破烂烂的衣服,夏天是长袖单衣,川省那样的炎热,在接近四十度高温下,她得穿长袖,踩草鞋,还不能表现出一点不适。

"冬天的戏份就更惨,主角就一身破棉袄,一双棉鞋,高山上零下二十多度,我们裹着羽绒服都冷,她双手双脚冻得肿成萝卜。

"没有跟我叫一声苦,喊一声累。好几次发生意外,差点毁容戳瞎眼睛,受了伤血流如注,也没有非得去医院……"

"听了韩老师这么多夸奖,想想有什么要说的?"主持人听完之后,对云想想也是很欣赏和敬佩。

"其实都是应该的,哪有真正工作的人不辛苦?"云想想不骄不躁,"也不是我一个人这么辛苦,整个团队都一起承担着大自然的考验。"

"我看网上都在说,想想这么漂亮,为什么不多拍一些小仙女,要去自残?"

"我已经是小仙女本仙了,拍小仙女多没有意思啊。"

云想想俏皮地笑着,"我演技还有很大的进步空间,但也想做个实力演员,不想被人定义为花瓶。可能和我喜欢挑战的性格有关,别人越觉得我不能胜任,我越倔强地想要去证明。"

"看来想想是个有征服欲的人,想想现在拍的都是电影,以后会考虑电视剧吗?"

"如果有我觉得有挑战性的角色,别人又看得上我,我肯定演。"云想想肯定地回答。

接下来,主持人又围绕着电影问了一些问题,两人应答自如。

访谈很顺利地进行到了十二点,节目组也给电影做了宣传,说是这期访谈会在七月六号播放。

午饭是主持人和负责人请她们吃的,宋萌知道主持人是华国传媒大学毕业，立刻亲亲热热地叫起了师兄，并且就传媒大学和人家聊得很是愉快，最后还交换了联系方式。

之后也有好几个综艺节目想要邀请韩静和云想想，但云想想赶着进《正义无私》剧组，所以根本没有时间去录制。

不过韩静崭露头角，为了宣传《大学梦》还是答应了收视率最高的一个综艺节目。

云想想当天晚上去赴了米勒思的约，米勒思是个非常有想法并且幽默感十足的法兰国人，云想想的法语不错，两人一直用的法语畅聊。

两人就电影方面的话题聊了很多，发现彼此间的见解非常相通，一直聊到深夜才分开。

回到酒店，云想想她们根本不睡，在等着凌晨可以查高考成绩。有些比较早的地区，今天就已经出来了，三人之前自信满满，这会儿就连云想想都有些忐忑。

最后实在是焦虑，宋萌干脆打开视频网站放《关爱》来看，李香菱也凑过去。

云想想看到四季群里魏姗姗出来，便加入了聊天。

【魏姗姗：想想，我手里现在有两个剧本，一个是网剧的女一号，一个是大制作的女三号，你说我选哪个？】

实在是纠结的魏姗姗，只能到群里来找人帮忙，她简单地把两个角色叙述了一遍。

云想想考虑了片刻才给建议。

【云想想：从角色的角度分析，我建议你选择大制作女三号，这个角色讨喜。另外一部网剧的女一号略有些矫揉造作。】

最根本的云想想没有说，这部大制作的女一号是公认的有后台没演技，当然这部戏的女一号也不需要什么演技。

女三号需要啊，而且古装剧容易吸粉，演得好可以成为代表作。

云想想倒没有看不起网剧的意思，事实就是能上星的电视剧格局更高，而且这部网剧实在是雷，至少云想想不忍直视。

【易言：想想说的没错，不论是片酬还是人脉，从长远发展看，还是顾及眼下利益，我也建议你接大制作。】

【魏姗姗：易哥也没有睡啊？好吧，我听你们俩的，选择大制作。】

【易言：我今晚有夜戏，还在剧组呢。】

【魏姗姗：拍戏真的好累，虽然赚的钱不少，但开支更大，我们这个段位的都是入不敷出……】

魏姗姗趁机大吐苦水，云想想和易言安慰了一下，大家就聊开了。

【方南渊：还没来得及恭喜想想获得大奖，现在《大学梦》已经勾起了不少人的好奇心，想想接下来有什么打算？我好像听说我们公司老总准备亲自去找你谈合约】

【魏姗姗：哇哇哇，真的吗，想想来我们公司吧，一定把你当做台柱子捧。】

魏姗姗打心里想云想想来他们公司，因为她心里很清楚，她和云想想已经不在一个段位，不存在资源冲突，有云想想在，她还能多个说知心话的人。

【云想想：签约不急，我先把大学确定了再说，我暑假接了林家良导演的《正义无私》】

【魏姗姗：！！！】

【易言：手动再见。】

【方南渊：想姐，请给我们一条活路。】

三个人简直被云想想刺激得麻木。

他们现在合作的最有名的导演竟然还是出道的第一部，周维的作品。

电视剧的导演是没办法和出名的电影导演相提并论。

也就意味着他们都在走下坡路，虽然他们有了不少代言，但云想想已经开始接触拿过国际大奖的名导，他们的差距真是越来越大。

云想想也觉得她是被幸运女神附体，和他们三个聊了会儿，凌晨一过，就听到宋萌的尖叫声："想想，想想，我考了687分！高中三年最高分！"

宋萌从来没有考过680分以上，难怪这么兴奋。

那边李香菱也报喜："690分，比预想的高。"

"快，快，想想，把你的准考证给我！"宋萌等不及冲上前来。

云想想和群里说不聊了，就从包包里拿出准考证给宋萌。

坐在电脑前，宋萌输入了云想想的证件号和相关信息，深吸一口气之后才点击了查询。

显示出来的数据，看得她眼珠子一凸。李香菱也是惊了一下："变态。"

云想想捧着茶杯走到电脑前，上面赫然显示748分："是哪一科扣了分？"

仔细一看，是语文扣了两分，不知道这两分是短文阅读，还是作文。

"云想想，你说你还是人吗？裸分748！关键是你高三一整年就刷了一个月的试卷！"宋萌扑上去，掐住云想想的脖子。

"我拍戏的时候也刷了试卷。"云想想为自己辩解一句。

"不知道想想是不是全国状元?"李香菱更关心这个。

"不一定,有些人有附加分,苏省总分只有480,也不是没有出现过满分状元。"云想想倒没有想要做全国状元,毕竟她这个分数已经够和两座大山谈条件。

高考历来最高的裸分好像是749,也出现过750满分,不过这些人都是有二三十的附加分。

紧接着云想想的电话响了,是云志斌:"想想啊,校长跟我说你目前是省状元!"

云志斌的语气颇为自豪与高兴,目前是因为还有地区的分数没有统计出来,好像有些地区的分数要二十五号才能查询。

"没有辜负爸爸的期望。"云想想心里也很高兴。

"你明天回来对吗?"云志斌又问。

云想想还没有来得及回答,她的电话就有插拨,拿下来看了看显示屏,显示是帝大招生办。

云想想立刻想到了以前看过的两座大山抢人的新闻:"爸爸,我感觉到我未来一段时间需要关机,我明天重新弄一个电话卡。"

不仅仅是云想想收到了电话,云志斌也收到了,看着来电显示,云志斌表示:"我也去找个临时卡……"

不过云想想可以任性地关机,云志斌却不能也不敢,他抑制住激动地接下了电话,和这个还没有聊完,另外一个又打来了。

云想想到底没有关机,礼貌地接了电话,对方第一句就是恭喜她,然后问她喜欢什么专业,再大力推荐自己的学校,云想想都以要回家和父亲商量为由拒绝。

好不容易得了闲之后,看着一脸羡慕的李香菱和宋萌:"你们俩还不睡觉?"

"小白菜啊,没人爱啊……"

"两三岁啊,地里黄……"

两人一人一句地往自己的房间走,明明她们也算是学霸了好不,可怎么和这个变态一比,就真的像一棵小白菜。

【魏姗姗:想想,考了多少分?】

【云想想:748。】

【方南渊:……】

【魏姗姗:对不起,打扰了,再见。】

【易言:学霸,以后请给我们一点活下去的理由。】

才和几个人聊完,又是数不尽的电话,云想想最后索性真的关机蒙头大睡。

第二天用早餐的时候,韩静也很关心地问:"考了多少分?"

"748。"云想想老实地回答。

哪知道素来冷静的韩静握着玻璃杯僵住了,一脸我听到了什么的茫然。

"韩老师,您没有听错,这只变态考了748!"

宋萌愤愤地咬了一口面包,"早上我爸爸问我考了多少,我说了我的分数,他高兴得不行,然后又问我她考了多少,我说了她的分数,我爸来了一句:'你怎么和人家差这么远……'"

提起来都是一肚子气,换了别人家里孩子考了687,不知道高兴成什么样。

到了她这里一下子就被云想想给虐死,连带着她爹都挑剔她,真是没法活了!

"想想,有没有兴趣读香大?"韩静突然兴致勃勃地问。

香江大学啊,云想想还真没有想过,她摇了摇头:"老师,我还是想把事业重心放在这里。"

韩静点了点头也没有勉强,而是问了另一个问题:"你还没有签约经纪公司,对此有什么想法?"

"不急,慢慢挑。"云想想是真的一点都不急。

她现在没有经纪公司也有电影拍,虽然不稳定,且没有代言这一方面的时尚资源但现在她的风头不大,找碴的人不多,自然也不急着找经纪公司为她打理。

"我给你推荐一个?"韩静征询云想想的意见。

韩静推荐肯定是寰娱世纪,但是云想想却不想:"老师我想要自己和他们谈判。"

她要的是绝对主动权,韩静推荐,那就给人感觉她沾了韩静的光,而不是她自己本身优秀得足够他们为她折腰。

"有志气。"韩静也很想看贺震吃瘪。

当年她可是在寰娱世纪吃了不少苦头,后来如果不是她嫁的是香江秦家长房长子,哪有那么容易离开寰娱世纪,贺震就是个吸血鬼。

可再是吸血鬼,韩静也不得不说她能够这么干干净净,甚至让秦家接纳,都是托了贺震的福。

尽管觉得寰娱世纪是个进去容易出来难的狼窝,但韩静还是很欣赏寰娱世纪的纪律严明,除非不走这条路,一旦要确定走这条路,寰娱世纪无疑是最佳选择。

虽然她很欣赏云想想,但她没有开经纪公司的打算,就没有可能一直照顾着云想想。

很多时候一部电影,一部电视剧,一个代言牵扯很深,并不是靠一个人的脸面就可以拿下。

就算是单独开了工作室的艺人,不和大公司合作,也会很快走下坡路。

韩静把云想想几个送到机场,她们到家的时候已经过了中午,来接她们的不是云志斌,而是宋萌的爸爸。

宋爸爸看云想想的目光比看自己女儿还热切,一路上都在夸赞云想想,真的把宋萌和李香菱衬得像小白菜。

云志斌应该在上课,高一的学生要七月四日才放假。

云想想一进门发现家里被气球和彩带布置得特别喜庆,就差贴上大红色的喜字,不知道的还以为她是新婚呢!

"喜欢吗?"苏秀玲推着云霆走出来,"我和你爸爸亲手布置的。"

"您逼着爸爸布置的吧?"

"那又怎样?我女儿考了状元,让他吹几个气球怎么了?"苏秀玲得意道。

"妈妈,我后天要去香江,已经确定在香江拍电影。"云想想放下行李,"我给你们买了七月五号的机票,到时候你和爸爸一起过来就是。"

有了后面一句话,苏秀玲也就把不舍的话咽下去:"那你填志愿呢?"

"交给爸爸吧,他给我选好肯定会给我电话,我到时候确认一下就行。"云想想已经想好,把准考证交给了苏秀玲。

这时候云想想的电话响起来,竟然是宋萌:"怎么了?"

"想想啊,你不想应对两座大山的人,趁着现在还有时间先遁,我刚刚去学校办公室,他们已经围攻了你爸爸。"宋萌偷偷报信,"还有,你当了省状元的事情,你的粉丝们都知道了。"

云想想把行李放下,走到窗台果然看到了有人往这边走:"妈妈,我先出去,如果一会儿有人来,你就说我还没有回来。"

把行李赶紧藏到房间,已经来不及下楼,教师楼没有电梯,她走下去一定会碰上,于是往楼上去。

跑到了顶楼打开手机,才发现他们学校已经公开了省状元的消息。

因为《关爱》,学校的官微很多人关注,有不少是她的粉丝,这会儿她微博下面已经炸了。

【学霸学霸学霸,让我拜一拜,明年我也能考个好成绩。】

【小姐姐现在是在为上帝大还是青大苦恼吗？】

【努力奋斗701分的我想和小姐姐一个学校，请快告诉我，在线等，急！】

【羡慕楼上的学霸，我只能等下辈子。】

云想想匆匆刷了一遍，就看到娱乐版也出了新闻：最佳影片，最强学霸，最美校花，高考状元等等的标题层出不穷。

云想想都没有想到她会因为这个大火一把，只是短短的一天时间，她涨了一百万的粉丝。

也因此《大学梦》得到了极高的关注，各大售票的网站，想看的收藏急速增加。

紧接着宋萌在自己的微博发了两所大学带人来学校的视频，因为宋萌是云想想的粉丝会会长，这一视频又得到了极大的关注，云想想不用想也知道会有很多记者往她这里涌。

更可怕的还在后头，华影大学和戏剧学院的官微也先后艾特了云想想，让她可以考虑一下他们，虽然已经过了艺考，但可以特招啊。

这下子真的是震惊了。

听说过帝大和青大抢人，没有听说过华影和戏剧学院也和帝大青大抢人的先例。

一个个震惊的消息还没有消化，林家良导演这个时候发了一条微博，官宣新电影女主角是云想想，并且问她如果实在是难以选择，不如选择香大吧。

而一向如高岭之花的香大也不知道抽了什么风，竟然真的官方艾特云想想，表示欢迎她加入，一切条件好商量。

帝大和青大：……

心好累哦，从来没有这么多捣乱的讨厌鬼！

这下真的是把娱乐圈给炸响，云想想第一次凭实力奔到了热搜第一，粉丝直逼一千万，各种围绕她的话题不断。

笑得韩静合不拢嘴，直夸云想想是个福星，本来爆冷的电影，因为对于云想想的好奇，被瞬间带热。

就连之前那个访谈节目，也为了收视率，加班加点地剪出来表示这个周日播。

林家良也是高兴不已，因为云想想带来的连锁效应，他的新电影也被很多人关注。

甚至有投资方主动联系，好像所有和云想想相关的人都春风得意。

105

学霸、校花这些标签本来就极其抓人眼球，当这些标签全部贴在一个人身上，那效果绝对不是一加一等于二，而是呈几何倍增长。更何况云想想现在是个公众人物。

尽管她现在只有一部作品上映，但作品的口碑好，成绩理想。

出道就得了一个含金量特别高的新人奖，第二部作品还没有上映，已经摘得了一个大奖，可以说她的知名度和影响力比很多混了三四年的人要高。

第三部电影又是和名导合作的香江电影，现在关注她报道她的媒体已经不仅仅是内陆，还有香江。

更有五大名校的争夺，创造了史无前例的高潮，一下子就把云想想这个名字打响。

这种爆红的姿态很是画风清奇，可却特别博路人缘，很多人抱着吃瓜心态好奇云想想最后花落谁家。

还有人专门开了个数据帖，分析云想想的选择，越是这样越是让云想想热度居高不下。

随着事情的扩大，很快云想想的微博下方被来自于几所大学的学霸攻陷。

尤以帝大和青大的学霸们最欢，双方都非常亲切地叫着云想想学妹。

【学妹，来我们青大，我们需要女神！】

【学妹，看我看我，帝大最适合你这样的女神。】

【学妹，青大青大青大，重要的事说三遍。】

【学妹，帝大啊，不能错过的帝大！】

【小姐姐，只求你填志愿前公布去向，我依然在线等……】

青大的学霸们把青大夸得跟朵花儿似的，帝大的学霸们把帝大赞得举世无双。

也许一开始很多学子不属于参与这种话题。但架不住有人开了头，好像输了很丢人一般，越来越多的学子涌入进来。

才子们的攻击力度那简直令人瞠目结舌，他们遣词用句都十分的文明，一个粗俗的字都没有，但是火药味却冲出了天际。

难得看到这么多来自于各大名校的高才生，简直比辩论赛还要精彩，又吸引了一拨人围观，云想想的热搜就这样持续了三天。

此时的她已经进入了《正义无私》剧组参与拍摄，拒绝了所有采访。

她把难题交给了父亲，眼看着再这么闹下去肯定会引起人反感，云志斌在分别见了几位名校的招生负责人之后有了想法。

"想想，你真的没有自己的想法？"云志斌还是希望女儿自己来选择，不论她读什么专业，他都是支持的。

"爸爸，我对各个专业都不了解，而且我也不打算从事相关行业，我还是想走我这条路。"云想想很坚定。

放弃了影视戏剧类的大学，她对其他专业和所有刚刚毕业的学生一样，完全不懂，根本不知道专业到底是个什么情况。

"那爸爸就给你一个分析。"云志斌也不主观地去影响自己的女儿，"如果你要从事这个行业，爸爸给你的建议是就读文学这方面的专业。爸爸没有做过演员，但还是觉得一个文学功底深厚的演员一定更能渗透各种角色。或者，爸爸觉得你可以就读语言专业。"

云想想明白了，云志斌是建议她选择帝大，但说实在的，关于文学这类，云想想个人觉得是具有灵性的专业。

如果悟性好自己广泛阅读也能够渗透。如果悟性不好，就算读了这类的大学，学来的也不过是老师的总结，很难突破自己的思想境界。

"爸爸，我记得你的梦想是青大。"云想想认真思考之后说，"爸爸，比起舒适和按部就班，我更喜欢挑战。"

自从拍完《大学梦》，云想想就好似打开了新世界的大门。

她这个年纪更喜欢突破，而不是力求稳。因为年轻就是资本，错了只要不被打倒，就可以重新再来。

"你的意思是你要读青大，什么专业？"云志斌有些诧异。

"最热门的专业。"云想想其实回去的时候就想和云志斌商量，可事情闹得她根本没有喘息的时间，只能躲清静。

并且她也想听一听云志斌的建议，可云志斌到底心疼她，所以想让她选择轻松一点的文学专业，"计算机。"

"想想，这可不是闹着玩。"云志斌声音不由提高，"计算机专业的专业知识很深，你想要跟上进度，并且顺利毕业，就和你拍戏冲突，它可不像你高三多刷题就行。"

事实上云想想如果不是高一高二学得好，就算高三刷再多题都不可能拿到这么好的成绩。

青大的计算机专业，按照云想想这样的条件，他们未必会妥协，要知道多少人挤破脑袋想要进去，每年的招生名额有限，云想想占了一个就得刷下一个成绩不俗的学生。

"爸爸，我没有闹着玩，我很认真，我头两年会尽量把拍戏的时间安排在暑寒假，拍戏的时候我也可以请人陪着我给我补习，我绝对不会让自己跟不上学校进度。"云想想担保。

沉默片刻，云志斌也愿意相信女儿一次，事实上他也很看好这个专业，如果是云霖，他说不定会逼着他做出这个选择："好，爸爸现在就联系青大，和他们商量。"

这时候全国成绩都已经全部出来，云想想确定是全国状元。

对于这个当之无愧的第一，哪怕是青大也给出了最大的诚意，可以接受云想想在校就读期间请假拍戏，但学期考试必须到场，并且不能有补考的情况。

也就是要保证她的专业考试必须一次性过，成绩在全系排名前十。当然作为全国状元的一切优待他们依然提供，只要云想想能够保证专业成绩，他们可以给云想想这个天才开一切便利。

这样一来，也能够堵得上其他学子的嘴。只要他们能够保证离校不补考，成绩全系前十，也可以享受这样的优待。

其实就凭云想想全国状元的名头，不服气的也会很少，毕竟一年出一个的稀有物。

顶尖学府嘛，自然要做到服众且有目共睹的公平公正。

既然确定了，云想想也就果断地发了微博。

【演员云想想V：未来母校，您好！】

云想想艾特了青大的官微，并且发了一张双手搭在键盘上的图片，微博一下子就沸腾了。

【啊啊啊啊，女神选择青大计算机系！】

【女神你的手好白好细好长好美。】

【请问，考了701分的我会不会被刷下来？】

【楼上肯定不会，考了670的我没戏。】

微博一发，云想想微博下面一片痛哭声，全都是考了650分以上的学霸。

这清奇的画风，真的是让一群学渣瑟瑟发抖，都不敢出声。

原本考了一本的喜悦瞬间被浇灭，也是这个时候，许多学子才意识到每年高考到底有多少学霸。

甚至有考了680的学霸很固执地表示，他只报青大计算机系，如果不被录取，他立马回头再战，做不成同学，他也要成为一名学弟。

然后这一留言出来，很多人竟然纷纷响应，这种良好的向学影响，还被著名文学家点评。

一时间有些原本因为云想想这个事情闹了三天，心里不舒服的人也偃旗息鼓。

关于闹这三天，云想想其实是故意的，倒不是为了热度和知名度，而是为了让青大更容易妥协。

她要有市场，才能拿到最高的待遇，不过网上学霸抱头痛哭出乎她的意料。

她却不知道，她这一举动被寰娱世纪和众星时代看在眼里，越发觉得这个十八岁的小姑娘不简单，有手段。

两大龙头经纪公司，在确定云想想要走这条路之后，终于按捺不住出动，纷纷派遣了公司的总经理到香江。

云想想成为轰轰烈烈的天才学霸，五校争抢的热度还没有退去，众星时代和寰娱世纪总经理齐齐现身香江，并且先后探望《正义无私》剧组的消息不胫而走，云想想再次霸占新闻头条。

这一条消息受到了无数艺人的关注，毕竟他们求都未必求得到其中一个青睐。

转头人家被两家公司争抢，而不论云想想加入哪一个公司，对于该公司其他艺人都是冲击。

底层的艺人会觉得少了往上爬的机会，高层的艺人会觉得少了资源。

"给你放一天假，好好考虑。"林家良笑眯眯地对云想想道。

因为这一波宣传，《正义无私》又受到了更多的关注。虽然这部电影题材没有问题，在内陆上映不会出现波折，但他们也需要内陆的影响力。

要知道到目前为止香江的最高票房不过四千多万香江币，实在是人流量限制了经济，而香江的电影在内陆票房高的也不多。

云想想拍摄的这几天，状态很好，几乎是一条过，跟着剧组几个地方跑也不喊累，没有她的戏份也会来剧组观看。

对待任何人都一样礼貌，获得整个剧组的喜爱。而且从来不迟到不早退，就像自己是剧组的一分子。

加上她给电影带来了这么大的关注度，林家良对她可谓是爱若珍宝，处处照顾着她。

知道两家大公司前后来寻她，毕竟是关乎人生的一件大事，他也就特意让她休息一天慎重考虑。

根本不用考虑，云想想由始至终看上的就是寰娱世纪。但什么东西太容易得到，就不那么珍贵，虽然寰娱世纪现在给她开出的条件已经达到她的预期，可云想想还是想要试探一下。

当然，她不会做出那种故意约见众星时代高层的事情来抬高自己，引起寰娱世纪的反感。

对于两家公司她都是最初在韩静和林家良的陪同下见了一面，详谈了他们给的条件之后，一概以认真考虑、三天后给出回复、目下拍摄紧急为由拒绝他们再邀请。

她悠然作壁上观，两家公司必然是要打听对方给的条件，然后再做出对她的估量，适当地增加砝码。

到了这个时候，已经不仅仅是云想想未来的价值衡量，而是两家王不见王的大公司一场摆在明面上的较量。

云想想的选择关乎颜面，也会影响更多艺人对两家公司的观感。

以云想想现在的火热程度，如果马上要播放的《大学梦》电影大热，云想想的热度至少还要持续一个多月，可以说称霸整个暑假。

这个时候云想想签约哪家公司，对于他们的股票也好，对于他们公司的形象也好，甚至对他们公司其他艺人都有一定的带动作用。

这就是名人的连锁效应。

"怎么，还在犹豫？"眼看着明天就是答复的时间，而云想想一点倾向都没有表明，寰娱世纪自然是请了韩静来做说客。

而云想想等的就是韩静。

她现在不好明着面得罪众星时代，陈瑛晖是个睚眦必报的人，尽管寰娱世纪会保护她，可她也希望把风险降到最低。

一直以来，云想想对两家公司都不偏不倚，等到她见了韩静之后选择寰娱世纪，那么很明显是韩静起到了决定性的作用。

众星时代要怪，也只能怪韩静，但凭借韩静现在的地位，陈瑛晖没有胆子对付她，只能怨怪自己时运不济，牵扯不到任何人。

"老师是来做说客？"云想想笑道。

"你个小狐狸，难道不是在等着我送上门？"韩静伸手点了点云想想的额头。

虽然猜得到云想想的心思，但是韩静依然乐意上门，陈瑛晖不敢动她，而且平白让寰娱世纪欠了她一个人情，稳赚不赔的买卖她为什么不做？

"老师，咱们都是受益人。"韩静得了好处，云想想如何想不到？

"我越来越期待你进入寰娱世纪。"

韩静已经能够想到以后贺震对云想想又是喜爱又是痛恨却无可奈何的头疼画面，"贺慎，让我做东请你们吃顿饭，云学霸，赏不赏脸？"

贺慎是贺震的儿子，年近四十，现在公司一半的事情他可以直接做主，任寰娱世纪总经理，一个非常严肃的男人。

不过贺慎好就好在，虽是豪门贵公子，却娶了大学同学，妻子长得其貌不扬，且家世普通，很多人不看好他，他掌握着美女如云的经纪公司，却一点花边新闻都没。

"云小姐,我想我的来意不需要再重复,我们很有诚意,你如果对我们公司有意向,可以在我们提出的条件上再提出你的意见。"

贺慎是个公事公办的人,并且没有什么拐弯抹角,见面后趁着菜还没有上来,就开门见山:"如果我们能够达成协议,希望我们以后合作愉快。"

"贺总,我对你们公司慕名已久。"

云想想也很直接,"据我所知,贵公司的经纪人分五个等级,所对应的艺人也是五个等级,而你们想要和我签署的是S级合同。"

寰娱世纪的经纪人分为:普通经纪人,银牌经纪人,金牌经纪人,钻石经经纪人以及至今没人达到的王牌经纪人。

只有到了钻石级才有资格拥有公司的股份,这样的经纪人寰娱世纪只有两个。

至于王牌经纪人的待遇,到现在还无人得知。

对应的艺人:B级,A级,S级,SS级,SSS级。寰娱世纪还没有顶级的艺人,两个台柱子,女艺人黎曼和男艺人薛御都是SS级。

同样顶级艺人的待遇是什么大家都不知道。不过黎曼和薛御都是拥有寰娱世纪股份的人,哪怕是百分之零点几,那也是地位崇高。

寰娱世纪有个地方比较好,那就是艺人的价值在合同期间超过了所签署的待遇,合约会自动升级,当然升级合约的条件就是之前的时间清零。

比如签署了十五年的B级合约,如果该艺人在三五年内爆红,那么就可以升级合约,时间还是十五年,之前的三五年不算。

花想容进公司就签了A级合约,后来她的价值提升,她很聪明地没有选择提升待遇。

她很清楚只要她有价值,又还在公司,公司就不会雪藏她,所以她虽然拿着A级合约,享受的却是S级的待遇。

"云小姐是对待遇不满意?"贺慎眉头加深。

这已经是最高的待遇,要知道他们公司现在有这个待遇的女艺人只有三个,其中露华浓已经被雪藏。

"没有,我很满意。"云想想可不想进公司就得罪人,黎曼的地位并不是她可以去动摇的。

做人要认清自己的位置,"其他我都可以接受,唯独十年时间太长,我并不是没有诚意,我可以接受十年这个数字,但我有一个条件。"

"请讲。"

"我听韩老师说过公司对待有价值的艺人很宽容,只要超过价值就会升级合约。"

云想想把自己的想法说清楚，"我可以接受十年的合约，但我的价值提升，我如果升级合约，贵公司承诺我签约时间不清零。"

这是云想想的要求，寰娱世纪五个等级的合约，分别是十五年、十二年、十年，到了黎曼那种地位也是八年。

她可不想在寰娱世纪待个四五年之后又签下十年八年，她需要不断地让寰娱世纪让步，掌握自己人生绝对的主动权。

贺慎不由深深地打量这个十八岁的小姑娘，他相信以韩静的人品，再喜欢云想想，都不会在涉及商业谈判内容下提醒云想想这一点，那么就是这个小姑娘自己看透了。

很多艺人看到寰娱世纪会随着价值增加而自动升级合约都欣喜不已，觉得看到了出头的希望，让他们更加地努力往上爬。但通通都会忽略掉他们爬得越高，和寰娱世纪牵扯就越深。

一个艺人提升价值要多久？

那种个别幸运的一炮而红的是少数，就算是这种幸运儿，想要公司给他升级待遇，都得在把自己稳定下来之后。

这怎么也得三五年。签了十五年，三五年后升级，十年又变成十二年。

再往上少说也得要个五六年，才能有资格升级，七八年又变成了十年。

这个看似有利的合约，其实是鱼饵，让鱼儿不断往前，却又脱离不了鱼塘。

其他待遇什么的都是虚的，这个才是至关重要。

贺慎没有想到云想想这么一个连律师都没有带的小姑娘，一眼看穿，并且气定神闲地和他谈判。

他这才想起这可不是普通的小姑娘，而是以全国状元考上青大的顶尖人才。

很明显云想想触碰到贺慎想要坚守的底线，他犹豫了。

"贺总也可以放心，我是个懒人，我可以向贺总做出一个承诺，我只要做演员一天，就不会自己成立工作室，毕竟大树底下好乘凉。"云想想也不能不做出让步。

既然她没有单飞的心，那么只要寰娱世纪给她的条件让她满意，她自然不会离开寰娱世纪。

就在这个时候，韩静的电话响起来，她才刚刚按下接听键，正打算走到外面去，却顿住了，看了贺慎一眼，把电话递给云想想："闵老爷子。"

贺慎的面色一变。

112

云想想也很诧异，闵老爷子竟然这个时候给她打电话。

她知道陈瑛晖去世的妻子出自香江闵家，虽然不是闵老爷子的亲女儿，但也是在他眼皮底下长大的晚辈，总有几分感情。

那么众星时代是寻了闵老爷子做说客？

"闵老先生，您好。"云想想很有礼貌地打招呼。

"哈哈哈哈……"电话那头传来一阵笑声，"从来没有人这么称呼我。"

这话云想想没法接，毕竟她和闵老爷子不熟，也不想攀关系。

"小姑娘，今晚我们家有个家宴，方便就赏我这老头子个面子，来我家吃顿便饭？"闵老爷子也不为难小姑娘，语气温和。

人家都亲自打电话了，可是在香江跺一跺脚，都能让香江抖一抖的人物，云想想是哪个牌面上的人物，哪里有拒绝的道理？

"您的抬爱，小辈却之不恭。"云想想婉转地答应下来。

闵老爷子又和云想想扯了两句家常，然后挂了电话。

"云小姐的要求，我答应了。"等云想想把电话还给韩静，贺慎开口道。

"祝我们合作愉快。"云想想率先举起酒杯敬了贺慎一杯。

云想想提出了条件，合约就需要修改，双方只能口头上达成协议，一顿饭依然宾主相宜。

其实贺慎可以等，寰娱世纪也好，众星时代也罢，可能都觉得闵老爷子是来给她施压的。

云想想一看就不是个逆来顺受的人，大不了就不在香江发展，到时候云想想得罪了闵老爷子，必然要寻求寰娱世纪的庇护，那就一定会降低要求。

但贺慎的敏锐告诉他，闵老爷子亲自打电话施压一个名不见经传的内陆小演员的可能性很小。

她和闵老爷子之间的牵扯绝对不一般，否则不需要通过韩静的电话，亲自来邀请，甚至直接派几个人强硬地把云想想带走，在香江都没有几个人敢管。

那么闵老爷子就不是来施压，而是来保驾护航。

很显然闵老爷子还是偏向众星时代，但也清楚众星时代的不堪，他出面让云想想签下众星时代，是让云想想背靠着他，在众星时代享受着最高的待遇，且无人敢触碰威胁。

作为一个成功的商人，贺慎确信云想想去了闵家，非但不会降低要求，如果这个时候他不答应，云想想很可能还会要求提高待遇。

云想想有了闵家做后盾，又和韩静关系匪浅，香江的资源那真是挥挥手的事情。

虽然贺慎也很好奇云想想到底是什么地方得到了闵老爷子另眼相待，但不打算去调查。

和贺慎道别之后，云想想去买了些礼物，尽管人家什么都不缺，但第一次登门，该有的礼数还是得有。

天刚刚擦黑，韩静就亲自来接云想想，这是打算陪她一起去，云想想心里一暖。

闵家的老宅，比起韩静的别墅更加的古朴大气。佣人很多，云想想和韩静到的时候，闵家大少爷亲自到门口来迎接。

闵彦恺是闵家的长孙，二十四岁，刚刚从国外顶尖学府毕业归来，据说没有投身家族企业，而是正在和几个年轻人创业。

他身材高大，约莫一米八，浓眉大眼，也许是说话时脸上有两个酒窝的缘故，看起来格外平易近人，彬彬有礼。

"爷爷在书房，说云小姐来之后，请到书房去和他说说话。"

闵彦恺亲自把云想想引到别墅里，带到三楼老爷子的书房，敲了书房的门，得到老爷子的准许后推开门请云想想进去。

闵彦恺并没有跟着进来，就连韩静也被闵家一个儿媳妇留在下面聊天。

闵老爷子穿了一身唐装，他站在书案前，拿着一个放大镜躬着身正在看一幅古画。

云想想走上前，见是一幅山水画，落款是黄宾虹，那么这幅画可以说价值连城。

"小云丫头啊，你来看看我新得的这幅画是真是假？"闵老爷子很亲切地对云想想招了招手。

云想想认真地看了之后才开口："老爷子，我可没有鉴别真伪的本事。"

"我听说你也学过画，那你说说这画看着如何。"闵老爷子接着问。

"看画如看美人，美人之美在骨不在皮。"

云想想笑着对闵老爷子道，"画之美在风骨，有些作品一见极佳，却渐看渐倦；有的一见平平，却渐看渐佳。更有甚者，初看艰涩，格格不入，却久而渐妙，越看越爱。老爷子看了这么久，这幅画给您的感受如何？"

"哈哈哈哈。"闵老爷子又开怀地笑起来，望着云想想道，"越看越爱。"

"那看来这幅画是难得的佳作。"云想想就下了定论。

"这幅画是我那侄孙孝敬我的。"闵老爷子对云想想道。

侄孙，又特意告诉云想想，那肯定是陈瑛晖的儿子了，这次代表众星时代来和她谈合约的人——陈俊杰。

云想想听了就点点头，没有主动开口说话。

老爷子走到了茶几前，招呼云想想坐，茶几上已经煮好了茶，老爷子亲自给云想想斟了一杯。

云想想站起身恭敬地从老爷子手里接过，捧着团凤陶瓷杯，看着茶杯里茶水色泽金黄，香气弥漫，很是与众不同，她不由低头闻了闻。

不是特别爱茶的云想想竟然禁不住诱惑喝了一口，味蕾之上持久弥香，喝下去之后觉得神清气爽。

"怎么样，喜欢吗？"闵老爷子也喝了一杯。

云想想诚实地点头，她从来没有喝过这么好喝的茶，并且提神的效果真的立竿见影，好像喝了之后所有的疲惫一瞬间就消失了。

"哈哈哈哈，你要是喜欢，晚点我让人送一罐给你。"闵老爷子很大方。

"谢谢老爷子。"云想想确实很喜欢，她也就不推辞。

她虽然知道闵老爷子的茶肯定不是一般的茶，但却不知道这茶乃是大吉岭茶，被称之为茶中香槟，茶树长在喜马拉雅山脉之中。

完美的生长环境使它拥有独特的香气。而闵老爷子喝的这种是最上等，并不是有钱就能够买到的稀罕物。

"你想签约哪家公司？"喝了茶，闵老就如同闲话家常般问云想想。

"寰娱世纪，我已经和他们达成了口头协议，等他们修改好合同之后，就可以签约。"云想想不留余地地告诉闵老。

"贺震给你什么优待？"闵老仿佛在关心自己的晚辈。

云想想也没有隐瞒，把自己的要求，寰娱世纪的条件都说了出来。

闵老沉吟了片刻："去众星时代，我给你更好的条件。"

云想想摇头。

"即便是想来就来，想走就走，资源任由你挑选也不要？"闵老又问。

云想想依然没有考虑就摇头。

"为何？"闵老突然好奇了。

"老爷子，我知道您觉得欠我一个人情。事实上我那天只是不想自己被牵连，才把偶然听到的话说出来。"

云想想很诚实，"我不知道我的自保之举对于您而言意味着什么，但我并不想要借此得到什么，如果我只是想要荣耀和金钱，大可以直接向您开口，以您的身家，指头缝漏一点就够把我埋了。"

"但我想靠我自己，看看我能够走多远，别人给的荣耀再好也只是空中楼阁，只有自己赢来的，才不会随着时间的流逝而黯然失色。"

寰娱世纪给她的优待都是她凭本事得来，连韩静的关系都没有走，她享受得理所当然。

闵老认认真真地看着面前这个眼神清澈，固执而又倔强的小姑娘。

这个年纪,这份气度,这股志气,这般从容,完全不比他精心培养的接班人逊色。

云想想坦坦荡荡地任由闵老打量,她一个连死都不怕的人,还有什么让她畏惧?

"爷爷,可以开饭了吗?"外面响起闵彦恺的声音。

"好,尊重你自己的意愿。"闵老站起身,"走,我们去吃饭。"

闵老已经七十的人,虽然他身子骨很硬朗,但依然拄着拐杖,云想想见此几乎是本能地上前搀扶他。

闵老扬了扬眉,却没有拒绝。

于是闵彦恺推开门诧异地看到这一幕,不过情绪一闪而逝,云想想礼貌性地没有去看闵彦恺,所以没有捕捉到。

等到楼下的人看着云想想竟然搀扶着闵老从上面走下来,脸色都有不同程度的变化,看向云想想的目光也变得不同。

各就各位之后,闵老先坐下,其他人才慢慢落座,大户人家的规矩特别多。

闵家是名门望族,人口也多,老夫人已经去世,闵老是个长情的人没有再娶,有三子两女,如今都各自成家,韩静给云想想介绍了一遍,竟然才来了三分之一。

吃饭的时候闵老还问了云想想喜欢的口味,然后特意推荐了家里厨师的拿手菜。

众人的目光很隐晦地时不时地往云想想这里扫,好在老爷子适可而止,她才能够安安心心地用完这顿饭。

晚饭之后,老爷子几个儿子似乎有事情和老爷子商议,一起去了书房,而云想想就被几个贵妇给包围。

和世人想象的那些趾高气昂的贵妇形象不同,闵家几位太太修养都很好,知道云想想是艺人也没有轻视。

她们也没有因为闵老爷子的优待而迫不及待地巴结,礼貌客气得恰到好处,让云想想没有一丁点不适。

这或许才是真正的名门之风。

大概聊了一个小时,云想想站起身要告辞。

这个时候闵彦恺从楼上下来,拿了一幅画轴一罐茶递给云想想:"云小姐,这是爷爷送给你的礼物。"

闵家大太太看到这一幕,目光一凝,对云想想的笑容更加亲和:"云小姐既然在香江拍戏,以后有时间就过来陪我说说话。"

"大太太客气,有机会一定来叨扰。"云想想依然礼貌地回答。

一家人热情地将她们送到门口,到了车上韩静才问:"你做了什么,老爷子这么喜欢你?他的大吉岭就连我公公都舍不得送。"

"大吉岭?"云想想先是微愣,"你说的那一罐茶叶?"

"是啊,这茶叶有价无市,每回都被闵老爷子把最顶级的截走,为这事儿我公公没少和他闹。"韩静想了想也轻笑道。

云想想没有想到闵老爷子会用这么珍贵的茶叶招待她。

闵家的茶肯定都不是等闲茶,她接受一是因为确实喜欢,不想违心明明喜欢而拒绝。

二是希望闵老爷子觉得和她也算是扯平,她真不希望闵老爷子觉得欠她什么。

"给我看看,老爷子送了你什么画。"韩静拿过画轴打开,原本以为会是一幅画。

结果是一幅书法,上面遒劲有力地写着四个字:兰姿蕙质。

韩静倒吸一口气:"这是老爷子的亲笔书法。"

"哦。"云想想真的好怕打开是之前在书房看的那幅画,价值上亿,她觉得会手抖。

还好还好,老爷子只是夸奖她,送了她四个字而已。

这反应让素来沉着的韩静保持不了风度地瞪了眼:"哦?你知不知道这意味着什么?"

"闵老的字很值钱?"

应该不会比黄宾虹的画更贵吧?她的小心肝受不住的!

"你怎么变得这么庸俗!也只有你才会想把闵老的字拿去卖钱,这是一个承诺。"

韩静恨铁不成钢,"闵老素来有赠字许诺的习惯,这幅字画你收好,以后遇到什么性命攸关的大事,拿着它去闵家,闵老爷子会满足你一个要求。"

"你要知道整个华国,被闵老爷子赠字的人,一只手都能数得过来。有了这幅字,你在香江可以横着走。"

云想想还真不知道闵老有这样的规矩,难怪方才走的时候闵家那么热情,原来她是贵宾啊。

不过这幅字挺好的,收着就收着,希望永远没有用得上的时候。

见云想想还是这么宠辱不惊,韩静都有点佩服这个小姑娘,就算换了她得到一幅闵老的字,都会掩饰不了激动,这丫头仿佛真的没有怎么当回事。

并不是云想想心如止水,而是她对闵老乃至闵家无欲无求,更加觉得他们是两个层面的人，自然不会有什么过深的牵扯。

至于以后她的路，她还是喜欢自己的事情自己解决。

就像她想要签约寰娱世纪，也没有因为认识韩静而想走韩静的捷径一个道理。

不过闵老爷子的出现不是没有好处，那就是以后彻底不用担心众星时代给她穿小鞋。

寰娱世纪的工作效率很高，第二天贺慎就拿着合同来和她签约。从此以后，她就是寰娱世纪的签约艺人。

当天寰娱世纪就在官微发布了这条消息，为了表示对云想想的重视，寰娱世纪发布消息之后，国际影后黎曼、国际影帝薛御都同时关注了云想想，并且发了微博。

【黎曼V：欢迎小公主。@云想想】

【薛御V：介绍下，我师妹。@云想想】

两个人的发言差点让微博瘫痪，黎曼是国际大咖，虽然没有一亿的粉丝，但地位却是流量明星难以望其项背的。

薛御就更不得了，他今年才三十五岁，被娱乐圈奉为神话，大家都叫他"薛神"！足可见他在娱乐圈的地位有多么重。

并且薛御迅速带火了介绍体"介绍下，我××"，可想而知薛御的号召力！

和黎曼不同，既然薛御称云想想为师妹，那岂不是说他们俩将是同一个经纪人！

要知道薛御的经纪人可是寰娱世纪最牛的存在，当年连黎曼都被拒绝过……

一下子，云想想又被推上了热搜第一，话题是#薛神师妹#。

【魏姗姗：啊啊啊啊啊，想想，想想，呼叫想想，你竟然成了我男神的师妹！！！！】

【易言：我已经开始怀疑人生。】

【方南渊：想姐，请教你，人生如何开挂？】

四季群里魏姗姗三个人多么震惊不提，云想想其实并不知道寰娱世纪会让经纪人中的老大，薛御的经纪人贺惟来带她。

毕竟她签的是S级合约，与之相对的应该是金牌经纪人，而贺惟是钻石级经纪人，受花想容的影响，她本打算做文澜的艺人。

文澜没有了花想容和露华浓，正是需要门面的时候，文澜的能力也很出众，其他几个王牌经纪人手中或多或少有撑门面的艺人。

寰娱世纪要显示诚意，不想艺人间拼杀，几乎不用考虑就会选择文澜，为了不让寰娱世纪怀疑，她才没有刻意提及文澜。

却没有想到寰娱世纪给她这么大个优待！

薛御的经纪人贺惟乃是贺震的侄儿，父母早逝，在贺震的抚养下长大，从国外留学回来就进入寰娱世纪。

他并不想做管理层，而是选择了做经纪人，从基层到钻石级，他打造出了一个薛御，而薛御成了寰娱世纪的金字招牌，娱乐圈的神话。

"想想，想想，你知道吗，你成了薛神的师妹！"云想想刚刚拍完戏，就接到宋萌的电话，宋萌激动得声音都在发颤。

那是薛御啊，是她觉得自己连追逐都不够资格的神。

如今她的好姐妹竟然距离薛神这么近，那岂不是意味着她以后能够见到薛神本人？光是这样一想，宋萌就觉得自己要幸福得晕过去。

"想想，想想，我要做你的助理，助理啊啊啊啊！"宋萌尖叫道。

云想想直接把她的电话挂了，然后准备打给贺慎问清楚，这时电话就有一个帝都号码打进来。

她刚刚按下接通键，一道富有磁性的声音响起："贺惟，从现在起，你以后，我负责。"

简单直白的宣告，云想想都不知道怎么接，她听说过贺惟，一个很强势且随心所欲的人。

深吸一口气，云想想道："以后，多多指教。"

对面传来一点几不可闻的笑声："很好，没有让我失望，现在你可以告诉我，你对助理的要求。"

"厨艺好，刻苦耐劳，可以不太聪明。"云想想也很干脆。

贺惟这样的人最不喜欢拖泥带水，含糊不清。

"明天中午十一点半，我会在你住的酒店大堂等你。"贺惟留下一句话就挂了机。

听着挂机声音，云想想揉了揉额头。

贺惟能力很强是没有错，但云想想真的不想成为他的艺人，花想容可是说过，这就是个魔鬼经纪人。

天知道他是怎么打磨薛御，才把薛御打造成如今这样的全民男神，她是想有挑战性也会很努力，但她觉得她跟不上贺惟的节奏啊。

"想想，你竟然挂我电话！"宋萌又打来控诉。

"我的助理你就别想了。"云想想有气无力地交代，"贺惟看不上你的。"

贺惟对身边的人也好事也罢，都要求非常严苛，他给薛御选的助理，几

119

乎是十项全能。

像宋萌这样大学还没有上的人，就算毕业了他都未必看得上，因为宋萌在薛御的眼里，真的是一点实力都没有。

"不但是助理，就连你的会长位置可能都不保。"云想想无奈道。

贺惟对于艺人的掌控力非常强，私生活从来不会干涉，哪怕谁弄出个未成年恋爱的糟心事，只要是提前给他报备过都没问题。

可一旦涉及公事，那就得乖乖听他话，就算是薛御有如今的地位，花想容都还不小心撞见他被贺惟教训。

做贺惟的艺人，只有一句话：痛并快乐着吧。

"呜呜呜呜……"宋萌激动的心终于冷却了，"想想，你不能这么对我。"

"我尽量保证你会长的位置吧……"云想想也有点于心不忍。

她虽然是贺惟的艺人，但又不是他的附属品，他们应该是在一个同等位置，应该可以谈条件。

安抚好了宋萌，云想想才登录微博，她的粉丝在猛涨，微博下面几乎被薛御的粉丝霸屏，大多留言都是：你好，小师妹。

她的粉丝们都激动不已，有些甚至自来熟地和薛御的粉丝开始互动。

云想想也不知道怎么回复两个前辈，但也不能不回复，于是把他们俩的微博转发，然后分别比了个爱心。

要她违心说她是他们的粉丝那是不可能的，她也卖不来乖。

处理完微博上的事情，云想想才进入四季群。

【云想想：我也是才知道这个消息，我是和寰娱世纪签约了，但没有想到他们让贺惟做我的经纪人，我现在也是受宠若惊。】

【魏姗姗：这么说不是你提的要求，而是寰娱世纪就这么看重你！！！！求给活路。】

【易言：我已经麻木。不过话说回来，贺惟并不是寰娱世纪想要安排就能安排的人，应该是他主动要做想想的经纪人。】

【方南渊：嗯，贺惟地位不同，寰娱世纪已经没有能力勉强他。】

这一点云想想也知道，贺惟是贺震的侄儿，但在公司他从来不使用特权，他有今天的地位，也是他全力打造出一个薛御的缘故。

正因为是凭实力，所以寰娱世纪没有资格强迫他收下云想想，那一定是云想想有什么地方吸引了他的目光。

云想想也挺好奇，所以她在见到贺惟第一面时就直截了当地问："你为什么选择我？"

贺惟比薛御大不到一岁，今年也才三十五岁，他长得很英俊，五官刚毅，说他二十五六也没有人怀疑。

对于云想想的提问他也坦诚地回答："我看到了你的未来。"

从云想想给粉丝立规矩，贺惟就已经注意到她，很有个性，这样的人值得他亲自来培养。

"我手上正好缺个女艺人。"贺惟又添了一句。

男艺人和女艺人的资源不一样，不会存在过大冲突。

贺惟混迹了这么多年，人脉和资源很多，但很多都是薛御用不上的，与其浪费不如培养个女艺人。

第6章　扬帆起航新征程

"最重要的是，薛御已经到了瓶颈。"贺惟说这句话的时候，语气里满是嫌弃。

云想想差点被自己的口水呛到，贺惟这种提到薛御一副烂泥扶不上墙的口吻，真的好吗？

那是薛御啊，国内奖项大满贯，三个国际A类影帝大奖，站在华国娱乐圈神坛上的薛神！

贺惟的目光幽幽地落在云想想的身上："所以，你别步他后尘。"

云想想咽了咽口水，素来沉着冷静的她不知道说什么。

她距离薛御的高度还隔着一条银河，贺惟这种要她一定超越薛御的姿态，让她觉得压力山大。

她是很想努力走向高处，但她真的没有那么大的能耐和野心好不好？

"你师兄近一年的事情已经被我安排好，如果没有意外，以后我会把重心放在你身上，大多数时间我会跟着你，不过考虑到你还要完成学业，以后我会尽量把你的工作安排在假期。"贺惟用通知的语气对云想想说。

前面一句让云想想头皮发麻，后面一句倒是正中云想想下怀，也只有贺惟这样的人能够这么强势地说，可以把她的工作安排在假期。

这意思是让别人等她，而不是让她去迁就别人。

云想想乖乖地点头。

很满意云想想的听话，贺惟继续道："你的起点高，现在拍摄了三部电影，已经拍完的两部都不错，以后尽量保证一年一部电影，电视这一块我们暂时先不考虑，你的代言这些都交给我，你的团队我已经帮你组好，晚上他们都会赶过来，从今天开始跟着你，工资你自己看着给。"

"能给我个提示吗？"云想想问。

云想想对贺惟有着浅薄的了解，知道他找人从来不问出身，不看学历，只看本事说话，对于有本事的人其实要留住不容易。

她听说薛御的摄影师就是初中毕业，但摄影技术真的是超一流。

贺惟眼里有了点笑意，举了一根手指："助理不要低于这个价位。"

那就是每个人月薪不要低于一万！

他们这个行业助理最多也六七千，三四千很常见，而贺惟让她助理都不要低于一万，那么其他人……

不过云想想依然面不改色地应下。

"我给你找了两个助理，一个专门负责给你做饭，另一个随便你使唤。"贺惟继续道，"摄影师，化妆师，宣传负责人……"

贺惟把以后要跟着她的人简单说了一遍，然后给了她几份简历，这样一个团队，他竟然这么快集齐，是早有准备还是实力强悍？

云想想没有再问工资怎么开，既然助理是按照两倍发放，那么其他人也按照市场价的两倍发放就好。

她意见表达之后，就等着助理来，先和助理签约，之后让助理准备和其他人的签约合同。

贺惟简单和她见了个面，并没有对她接下来的行程有安排，就匆匆离开了。

下午三点的时候，一个打扮时髦看起来二十岁出头的小姑娘和一个穿着正式二十五六的男子来云想想这里报到。

"老板，我是王永，以后负责您的一日三餐。"长得白白净净的男子先介绍自己。

云想想有些错愕，她还以为负责做饭的是女的，没想到……

"想姐，叫我可可，以后我负责你生活琐事。"可可举了举自己的胳膊，"您不要看我瘦小，但我很有力量，可以一手提二十公斤的行李箱健步如飞，我学过散打，拿过冠军奖。"

"老板，我会做四大菜系的菜，中西糕点都有涉猎，正在学习药膳。"王永也立刻宣布自己的技能。

云想想觉得这样的人才一个月一万块也许太少，难怪贺惟让她不要低于这个数。

最后云想想决定先给两个月的试用期，试用期的工资是一万五，转正后再根据表现商议正式工资。

有了可可在，云想想就把剩下的招待其他人员的事情交给她，并且让她

万/丈/星/光

·122·

预订一个地方,晚上大家一起吃个饭,互相认识一下。

可可根本就是个百事通,她迅速地拿到所有人的联系方式,然后三言两语就和其他人打成一片,轻而易举地套出了这些人的喜好和忌口,根据众人的情况订了位子。

晚上的时候正式见面,云想想一个个单独聊了几句,了解基本情况。她让大家不用特别生疏地称呼她,叫她想想就行,毕竟大家的年纪都比她大。

第二天她就带着可可和化妆师李捷去了剧组,可以不用剧组的化妆师,很多事情也不需要自己跑一趟。

可可的交际能力真的是令云想想刮目相看,几乎只用了一天的时间她和整个剧组的工作人员都混熟了。

三餐都是王永做了放在保温盒里送过来,王永的厨艺简直不要太赞,而且做的饭都和营养师商量过,还附带了一定量的水果和糕点。

云想想觉得有了他们真的是物超所值,连带着她整个人的效率都大大地提高。

到了七月五日,云想想的父母带着两个弟弟赶来,云想想正打算找两个可靠的人带着他们游玩,不承想闵彦恺和蒋泽勋都主动送上门,云想想很婉转地拒绝他们,这两个公子哥哪里懂她父母这种平民的喜乐?

她让可可找了个专业的导游领路,晚上和她住一个酒店。

此时《大学梦》已经开始在几个城市点映,原本没有这么大规模的点映,自然是寰娱世纪出了力。

尽管《大学梦》不是公司出资,甚至是云想想签约之前拍摄,可云想想现在是他们的艺人,自然要尽力帮忙。

到了七月七日晚上,影评已经陆陆续续地出来,很多人都表示这是一部学生必看的电影。

资深影评人卫东胜也公开发表了看法:看到希望,看到敬业,也看到苦涩与辛酸。

也有人表示:《大学梦》这部电影播放前被捧得太高,其实我一开始很不看好,抱着挑剔的姿态接受邀请参加点映,但我不得不承认它虽然有些青涩有些薄弱,却是一部直击心灵深处的电影。

更有人说:我一直以为这会是一部披着公益,披着扶贫华丽外衣的商业片,但真的观看之后,我才知道自己大错特错。

如果商业片都是这样的类型,那么我希望我们国家的电影都是商业片,这部电影没有情情爱爱,甚至没有男主角,也没有一波三折的故事桥段。它很平淡,平淡得让人挪不开眼。

还有人说：我自问是个泪点高的人，看任何电影，情节再悲壮，都告诉自己这是假的，然后就落不下一滴眼泪。看了《大学梦》之后，我虽然没有落泪，却忍不住眼睛酸涩。电影把深山拍得大气豪迈，更加衬托出贫困山区孩子的渺小艰难。

电影的影评几乎是零差评，《大学梦》真的这么完美吗？

其实不尽然，而是没有人忍心去批评它，它就像一根柔软的刺，轻轻地插入了观众内心最柔软处，他们不敢去拨弄，因为会疼。

当他们看完夏红的一生，看到夏红居住的环境，看到夏红充满波折的求学路，看着夏红百折不挠地拼命向前，看着夏红失去了所有终于美梦成真，却在人生最圆满的时候定格生命。

他们没有经历过这样的苦难，也不敢否认这世间真的有人在承受这样的苦难，所以他们对电影有再多的挑剔，都无法宣之于口。

除了赞美，除了宣扬，除了尽自己微薄的一分力量去传播，让更多的人重视贫困区的苦难孩子们以外，他们什么都不能做。

《大学梦》这样的题材很不讨喜，如果换个情况也许会静静地来，悄悄地走。

但因为云想想是主演，全国高考状元让她成为现在话题度关注度最高的艺人，是冉冉升起的一颗新星。

出于对她的好奇也好，出于对《大学梦》的好奇也好，观众都纷纷趁着暑假进入电影院，尤其是她的学生粉们都不缺一张电影票的钱。

所以七月七日云想想就看到《大学梦》的预售高达九千万。

《大学梦》七月八日的排片量成为了当之无愧的第一，很多人看了电影之后都是沉默的，这种沉默并不是一种不满或者失望，而是不知道该如何来描述他们的心情，来表达他们对这部电影的看法。

很多人才恍然，他们是真的没有资格来评价这部电影。

可没有话题没有热度却一点不妨碍《大学梦》的票房一路飙升，很多人看完之后只在自己的朋友圈默默地安利，没有多余的评价与感慨。

"想想，原来《大学梦》竟然是这样的《大学梦》。"

看完电影的宋萌第一个打电话给云想想，她的声音哽咽，"我现在心情很沉重，尤其是即将升入大学，我不知道该说些什么。我知道我们国家有贫困的地方，每个国家都有，可我没有想到竟然有这么可怕的地方，这是真的吗？"

"是真的。"云想想回答宋萌。

随后宋萌是长久的沉默，大概也不知道说些什么。

《大学梦》连续三天票房破亿，韩静很大方地在微博表示电影所有的收益，将会投入扶贫公益。

也许其他人说这话会被喷得体无完肤，说打着公益的幌子赚钱，但韩静这样说没有人质疑，因为她个人二十年如一日地做公益世人都看在眼里。

那些想要为贫困山区的孩子做点什么，又苦于无门的人决定二刷三刷尽一分力。

直到一个教师发帖。

【厚德载物V：今天看了《大学梦》，我自愿申请去做一名山区教师，我能够做的不多，希望尽自己最大的努力给国家给社会做出贡献，也希望相关部门更加重视山区的饱受苦难的孩子们。

都说孩子是未来的希望，我们不能让希望都变成了绝望。另外，《大学梦》真的是一部好电影，也希望这样对社会深具影响力的电影能够越来越多。】

这位人民教师得到了很多人点赞，并且也有不少教师和就读师范大学的学生在下面留言同去，得到了很大的社会呼应。

《大学梦》一路高歌猛进，但没有人蹭热度，没有人炒热度，也没有人大肆报道，形成了一种极其奇怪的现象，甚至后来有学校在假期中组织学生们去观看。

这种默默的发酵让云想想很欣慰，会出现这样的现象，是因为国家有爱心的人越来越多，而《大学梦》的票房也昭示着世上不缺善良的人。

云想想也日益涨粉，但她都没有关注这些，大部分时间在拍戏，有空就陪着爸妈。

好不容易有一天她没有戏份，打算和父母一起去玩一趟，却在半路遇上偷拍的记者。

为了不影响爸爸妈妈，云想想特意到冷饮店订了不少果汁，让店员陪着她送过去端到这些记者的面前。

"大热天的，你们也不容易，喝杯水吧。你们不用跟着我，我就陪我爸爸妈妈出来玩，没有任何新闻可以给你们，就别浪费力气啦。"

说完放下水，对着他们挥了挥手，转身潇洒地离开。

娱记们：……

不过还是有人让这件事上了新闻，然后云想想的粉丝看了都是爆笑不已，因为《大学梦》带来的沉重也一扫而去，大家开始活跃调侃起来。

一切似乎在慢慢回到正轨，《大学梦》以二十一亿的票房收官，云想想跻身票房保证女演员行列。

一下子各种剧本纷至沓来,不过都积压在贺惟的手上。

等到《大学梦》下映之后,贺惟才打电话给云想想:"跟剧组请假三天,来一趟帝都,我给你拿下了门罗的代言。"

交代完,贺惟就挂了电话,而云想想还保持着呆若木鸡的状态,久久不能回神。

她很早就知道贺惟很强,但她没有想过贺惟这么强。

那是门罗啊!

世界排名前十的珠宝品牌,有着"钻石之皇"美誉,被国外诸多皇室和名媛追捧的珠宝品牌。

至今在华国,也只有香江、申市、宝岛、帝都有店,是顶奢品牌!

多少一线艺人梦都不敢梦能够做他们家的品牌代言。

激动过后,云想想才想起门罗似乎从来没有亚洲代言人,不说华国,就连其他国家也没有,只有在欧美才有品牌代言人。

怎么会突然在亚洲招代言人,且还是她这么一个新人?心里有很多疑问,云想想却没有再打电话给贺惟,而是乖乖地向林家良请假。由于她拍戏过程中表现良好,大部分戏份已经完成,不会耽误剧组的进度,林家良很大方地批准。

云想想订了当天夜里的机票,拍完当天的戏份,就立刻奔向机场,飞往帝都。

只是起飞前发了个信息通知贺惟,下了飞机就有人来接她,直接去了寰娱大厦,这是寰娱世纪的公司所在地,贺惟在这里等她。

坐上了贺惟的车,直奔贺惟给她安排好的房子,距离青大并不远,开车二十分钟就能够到。

这是个很高档私密性极好的小区,复式楼中楼,很漂亮的中国风装修,云想想几乎一眼就爱上。

房子大概一百八十平米,楼下是客厅、厨房、健身房加上大阳台,楼上一个书房一个主卧三个客房。

"这套房子从今天起属于你,钱我后期会从你的酬劳里扣。"贺惟带着云想想在门口录入了她的指纹,然后清除了自己的指纹,从此以后这道门只有云想想能够打开。

云想想很没出息地问道:"这套房子多少钱……"

"不贵,也就两千万。"贺惟说得云淡风轻。

她拍了三部电影,并且没有怎么花钱,加上已经从《正义无私》剧组那里得到的也才七百多万。

瞬间变成了房奴!

"我明天先给你三分之一,余下的我尽量一年内还清。"

云想想是真的超喜欢这套房子,而且地理位置方便,去公司开车不到一小时,去学校开车不到半个小时。

"我不缺这点钱。"贺惟淡淡扫了她一眼,"不过你的钱交给我,明天我带你去见个人,是我留学时的同学,他以后就是你的理财人。"

云想想忙不迭地点头,她自己也打算找个机会向贺惟开口,大多数艺人其实都有属于自己的理财师,专门负责帮艺人用钱赚钱。

"还有事吗?"贺惟问。

"暂时没事。"云想想摇头。

贺惟提起自己的西装就往外走:"早点休息,主卧的被套干净的,让钟点工清洗过,这套房子是崭新的,护肤品、日常用品已经让人给你准备好,如果有特殊要求对可可说,冰箱里有些水果。"

"惟哥开车小心。"把贺惟送出屋,云想想礼貌性地叮嘱一声。

贺惟点了点头,什么都没有说。

关上房门,云想想认真打量这个屋子,所有的家具一应俱全,客厅约莫六十平米,是两层相连,看起来特别宽阔。

客厅摆着白楠木象头沙发十五件套:大茶几一个,靠墙是三人座,中间有个小炕几,两旁一边一个花架,上面摆放着绿意盎然的盆栽。

花架的两边还放着黄花梨木灯架,茶几左右两边两个单人座,单人座中间也有个花架,同样摆放着盆栽,和三人座正对的,靠近电视墙,放着两个方形小凳子。

全都是传统雕刻,纹饰精美,分外大气,上面铺着锦缎精美刺绣包裹着的垫子。

厨房约莫有三十平米,红木做的碗柜嵌在墙上,有一面墙专门安装着蒸箱电器,两个四开大冰箱。

冰箱里只有些水果和矿泉水,中间有个红砖纹路大理石砌成的操作台。

厨房连着一个十来平米的饭厅,金丝楠木的饭桌,雕花金丝楠木靠背椅。

余下的就是健身房,占地近八十平米的私人健身房,健身器材齐全。

走到楼上,书房约莫有二十平米,四面墙都是书架,里面摆放了各种书,名著,文学作品,哲学和律法。

甚至有一整个书柜都是计算机专业相关的国内国外书籍。

中间是长案书桌,排放着四台电脑,云想想走近一看,竟然是摄像头,将她门外甚至是楼下都看得清清楚楚。

书房还连着一个很小的茶水间。

三个客房都是家具齐全，不过被白布遮盖着，一个大的二十多平米，内有洗手间和浴室。

两个小的十多平米，中间连着一个单独的十平米的洗手间和浴室，剩下的都是主卧。

七十多平米的主卧，衣帽间占了二十平米，浴室化妆间卫生间相连差不多十五平米，三十多平米的卧房还隔出了一个小待客厅，但房间依然很大。

不但护肤品、洗漱用品齐全，就连衣帽间鞋柜都放满了一半，衣服鞋子全都是名牌，剩下的应该是贺惟考虑到她的喜好，给她的空间。

这些鞋子衣服肯定不是贺惟特意购买，像寰娱世纪这样的大公司不知道和多少大牌关系密切，要些衣服真的是再简单不过，这些都是公司给予，云想想理所当然地接受。

美美地泡了个澡，做护肤的时候云想想才发现这些护肤品，很多不是市面上有的，而是高级定制……

她突然觉得这一套房子两千万，似乎贺惟有倒贴的可能。

躺在床上，云想想心里很高兴，这套房子比别墅豪宅都要合乎她的心意。

房子的规划，刚好够他们一家人居住，以后等爸爸妈妈愿意过来，就可以买一套差不多大的。

第二天，云想想才刚刚晨练完回家洗完澡，还没有来得及换衣服，门铃就被按响，她去书房的电脑上看了看，竟然是拎着东西的贺惟，并且他身后还跟着一个人。

她立刻下楼去开门，等到贺惟让开，映入云想想眼帘的就是那张好看得天怒人怨的脸。

雕刻般的脸棱角分明，一双眼寒星四射，削薄的唇带着一缕漫不经心的浅笑，小麦色的肌肤透着成熟男人的魅力。

这不是薛御，还能是谁！

"小师妹，初次见面，小小礼物，一定要收下哦。"薛御将手上提着的东西递给云想想。

"多谢师兄。"

云想想认得这是莎温的包装袋，这是全球排行第一的首饰品牌，比云想想即将代言的门罗更大规模的珠宝龙头。

她没有推拒，人家给的见面礼，以后她挑个机会再回礼就行。

推辞显得小家子气不说，情分这种东西有来有往反而更加深厚。

"吃早点，吃完我们出门。"贺惟拎着早餐。

"哎，这女艺人是宝，男艺人是草。"薛御和贺惟到了饭厅帮着摆早餐，他一脸委屈地对云想想道，"他从来没有对我这么好过。"

"师兄和惟哥先吃，我上去换身衣服。"她现在穿的还是家居服呢。

贺惟点了点头，云想想就跑上了楼，她的速度很快，把头发打理好，擦了护肤品却没有上妆。

云想想喜欢素面朝天，觉得没有束缚，很轻松愉悦。

"快来吃，这家的银丝卷和炸酱面都特别美味。"

云想想下来的时候，贺惟和薛御已经吃上了，看着他们一点也不客气，云想想反而更自在，小跑过去就在自己的位置上坐下。

整个寰娱世纪的艺人都仰望着薛御，大家都把他当神话，就连云想想也一样，但是现在这么近距离坐在一起，薛御很是亲切自然地照顾着她。

他给她介绍帝都好吃的东西，并且说一些好玩的地方和趣事儿，比起沉默寡言的贺惟，云想想很快就和薛御聊到了一起，愉快地用完了早餐。

早一步吃完早餐的贺惟已经去洗了水果，并且切好了用一个水晶果盘端出来。

薛御毫不客气地用牙签叉了一块："这里还有没有房子，我干脆也搬过来。"

"为什么？"云想想不解薛御怎么突然冒出这样的话。

薛御那双特别好看的眼睛往贺惟身上一转："我跟着他十五年了，他都没有给我洗过一次水果，更别说这样切好端到我的面前！"

云想想顿时满脸的受宠若惊。

然后薛御又打量起云想想的屋子："看看这装修，看看这设计，看看这家具，老贺啊，你这样，是会失去我的！"

"无所谓。"贺惟自己倒了杯水，端了一杯给云想想，完全无视薛御瞪大的眼睛。

薛御捂着自己的心口："老贺，你变了。"

"我没变，要怪只怪你投胎没有投对性别。"贺惟很冷酷地看了薛御一眼。

云想想没有想到表面强势高傲的贺惟这么细心温暖。

更没有想到世人眼里高情商、高智商、高学历的薛御竟然是这样的有趣，看得她忍不住抿嘴笑了。

"休息好了,我们出发。"贺惟询问云想想。

"日子没法过了,你以前对我不是这样的!"薛御又控诉起来,换了他哪里有早餐,哪里有水果,哪里有饭后歇息时间!

"你比我就小几个月,如果我结婚早,你师妹可能和我女儿差不多大,你要怎么比?"贺惟问。

薛御:……

贺惟还是这么毒,说自己比他小几个月,又说云想想都够做他女儿,这不是说云想想也够做自己女儿的年纪?

自己跟一个比自己小了一辈的人争风吃醋,瞬间觉得自己好没风度!

"噗嗤。"云想想忍不住笑出声。

"走吧,两位爸爸。"她上前,一只胳膊挽一个人。

贺惟和薛御:……

他们俩都三十五了,云想想才十八,相差十七岁还真的和父女差不多。

云想想已经看出来了,贺惟对她好更多地是出于责任,因为她已经是他的艺人。

不出意外的话他们未来将会有十多年或者更久的牵绊,既然要这么亲密,那就从一开始像亲人相处。

彼此信任,也有利于他们的关系。

虽然她长得很美,但贺惟并不是没见过美人,更不可能对她有想法,她就大大方方地接受,以后也真心付出就是了。

经云想想这一闹,三个人间那点唯一的生疏也消失不见,一路上薛御和云想想还是聊得畅快,贺惟是个话不多的人,而且他亲自开车。

先去见了门罗华国负责人,对方和云想想聊了些话,无非是接下来的打算,然后对云想想清楚地说了身为他们品牌代言人的要求。

云想想需要配合品牌些什么活动,云想想从今天开始,出席任何公开场合都得佩戴属于他们品牌的首饰等等。

这些云想想都很清楚,不过作为顶奢品牌,门罗的要求自然更高。

最后签了两年的合约,因为投放的是整个华国,包括香江和宝岛,代言费竟然比韩静给她的片酬还高。

想到距离还清贺惟债务近了一步,云想想就不由开心,约定好了拍摄时间,云想想离开的时候,门罗的负责人还送了她一套首饰。

"别高兴得太早。"上了车,贺惟不由给云想想泼冷水,"这是他们品牌第一次开放亚洲代言人,一旦有了先例,别人也会盯上,你成为第一个自然可喜可贺,但如果两年后你被别人给顶了,那就成了笑话。"

贺惟还没有对云想想说，之所以能够拿到这个代言，有一部分原因是寰娱世纪承诺力捧云想想，一半的原因是贺惟和门罗现在的掌权人在国外结下了友谊，人家是相信贺惟的能力。

当然，也是云想想本身所展现出来的势头很好，才能够拿到这个顶奢代言。

谈完代言，贺惟带着云想想和薛御一起回了公司。

"有个剧本给你看。"贺惟下车前对云想想说了一句。

寰娱世纪一共三十层楼，越往上地位自然越高，下面的前台和接待一看到贺惟的车都站得端端正正，就算薛御跟着贺惟来，他们都不敢乱瞄，可见贺惟积威多重。

"好几个月没有看到薛神，他好像又帅了，怎么办怎么办，好想找他要个签名！"

"整个公司，也只有惟哥能够把薛神叫回来，没想到他们今天来公司，让我代班的人明天还不哭死。"

"你们看跟在薛神和惟哥身边的小姑娘，真漂亮。"

"应该是总经理亲自去香江签下的云想想，我也看了《大学梦》，不过里面的云想想已经看不出原来的样子，没有想到她素颜也这么漂亮。"

"刚刚我和她擦身而过，那皮肤好嫩好白，难怪惟哥会亲自带，以后肯定是我们一姐。"

等到他们走进电梯，公司的员工才开始议论，有些话还是飘入了云想想耳里，但她当做没有听到。

贺惟的办公室在二十八层，二十九层是贺慎，三十层是贺震。

到了办公室，贺惟就去书房里把剧本拿出来，还是密封袋，意思是这剧本现在还没有对外公开，甚至还没有来得及筹备，只有高层的人才知道，不能带离公司，意味着是非一般的大制作。

"这部电影是你师兄担任男主角，这是公司的选择。"贺惟把剧本递给云想想，"所以，女主角只能你自己争取。"

她和薛御都是贺惟的艺人自然是有弊端，像这种超级大制作，就不可能好处都让贺惟占了，一块蛋糕一个人吃只会撑死，只有大家都尝到了甜头才能够和平。

至于公司的选择自然是正确的，她和薛御的地位根本不能相提并论，公司是赚钱的地方，不是慈善机构。

他们每一次重大投资，都需要保证风险最低，毕竟是一笔庞大的资金，还关乎着公司的成绩、口碑以及和其他合作方的关系。

这样的超级大制作，在确定了薛御是男主角的情况下，贺惟还能够给她争取一个竞争的资格，肯定是出了大力气，这就是一个超强经纪人的能力。

换了文澜，云想想注定是看不到这部电影的剧本的。

这是一个目前国内外市场都已经快遗忘的题材——神偷！

女主角天天是个居住在贫民区和奶奶相依为命的高中生，她的父亲是大盗，失手被捕，法院将他们家全部财产判为赃款收缴，爸爸死在了监狱里。

很小的时候父亲就培养着她，直到父亲死后，她母亲含恨而终，临死前握着她的手，要她不能变成她爸爸那样的人。

所以无论她多么贫困都坚守这个承诺，可是周边的人一知道她是个小偷的女儿就会戴着有色眼镜看她。

明明不是她做的事情很多人都理所当然认为是她所做，小的时候每一次被人知道她是盗贼的女儿后就意味着搬家，这样的成长环境造成了她性格冷漠。

一直到她十八岁即将考上大学，年迈的奶奶生了重病，她急需要一笔资金。

幸好她妈妈给奶奶买了一笔保险，很快就要到期，她考完试就立刻打工赚钱，维持到保险到期就能够松一口气。

这个时候追查珠宝大盗的负责人陆峥秘密找上了她，原来有一个名贵的珠宝被盗走，他们已经掌握了人，但苦于没有证据，于是决定布下一个局，用另一个贵重珠宝来吸引这个大盗。

刚好这个大盗的团伙缺一个人，警方希望天天能够做警方的线人打入盗贼团伙，他们已经暗中观察并且试探了天天很多次，确认天天可以胜任。

作为交换条件，他们会支付一笔奖金给她，并且事后为她颁发奖章，让她以后能够挺胸抬头地做人。

条件很诱人，可惜天天拒绝了。

她答应过死去的妈妈，不论任何原因都不会走上爸爸的路。

不管警方如何游说，她都无动于衷，甚至有人用了手段逼迫，把她弄得如同过街老鼠她也没有点头答应。

最后是陆峥的女朋友，她无意间得知了陆峥的苦恼，作为保险公司的管理人员，她趁着天天没有在家的时候，亲自去找了一趟天天的奶奶。

没有人知道她对天天的奶奶说了什么，天天的奶奶，那个淳朴的老人跳楼自杀了。

这个善良的老人以为她死了之后，天天就能够得到保险公司的赔付，能够不用这么辛苦，能够拿到钱富足地生活下去。

她却不知道因为她的死属于自杀，她即将到期会有几百万的保险金额，只能退回原来的三十万。

这件事被陆峥动了手脚，天天并不知道陆峥的女朋友来找过自己的奶奶，恰好这个时候天天的舅舅犯了事，对方要五十万才愿意和解。

没有办法，天天终于找上了陆峥。

在警方的安排下，她很快就打入了盗贼团伙，当见到团伙头目的时候，她惊呆了，因为他和陆峥长得一模一样，只不过他毁了容，原来他竟然是陆峥的孪生弟弟陆嵘。

陆嵘手下有三个人，各司其职，他们不仅偷盗华国珠宝，就连国际上的珠宝也偷过。

陆嵘似乎很欣赏天天，带着她小玩了几次，试了试她的能力，直到一次珠宝展。

天天是个很聪明的女孩，她发现陆嵘其实对她有防备之心，在和陆峥合作的时候，她故意将陆峥的人引到了自己这边，差点为此丢了性命，就是为了让陆嵘他们顺利逃走。

她没有想到陆嵘会折回来救她，她是知道自己落在了陆峥手上也会没事才敢这么做。

故意的算计，赢得了陆嵘的信任。但是在发现奶奶的死很可能和陆峥有关后，天天的心开始动摇。

之后无意间得知陆嵘养着很多孤儿院，每年都会有大笔资金投入公益基金会之后，天天彻底变节。

最后一场陆峥设计的惊天阴谋之中，天天选择站在陆嵘这边最后葬身火海。

陆嵘带着瑰丽的珠宝和其他人逃了，但天天留了一份录影给陆嵘。

她其实一开始就知道陆嵘在利用她，用她缺失的父爱，渴望的温暖来策反她。

但她明知道如此，依然选择成全他，不是因为他的计划多完美，而是希望他能够让更多人富足。

"好剧本。"

这部电影故事情节饱满，并且有好多飙车、追击、搏斗的大场面。

女主角是个相当出彩的角色。

薛御要一人分饰两角，一个是表面上公正不阿，却一心想要功名利禄不惜利用摧毁自己亲弟弟的伪君子。

另一个是被亲哥哥陷害逼迫成为了没有身份的"死人",最后只能沦落为盗贼,但却贡献社会的侠盗。

演好了绝对是一部精彩无比的大戏。

"这部电影尚未命名,明年应该会筹拍,电影是个开放式的结局,我们公司打算将它拍成系列电影。"

贺惟对云想想道,"我希望这个系列你能够全部拿下。"

一个系列的电影意味着什么,那绝对不是一部代表作那么简单。

而且这部电影的场景,云想想粗略地看了一遍,绝对是高逼格的大制作,拍好了真的是不输给好莱坞的系列电影。

女主角最后到底有没有死,谁也说不清。

这也是编剧聪明的地方,系列电影最忌讳换主角,如果第一部女主角没有拍好,那她就死了。

等到第二部男主换个地图就可以遇上新的搭档或者红颜知己。

如果第一部女主角就拍得很好,并且和男主角受到了观众的认可,那就更好地为第二部号召票房。

"我一定不会失误。"云想想自信满满,她真的是被剧本弄得充满了斗志。

在几年前这个题材还是很火热的,但是不知道为什么到了近几年,好像大家都忘记了这个题材。

它可以悬疑,可以刺激,可以幽默搞笑,是个非常有塑造性的题材。

也许是因为经典太多,拍摄出来也难免被别人指责是套路经典,很多人都因此望而却步吧。

但云想想还是很看好这部电影。

"那个,惟哥。"云想想看了一眼在旁边打游戏的薛御,"女主角和男主角定义是父女?"

天天从小失去父亲,她对父爱很渴望,虽然从很小她就开始照顾奶奶,但她内心深处还是希望得到父亲的关怀,所以陆嵘用纵容、慈爱、细心的照顾攻陷了天天的心。

"咳咳咳……"薛御被自己的口水呛到。

贺惟扫了他一眼,才对云想想道:"就第一部而言,处于暧昧期。一切都要看第一部的反应。"

云想想了然地点点头,一切听观众的,她懂。

就目前而言,天天是因为在陆嵘那里得到了父爱般的感情,恰好陆嵘又是个和她爸爸一样的盗贼,她内心其实有一种期盼。

期盼她的父亲也是陆嵘这样值得人尊重的人,才会偏向陆嵘,不让陆嵘沦落到她爸爸那样的地步。

但第二部第三部里天天和陆嵘之间是怎样的情感完全可以商量。

不论是父女情也好,最佳搭档也罢,亦或者是继续玩暧昧,更或者发展成为情侣都有可能。

只要云想想拿下天天这个角色,不让这个角色死亡,那么这个系列的电影天天就永远是女一号。

一旦这个系列打响,后期带来的连锁利益就不仅仅是男女主,会有很多人前赴后继求着要加入进来,也难怪公司这么看重这个剧本。

贺惟让她提前看,是希望她私下多揣摩,到时候能够有更多的想法,更完美地诠释,争取夺得这个角色。

"你的竞争很大,我们是冲着国际去的,公司有意向挑选国外青年女演员,提高国际影响力。"

贺惟严肃地对云想想道,"到时候和你竞争这个角色的会有国外发行方和投资商看好的人,我能够为你做的,就是拿到竞争的机会,后面能不能迈出这一步就看你自己的本事。"

"大概什么时候筹拍?"云想想希望知道具体时间。

"今年肯定是不行。"

现在公司只买下了剧本的版权,除了男主角确定薛御,其他都还是空白。

公司还在和国外洽谈合作,关于导演也存在争议,但不是国内顶尖导演,就是国外著名导演,当然公司更希望请国外导演。

这样国际影响力足够,对于云想想更有利。但其中涉及的利益牵扯很大,具体最后能走到哪一步,他现在也不知道。

"那我需要做些什么准备?"云想想认真询问。

"我已经为你安排好,你有舞蹈功底,现在才来学习一些拳击功夫虽然晚了点,但也不是不行。你需要考驾照,好好上课。"贺惟叮嘱,"今年最多再接一部电影。"

"好。"云想想一副贺惟说什么是什么的乖巧模样。

很多人都觉得贺惟很专制很强硬不好相处,认为成为贺惟的艺人就成了他手里的提线木偶。

云想想还蛮享受这样的状态,什么都有人替你安排好,只要别有那么多的想法,全心相信他,真的要比自己一个人撞得头破血流轻松太多。

"我现在有点明白,他为什么对你比对我好。"薛御摸着下巴道。

因为听话啊。

云想想这样的新人,哪个不想拼命往上爬?恨不得一年都在工作,不断地输出作品,不断地提高知名度。

哪里忍受得了为了一个未必得到的角色去专门耽搁半年,学习这样那样的技能?

就是他年轻的时候,和贺惟也不是没有就工作的事情闹矛盾。

贺惟刚刚进入寰娱世纪,公司拨给他四个艺人,薛御只是其中之一,但跟着贺惟到如今的只有薛御,另外三个最长的也只跟了他两年就因为红了向公司提出换经纪人。

那时候还没有人知道贺惟是贺震的侄儿,是薛御成了寰娱世纪的金字招牌之后,贺惟的身份才暴露,现在那三位看到贺惟都只有点头哈腰的份儿。

"我一直是个乖巧的宝宝。"云想想立马换了一个乖巧的坐姿。

她看起来超级萌,贺惟也忍不住有了点笑意,看了看手表:"时间差不多了,我们去见乔冠,顺便一块儿吃饭。"

乔冠是个理财能手,是贺惟的同学,目前薛御的钱也是他在打理,一事不烦二主,贺惟信任乔冠的能力,自然也让他接管云想想可怜的微薄资产。

乔冠是个长相斯文,穿着西装,打着领带,戴着金边眼镜,一看就是商业精英的人。

见过面之后,云想想很有好感,据说他拥有世界高等学府金融律法双硕士学位。

"你对我有什么要求?"乔冠简单地对云想想说了以后对她资产的规划后问。

"我有两个要求。"云想想也是有想法的,"我知道你们理财规划师会通过对纳税主体的经营、投资、理财等经济活动的事先筹划和安排,充分利用税法提供的优惠和差别待遇,适当减少或延缓税的支出。"

乔冠点了点头:"这是我们的责任和工作内容必不可少的一项。"

"我可以接受不减少上缴的税,但我不能接受任何可能造成违法的方法。"云想想目光坚定。

乔冠推了推眼镜,他望了一旁的薛御和贺惟一眼:"你知道如果按照你经纪人给你规划的路走下去,你未来一年上缴的税,在不减少的情况下可能会达到几百万甚至数千万。"

"我相信无论何时,我的收入一定大于上缴的税。"

云想想笑了,"其实我拍电影并不是因为这个行业赚钱,而是我真的喜欢这个职业。我也不矫情地说我不喜欢钱，但我没有那么喜欢钱，当一个数字累积到花起来都没有滋味的时候也很乏味不是吗？"

云想想并没有多少物质的享受欲望，什么私人飞机、私人游轮、几千平米大豪宅，对她而言都是浮云。

她是个容易满足的人。云志斌是一个教师，如果她做出违法犯罪的行为，他一定会很痛心疾首，也肯定没有颜面再为人师表。

"好，我答应你，绝对保护好你良好公民的形象。"乔冠也跟着笑着点头，"另一个呢？"

"我想成立一个基金会，我知道我现在没有多少资产，以后会增多的。"

云想想有些不好意思，现在就说这个似乎有点早，但她希望乔冠早点准备，"以后我每年纯收益的一半汇入这里面，我把它交给你，希望这些钱能够真的帮助到更多需要帮助的人。"

也许是受花想容影响，她希望这世间能够少一些像花想容那么可怜的人。

乔冠认真地审视了云想想片刻，确定这个姑娘不是临时起意，也不是为了名声，而是发自内心地做了这个决定，他笑望着贺惟："你这是从哪儿找了个小仙女？"

"一个想着救济苍生的小仙女。"贺惟也难得调侃。

云想想有些讪然，就算她拿到了一笔巨额代言费，加上卡里的也不够两千万。

因为签了公司，她的收入都要和公司五五分。

"你这么毒舌，对女孩子要温柔些。"乔冠谴责贺惟，自己站起身将云想想杯子里的果汁满上，"你的要求我都记下了，会按照你的意愿规划。"

"谢谢乔哥。"云想想顺势举杯敬了他。

吃了这顿饭，云想想和乔冠达成了协议，忙了一天办完相关手续，云想想就订了隔天的机票回香江。

贺惟亲自送她，之后云想想没有见到薛御。

机票买的是头等舱，倒不是云想想为了享受，而是她现在是个公众人物，坐经济舱很可能造成不必要的麻烦，给乘务员增加工作负担。

等到飞机滑行，已经广播提示即将起飞的时候，飞机突然强势地减缓速度最后停了下来。

广播没有任何通知，云想想心中纳闷，很快广播响起，说是飞机临时检查出故障，起飞时间将会延缓一个小时，乘务员也开始安抚乘客们的情绪。

就在云想想信以为真的时候，飞机的机长带着两个人出现在她的面前，一个是整齐的军装,一个是穿得非常高级,看起来很精神的中年男子。

这个中年男子很客气:"云想想小姐。"

"我是,有什么事吗?"云想想莫名地看着他们。

"是这样,云想想小姐,我们有一个重要的贵宾大量失血,即将送到医院,他的血型特殊,而我们调查了全国血站,你的血型能够和他匹配,所以请你跟我走一趟。"他微微躬着身。

看着那么谦和的态度,语气也听不出任何强迫和威胁,但云想想却感觉到他的气场令她有些窒息。

"飞机是被你们迫停?"云想想问。

"非常时期非常手段,为此我们深表歉意。"这个人对着头等舱其他人点头致意。

能够坐头等舱的人基本都是富裕的人,很明显这些人也感受到了这个人的气势,纷纷表示没有关系。

云想想也不啰唆了,自己站起来:"走吧。"

能够把都快要起飞的飞机迫停,这两人一看就大有来头。穿西装的看不出来,穿军装的军衔一目了然,人家现在这么客客气气,她就识时务点。

"我能打电话吗?"坐上了车,云想想才征询。

"你是自由身,这是你的权利。"男人很温和地说道。

"谢谢。"云想想礼貌地点了点头,才给林家良打了个电话,告诉他,她这里出了点意外,很可能要晚两天才能够回剧组,对此表达了歉意。林家良很好说话,只是担心地问她出了什么事,云想想只说是私事。

她进入的是私人医院,可不是那种小型私人医院,而是特别高级的一栋栋小别墅医院。

病人好像还没有到达,云想想被拉去做了一系列检查,那些检查云想想觉得随便一样都要一天才能拿到结果,但这里只需要几分钟。

他们的仪器十分先进。

她现在很好奇,到底是什么级别的人物,竟然金贵到了这种地步,人还没有到,就已经调查了全国血站。

并且以这么快的速度把她定位,精准地找到她,这中间要动用的力量,超出了云想想的想象。

去年她满了十七岁,在云志斌的陪同下去献了血。

她好像是O型血,并不是什么RH阴性或者阳性这类珍贵稀有的熊猫血,就算是这类血也没有稀有到非她一个不可的地步。

看这些人的架势,很明显不是骗子,没有骗子能够通过机场的安检,被机场的车送到已经滑行即将起飞的飞机上,她安静地坐着等待,总会有揭晓答案的那一刻。

很快,直升机的声音响起,云想想侧首就看到很多医护人员以及两个穿着迷彩服的男人抬着担架从飞机上跳下来。

一架直升机上的病人马上被推进医院,另外两架直升机上下来的人都或多或少挂了彩,他们个个都身材结实,眼神刚毅而锐利,这种目光只有刀口舔血的人才会有。

比如特工,比如雇佣兵……

"云想想小姐,请随我们来。"

云想想的思绪被人打断,对方看似镇定,但是语气有些急切,看着他的步伐匆忙,云想想也识趣地跟着他加快了步子。

对方让云想想换了无菌服,带着她进了一间医疗室,很大的医疗室,被隔开的里面灯光映照出来很多人影,这是正在手术。

一个漂亮的护士让云想想躺在外面的病床上,准备直接让她给对方输血。

"你们来得及做交叉配血试验吗?"

云想想不得不提醒一下,对方很明显是了不得的大人物,如果因为她的血造成输血事故有个好歹,她可不想死得这么冤枉。

"您放心,我们经过慎重的筛选。"护士点头,"确定您是孟买血。"

孟买血?

这是什么血型,她读书少不知道,这些人别骗她!

孟买血是非常稀有的血液,十几万分之一的概率,其中还包含H部分缺乏非分泌型(亚孟买血型)及H部分缺乏分泌型(类孟买血型),剔除这两种才是孟买血型,概率就到了千万分之一。

也就是华国十几亿人口,是这类血型的人可能只有一百多个。

一般的血型检测并不能测出孟买血型,孟买血型往往被误认为是O型。若未经进一步详查,贸然输入O型血,则会引起输血事故。

云想想恰好是献血后,因为没有诊断出她的血型而被当做O型输给了别人,差点引起了医疗事故,才会这么快被找到,到如今她都以为自己是简单的O型血。

毕竟云志斌是B型血,苏秀玲是O型血,他们俩都献过血,没有任何意外。

云想想边输着血边想:不是我倒霉地遗传了父母隐性基因,就是基因突变了。

为了不让她紧张，那位温柔的护士在她耳旁低声对她解释什么是孟买血，好歹高考生物也是满分，云想想很快就自己反应过来基因配对。

云想想被输走400毫升血，这是每个人一次性献血最高的量，她尚且没有任何不良反应，而输血还没有停止，等到被输走800毫升血，觉得有点无力的时候，她看向护士。

"您稍等。"护士立刻安抚她，然后出去了一会儿，再进来的时候跟在一个白大褂男人的身后。

"云想想小姐，我们寻找到的同样血型的人，只有您的身体完全健康，而我们很可能需要输走您百分之三十的血。"白大褂压低声音对云想想道，"您放心，我们一定会确保您的生命安全。"

"如果我拒绝呢？"云想想问。

"我们会立刻停止。"对方毫不迟疑回答。

"如果在飞机上我也拒绝呢？"云想想又问。

"您现在已经抵达香江。"

"抽吧。"

作为演员，还没有几个人能够在她面前演戏，以对方的势力也没有欺骗她的必要。

人体一旦丢失百分之二十的血就会严重贫血，一旦接近百分之三十很可能出现生命危险，这是一个冒险的决定。

渐渐地云想想开始感觉到手脚冰凉，并且眼前发黑，倒是还没有到大脑缺氧的地步。

几乎到了云想想能够承受的极限才停止抽她的血，几个医生轮流看了她各种数据显示，觉得没有问题，这个时候有人端了一碗汤药，黑红色浓稠得像血，云想想当然知道这不是血，血不能这么补充。

她也没有问，坚持将它小口小口地喝下去，才在护士许可下睡过去。

这一睡就是一天一夜，她醒来的时候手上还打着点滴，应该是营养液之类的东西。

护士一直守着她，看到她醒来也很高兴："你醒了，应该还有五分钟就能够输完，再躺会儿。"

本来很想上厕所的云想想抬起头看了看输液瓶子里的水，也就忍了下来。

她默默地打量着病房，装修非常高档，病房里竟然还有厨房客厅，侧首看向窗外，入目的竟然是一张盛世美颜。

第7章　他叫宋冕你的孟买

他半靠着坐在被摇起来的病床上，似在垂着眼睑养神，从云想想这个角度恰好可以看到他长翘浓密如展翅蝶翼的长睫毛，带着病容有些苍白的脸像最美的白玉雕琢而出，斜飞入鬓的锋利剑眉给他增添了阳刚威严之气，此刻并没有多少血色的唇却分外诱人宛如玫瑰花瓣。

皎若玉树临风前，华比日月辉难掩。

这绝对是云想想这辈子见过的长得最完美无瑕的男人。

似乎是云想想的目光太过专注，对方睁开了眼睛向云想想望来。

那一双瑰丽如宝石般的紫黑色眼眸让云想想倒吸一口冷气，原本以为闭着眼睛的他已经无瑕，这一睁眼真的是世间所有璀璨珠宝都在他的眼里黯然失色。

"是你……"云想想的语气有些虚弱，这双眼睛她见过，在香江那晚。

她当天只看到这么一双眼睛，但她相信这双眼睛再也没有可能复制。

男人只是对她轻轻一颔首，就正过头闭上了眼睛。

云想想的水输完，拔了针头，她挣扎着要下床，却浑身无力。

"我要去洗手间。"云想想几乎软在护士的身上，她声音虚弱绵柔。

病房里竟然有两个卫生间，云想想上完厕所之后，护士又给她打来热水给她擦脸洗漱。整个人清醒了些，就有人送了汤药。喝完之后，又是药膳粥。

来来回回，光是照顾她的人就有四个！

不过这些人明显都是轻手轻脚，而且这些女护士被训练得真好，那么个绝世美人，她们竟然能够按捺得住目不斜视，根本不敢往那边瞟一眼。

这个男人的病床另外一边守着一个医生，一个坐姿端正的保镖和一个看着很精神的助理之类的人，个个都是严阵以待，气场太强，心理素质差的估计会被吓得腿软。

云想想也没有太多精神去关注，很快她就又困倦起来。

接下来两天，她都是这么浑浑噩噩，汤汤水水的被医院安排的人灌，按理说她失血那么严重，没个一两月是调养不过来的，但第三天她身上就有了力气，可以自己下床行走。

隔壁床的盛世美颜也在以肉眼看得见的速度恢复健康，这天云想想觉得待在病房实在太闷，要求护士陪着她去外面走走。

花园真的好漂亮，并且安静得很少见到病人，基本都是医疗人员，这让云想想觉得这里不是一所医院，而是一个医药研究中心，不过云想想并不关心这个。

"舒芸，我可以问一问，他是什么人吗？"云想想找了张长椅坐下来，望着前面花坛之中开得娇艳的花，试探性地问。

这些医护人员很明显受过特殊的训练，如果不方便说早就被打过招呼，云想想只是想知道到底跟什么人扯上了关系。

虽然人家现在因为身体情况什么都没有说，但直觉告诉云想想，人家肯定要谢她，她想先对人有基本的了解。

"你听过宋氏家族吗？"舒芸的确得到过叮嘱，如果云想想有什么想知道的，可以直言不讳地告诉云想想。

有什么在云想想的脑海里一闪而过，但她没有抓住，诚实地摇了摇头。

"少爷是我们家族的继承人，也是实际掌权人，想要他性命的人很多，因为他掌握着很多人的生死。"

舒芸对云想想说，"这次是因为少爷的特殊血型被泄露，才被有预谋地暗杀。为了保护你的安全，你暂时不能离开这里，我们会尽量隐瞒下你的身份。"

"你们少爷是什么身份……或者是什么职业？"这个年代还被称之为少爷，那么必然是古老的家族。

"我们少爷只是个医生，家族也只是个医药世家。"舒芸说得很轻巧。

电光石火之间，云想想想到了花想容提过的一件事，大概就是三年前，那时候花想容正火着。

有一位名门千金结婚，非要请国内有名的明星去参加，这位千金并不是抬举他们，而是把他们当做戏子请去给来宾表演助兴。

然而明知道是折辱，他们也没有推拒的资格。很多人高兴不已，认为这是个飞黄腾达的好机会。

念在是婚宴，花想容没有比天高的心，自然也不会闹出难堪的事，她就没有自戕来躲开。

在婚宴上花想容听到了一番谈论，出自一众名门千金之口。

"首富？真正的世界首富在我们身边，不过人家低调而已。"

那位名门千金颇有些趾高气扬地对其他人说，"宋氏家族你知道吗？据说是元代名医宋丹溪的家族，世代神医，累积无数财富，现如今医疗机构遍及全球。"

"不是控股各大国的最大医疗机构，就是收购垄断，他们家无人从政，

万/丈/星/光

142

但家主一句话，可以左右数十个国家首脑的决定。"

云想想当时就默默听着，她一直以为这个传说中的家族只存在于传说，没有想到她竟然这么近距离地接触到，原来世界上真的有这样的存在。

那么花想容听到的话也是真的？

就算是各国政要权臣找宋氏家主看病也要挂号排队看他心情好不好。

号称世界第一家族的掌权人都欠着宋家救命之恩。

他们家的财富，那位世人称颂的全球第一只有他们家的零头……

这样的人，宛如遥远的日月，虽然知道他光芒万丈，但却遥不可及。

"既然你们家族这么庞大，为什么只找到我一个人？"云想想又问。

"并不是只找到您一个人，而是您非常幸运地被我们先发现，否则后果不堪设想……"舒芸为云想想解惑。

在舒芸的叙述之中，她知道了前因后果。

不论是宋冕本人也好，还是宋氏家族也罢，他们太过于神秘和可怕，已经成了很多人的心中刺，这次暗杀是预谋已久。

宋冕的血型特殊，一直不敢对外公布，更不敢暗中调查同类型血型，就是担心引起有心人的注意，可捂了二十六年的秘密还是被泄露。

几方势力联合拼尽全力想要宋冕的性命，为此还拿了很多无辜的孟买血型人开刀，逼得宋冕不得不现身。

宋冕救了人突围出来受了重伤，对方的目的就是杀不死宋冕，也要尽全力让宋冕大量失血，他们已经给好几个孟买血型的人注射了新研发的病毒，很难查出来。

云想想是个漏网之鱼，因为在血库的记录上云想想依然是 O 型血。

当时拿云想想献的血当做普通的 O 型输给病人，幸亏医生发现得快，才没有导致意外，而这个医生也是宋氏家族的核心人员。

他自然知道宋冕的特殊血型就留了个心眼，没有对外公布，私下将之隐瞒下来，以备不时之需。后来还通知了云志斌，说他女儿的血型特殊，以后不要到医院献血。

难怪云志斌今年献血没有带她去。

也幸亏他留了一手，否则这次宋冕只怕凶多吉少。

"我爸爸知道？"云志斌从来没有告诉她，她拿出手机打了电话给云志斌。

"想想，身体还好不好？"云志斌接到女儿的电话就关怀地问，"宋医生已经告诉我，你去献血救人。想想，你的血型特殊，好像是遗传到了我和你妈妈的隐性基因，爸爸一直没有告诉你，是怕影响到你。"

毕竟知道自己是这种血型的人或多或少会变得胆小，害怕自己一个不慎受了伤，需要输血而找不到来源。

　　能够让爸爸信任的宋医生，一定是当初告诉他，自己血型的人。

　　"爸爸，我没事，你不要担心，我这不是打电话来和你报平安嘛。"云想想刚醒来那两天是真不敢打电话，那声音绵软无力一听就知道虚弱得很。

　　"没事就好，爸爸和妈妈本来想去看你，可是宋医生说你在的地方不太方便，剧组这边你不用担心，宋医生给林导打了电话说了你的情况。"云志斌宽慰着女儿，听着女儿声音，也觉得女儿应该没有大碍。

　　"我知道，爸爸你和妈妈在香江等我，我养好了身体就回来。"云想想回道。

　　"你等等，你妈妈和弟弟要和你说话……"

　　云想想又耐心地听完苏秀玲的唠叨，然后和云霖说了些家常，最后还听了云霁几声叫唤，才笑着挂了电话："我们回去吧。"

　　这次献血事件已经超出了她的承受范围，有些话她要亲自询问宋冕。

　　以后她的生活，她家里人的生活会不会受到冲击？她希望他们一家能够自由自在地像正常人一样欢乐地活着。

　　云想想到了住的那栋楼门口，看到停着几辆军用车，其中一辆还非常特殊。走向病房，还在楼道就被人拦下，全都是军人。

　　她只能在门口寻了个位置坐下静静地等待，大概半个小时之后一个人从里面走出来，约莫五十多岁，也是穿着军装，竟然是上将军衔！

　　云想想默默地深吸一口气。

　　看来宋氏家族真的非同一般，和传说之中只怕不相上下，否则也不会有这样的大人物亲自来探望。

　　进了病房，云想想看到宋冕正坐在沙发上，他穿着病服披着外套，细长的十指在笔记本电脑上飞快地跳动。

　　他的身边只有他的秘书，那个一身西装的青年男子，云想想已经知道他叫宋尧。

　　深呼吸平复一下心情之后，云想想才走向宋冕。

　　宋尧看了她一眼，含笑点头示意，并没有阻拦。

　　站在桌子前，云想想开口竟然是："我能换个病房吗？"

　　说完之后，云想想真想抽自己，她明明不是要说这个，怎么一开口就这么尿。

　　"理由？"宋冕的声音真的很好听，宛如玉石之声，低醇似美酒，透着一点醉人的迷离。

"不，不太方便……"云想想随口说了一个听上去很好的理由。

宋冕的手指没有停下来，但他却抬起头，那双紫黑色的眼眸打量了一下云想想后说道："请忍耐几天，出于对你的安全考虑。"

云想想只看着宋冕，压根没有注意到宋尧诧异的挑眉，并且飞快地看了宋冕一眼。

不过听了舒芸的话，云想想完全不怀疑："宋先生，我想知道，我以后会不会有人身安全问题。"

"理论上不会。"宋冕回答，"我会派人暗中保护你。"

云想想皱了皱眉，她不太喜欢这种被人盯着的感觉。

"我很抱歉，带给你困扰。"宋冕看人细致入微，一下子就读懂了云想想的排斥，"据我所知，你身为公众人物，迟早需要聘请保镖。"

这一点宋冕倒是说的不错，她现在还不是什么大名人，也没有多大的敌人和疯狂的粉，可可一个人就能保护她。按照贺惟的期许，她迟早是需要聘请保镖的。

"我会安排女性保护你。"宋冕又多说了一句。

女性保镖其实并不多，以宋冕的能力，找来的人必定更厉害，她也就接受了："酬劳我自己支付。"

宋冕的眉峰动了动，没有说话。

"我只要她们明白，我才是她们的雇主。"云想想解释了一下。

她可不想自己的人拿着别人给的薪水向着别人，到时候还不好解雇不好指责，如果是这样她宁愿自己找。

闻言，宋冕几不可见地点头，侧首对宋尧吩咐："你去安排。"

"是，少爷。"宋尧恭恭敬敬地低头离开，甚至带走了舒芸。

房间里就剩下他们俩，云想想觉得很不自在。

宋冕这个人根本没有释放任何气场，却让她觉得有点压抑，说他是个医生，但一点温和的气韵都没有。

浑身上下，充斥着一股久居上位的王者之气。

云想想觉得，这要是在古代，这个人一定是做皇帝的。

不过她又蓦然想起花想容告诉她的那位千金小姐的话："听说宋氏家族出了一个天才，才二十三岁就以继承人的身份掌权家族，就连欧美大佬都称他为无冕之皇，叫他K！"

"那天在香江游艇，他们要暗杀的也是你？"云想想立刻反应过来了。

"是。"宋冕停下来，将电脑移开，看着云想想，"可以说，你帮助了我两次，你想要什么？"

145

你想要什么？

多么平凡的一句话，云想想从来没有觉得这句话这么有重量。

从宋冕的嘴里说出来，他的语气那么平常，但却给云想想一种，只要她开口都能如愿的感觉。

可这样的人，云想想只想要远离，并不想狮子大开口，不劳而获。

金钱地位这些东西，就如同她对闵老说的那样，她只想靠自己去争取。

轻轻地摇了摇头，云想想道："你的命不能用任何价值来衡量。"

聪明如宋冕，也没有一下子猜透云想想的心思："所以？"

"我把百分之三十的血储存在你的身体里，我们这样的血型很特殊，人这一辈子，谁也无法预料到自己会不会突然碰上天灾人祸，如果哪一日我急需用血，你还给我就好。"云想想带着一点笑对宋冕道。

这样很好，既可以远离宋冕，不在物质上和他有任何牵扯，也是为自己要了一道保命符，既然他是神医，以后她真的不慎得了绝症，求助也有门。

当然，她也会很惜命，尽量好好保护自己，争取这辈子都没有把血要回来的机会。

宋冕目光沉凝地看着云想想，不知道是不是云想想的错觉，她竟然看到了一点意味深长的笑意在他的眼底荡开，他的声音依然没有起伏："如你所愿。"

云想想点了点头，站了会儿就转身回了她的病床。

这时候的云想想并不知道，她明明觉得是划清界限，各归各位的举动，反而让他们俩从此有了无法斩断的牵绊，直到越来越深。

接下来几天，如无必要云想想基本不会主动和宋冕说话，两个身份地位，财富权势，甚至是学识品位都不同等的人，怎么可能有话题聊？

而云想想并不是特别想和宋冕攀上关系，应该是托进演艺圈的福，见过各色外貌出众的男人，虽然都比宋冕差了一大截，但到底让她少了花痴的属性，能够在宋冕这样的人间绝色面前处之泰然。

不过她的云淡风轻令宋尧刮目相看。这世界上能够抵挡得住宋冕魅力的女人真的是少之又少。

云想想除了刚刚知道宋冕身份那天有点手足无措，之后就压根把宋冕当做一个普通人。

倒不是云想想多么特别，而是因为她是个特别看得清自己的人，对待宋冕和对待闵老一样，他们是两个世界的人，而她对宋冕无欲无求，自然是能够平常心对待。

不过云想想也是佩服宋冕的能力，竟然能够视频远程给人手术，动手的是宋氏一个很有能力的人，手术非常艰难，对方掌握不了分寸，他就这么隔着屏幕，冷静沉着地解决掉……

自此以后，云想想再也不怀疑宋冕是神医了。

相处久了，云想想也知道宋氏似乎主张中西医结合，上次向宋冕借电脑，不小心看到他的一篇论文，讲的就是中西医结合的方向和研究。

"我觉得我可以出院了。"养了一个星期，云想想感觉她和正常人已经没有差别。

宋家的汤药就是厉害，她失了那么多血，去年献个400毫升的血都要虚一个月，这次多了三倍，一周的时间她就基本恢复了，气色很好，一点虚弱失血的样子都没有。

宋冕的视线在她脸上绕了一圈："三天。"

"可以麻烦你让人给我送一本计算机专业入门的书吗？"这几天云想想把病房里一本外国名著看完了，既然宋冕说她还不能出院，她也很爱惜自己的小命，但也不能浪费时间。

"嗯。"宋冕点头。

一个小时后，云想想收到了一套计算机专业入门书籍，是来自于美利坚国的英文珍藏版，她很是高兴。这样一来不但可以提前吸收专业知识，还能够巩固英文。

随之而来的还有一台全英语的高级定制笔记本电脑。

兴冲冲地翻开书，一向觉得自己英文很不错的云想想才看了第一页竟然就遇上了好几个不认识的专业词，她只能硬着头皮拿出手机来一个个搜索，然后备注上。

"你这样多浪费时间，你不认识的问少爷，他都懂。"宋尧抬眼看到云想想那笨拙的学习方法，立刻给她出主意。

问宋冕？

云想想下意识地摇头如拨浪鼓，却没有看到宋冕正好抬起头，她这种唯恐避之不及的态度让他眉头微微一动。

"我喜欢自己动手，这五本书我要看很久，现在可以问懂的人，以后我还不是得自己查？早些习惯，后面动手速度也可以更快。"云想想独立惯了，能够自己解决的事情她不习惯麻烦别人，不能解决她也会自己想办法解决。

她的嗓音清清冷冷，像泉水滑过溪石，潺潺流去，有一种洗涤心灵的魔力。

宋冕的唇角微微一动，难得主动开口："需要帮忙吗？"

云想想看过来，对上那一双紫黑色潋滟无双的眼眸，拒绝的话有些不好意思说出口，人家日理万机都不嫌她麻烦，再推拒似乎有点不识抬举。

"不会打扰到你吗？"云想想小声询问，她倒不是要问宋冕这些单词，而是这套入门级的书讲得非常细致，很多东西和以前接触的不太一样，有些操作和系统她根本找不到，也不知道怎么下手。

"我是人，不是机器，也有休息时间。"宋冕回答。

云想想就抱着电脑拿着书到了宋冕的身边："那就占用你一点休息时间。"

"这里说的这个功能，我没找到……"

"这需要在这里转换一下……"

两个人一个问得认真，一个教得仔细。

宋尧看着逐渐靠拢的两个脑袋露出了可爱的虎牙。

他们家少爷啊，就是太不食人间烟火，一点正常男人该有的异性相吸的反应都没有，也许是解剖太多尸体的缘故，女人对他们家少爷都没有吸引力，他爹和老爷都快急死了。

云想想还是第一个能够和他们少爷共处一室，并且待这么多天的女人，虽然一开始是迫于情势，但后来不是啊，而且他还从来没有看到少爷费心为谁那么细致地安排。

竟然把宋倩给调回来，可见云想想在少爷心里是不一样的。

宋氏嫡系早年近亲成婚太多，以至于后来子嗣艰难，成年的宋氏嫡系身体也会莫名出现怪病，血脉传承现在成了宋氏最头疼的问题，不论是老爷还是已经过世的老太爷，都是二十岁就有了女人，不论结不结婚，得先把后代孕育出来。

轮到少爷都已经拖到二十七还没有这个打算，被老爷逼急了，最后索性为这事儿把老爷荣养起来，气得老爷现在都不管他，天天侍弄花草修身养性。

老爷直言养朵花儿都比养个儿子赏心悦目。

宋尧觉得少爷似乎有开窍的趋势，反正少爷对云想想和其他异性不一样，那他就要肩负第一管家的责任，为少爷的下半生幸福操心，尽量给少爷制造机会。

哎，他真是第一称职的小管家。

唔，办好这件事，他应该也能够把他爹给荣养起来……

宋冕认真地教，云想想聪明一点就通。

接下来的三天，云想想除了出去透透气调节一下视力，基本都在病房里度过，大多数时间都捧着书在啃，而宋冕在办公。

两个人能够不交流一句话，在屋子里待一整天，并且彼此都没有觉得不适，也没有觉得无聊，他们的相处莫名融洽，有一种理当如此的感觉。

三天之后，云想想再度提出要离开。虽然她也很想跟着宋冕多学点东西，但是她得赶回剧组。

唯一庆幸的就是林家良到现在都没有打电话来催她，眼看着还有半个月就要开学，云想想并不打算请假。

这一次宋冕没有挽留她，不过将那套书和那台笔记本电脑送给了她，派人用直升机送她离开。

云想想也没有拒绝，她希望她来去都是无声的，最好所有人都不知道是她给宋冕输血，她并不想卷入这种顶级大家族之间的恩怨。

"我叫宋倩，这是艾黎，以后就由我们俩负责你的安全。"

直升机上坐着两个年轻的漂亮女人，看起来都是二十五六的年纪。

云想想却觉得她们给人的感觉很不一样，不知道如何形容，就是有一种，只需要看一眼，就能感到与众不同的气场。

"你好。"艾黎是个外国人，白皮肤，深褐色的瞳孔，亚麻色的波浪大卷发。

一件天蓝色的紧身上衣，包臀三分长白色皮裤，露出了她修长雪白的大腿。除了手上戴着一双软皮露指的手套，她身上没有任何首饰。

宋倩是一身休闲运动服，衬得她腿长身细，黑直的头发扎了一个马尾，嘴里有根棒棒糖，耳朵上戴着很夸张的大耳环，笑起来给人甜甜的感觉，眼睛宛如有水波荡漾。

"我一年要给你们支付多少酬劳比较合适？"云想想觉得她又要负债一大笔。

"一人一百万不过分吧？"显然宋尧跟她们提到过这个事儿，宋倩也很直接回答。

"美币？"云想想先问清楚。

"既然你要养我们两个人，我们也就不和你说假话。按照我们俩的价值，一年得一百万欧币。"

宋倩很认真地告诉云想想，"不过你现在的情况，我们俩也有所了解，我们正好有些累，需要度个假，头两年就收你试用价，一百万港币。如果两年后，你还想留下我们，那你就趁着这两年多赚钱，我们俩不会和你客气。"

欠贺惟两千万还没有还，为了雇佣得起这两个保镖，她还得两年之内赚出两千万的余额，才能够支付这二位第三年的雇佣金……

"这么美的小脸，苦多就丑了。"宋倩伸手捏了捏云想想的脸，她看到第

149

一眼就想动手了,"看在你这么美的分儿上,我们俩可以让你赊欠一年。"

"那我得争取长得更美。"云想想颇有些幽默地说道。

"你马上大学要学习计算机是吗?"宋倩将手搭在云想想的肩膀上,"她呢,在黑客榜上排名第十七,以后可以做你私人老师,不另收费。"

云想想看向艾黎的目光瞬间崇拜无比!

就是世界黑客榜单,也只排一百名,即便是最后一名那都是计算机高手,更何况是前二十名!

"那你呢?"云想想又看了看宋倩,"你最擅长什么?"

"我?"宋倩把棒棒糖咬碎,将塑料棍扔到垃圾桶,捏了捏拳头,"我最擅长打架,你要跟我学功夫么?"

云想想抓住宋倩的手,将她的掌心展开,然后又抓了艾黎的手作对比。

艾黎的手不但有很多厚茧,还有伤痕。而宋倩的手柔软白嫩,纤纤玉指,哪里像一个习武之人?

明白云想想的疑问,宋倩反手,在云想想都没有感觉到她挣脱自己的时候,看似轻轻地在云想想手臂上一捏,云想想瞬间手就麻了。

冲着她笑了笑,宋倩单手握住云想想的胳膊揉了揉,云想想的手渐渐恢复知觉。

"我学的武术中西结合,身上之所以没有茧和伤痕,那是因为我姓宋。"宋倩提到自己姓宋是非常骄傲的语气。

宋家有很多独门不外传的药方,因为制作工序复杂,药材珍贵,不可能批量生产。

其中有一种药水可以软化修复皮肤磨损组织,还有一种药专门去疤。

"我以后肯定要接功夫片,我的经纪人也让我学些拳脚功夫,你看看我现在学能不能成?"

云想想觉得有了宋倩,贺惟就不用给她找老师,这样可以省点钱:"我的要求不高,只要够演电影就行。"

宋倩的手就往云想想的腰上捏了一把,云想想酸胀得差点飙眼泪。

还没有缓过来,宋倩又在她的大腿上捏了一把,云想想顿时疼得龇牙咧嘴,紧接着宋倩的脚在云想想小腿上一踢,伸手就抓住云想想的脚踝往上一压,直接压得云想想大腿贴上腰腹,脚尖碰到头。

云想想清楚听到骨头咔嚓一声,然后疼得她来不及呼喊,眼泪就控制不住地滚了下来。

松开手,宋倩替云想想揉了揉腿部的穴位:"虽然已经过了最佳时期,要学功夫也不是不行,就是要吃点苦头,像刚刚那种疼痛,至少要一天来个七八次，你确定要学？"

云想想牙齿都在打战："学……"

"很棒！"艾黎都忍不住对云想想竖起大拇指。

"那好，我会兼任你的武术老师。"宋倩来之前就接到宋尧的提示，云想想对于少爷而言很特殊。

不论特殊到什么地步，暂且不论以后，和他们少爷扯上关系了，就得好生对待。

"对了，这是少爷让我交给你的。"宋倩蓦然想起一件事，拿了一个盒子给云想想，"这部手机是私人订制，有最高端的定位和防信号干扰系统，在海里都可以打电话。"

有这么厉害的手机吗？

云想想把手机从盒子里拿出来，很小巧的电话，只有巴掌那么大，磨砂银的表面。并不是智能手机，拿在手里很有质感，看起来更像玩具手机。

"这手机……"

看着云想想有拒绝的意图，宋倩先道："这手机是少爷给你的，他说你需要他兑现承诺的时候，这是最快联系上他的方法。"

到了嘴边的话咽下去，云想想还是将东西收下，好在这手机没有什么镶钻之类的奢华外表。

不过以后她也不打算用这部手机就是了，随身带着当保命符就好。

她果断地关机，旁边的宋倩见此欲言又止，最终还是没有说话，看向云想想的目光多了些欣赏。

这里面可是有宋冕的电话啊，要知道全球拥有宋冕私人号码的人就那么多，其中女性更是屈指可数，差不多全都是长辈关系。

年轻女性就只有云想想一个，云想想就没有打算和宋冕私下联系？

在云想想看来既然是保命符，自然是等她有用的时候拿出来用，她也不认为宋冕会主动联系她，如果宋冕需要找她，太容易，有没有这部手机都一样。

回到剧组云想想很不好意思，林家良不但没有责怪她，还关切地问了她身体恢复得怎么样，需不需要再休息两天，云想想再三保证自己没有问题之后，才开始拍摄。

因为害怕耽误剧组的进度，云想想更加地用功，争取让自己零失误，加班加点地将自己耽误的戏份补起来。

"姐姐，姐姐，你让倩倩姐教我功夫！"这天云想想拍完戏回到酒店，云霖就扑过来，两眼放光地看着云想想。

云想想用询问的目光看着父母。

"今天倩倩陪我们出去玩,有个骑着摩托车的撞了人也不停,倩倩骑着自行车,抄小路把人给抓回来,并且打得鼻青脸肿……"苏秀玲简单地把宋倩今天的丰功伟绩说出来。

宋倩对香江熟悉,云想想也担心父母的安危,她在剧组就带着艾黎,宋倩跟着她父母。

一边保护一边当导游,很显然宋倩比之前请的人更好,让苏秀玲和云志斌都觉得玩得尽兴。

"这个你要问倩倩姐啊。"云想想虽然是雇主,但这是人家的本事,她也没有资格做主。

"倩倩姐说,只要你同意,就教我。"云霖眼巴巴地望着云想想。

这时候恰好宋倩走出来,云想想道:"他这个年纪习武不晚吧?"

"比你好。"宋倩靠在门上,"不过他就放假跟着我,想学也学不精。"

这段时间她可以照顾云想想父母和弟弟,等云想想开学,她是一定会跟着云想想的。

习武要持之以恒,这个道理云想想懂。

"爸爸,让弟弟跟着我转到帝都读书好吗?我在帝都刚好买了一套房子,弟弟要入学很容易。"趁着现在还没有开学,刚好云霖小学毕业。

"这怎么行?"苏秀玲不同意,女儿虽然长大了,但还没有毕业,平时又那么忙,哪里有时间照顾儿子,儿子又才十二岁。

"妈妈,我上学的时候倩倩都在家里,你也看到我这么多人照顾,他们都不跟着我去学校的,完全可以照顾好小霖。"

云想想觉得没有问题,她摸着云霖的脑袋:"要学武,就要跟爸爸妈妈分开,只有假期才能够回去看他们。"

云霖显然还是有点犹豫,他看了看父母,又看了看宋倩,最后问云想想:"姐姐,你住校还是住家里?"

"姐姐住家里。"为了方便出入,云想想不住校,也少占一个宿舍名额。

"那我跟着姐姐。"只要每天能够看到亲人,他就不害怕。

"爸爸妈妈,我会照顾好弟弟,也会督促他的学业。"云想想向父母保证,"小霆还小,妈妈现在精力不济,爸爸您平常又很忙,小霖跟着我更好。爸爸妈妈要是不放心,放长假就可以过来看他。"

云志斌看了眼苏秀玲,苏秀玲对他摇头,他想了想蹲在云霖的面前:"爸爸可以同意你跟着姐姐,但学武之余你必须要保证自己的成绩。"

男孩子能够学武比任何才艺都管用,强身健体不说,还能磨砺心性和意志。

而且今天他们可是见识了宋倩的身手，原本云想想说宋倩是保镖的时候，他们还不信，看着柔柔软软的姑娘，打起架来跟电视里一样干净利落。

就算云志斌带着云霖回去也找不到这么好的武术老师。

"我会的！"云霖拍着胸脯保证。

云志斌把想说什么的妻子拉回房间，不用想也知道是给妻子做思想工作。

好在苏秀玲现在又生了云霆，否则想要留下云霖，只怕就是云志斌独自一个人回去。

云想想打了个电话给贺惟，将云霖转学的事情拜托给他，就又投入到紧锣密鼓的拍摄之中。

云想想有点休息的时间就跟着艾黎学习，以后有事情耽搁也不用担心。

"倩倩，宋冕他在黑客有排名吗？"这天云想想拉着宋倩悄悄地问。

宋倩摇头："你问这个做什么？"

"我只是觉得宋冕教得比艾黎好。"虽然只跟着宋冕学了三天，但是云想想还是感觉得出差距。

"那是当然。"宋倩一副理所当然的样子，"七年前，黑客榜上前三位都被雇来盗取宋氏的资料，最后全部被少爷反植入了病毒，少爷以一敌三，那盛况你大概这辈子看不到了。"

云想想不由瞪大了眼睛："这么变态的吗？"

宋倩下巴一扬，心说：我们少爷变态的地方多着呢，你以后慢慢去挖掘。

而此时被两人提到的宋冕，忙完了这一阵，总发现有什么不对。

在他又一次看向自己的私人电话之后，机灵的宋尧懂了："少爷，您要不要打给云小姐，问问她身体有没有什么后遗症，毕竟您是医生，云小姐又救了您，您多关心一下也是应该的。"

"你说得对。"宋冕拿起和云想想一模一样的手机，只不过他的是磨砂金色，可是万万没有想到，电话竟然是关机状态。

宋尧连忙给宋倩打电话，然后让宋倩将手机给云想想，他也把手机递给宋冕。

"宋冕吗？有什么事吗？"

电话那头响起云想想的声音，宋冕才拿起来："我担心你有后遗症，所以问问。"

云想想满脸问号！

153

"这……还有后遗症？"

"当然，大量失血后期可能出现头晕，心跳不规律等后遗症。"宋冕一本正经。

宋尧站在旁边，连忙侧过身去不面对宋冕，努力克制自己胸腔要喷出来的笑。

"人体不是可以血液再生？"云想想最近都没有任何不适，而且回到了香江，每天还是照常喝一碗在医院喝的那种红黑色甜甜汤汁。

"人体血液再生是一个缓慢的过程，你失血接近百分之三十，这是一个非常危险的数据，如果不是你急着回去工作，作为一个医生，我是不会批准你这么早出院的。"宋冕仿佛真的如一个医生叮嘱病人般，"这样吧，你抽个时间到医院复查。"

"一定要复查？"云想想总觉得哪里有些说不通，但又想不透。

都怪宋冕的名号太响，从他口里说出来的话，哪怕是胡诌也会让人先入为主地信服，加上云想想又不是学医的，并且对于医学可以说是一窍不通，就这样被忽悠了。

"一定要。"

小命要紧，云想想很惜命的，而且宋氏医院的体检，不做可惜了。

抱着这样的想法，云想想点头答应："不过我可能还有七天才拍完戏，七天后可以吗？"

"七天？"宋冕扬了扬眉，看向宋尧。

宋尧立刻拿出一部手机，翻开宋冕的行程，对宋冕遗憾地摇了摇头。

"不行吗？"云想想实在是不好意思请假。

"可以。"宋冕回答，"我给你的手机别关机。"

顿时云想想有点尴尬，她相信肯定不是宋情告诉宋冕这种小事，一定是宋冕打过这个电话发现是关机状态，人家百忙之中抽出时间来关心她会不会有后遗症，她竟然……

云想想心里莫名的惭愧。

"以后我会定时联系你，询问你身体状况。"宋冕语气严肃道。

这样的语气，让云想想完全不可能想歪啊。而且她和宋冕那是云泥之别，她说："好，我保证以后随时待机。"

"七天后你回帝都打电话给我。"宋冕又交代。

"打电话给你……"做个检查还要麻烦您，是不是有点兴师动众？

"你的身份需要保密。"宋冕义正词严。

云想想：好有道理，无从反驳。

人家处处为她着想,她也不能扭扭捏捏:"好,那我回去前给你打电话。"

两人商定好之后挂了电话,宋冕把手机还给宋尧:"二十八号的行程推了。"

"少爷,二十八号英伦国公爵先生已经约了您三次,好不容易定在了二十八号……"宋尧提醒。

"等着救命?"宋冕打开电脑问。

"不是……"

"那就让他等。"宋冕直接打断。

"可……"

"等不了,让他另请高明。"宋冕扫了宋尧一眼。

宋尧头皮一紧:"是,我这就去安排。"

立刻翻出小本本,把云想想的地位往上升,这个小姑娘对于少爷而言何止不一般。

"对了,你给我注册一个微博。"就在宋尧要转身离开的时候,宋冕又吩咐。

"啊?"少爷什么时候需要玩这些了?

要知道他们少爷高冷得不行,除了电话这个通信方式以外,基本一切都是和他联系,从来不浪费时间去关注这些。

"微信也弄个。"宋冕又添一句。

宋尧一副见鬼的表情,恍恍惚惚地走出了宋冕的办公室,脚下软绵绵的好像踩在云上。

"我一定是做梦吧?"宋尧觉得方才那一幕只是他做梦而已。

不过再如何不可置信,宋尧还是规规矩矩地照办,更让他震惊的还在后头,他们家少爷终于买了一部智能手机,然后手机上除了原有的软件,就多了一个微博一个微信。

他亲眼看到少爷打开了微博,稍微看了几眼似乎明白怎么操作后,搜索了云想想,只关注了云想想一个人,并且认真地把云想想的微博翻了一遍,一个个点赞,全程眼里含笑。

宋尧觉得他发现了什么了不得的秘密。

然后他就看到宋冕把自己的微博名字改了,改成你的孟买……

他抬头看着窗外,觉得他嗅到了春天的味道。

他得再打个电话给宋倩,务必不能让云想想损伤哪怕一根头发丝,否则……

宋冕自然不知道自己小管家的心思,他握着手机也有点失神,察觉自己变得有点不一样，但却一点不排斥这种改变，心里也不知为何有一种前所未有的快乐。

那个漂亮的小姑娘，在闵家寿宴的时候他就看到了，无意中的一瞥只觉得这个小姑娘真干净，那双眼睛仿佛揉碎了日月星辰，美得可以把人吸进去。

很神奇，在那样纸醉金迷，灯红酒绿的场合，她站在不起眼的角落，越是那样的环境仿佛越发衬托出她宛如高山芝兰般清雅淡然。

后来她的通风报信让他们可以先发制人，甚至也是那时候他才察觉自己竟然中了敌人的障眼法，处处对他示弱仿佛臣服的人竟然已经开始从他的背后伸出了手。

如果不是云想想的出现，游艇上不知道要死多少人，就算他侥幸逃生，那么多名门后裔，他得罪的将会是来自于各国的上流社会，对于宋家这绝对不是好事情。

也因为这个意外，这次他查出了对方的阴谋，才没有把伤害放大，救了那些血型为孟买血的人，其中还有某个小国家当权者的独子。

他受重伤粉碎了阴谋，反而得到了更多的恩情，最后挽救他性命的竟然还是她。

当他醒来知道给他输血的人是她。

那一瞬间，他竟然有一种宿命的感觉。

明白了自己对这个小姑娘超乎常人的在意，他也没有逃避，果断地想要和她单独相处，看一看她到底是不是那个冥冥之中适合自己的人。

出乎意料，他们同吃同住竟然那样的温馨安宁，让他生出了眷恋。

不过她还小，他不能吓到她。

云想想自然不知道她已经被盯上，在她看来她和宋冕不过短暂地相处。

宋冕那样高高在上的人，什么人没有遇到过，怎么会对她这样一个青涩小果子有意思？

她依然安安静静地拍戏，丝毫没有发现宋倩对她的照顾更加周到。

唯一不同的是，宋冕真的是个懂得感恩的人，并且很有责任感，每两天会发一条短信给她，简单地问问她身体状况，除此以外也没有别的话，让云想想兴不起一点防备之心。

后来云想想觉得这样太不方便，就问宋冕有没有微信，他们加个微信方便些。

就这样一步步地迈进了宋冕的套子，却毫无知觉，甚至渐渐地和他联系成了习惯，话题也从健康扩宽……

六天之后云想想顺利地杀青，她的努力整个剧组都看在眼里，林家良特意给她办了个杀青宴，主演们全部到场，相当给她面子。

云想想和一众工作人员来了一张大合照，发到了微博上。

【演员云想想V：杀青啦~~~】

【嗷嗷嗷，女神你终于有动态了，我都快把你以前的微博翻烂了！！！！】

【又有口粮了，什么时候上映啊？】

【突然想到，女神这次拍的是香江电影，香江电影很多不能在内陆上映啊！】

【楼上的，不要乌鸦嘴，我女神拍的一定不是敏感题材！】

看着云想想发的这个微博，粉丝们嗷嗷直叫。

与此同时，宋冕也在第一时间看到了云想想的动态，默默地转发点赞，并且评论辛苦了。

但是云想想的粉丝太多，这样的几分钟就上千，宋冕顿时有点不满。

贴心小管家宋尧秒懂少爷的心思："少爷，你这样是不可能突出的。"

宋冕把手机递给宋尧："突出。"

宋尧握着手机想了想，然后果断操作。

【你的孟买V：恭喜女神杀青，转发抽奖，抽一百人一人9999现金红包，仅限云朵！】

9999现金红包，一下子吸引了无数人的眼球。

【握草，豪粉，出手就是一百万！】

【保佑我中奖！】

【现在粉来得及吗？】

【啊啊啊啊，女神快来围观你的豪粉。@演员云想想】

这一出手，云想想就上了热搜，话题是#云想想豪粉#。

宋萌自然是第一时间注意到，然后就立刻通知云想想。

云想想看了之后主动私聊了这个粉丝。

【云想想：土豪，以后不要这样啦，谢谢你喜欢我，但太破费我会有心理负担。】

"少爷少爷，云小姐主动给你信息了。"宋尧立刻把手机递给宋冕。

宋冕对这个反应很满意，看了看宋尧的操作："嗯，下个月我让安叔多给你一条线。"

宋安就是宋家的大管家，也就是宋尧的爸爸，他们家是世代家仆。

宋安先是跟了宋冕的爷爷几年，后来成了宋冕父亲的心腹，现在宋氏重大事情都会过他的手。

说是家仆，但宋家家主一直把他们一家当做心腹亲人，比血脉相连的人更加信任。

宋冕口里的一条线，那是一大波权力，可把宋尧兴奋得不行。

作为宋冕的小管家，他家少爷都把老爷荣养起来了，而他还在老爹的手下苦哈哈地熬着，深觉给少爷丢人。

宋尧现在最大的奋斗目标就是把他爹送去给老爷做伴。

宋冕没工夫关心小管家的喜悦，他亲自回复云想想。

【你的孟买：高兴。】

云想想没有想到对方这样回复，口才一向不错的她都不知道怎么接。

【云想想：您是富二代吗？】

她觉得这样的人应该就是那种挥霍着爹娘的钱不知道人间疾苦的富二代，她可以适当地劝一下。

【你的孟买：我应该是N代。】

这位是在搞笑吗，说好的富不过三代呢？

【你的孟买：我花的是自己赚的钱。】

【云想想：赚钱很辛苦……】

【你的孟买：不辛苦，很容易。】

这话，她没法接！

【云想想：你高兴就好。】

【你的孟买：你不高兴。】

【云想想：哈哈哈，粉丝高兴我也高兴。】

能说不高兴吗？她有什么资格不高兴，人家花自己的钱，难道让人家花了钱还让人家心里不舒服？

作为偶像，她该做的都做了，她没有权利替别人做主。

【你的孟买：你的粉丝都很高兴。】

云想想：……

转个微博就有可能得到一万块，能不高兴吗？

【云想想：我要赶飞机，不聊了，再见。】

退出微博，云想想就不去凑热闹了，宋萌还让她也去转发，这不是鼓励粉丝乱砸钱？虽然她也很想动动手，就得到一万块。

云想想要赶飞机并不是借口，而是她真的买了今天的机票。

云志斌和苏秀玲因为高二开学时间早，已经先一步回家，她身边有很多人，苏秀玲也就不担心，让她自己去学校报到。

到了机场，云想想如约给宋冕发了一条短信。

收到短信的宋冕唇角微扬:"宋尧,明天帮我准备好一套衣服。"

"放心……"

"算了,我自己去选。"

不等宋尧保证,宋冕就打断了他。

云想想自然不知道,为了明天和她见面,宋冕不但推了某位位高权重之人的预约,头天晚上还足足挑选了三个小时的衣服。

看得宋尧直摇头:喜欢上一个女人都会变成这副模样?他还是爱自己好了。

关机上了飞机的云想想不知道,因为她上了热搜,薛御点进去发现了那个抽奖微博,果断转发。

【薛御V:蹭师妹的好运气,万一中了呢?】

然后一大拨人涌来,纷纷表示,不中也要拉低中奖率!

还有薛御的粉丝谴责他,竟然和他们这些小粉丝抢一万块,实在是太讨厌了。

有了薛御开头,和云想想认识的艺人,包括韩静也了插一脚。

瞬间这个微博抽奖火出了天际,关注宋冕的人也急剧增加,不过他只关注了云想想一个人。

等到云想想知道的时候,已经是三个小时后。她下了飞机,是早两天云霖要开学,陪云霖回去的可可开车来接的。

回到家,艾黎和宋倩就跟着云想想住在她的地方,可可他们虽然是她的人,但住宿不归她管,都住公司安排的公寓。

"这个瑜伽室不错,刚好可以改成你的练功房。"把云想想的家打量了一遍,宋倩表示满意,"不过安全系统得让艾黎重新给你装置。"

"我在大门录入了你们俩的指纹,房子随便你折腾。"对于这些她根本一窍不通,就不发表意见,"我去给小霖收拾房间,只能委屈你们俩住没有卫生间的单间。"

两个人要公平对待,云想想让小霖住那间带着浴室厕所的小主卧,另外两个只能共用中间那个在外面的浴室厕所。

"没关系,我们俩不讲究这些,你这房子还不错。"对此,宋倩和艾黎都不挑剔。

云霖提前几天开学,现在还住在贺惟那里,虽然她让王永和可可早一步回来照顾他,每天都和他视频,但对于一个第一次这样和亲人分离的孩子,云想想心里还是有点担心,这才提前一天赶回来。

可惜她还没有考驾照,就不能开车去接云霖。

王永很快拎着大包小包的食材包括各种各样的调料来到云想想的家里，尽职尽责地开始填满云想想的冰箱和厨房，再开始做饭。

"你的住所只能请钟点工，不能请保姆。"看了看王永之后，宋倩对云想想道，"钟点工由我来联系。"

"家里的一切都交给你做主，管家婆。"云想想从冰箱里拿出一瓶矿泉水扔给宋倩。

"最喜欢听话的人。"宋倩对和云想想的相处很满意。

云想想这个人很有主见，但却很懂得尊重人，只要是她不懂的她就不会多说多干预，最重要的是她全心地信任她们，和这样的人相处会很愉快。

晚上的时候，贺惟亲自把云霖送来，开门的是宋倩，宋倩难免把人打量了两眼。

"惟哥，这是宋倩，她和艾黎是我的保镖。"云想想连忙给双方介绍，"倩倩，这是我的经纪人，惟哥。"

"女保镖？"贺惟对于云想想身边的人，尤其是负责她人身安全的人很重视。

面对贺惟的审视，宋倩收起了那副漫不经心的态度，她的目光变得锐利。

突然间贺惟一拳挥来，宋倩身子朝一边一侧，抬手就抓住了贺惟的胳膊。

两人都用了力，同时目光一凝，贺惟没有挣脱，而宋倩竟然也没有如预期地将贺惟反锁。

"有点意思。"贺惟唇角一扬，手臂一弯，手肘就朝着宋倩横扫而来。

宋倩瞬间松开对贺惟的束缚，双手卡住贺惟的手臂，两个人的脚已经开始迅速地过招。

云想想拉着一脸兴奋的云霖退开，看得目瞪口呆，她都不知道贺惟有这么厉害的身手，就连听到动静的艾黎也走出来抱臂旁观。

两个人从玄关口打出了屋外，在宽阔的电梯前打得酣畅淋漓，比功夫片还精彩。

最后是电梯突然停下，在电梯门打开之前，两个人迅速地停了手，这房子是一层楼一个户主，不是按错了就是有人来寻云想想，电梯门打开，来的是薛御。

薛御看着衣衫有些凌乱，额头冒着汗的贺惟，又看了看整理衣服的宋倩，一脸疑惑地望着站在门口的云想想："这是唱哪出？"

"惟哥在试探我保镖的身手。"云想想如实回答。

谁知道薛御眼睛发光:"你是说,这位美女把惟哥折腾成这副模样?"

他跟着贺惟十多年,自然知道贺惟的能力,贺惟是参加过特殊训练的人,如果他不是贺家二房的独苗,他早就跑去从事高危行业了。他是被贺震绑回来才进入寰娱世纪的。

"倩倩姐很厉害。"云霖立刻回答,然后又补充一句,"惟哥哥也很厉害。"

"大家快进屋吧。"云想想招呼他们。

"师妹,师妹,你在哪儿请来这么牛的保镖,给哥哥介绍两个啊。"薛御连忙凑过来。

"欸。"云想想看了看去拿毛巾擦脸的宋倩,和一直高冷的艾黎,"是朋友介绍给我的。"

"什么朋友?"贺惟也拿着一块干毛巾擦头,他大概猜到了宋倩和艾黎的来路。

云想想不想骗贺惟,她只能看着宋倩。

"宋氏家族。"宋倩也不隐瞒,这两个人以后和云想想紧密相关,他们最好对彼此都有个底,免得出了事情还要互相防备。

"噗……咳咳咳!"正在喝水的薛御很没有形象地喷了,然后被自己给呛得停不下来。

就连贺惟也面色一变,他霍然转头看向云想想。

云想想觉得以贺惟的地位应该是听说过宋氏家族的,薛御跟了贺惟这么多年,肯定被贺惟提点过:"应该大概或许可能就是你们想的那个宋氏家族。"

整个华国,不,应该说全球,只有一个站在顶端的宋氏家族,而且宋倩的身手他已经亲手领教,如果不是薛御突然到来,他不是宋倩的对手。

"师妹,以后我再也不敢说我罩着你,求你罩我!"好不容易缓过来的薛御说。

他们都不敢问云想想到底是和哪位宋氏核心人物有了牵扯,但人家能够派两个人来专门保护云想想,云想想的地位可想而知,那绝对不是打算用金钱打发的那种情分。

"你们是什么关系?"贺惟想得更深。

"你们男人能不能思想干净些?"云想想还没有反应过来,宋倩就发飙了。

这下云想想才明白贺惟的担忧,贺惟以为她被……

"惟哥,不是你想的那样,我只是帮了个忙,然后我以后也要请保镖,他就推荐了宋倩和艾黎给我。"

云想想连忙拉住宋倩解释，她不怪贺惟想歪，以她的身份突然和这样的人扯上关系，不让人想歪都不正常。

事实上贺惟作为她的经纪人必须知道这些，"她们两个人的薪水是我自己支付，我的事情还是我做主。"

如果她真的被这种大佬包养，为了不给公司惹麻烦，贺惟对她以后的事情也要慎重。

"你支付薪水？"贺惟的面色缓下来，然后挑眉看着云想想。

云想想有气无力地呻吟："我会努力赚钱……"

虽然顶奢代言的费用很高，但有一半给了公司和贺惟啊，这就是有经纪公司和没有经纪公司的差别。

她现在全部资产也就一千五百万，还要算上今天才到账的《正义无私》余下的片酬。

然后要支付艾黎和宋倩的薪水，还有她的团队的薪水，还有欠着贺惟的两千万。

云想想瞬间觉得自己真是越混越穷。

"师妹……"薛御给云想想使眼色，指了指艾黎和宋倩。

她想了想才对艾黎道："艾黎，如果你有认识想要安定下来，并且不会带来麻烦的人，介绍一个给我师哥吧，你放心，他和我不一样，他很有钱！"

云想想不愿麻烦宋倩，艾黎不一样，她不是宋家人，他们这圈子肯定有认识的朋友。只不过这类人，是云想想他们触碰不到的圈子罢了。

"好，我帮你联系。"艾黎答应下来。

"师妹，我十月有个演唱会，你来给我做特别嘉宾怎么样？"薛御立刻投桃报李。

薛御是歌坛和电影双栖发展的大神，他的歌唱得特别好，每次演唱会都是一票难求，且很多媒体报道关注，给他做特别嘉宾，关注度会很高。

"好啊，到时候要做些什么，你提前告诉我。"云想想答应下来。

"你唱歌怎么样？最好是能够上场和我合唱。"薛御忙问。

"我也不知道……"云想想一直觉得自己不是唱歌的料。

"唱两句来听听。"薛御道。

一下子所有人都看向她，云想想也不怯场，她想了想唱了两句薛御的歌：

坠入凡间的天使

谁看透她舞姿

飞越罪恶歧视

　　请读懂她手势

　　舞台血泪浸湿

　　……

云想想的声音空灵清澈不染杂质，而她本人听到的声音，和别人听到的不一样，她唱完有些忐忑地看着他们："怎么样……"

"好听，姐姐唱得真好听。"云霖先带头鼓掌。

"很有感染力。"宋倩也认可。

"你怎么会唱《黑天鹅的诗》这首歌……"这是薛御刚刚出道的成名曲之一。

已经很多年了，当时他一心想要做个歌手，可是没有人看得上他，后来进入了寰娱世纪，成为了贺惟的艺人，贺惟对他说，只有足够强的人才有资格追逐梦想。

贺惟拔掉了他所有的刺，把他打磨圆润，大家都以为他是以演员的身份出道，后来才发展到唱歌，其实不然。

这首歌当时薛御是在一个相当压抑的情况下所作，灵感来自于一个被逼迫学芭蕾舞的小姑娘。

他亲眼看到那小姑娘足尖一遍遍地旋转，像木钻似的要拼尽全力把地面钻穿，不管流了多少血，不论有多痛。

本来低沉哀伤的旋律，被云想想唱出来，却又多了一种别样的感觉，仿佛从黑暗渗透出来的光，将原本的暗给打破，似乎所有的痛苦都是为了迎接黎明，满是朝气和希望。

"到时候你们可以合唱这首歌。"

贺惟也听出了这种感觉，觉得这首老歌被云想想翻唱，真的会眼前一亮，从控诉升华到了励志。

"师妹想不想唱歌，师兄给你作曲填词？"薛御问。

云想想摇头："术业有专攻，不论我有没有天赋，我没有这个心，就不会有热情，更不会认真对待，况且我现在连电影圈都没有出头，还是不要好高骛远。"

"你师妹比你强。"贺惟听后，很不留情面地打击薛御。

薛御：……

他已经成为捡来的孩子！

他们俩能一样吗？

云想想很明显更喜欢演戏，而他从小就喜欢唱歌。唱歌才是他的真爱，演戏是从最初的迫于现实到后来当工作来负责认真。

"想想，可以开饭了。"在厨房帮忙的可可喊了一声。

大家立刻去洗手，好在她家的饭厅不算小，还坐得下这么多人。

饭后，贺惟交代云想想后天要去拍门罗的宣传照，说了些接下来的安排，就带着薛御还有可可他们几个离开了，厨房和屋子都被可可和王永收拾干净了。

云想想累了这么多天，陪着云霖做完作业，就洗澡睡觉。

第二天一早，就和宋倩一起把云霖送到学校，由宋倩把她送去找宋冕。

车子开了两个多小时，越靠近这个方向，人越少，经过一个门卫的时候，云想想看到宋倩出示了一个证件，从这里进去又开了十多分钟才到达。

原来是绕着山往上，一路上的风景真的很美。

车子在一扇古朴的大铁门面前停下来，从车窗望进去，竟然全是古代建筑。

"这里是……"云想想有了猜测。

"宋家。"宋倩对云想想低声道，"这不是老宅，老宅在苏州。不过少爷和老爷都住这里。"

"云小姐请跟我来。"宋尧竟然亲自在门口等她。

云想想沉默着下车，跟着笑得亲切的宋尧往里走。

亭台楼阁，廊腰缦回，水榭掩映，横桥卧波。

一树一木，一花一草，精致风雅。

比古装剧拍摄场地更加真实流畅，置身其中，真的有一种穿越千年的感觉。

宋冕在一间古色古香的药房门口等着她，他今天穿了一袭月白色的长衫，袖口有金丝勾勒的精美暗纹。

他长身玉立，眉目如画，似画中谪仙。

他的身后是大气飞檐，两侧是清雅翠竹。

他的身上有一种神秘的贵族气韵，岩岩若孤松之独立。

"我不是来复查的吗？"她一直以为她应该去医院才对。

"我给你复查。"宋冕唇角含笑。

宋冕没有用任何仪器，而是亲自给她把了脉，然后就没有然后了。

"就这样？"和她想的完全不一样，她还想着要折腾一整天，各种仪器上身！

"中医望闻问切，足可以断定一个人健康与否。"宋冕点了点头。

其实到了宋冕的境界，只需要看一看一个人的脸上五色，基本就能够笃定这个人是否健康，中医更加细致，只不过要达到这个境界很艰难。

"一会儿你回去，我让宋倩带些汤药，你按时服用。"

"我有什么毛病吗？"云想想立刻紧张了。

"有些宫寒，并不严重，但还是得调养一番。"宋冕回答。

这个时代的女子或多或少都会宫寒，实在是凉性的东西太多，能够经得住诱惑的人就不是人。

云想想小的时候还掉进过水塘里，她每次来大姨妈的时候虽然不痛，却小腹酸胀，好几天都浑身无力，早就想去找中医调养，没有想到竟然有大神医亲自给她开药。

"谢谢你。"云想想才不会拒绝。

看着面前的女孩眉眼微弯，像寒夜的月，驱散黑暗，明亮灼目。

宋冕的心情也莫名地好起来，好像只要她能够开心，能够笑一笑，他做什么都值得。

"听说你喜欢喝茶？"宋冕带着云想想去茶室，茶室里放着很多各种各样的茶块，一进去就是满室茶香，宋冕亲自拿了一种茶烹。

云想想不太明白，她什么时候被传出去喜欢喝茶了？不过看着宋冕的动作，她到底没有把话说出口。

炉火红红新水沸，嫩叶青青碧螺娇；

馨烟袅袅浮翡翠，暖气融融上窗梢。

云想想并不是一个特别喜欢诗意的人，因为现今社会要找到几分诗意实在是太难。

她向来是个随遇而安的人，不会去苦求难能可贵的事物，信奉知足常乐。

可是今天的宋冕，一举一动都散发着诗情画意，却又让人生不出距离感。

就是这样静静地看着他，云想想也感觉不到半分的枯燥。

在香雾缭绕间，这个男人的容颜变得有些缥缈，朦胧的美令人恍然不自觉入神。

"尝尝看，和大吉岭比如何？"直到一杯茶端到了她的面前，云想想才回过神。

有些讪然一笑，云想想端起茶杯，轻轻闻了闻："好香！"

茶香浓郁，隐隐有竹香、兰香、檀香和陶土的香气，清新自然，润如三秋皓月，香于九畹之兰。

喝到嘴里，有一种绵长醇化之感，让人莫名生出一股享受陶醉之情。

闵老的大吉岭让人神清气爽，而这个茶令人身心轻快。

"喜欢，就多喝些，对身体有好处。"宋冕又给云想想斟了一杯。

"这是药茶吗？"云想想对茶一窍不通，但这茶的香味这么独特，宋冕又说对身体有好处。

"此茶具有明目清心，开胃健脾，润喉利咽之效。常饮能促进脂肪新陈代谢，降低血脂，平衡和抑制胆固醇，并有提神醒酒之功。"宋冕对云想想道，"并不是配方药茶。"

"那是什么茶，这么神奇。"云想想不由好奇。

"金瓜。"宋冕回答。

"咳咳！"云想想刚刚喝到嘴里的茶，险些被吓得喷出来，然后她想到这个茶的金贵，硬生生地咽下去，一下子就被呛到。

"当心些。"宋冕很自然地伸手抚了抚她的后背，手法很独特，一两下就让云想想顺过来。

缓过气来的云想想一脸呆傻地说："所以，我喝的是古董吗？"

虽然对茶没有什么研究，但她还真知道金瓜是什么！

金瓜贡茶被称为"普洱太上皇"，是古代上供皇帝的贡品，精选无量山海拔2000米以上的云省大叶种春茶，完全遵循古法工艺制作。

闵老的大吉岭还能够买到，而这种茶据说真品只有两坨，都在博物馆里搁着，当然也有些散落民间的孤版绝版。

这已经不是茶叶了好不好，这是应该珍藏的旷世奇珍。

看着云想想这副呆萌的样子，宋冕不由从胸腔里溢出一缕缕清浅的笑声："在别人眼里这茶奇珍，在我这里却可供你一生。"

并没有听懂宋冕的一语双关，云想想震惊于他对于传说中绝种的茶能够取之不尽，猛烈地摇头："消受不起，我怕我晚上睡不着。"

"我带你去外面走走？"宋冕没有想到云想想竟然是这样的反应，要送她茶叶的话说不出口，只能岔开话题。

"不耽误你时间吧？"云想想觉得宋冕应该是日理万机的人。

"正好今日休息。"宋冕含笑回答。

刚好走到门口的宋尧听到这句话，差点一个跟跄摔倒。

少爷，这话你真好意思说得出口。你突然休息一天，多少人都快发疯了，那位公爵差点没有把我电话给打爆。

"那就却之不恭。"云想想对这个如此完美的古风庭院很是向往。

"少爷……"

两人走出去，就听到宋尧面带难色地轻唤了一声，云想想自动地往前跨了几步。

宋冕听完之后走到云想想的面前："让宋倩带你逛一逛，我去去就回。"

"哎……"云想想正想说不要麻烦，您很忙的话，我就回去了。

可她没有想到宋冕明明没有跑也没有疾步，怎么她一个眨眼，宋冕就出了月亮门，真是见鬼了！

"想想。"身后蓦然又响起宋倩的声音，吓了云想想一跳。

"你们这些高人，请照顾一下凡人的感受吧。"云想想欲哭无泪地控诉。

宋倩对她甜甜一笑："走吧，我带你逛逛。"

"我们能不能直接离开？"云想想低声问。

"这样不太好，总得要亲自跟少爷道别。"我要是跟着你这么走了，我怕是就要被剔除出宋氏族谱。宋倩心里腹诽，"况且少爷吩咐要给你抓药呢。"

云想想也觉得这样有些失礼："好吧，我们逛逛。"

走了几步，云想想对宋倩道："你打个电话给宋尧，请他午饭弄些凡人吃的。"

这个架势肯定要留饭，云想想对金瓜心有余悸，她可不想到时候饭桌上又是一口一栋房子。

云想想有幸去过苏州的园林，极其雅致，但经过了这么久的岁月，很多痕迹已经消失，看不到古代的风采。

宋家的宅子，真的全部是原汁原味，就连窗户都是柔韧的绵纸，没有用玻璃。

而且都说帝都空气质量不好，也不知道是这里的地理位置高的缘故还是怎么回事，云想想只觉得每一次呼吸，都仿佛在清晨花叶舒展的时候，分外的清新。

宋家的占地面积真的很大，云想想跟着宋倩大概走了半个小时，竟然还没有走完。

"咦，二胡声……"云想想走着走着竟然听到了二胡声。

听不出什么曲子，充斥着浓浓的悲情，但是也不知道为什么听到这么悲情的曲子，云想想第一反应并不是伤感难受反而莫名地想笑……

一下子云想想对这个拉曲的人充满了好奇，看着前方的月亮门："我可以过去吗？"

"可以……"宋倩声音有些迟疑，少爷吩咐过云想想可以去任何地方，"但你只能自己进去，我们不能随意进入归矣院。"

"是禁忌？"云想想并不想触犯主人家的规矩。

"不，你是客人，我不是。"宋倩解释。

"那我进去看看。"云想想相信宋倩不会害她，如果不能进，宋倩绝对不会让她去。

站在大门口，云想想看到门上面的牌匾是小篆。她虽然也有练习书法，但却不认识小篆这么古老的字体。

一踏入院子，云想想就以为误入了花仙王国，到处都是争奇斗艳的花，芬芳随风袭来，让人忍不住凝神闭目轻嗅。

她举步往前，沿着鹅卵石小径，真的是乱花迷人眼，看都看不过来，而且非常的有规律，这么多各色的花看着完全不觉得杂乱，反而越看越美，越看越迷人，云想想觉得任何一个女人估计都拒绝不了一个这么美的地方，美得有些梦幻。

二胡曲还没有停歇，云想想循声而去，穿过一个天然的花架，看到小湖边一个约莫而立之年的男人坐着。

湖里盛开着好几种颜色的莲花，莲叶间有自由自在的锦鲤摆尾穿梭，划出一圈圈轻浅的波澜。

"小姑娘，我这曲子拉得怎么样？"男人停下，朝着云想想望来。

"抱歉，打扰您，我并不懂二胡曲。"她学过古筝和钢琴，但二胡没有接触过。

"内行看门道，外行看热闹。"男人将二胡放下，"其实外行才能最直观，你就说说你听着有什么感觉。"

云想想的面色突然有点古怪："您要听真话？"

"自然是要听真话。"男人严肃地点头。

"我可能没有什么欣赏水准，这曲子的调很悲伤，但是我却听出来点喜感……"

云想想有点尴尬地实话实说："怎么形容呢，就像是……幸灾乐祸，对，就是幸灾乐祸的感受。"

"哈哈哈哈哈……"男人笑得格外疏朗，他从湖里修建的一个个莲叶形状的小石桥走过来，"小姑娘，乐感很好，我就是在幸灾乐祸。"

云想想礼貌地笑了笑，并没有问对方为什么幸灾乐祸。

原本她以为会是个美人居住在这里，因为四处都是鲜花缠绕，却没有想到竟然是个美男子。

这个男人和宋冕长得有三分相似，比起宋冕的盛世无双美颜，这个男人五官稍微要刚毅一些，但他的气质却分外的温和内敛。

看他的年纪应该是宋冕堂哥或者小叔一类……

"已经很久没有遇上知音,相逢即是有缘,小姑娘喜欢什么花?"男人背着手,眼睛在四周的花上看了看。

"我虽然喜欢花,但我不会养,它们在您的照料下长得这么好,让它们留在这里更好。"云想想婉拒,她也没有时间养花啊,家里的几盆盆栽,都是好养活的那种。

"喜欢,却不想独占,小姑娘的品质好。"男人赞了一声。

这小姑娘才十几岁吧,竟然能够有这份心性。多少二十多岁的姑娘,看着一朵漂亮的花就忍不住随手摘回家。从未想过要精心照料,不过是一时贪念,随手就丢弃。

枯萎了,也不过就是一朵花而已。

"您谬赞,我就是懒而已。"云想想根本没有男人想得那么高洁。

男人笑了笑,对云想想招了招手,就往一边儿走去。

云想想顿了顿,还是跟了上去。

进入了一个垂花门,入眼的就是各色兰花,有的种在土里,有的在盆栽里。

"兰花最衬你,挑一盆吧。"不容云想想拒绝,男人肃着脸道,"长者赐,不可辞。"

一时间云想想有些进退两难,最后还是认真地看了起来,她虽然是个女孩子,但是对花花草草是一点都不了解,不过她知道兰花贵起来可达千万,关键是她认不出来品种。

最后她只能挑了一盆打着花骨朵的兰花:"我拿这盆吧。"

"有眼光。"男人笑得很高兴。

身为演员的云想想,都无法从男人的表情里揣摩出他一点情绪,不过他没有丝毫不悦还是能够肯定。

云想想考虑到宋倩还在外面等她,并且她怕再待下去,这人又要送她花就不好了。于是和男人聊了两句,云想想就起身告辞。

"小姑娘,有空常来玩啊。"男人对云想想笑得温和。

云想想继续礼貌地微笑,她才不应呢,她以后都不想来宋家,这里实在是太精致,让她有些自惭形秽。

而且宋家的大宅,哪里是想来就能够来的?

"我走了,宋叔。"云想想琢磨着回去找个机会也回送一份礼物来。

既然对方自称长辈,那应该是宋冕的叔叔吧。

云想想走了出去,宋倩果然还在原地等她,看到她手里的花,险些把眼珠子瞪出来,不过她收敛得很快,等云想想到了她的近前,宋倩已经面色如常。

"我见到了宋先生的叔叔,他送了我一盆花。"云想想解释了一下。

"叔叔……"宋倩跟在云想想的身边,用自己才能听到的声音呢喃了一句。

两人才刚刚走出归矣院的范围,竟然下起了雨,连忙找了个小亭子躲雨。

"我给宋尧打个电话,让他送伞过来。"宋倩也没有想到这雨说来就来。

云想想抬眼看了看不算阴沉的天空:"阵雨,下不了多久。"

不过宋倩已经打了电话。

云想想坐在亭子的柱子旁边,扭着身看着细雨打在湖面上,荡开一圈圈涟漪。

"是少爷。"云想想正在出神的时候,耳边响起宋倩的一声惊呼。

抬眼,云想想就看痴了。

那人一身长衫,于烟雨朦胧之中,手握一把透明雨伞,穿过迷雾一般缓步而来。

"走吧,午饭差不多已经准备好了。"宋冕递了一把伞过来。

"我都快饿晕了,快走吧,想想。"宋倩很机灵地一把接过,然后她撑开伞,就大步离去。

云想想:……

"倩倩!"宋冕只多拿了一把伞过来,宋倩拿走了,她怎么办?

被云想想喊着的宋倩转过头,好像才发现不对,她又懒得走回来:"你和少爷一把伞啦,都什么年代了,一起撑把伞,不需要这么保守吧?"

说完,宋倩就继续往前走。

云想想:……

"走吧。"宋冕换了只手撑伞,然后让出了半边位置。

都什么年代了,一起撑把伞又不是大事,宋冕都纡尊降贵给她撑伞了,她还矫情个什么劲?

两人并肩而行,细雨纷纷,伞下两人,沉默无言。

"宋冕……"突然云想想开口,然后微微抬起头看着他,"你是不是从来没有和女孩子亲近过?"

宋冕的目光亮了亮:"嗯。"

谁知云想想低下头:"难怪,我感觉倩倩好像误会了你的心意,她似乎在撮合我们。"

云想想要是没有看出宋倩的意图,那她就是傻子了。不过她没有看出宋冕的心思而已，主要是她不知道为什么就觉得宋冕不会喜欢她这样普通的人。

没有误会……

宋冕真的很想对云想想说这句话，可考虑到云想想才十八岁，刚成年。怕她还不懂，他要是说出来，会把她吓到，让她误会自己有不良嗜好就不好了。

再等等吧，他也可以趁着这段时间让她明白自己的好。

宋冕没有回答，云想想也觉得宋冕不好回答这样的问题，她怎么会这样直白地问宋冕？

其实云想想潜意识地想试探一下宋冕，不由松了一口气，好在宋冕不是她怀疑的那样。

"宋冕，你叔叔喜欢什么？"云想想立刻愉快地转移话题。

"叔叔……"宋冕皱眉，视线从云想想手里捧着的兰花扫过，"送你花的人？"

"嗯。"云想想点了点头，"我听到二胡声，也不知道怎么就有种克制不住的冲动走了进去。他不但没有责怪我打扰，还送了我一盆花。我有些不好意思，但他又不容我拒绝。我想回送一份礼物，可能不贵重，只是一份心意。"

"他不是我叔叔，他是我父亲。"宋冕突然开口道。

云想想刹住脚，错愕地看着宋冕："他、他看起来好年轻！"

宋冕二十七岁了，可那个人看起来才三十岁的样子！

"他已经五十岁了。"宋冕笑着说道，"嗯，他很有一套养生法子，不显老。"

再不显老，五十岁的男人看起来三十岁的模样，也很可怕好吧？

不过想到人家是神医世家，有点独特的保养本事实在是理所当然。

"那你的眼睛一定是遗传你妈妈。"云想想笑道。

"应该是……"宋冕的语气有点不确定。

"应该？"云想想立刻回味过来，什么情况下一个孩子没有见过母亲，"对不起，我……"

宋冕面色正常地回答："我的母亲可能还活着，我是试管出生，我的母亲并不是我父亲的妻子，严格来说我父亲到现在还没有结婚，她是拿了一笔钱，负责生下我。"

云想想从来没有想到宋冕竟然是这样出生的，一时间都不知该说什么。

很敏锐地感觉到云想想的疼惜之情，宋冕如何能够放过这个机会："宋家祖上近亲结婚严重,导致我们嫡系繁衍子嗣艰难,到了我父亲就更难,在华国试管十几次最后都失败。父亲只能去国外寻找,三十五个母体,只有我母亲一个人成功生下我。"

"那你……"云想想下意识地问出口,问了个开头立马意识到自己越线了。

"我到目前为止一切功能正常。"宋冕却一本正经地回答。

不知道为什么,云想想脸有点发热,低着头装鸵鸟。

自然没有看到她上方,宋冕眼眸中的笑意。

很快到了饭厅,云想想看着饭桌上一碟碟精美得像艺术品的菜,都不好意思下筷子,觉得破坏了这些东西,有点罪恶感。

"这些都是普通的食材,不过蔬菜都是我们后山自己家所种,这宅子是风水大师布的局,风水好,养出来的瓜果蔬菜也可口,你多吃点。"宋冕先给云想想夹了一块藕片。

这种藕吃到嘴里很糯,咀嚼着会有一点点甘甜渗透出来,真的很美味!

味蕾一打开,云想想也就不再顾忌,正如宋冕所言,他们家的饭菜好吃到可以咬断舌头。

完全保留了食材最原始的鲜美,又不和调味品冲突,云想想难得吃了两碗饭。

午饭过后,云想想抱着一盆兰花,然后拎着几服药离开了宋家。

她到底没有问出宋冕父亲的喜好,只能慢慢看吧,以后遇上了觉得适合再回一份礼物。

"以后这盆兰花我来照顾。"回到家,宋倩就找了个好位置将兰花放起来,然后叮嘱所有人,"你们都不能随意触碰。"

看着宋倩这架势,云想想有了不好的预感:"这盆兰花很名贵吗?"

"名贵?"宋倩笑眯眯道,"这盆兰花,比你这套房子贵。"

云想想:!!!

哦,所以她没有吃掉一栋房子,而是搬回一套房子……

被刺激得心脏都快麻木的云想想看着这盆她刚刚了解的兰花,莫名觉得人生真的有些讽刺。

谁能想到她一个负债两千万的人,竟然养着一盆价值几千万的花。

关键是这盆花还不能拿去卖,得放在家里精心伺候。

哎,世态炎凉,人不如花啊!

正在感叹的云想想手机铃声响起,是李香菱和宋萌,两个人说好来了帝都去学校报名之后,就来找她,要陪着她去青大看一看。

本来是打算邀请她们俩来家里长住,但多了宋倩和艾黎,而且贺惟也说云想想的住所最好不要太多人随意出入,容易引起不必要的麻烦。

　　而她们俩学校离得远,住校更方便。

　　"想想啊,我们转了几道地铁终于找到你的豪宅,但是门卫不准我们进。"宋萌委屈。

　　云想想走到进门口,那里有个电话,直接门卫处,打了个电话,向门卫确认她们两人的身份,就开了门等着她们。

　　"哇!!!!!"宋萌一进门就尖叫起来,"想想啊,豪宅,好漂亮!"

　　就连素来稳重的李香菱也非常惊讶:"想想这套房子不便宜吧?"

　　"这套房子连带家具装修两千万,我欠着惟哥,一分都还没给。"一说到这个,云想想就瘫在沙发上一动不想动。

　　两人顿时蔫了,不过不妨碍她们欣赏,楼上楼下走一遍,尤其是得到云想想允许参观了云想想超大主卧之后,宋萌一脸羡慕:"我妈妈为什么没有把我生成一个绝世美人?"

　　"不是绝世美人,你也有机会,你看惟哥比我有钱多了。"云想想对宋萌道。

　　"对啊,我以后也努力往经纪人发展,到时候我也签寰娱世纪,想想啊你快点成神吧,我就可以在你的羽翼下茁壮成长。"宋萌蹲下身双手比成一个丫,配合着她的话缓缓站起来。

　　"我给你们俩介绍一下,这是以后负责我人身安全的两位小姐姐,这位是高冷的艾黎,可以和她说华语,这个和宋萌同姓,叫宋倩。"

　　云想想等两个人兴奋够了,才给她们做介绍,"倩倩,艾黎,这是我那两个从小长到大的闺密,宋萌和李香菱。"

　　"女保镖,好酷啊。"宋萌看着宋倩反应还不大,受欧美电影影响,她看艾黎的眼神都快放光了。

　　对此宋倩一点也不介意:"姓宋啊,来加个微信,以后遇到事儿,找姐姐。"

　　"真的吗?"宋萌立刻屁颠屁颠地跑过来,亲亲热热地喊,"姐!"

　　这会儿宋萌还不知道自己抱到了多粗一根大腿,不过宋倩能够这么好说话,自然是看云想想的情面上,不然天下姓宋的何其多,她哪里有闲心情管?

　　"你们俩今晚就留下来和我睡,我房间和床铺大,衣柜里新衣服也有,我明天要去拍宣传照,后天去学校报到。"云想想对宋萌她们道。

　　"我们都准备了日常用品和换洗的衣服。"两个人背了一个包,约定好要来云想想这里玩两天。

"想想,我跟你一起去。"宋萌立刻举手,既然以后要混娱乐圈,有这么好的机会先跟云想想学习,她为什么不好好把握?

云想想看向李香菱,就见李香菱正歪头打量她那一盆兰花:"香菱,你明天一起?"

胡乱地点了点头,李香菱对去什么地方没有要求:"想想,你这盆花是谁送的?"

之所以不认为是云想想买的,是因为她太了解云想想,压根不是个喜欢花草的人。

"一个长辈。"云想想笼统地回答。

"想想,这花很贵。"李香菱严肃地对云想想道。

她的爷爷是个花奴,最喜欢侍弄花草,尤其是兰花,早几年还因为兰花发家。

后来如果不是家里那一帮乱七八糟的亲戚,害得爷爷中了圈套,亏得血本无归,他们家本来应该很富裕,她没事的时候最喜欢听爷爷唠叨。

云想想这盆兰花,是最名贵最顶级的素冠荷鼎,比之前爷爷从云省看到的那盆还要好。

要知道那盆被估价四五千万啊,这盆的价值就更不用衡量。

什么人会送云想想这么贵重的东西?会不会有什么企图?

看到李香菱眼底的关切,云想想笑着解释:"我知道这盆花的价值,你不用担心。"

见此,李香菱才面色松缓,然后拿出手机:"我能拍个照发给我爷爷吗?"

"可以,但别让爷爷告诉别人这盆花在我这里。"云想想可不想有人觊觎。

"告诉了也没关系。"宋倩不在意。

如果有人能够从云想想的家里盗走东西,那么她就别混了。

比她厉害的人不是没有,但这类人不会觊觎一盆花,会觊觎花的人,都是些小喽啰。

而且他们家老爷送出去的东西,谁敢动心思,那真是寿星吃砒霜——不想活了。

"放心,我不会告诉爷爷这盆花在你这里。"李香菱拍了个最好的角度。

她只是想让爷爷高兴高兴,并不想给云想想惹麻烦。

晚上的时候王永和可可还是来做饭,而宋倩亲自去接云霖,直把宋萌享受得直叹奢靡，她从此有了人生奋斗目标，那就是活成像云想想这样高大上，前提是不欠债。

好在贺惟似乎是对云想想放心了，今晚没有来，他不来薛御一个男人也不好意思来，到时候给云想想带来负面影响就不好了，不然云想想都不敢想象宋萌会多么的兴奋和疯狂。

关于云想想后援会的会长，到底是给宋萌保住了，因为云想想要走的路线不是靠粉丝，那就不用那么严苛地要求引导粉丝，况且云想想自己早就给粉丝定了规矩。

加上宋萌又是云想想的闺密，有些事情处理起来对云想想也有好处。

云想想已经开始和宋倩学武，对云想想和云霖，宋倩教导的方式和内容不一样，云霖要求刚硬和力量，宋倩每天都在让云想想拉韧带，要求云想想足够软。

马上就要开始军训，云想想也不敢懈怠，争取有个好体魄。

第8章 云想想的偶像论

第二天去工作的时候，贺惟还是亲自来陪同她。

宋萌看到贺惟，就像乞丐看到了金子，那目光灼灼的样子，真是让云想想都觉得丢人。

云想想还能不知道她的心思？她既然想做经纪人，那么目前站在这个行业顶尖位置的贺惟，一定就成了她心目中的神，一整天她都瞅着贺惟，偷师的心思直接摆在脸上。

拍摄过程中，门罗的负责人也在，摄影师来自于国外，得到过很多摄影大奖。

云想想那张桃心脸近乎能够完全对称，很少有人能够长得这么标准，绝对对称一般都是超模的要求，这样的脸可塑性很强，所以拍摄出来的效果非常好。

负责人和贺惟看过拍摄出来的照片，两人都很满意，唯独摄影师一直在摇头。

"瑞，你到底想要怎样的效果？"贺惟有些心疼云想想。

她被瑞折腾了一上午，为了造型，只能浅浅地抿几口水，眼看着都快两点，还没有吃午饭。

"你们看看这些照片。"瑞将拍摄的照片放大出来给负责人和贺惟看，

"你们看到了什么？"

两个人对视一眼，负责人说："美，很震撼的美，这种视觉效果很有冲击性，难道有问题？"

"有问题，非常有问题！"摄影师有些抓狂，"就是太美了，你的艺人美到吸引了所有人的目光，谁还会去注意她身上的珠宝？我们是要突出这些宝石，可你的艺人把它们变成了配角。"

这样一说，两人看了看照片，好像一点也没错。

他们完全被云想想整个人给吸引了，哪里还有心思去看她身上的珠宝？

"我不赞同这种说法。"云想想走过来，"人与珠宝，到底谁才是主角？是人购买珠宝，还是珠宝来购买人？珠宝只是点缀，只是陪衬，只是烘托一个人的气质和地位，所以，珠宝的定位，就应该是配角才对，我们不能本末倒置。"

"你说的没错，可我们要宣传的是珠宝，要让人看到你的照片之后，对这款珠宝发出'哦，它真的太美，我太想要拥有'的感叹。"

摄影师很固执地要表达自己的意思，"并不能让顾客看到了你的美，惊叹完你的美丽之后转头离开或者去买你的海报！"

瑞说的也没有错，一下子几个人都陷入了沉思，贺惟也是第一次遇上这种把产品，尤其还是璀璨的钻石产品压得一点光芒都没有的情况。

他看了看云想想，又看了看照片："并不是我的艺人问题，也不是摄影师的问题，而是这些珠宝无法与她的美貌匹配，我想我要和奥斯汀重新谈一笔交易。"

笑得意味深长的贺惟，让瑞将拍摄的照片传给他一份，就带着云想想离开了。

"惟哥，你要做什么？"云想想心里有个大胆的猜测。

"我也没想到你拍摄出来的效果会这么好，这些照片正好可以打门罗那群眼高于顶的老家伙的脸，你的出现会给他们设计灵感。"

贺惟的心情明显很好，"像门罗这样世界顶级的珠宝企业，最不能接受有人竟然能够把他们的珠宝衬托得可有可无。把这件事情交给我，我会帮你拿下门罗全球形象大使，你好好读书，我知道你马上军训，接下来就不给你安排行程，我正好亲自去一趟门罗的总部，你师哥的演唱会，他会给你安排。"

全球形象大使……

云想想觉得她要被砸晕了，门罗目前只有欧美代言人，连欧洲形象大使都没有。像他们这样的品牌，早就已经名声响亮，不需要任何人宣传都能够让上流社会趋之若鹜。

"没有人会嫌弃名声,更何况他们家虽然是顶级,但却不是全球第一。"贺惟唇角难得一直挂着笑,"正因为他们不需要名人来锦上添花,才更需要一个让他们家珠宝令世人惊叹的机会,而你就会成为这个机会。"

有一种美,所向披靡,无懈可击,自然要享受最高待遇。

云想想恰好,就拥有这种美。

贺惟一直都知道云想想很有潜力、灵性和可塑性。所以当时主动提出亲自带云想想,却没有想到第一次出工,云想想就给了他这么大的惊喜。

只能说云想想拍的两部电影都没有把她的美给塑造出来,平时又不是很注重打扮,就连贺惟都没有想到云想想拍摄出来的宣传照会这么的震撼。

这次门罗的全球形象大使,凭他的能力十拿九稳。一旦云想想成为首个门罗的全球形象大使,她的知名度就会在国际上打开,走出这一步,其他顶奢的品牌就会纷至沓来。

贺惟之所以给云想想选择门罗,并不是因为他搞不定全球第一的莎温,而是莎温是个庞大的集团,它的品牌不仅仅有珠宝,还有腕表、香水、服装、包包等。

也许很多人梦寐以求成为莎温全线代言人,可贺惟对于云想想的安排不是这样。

门罗单一,只有珠宝和腕表,这样就不妨碍云想想接下其他顶奢品牌的东西,最重要的一点,莎温已经是世界第一,云想想做出再大的贡献,也只是锦上添花。

门罗就不一样,如果云想想能够用极致的美烘托出门罗珠宝极致的华贵,让其地位更上一层楼,那效果将会更震撼。

还有一点就是莎温早已经有了诸多各个区的代言人,虽然不是它们的王牌珠宝,只是其他东西,可听起来哪里有首位更具分量?

贺惟就要云想想成为令顶奢品牌打破规矩,首个开放全球形象大使的人!

这样深远的眼光,就算是云想想都还没有想透,更别说其他人。

贺惟能够有今天的地位和成就,完全是凭着他独到的敏锐眼光和果断迅猛的手段。

"所以,我接下来就什么都不用做了?"云想想有点呆。

"军训期间你就一心军训,军训结束我应该已经回来,余下的事等我回来,没事多琢磨剧本。"那个剧本才是首要,没有足够的作品,代言也不会长久。

贺惟将云想想送到家门口才开车离开。

"想想、想想，演唱会！"宋萌立刻缠上云想想。

薛御的演唱会啊啊啊啊啊，她好想去，好想去！

"惟哥在的时候，你怎么不问他要？"宋萌面对贺惟的时候，就像鹌鹑一样乖巧。

"他气场太强，我不敢吭声。"宋萌一点都不觉得认怂不好意思。

那是你没有见过宋冕。

云想想心里腹诽，面对贺惟她最开始有点担心跟不上贺惟的脚步，但她就没有紧张过。就算是面对闵老，云想想都能够云淡风轻，唯独面对宋冕她很局促。

她至今都记得当初那种局促，他那种气场直接影响了她的大脑，有时候说的话根本不是心里所想，但就是那么没骨气地飘出来。还是后来宋冕教她计算机，才渐渐地好起来。

她现在虽然看似能够和宋冕正常相处，但还是不像常人那么自在。

有一种人，天生凌驾于众生之上，就算你对他无欲无求，也会从骨子里散发出谦卑。

白了宋萌一眼，云想想去洗了个澡，然后做了个护肤。宋萌一直跟前跟后，像个小跟班，端茶递水，捶腿捏肩，殷勤备至。

"行了行了，你别围着我转，眼睛都被你转晕了，我会记得给你要一张门票。"云想想受不了宋萌的痴缠，下载了几部电影，都是关于神偷题材，招呼着她们一起看。

"你怎么看这类电影？"李香菱想起之前贺惟的吩咐，"你要拍这种题材？"

"对啊，有个同类型的题材剧本，惟哥让我一定要拿下。"云想想点着头，"我看看能不能从中得到启发，现在多做点功课，竞争角色的时候也有把握。"

"就是这个场景，好厉害！"宋萌突然指着电影播放的画面，激动得大叫。

这是一部非常著名的外国神偷题材电影，女主角正在穿过红外线防盗报警系统。

女主角大秀好身材，做出各种高难度姿势。这部电影也是开启了先例，引得后来无数同类型片段模仿。

"这是剪辑过的，虽然姿势摆得不错，但你们只是被视觉效果误导，其实一点不难。"宋倩被宋萌激动的声音吸引，瞄了两眼就兴致缺缺。

178

云想想的目光蓦然一亮:"倩倩,有没有可能一次性通过这个红外线报警系统?"

"当然有,电影取材来源于生活,这类人真实存在。"宋倩笑道,"只要人体的柔软度足够,别说这个密集度,就算更密集也可以。"

"要达到怎样的柔软度?"云想想接着问。

宋倩打量了她的身材:"等你什么时候能把自己折叠进一个二十二寸的行李箱里,就差不多。"

"二十二寸行李箱!"宋萌嘴巴张大到可以塞鸡蛋,不可思议地指了指云想想,"她有一米七了啊姐,这么大个人怎么塞进二十二寸的行李箱?"

"这就是柔术的最高境界。"宋倩一点不觉得她说的是多么难以置信的事情,"我们家就有一套柔功,练好了根本不是梦。"

"我可以学吗?现在学还来得及吗?"云想想立刻连电影都不看了。

"如果是普通的柔术,你恐怕已经来不及,但是我们家那一套你完全可以,再配上我们家的药方,必然事半功倍。"宋倩正色道。

"我大概要学多久,才能够达到这种境界?"云想想目光灼灼。

"看天赋,看毅力,你虽然从小学舞,柔韧度比一般人好,劈叉一字马下腰信手拈来,但和那种从小练习柔术的人到底是差了很远。"宋倩很客观地说,"具体你要用多久,我也不能保证。"

"我想试试,你能教我吗?"云想想突然看到了希望。

如果她能够不靠剪辑,穿过一段更加密集的红外线报警系统,如果她能够在偷盗珠宝之后,把自己藏在一个不起眼的行李箱逃离,这种镜头拍摄下来可以震惊电影圈,会给电影增色多少,难以估量。

就凭这一手能耐,天天这个角色手到擒来。

"这……"宋倩为难,"这并不是我能够做主的,你可以亲自问少爷。"

"少爷?"李香菱和宋萌两个人对视一眼,都什么年代了,还有这么古老的称呼?

宋倩只是对她们笑了笑,并没有解释。

而云想想审视着宋倩,她想到了之前在宋家:"倩倩,我们单独聊聊。"

放下抱枕,云想想往楼上自己的房间而去,宋倩跟在她的身后。

"我知道你怀疑什么。"不等云想想开口,宋倩就先一步道,"我的确有这个心思。少爷清心寡欲,对于宋家来说,没有任何事情比少爷的子嗣更重要。我和宋尧都是跟着少爷的人,一朝天子一朝臣,如果少爷不好,我们也会被牵连。虽然我也不知道少爷对你是什么感情,是救命之恩格外感谢,还是因为身体里有了你的血所以产生莫名亲近。但目前而言,只有你一个人对少爷是特殊存在,我自然想要给少爷多制造机会,让他早些明白自己的真实情感,这样对你对少爷都好。"

顿了顿,宋倩很冷漠地对云想想说了一个事实:"如果少爷不能及时发现对你的感情,哪怕你结了婚,为了宋家的传承,为了我们的利益,很多人宁可冒着生命危险,哪怕违背少爷的意愿,也会把你送到少爷的床上,你要知道宋家一代继承人,关乎着多少个大家族的利益兴衰。"

宋倩这么直白地说出来,云想想反而一点不生气。她相信宋倩说的是事实,就像古代帝王的皇位,多少个皇子背后站着多少利益和兴亡,有些时候并不是他们要做个恶人,而是他们身后那些利益相关的人的生死存亡逼得他们不得不以大局为重。

而且正如宋倩所说,现在宋冕对她特殊,也许处于自己都搞不清原因的朦胧状态,能够早点看清,对自己对宋冕本人都好,以免以后酿成不可挽回的悲剧,伤害到更多人。

"不过我没有欺骗你,我对你说的那套功夫以及相关的汤药都只有少爷才能够批准。"宋倩留下这句话就转身离开,"要如何选择,你自己看着办。"

宋倩走后,云想想无力地倒在柔软大床上,睁着眼睛看着天花板。

她从来没有想到,因为一场阴谋,特殊的血型,自己和宋冕这样的大人物扯上关系,并且还不是普通的牵绊,她百分之三十的血输入了宋冕的身体里。

换了任何人,只要是有良知的,懂得感恩的人,都会对这样的救命恩人产生好感。

这种好感不一定会发展成为男女之情,可宋冕对她的态度云想想又有点拿不准。

云想想觉得她真的和宋冕不是一个世界的人。宋冕这样高高在上的王者,直观上就和自己不相配。

两个人的结合,不仅仅是有爱情就可以。

都说现在是自由恋爱的社会,没有什么门第阶级之观。但两个人各方面都不相配,除非有一方一辈子不计较,另一方也心大得永远不要生出自卑,否则强行在一起,最初的浓烈爱意消失,随之而来的就是各种挑剔与埋怨。

一个觉得自己纡尊降贵,一个觉得自己委曲求全,双方都觉得自己付出了很多,对方应该忍让体谅。长此以往,无论爱得多么的浓烈,到后来都会变成怨偶。甚至由爱生恨,造成无可挽回的过错。

宋冕对她真的很好很体贴,不论是在医院里,还是去宋家做客,她都能够感觉到。但这份体贴和照顾，又不夹杂着丝毫的暧昧。云想想将之归类为感激之情，现在云想想也不确定她的想法是对是错。

如果是对的，那么宋倩的行为，云想想都能够感觉到，昨天宋冕怎么会没有察觉？他并没有阻止宋倩。

如果是错的，宋冕喜欢她什么地方？为什么喜欢她？她哪里值得他喜欢？

还是说，宋冕自己也弄不清到底是什么感情，只是单纯因为身体里有她的血，而喜欢和她相处，他也在试图理清自己的感情阶段，才不阻止宋倩？

想来想去，云想想觉得想不明白，她索性决定找宋冕问个清楚。

拿起手机，云想想就用了那个定制的电话打给宋冕，电话只响了两声，就传来了宋冕好听的声音："想想？"

握着手机的手紧了紧，云想想道："我们什么时候方便见个面？我有些话想要和你说。"

这种事情正如宋倩所说，宜早不宜迟，她觉得宋冕是个好人，虽然对他没有男女之情，但并不希望最后因为其他人的干预，让他们成了敌人，并且牵连到她的家人。

"急事吗？"宋冕问。

"并不是很急，不过我明天要去学校报到，应该三天左右就开始军训，如果不是这三天，那就等我军训结束之后，我知道你很忙，看你时间安排，我都可以。"云想想尽量轻松自然。

"近两日我都不在国内，等你军训结束我们再见面。"宋冕沉吟了片刻才道。

"好。"云想想答应了下来。

"军训淋雨或大汗后不要急于喝水，稍微休息片刻再补充水分，以免对肠胃突加重负造成伤害。军训体力消耗极大，多吃一些肉类、蛋类，最好还多喝点汤菜类，注意补充各种维生素……"

宋冕极其细致地一点点地叮嘱云想想，那种温柔细致的关怀，让云想想如同寒冬喝了一杯热水，通体温暖，却并不是男女之情那种感觉。

挂了电话，宋冕何等聪明，云想想突然打电话给他，又要面谈，并且不是关于健康的急事儿，那肯定是要说关于他们两个人的事情。

她一定察觉到什么，想要向自己求证。

这会儿她的心其实很乱，纵使她的举动很干脆果断。他并不是不能立刻出现在她的面前，但他希望给她多一点时间平复心情，这样她就可以做出对于她自己最理智的决定。

做出了决定，云想想就不去烦心，一心准备去学校。

三十号云想想准时去学校报名，宋倩开车送她，这部车是她自己买的，并不是什么豪车，价格二十多万。

宋萌和李香菱已经去学校报到过，她们俩还没有正式开学，因此陪着她去，想要一睹最高学府的风采。

云想想没有想到学校还埋伏着记者，好在宋倩眼尖，而她这辆车一点都不起眼，这才躲过他们。

不过在办理入学手续的地方也有记者，但不是娱乐记者，云想想也就任由他拍。

云想想是名人，又是今年的全国高考状元，上学前又闹了那么一通，几乎整个学校都因为她去看了她的电影，翻看了一些关于她的新闻，再加上她身体完全调养回来，美得倾国倾城，所以她几乎一出现就引起了全校围观。

"那是云想想吧？真人比照片好看，《大学梦》里真的太瘦，完全看不出样子。"

"她真的好漂亮啊，而且还是以最高分考入我们学校！"

"我女神我女神，女神如此近距离，我却手脚僵硬不敢上前，怎么办！"

在一众围观者之中，云想想处之泰然保持着礼貌的微笑，也不阻止拿起手机对她拍的人。

"学妹你好，我是接待你的人，大二计算机系程至楷。"这时候一个身高约莫一米七八，身材清瘦，但是面容清隽，笑容阳光的青年走到云想想的身边，"我带你去办理相关手续。"

"有劳学长。"云想想笑容加深。

清晨的阳光很灿烂，但都及不上云想想这一笑杀伤力强，不止程至楷眼晕，周围看到的男女都被迷住了。

"为什么，为什么，为什么女神竟然读计算机系！"

"今天终于明白了什么叫做一笑倾城。"

"大家让让，我感觉我快要流鼻血了，别让我在女神面前丢人！"

"好想跟着女神去计算机系啊……"

到底是最高学府，虽然围观的很多，但新生事情也多，而高年级的已经很成熟，总不能让学弟学妹们看笑话，也就没有人跟着。

云想想被围观了一路，走到哪里都是焦点，起初还是有点不自在，不过很快就能坦然面对。

办完所有的手续，领了被套棉被之类的东西后，云想想在程至楷的陪同下到了女生宿舍楼，东西交给了宋倩她们，四个女生一次性把所有东西拿到了云想想的宿舍。

因为他们军训就在学校，云想想至少这个月得住校。

宿舍是统一的四人间，床铺是由中间木质的楼梯相连，都靠墙，床位在上面，下面是电脑桌书桌衣柜，两张靠阳台，两张靠门，尽头还连着一个小柜子。

房中间放了木质的长桌，宿舍有空调也有饮水机，独立的卫生间。房间视野很好，也很宽敞。

云想想到的时候，有两个人已经铺好床，这两个人选择了左手边两张床，她就把东西放到右手边靠阳台的那一个位置。

两个到了的同学看着云想想站到了一处，其中一个瘦高的犹豫了会儿上前："需要帮忙吗？"

看得出人家是鼓起勇气上来，云想想也不好拒绝，笑着把手上装了洗漱用品的盆子递给她："麻烦你帮我放到洗手间，我一会儿自己来摆就好。"

"好的。"女生笑着点头。

"你好，我叫陶曼妮，我知道你是云想想，好高兴能够和你一个寝室。"另一个看着云想想很好相处，就立刻走上前自我介绍。

"你好，云想想，以后多多指教。"云想想继续礼貌地笑。

"我叫冯晓璐。"从洗手间出来的女生也自我介绍。

"你好。"云想想点头示意，"我们都是同一个专业的吧？"

"嗯，我们同一个专业还是同一个班，好像我们班就我们六个女生。"冯晓璐说，"另外两个在隔壁寝室，我们两个寝室的阳台是连着的，中间的客厅也是共用的。"

计算机专业本来就是男生比较多，他们班只有六个女生。

云想想和她们一边聊着一边整理东西，有宋萌和李香菱帮忙，很快就整理妥当，宋倩还单独去给她们提了一桶矿泉水，安在了饮水机上。

实在是水桶必须自己去提，她们宿舍楼层偏高，冯晓璐两个人不行，就等着其他人到了之后商量。

"姐姐，你好厉害！"冯晓璐感谢宋倩。

她们都知道宋萌和李香菱是云想想高中同学。她们以为宋倩和宋萌是亲姐妹。

"学过功夫。"宋倩拍了拍手之后看着云想想，"你们下午要集合，今晚你是留在学校，还是我晚上来接你？"

"不用来接我，这几天我都住在学校，军训结束后我打电话给你，小霖就交给你了。"云想想以后不住学校，离校拍戏也要回来和同学借笔记，不如趁机打好关系。

云想想转身对冯晓璐两人说:"我想带我两个好朋友去逛逛学校,你们要一起吗?"

两人对视一眼,同时点头。

于是五个人一起踏出寝室,形成了一道亮丽的风景线。陶曼妮长得也很漂亮,冯晓璐长得很文静,加上秀丽的李香菱,尽管宋萌长得不漂亮,但身材好。

陶曼妮前天就来了,她已经把学校走了一遍,就充当向导。所到之处无不是惹来人群围观,拿手机拍照,不过都没有特别夸张的事情发生。

云想想以后是要读书的,她就得先让他们觉得自己也就是个人,看多了自然就不新奇了。

"女神,女神,我的女神!"就在这时,一声高喊传来。

云想想循声望过去,就看到人群后面一个人跳着朝着她挥手,对着人群说让一让,硬生生地挤了进来奔到云想想的面前。

是个长得很瘦很瘦,但很白很白戴黑框眼镜的少年,他走到云想想的面前特别激动:"女神我是小Q!"

"我知道你。"对这个人云想想真的有印象,他不仅仅是云想想粉丝后援会的大粉,而且还是那个天天刷存在感的人,"我们是同学了吧?"

"我虽然被录取了,但我和女神不在一个班。"小Q很失落。

"没关系啦,虽然不是同班,但很多课还是一起上。"云想想安慰他。

"我已经很满足了,我高二的时候只能考五百多分,我看了《关爱》就粉女神了,知道女神是学霸,我就励志要考好,争取和女神读一所学校。"小Q很激动,有些手足无措。

"杨奇,你这孩子跑什么!"这时候又一道声音传来,是个中年女人。

云想想看着小跑过来的女人,望着有些腼腆的杨奇:"所以,你是叫杨奇?"

杨奇挠了挠后脑勺:"是奇特的奇!"

"杨奇……"杨奇的妈妈走到近前看到云想想,顿时热情得不行,"你就是那个演杨琦的小姑娘吧,哎哟,你本人比电影里还漂亮呢。阿姨得请你吃顿午饭,我们家杨奇啊,就是受你影响才发奋读书,考上了我做梦都不敢让他考的大学。走走走,我们一起去吃饭,阿姨要好好谢谢你,我们全家都是你的粉丝!"

说着就要拉着云想想走,面对这么热情的长辈,云想想还真的不好拒绝。

"哎，妈，您别这样，女神肯定还有事，你看她这么多朋友在呢。"好在杨奇反应快，把他妈妈拉住，为了拯救他的女神，直接拉着他妈妈离开，"妈，你说要去看看我宿舍，认识认识我的舍友，我们现在就去……"

"哎，你别拉我呀，好不容易见到人家姑娘，你让我表示一下心意……"

"我们……还接着逛吗？"冯晓璐小声地问。

"应该不会有类似的事情发生了吧。"陶曼妮有些不确定。

"时间也不早了，我们先去食堂吃饭吧。"云想想建议道。

大家基本以她为中心，就一起往食堂去了。

云想想并不知道这一幕被记者拍下来，转头就发布到网上，该记者并不是娱乐记者，所以发布的地方不是娱乐版，标题叫做：追星的正确打开姿势。

紧接着不少媒体对于这件事进行了报道，并且有媒体采访到了杨妈妈，杨妈妈在视频里对云想想各种溢美感激之词不断。

很快"论女神的力量"，"一个偶像的影响力"，"励志追星记"这类的标题就出来了，微博上云想想瞬间又受到了广大的关注。

尤其是现在好多家长对孩子追星很头疼，而追星又是个特别广泛的现象，但不少是盲目的，看到这篇报道，纷纷转载点赞。

广大家长都表示，如果家里孩子都追星追得这么理智和励志，他们真的是倾家荡产陪他们一起追，全家为他们一起追他们的偶像。

以前云想想有一拨年轻粉，这件事让云想想多了一拨妈妈爸爸粉。

而这件事并没有这么轻易地结束，杨奇得到了很多的关注，有不少人去调查了他。

知道了他是个小县城考出来的县状元，他父母都是普通工人，家庭条件并不好。上的虽然是县重点，但最初只是中上，正如他说的那样五百多分的成绩。

后来他看了《关爱》，因为和云想想饰演的女主角名字同音，加上云想想太漂亮，让他想要追逐。

但是他家里穷，就连《关爱》都是下载视频看，而云想想又没什么杂志啊、贴画之类的东西，他也舍不得买。

他唯一能够做的，就是想要靠近女神，没有什么别的心思，就是觉得能够看到她就很开心，每天都充满了力量。

他关注了云想想的微博，加入了后援会，并且用他不要脸的缠功和宋萌混熟，平时帮忙做些事情。

从宋萌那里知道了更多关于云想想的事情，他努力地学习，成绩在一年半的时间完成了质的飞跃,连班主任和校长都觉得不可思议。

这段励志的故事越被人关注,就被人挖掘得越深。

在他们军训前一天,有华视的节目叫做《励志人生》特意联系了校领导,说要请云想想和杨奇一起去做一期节目访谈。

华视和其他电视台不一样,那是代表着国家的频道,校领导都很重视。

当初云想想来上学,也是许诺不干涉她任何决定,所以系主任亲自来找云想想和她商量。

只要是上电视的事情,云想想都得给寰娱世纪尊重,她打电话给了贺惟:"惟哥,你那里是深夜,不好意思打扰你,我有个事儿……"

贺惟听完之后:"去吧,对你的形象有正面影响。"

这种节目和娱乐综艺节目的意义完全不一样,而且他身在国外对云想想的动态也是了若指掌,云想想给他的惊喜越来越多,已经远超他的预期。

贺惟同意了,云想想也没有什么问题。

杨奇的家庭条件很差,虽然他是县状元,但还没有达到云想想这种可以学费全免,奖学金各种许诺的地步。

随着媒体的追踪报道,云想想已经知道杨奇家里真的是拼尽全力送他到大学,家里现在很拮据。

上一次节目,杨奇也能够得到一笔报酬。

对于杨奇而言,能够跟女神一起上节目,那就是天上掉馅饼,他哪里会拒绝?其他的一切都不重要。

于是约定三天后上节目,并且是直播。

这件事瞬间在学校里传遍,很多人都超级羡慕杨奇,学霸也许对美丽没有平凡人那么大的追逐,但对于同样远超于自己的学霸是服气的。

云想想可是以全国高考状元的身份考进来的,自然是学霸中的学霸,她俨然已经成为了校园里的传奇人物。加上杨奇的事情渲染,更加为她的传奇增添了一笔。对于这样万丈光芒的人,谁都想靠近。

当天晚上,云想想回到寝室,马琳琳对云想想道:"想想,我今天去拿包裹,看到你有一个,就帮你一道拿回来了。"

马琳琳是另外一个室友,喜欢扎起高高的马尾,头发又直又亮,看起来非常有青春活力。

三个舍友性格迥然,但都很好相处。

"谢谢琳琳。"云想想并没有买东西,也没有朋友说给她寄东西了啊。

她正好奇呢,走到大包裹前,手机有信息提示,拿起来看,是宋冕发的微信:"给你准备了一些军训必备品。"

云想想拆开包裹，是一个漂亮的大箱子，箱子里放着各种精美的瓶瓶罐罐。

"哇，好漂亮的瓶子，这是什么……防晒？"冯晓璐站在云想想旁边，从里面拿起那个长颈大肚瓶，上面绘制了很精美的牡丹图，"这是什么牌子的防晒霜，我怎么没有见过？"

马琳琳和陶曼妮也凑过来，两人都没有看过，不过不妨碍她们喜欢："好古风精美的瓶子。"

"这上面的毛笔字是谁写的？"陶曼妮的爷爷是书法家，从小对她进行各种书法训练，她的目光完全被瓶子上贴着的毛笔小楷吸引。

这字将小楷的秀美体现得淋漓尽致，她爷爷都没有这样的功底。

"这……难道不是钢笔字吗？"冯晓璐觉得这么俊秀的字不应该是用毛笔写的啊。

"是毛笔。"陶曼妮很笃定。

"好香啊。"马琳琳对字不感兴趣，她闻到一股奇特的令人舒适的气息，最后在箱子里找到了一双鞋垫，"竟然是这东西散发出来的！"

"防晒霜、鞋垫、蚊虫剂、润喉糖、腹泻药、中暑药、感冒药……"

几个人见云想想不阻止，就一一把东西拿出来，全都是漂亮的复古瓶子装好，上面有贴标签。

看完之后马琳琳审视云想想，语气暧昧地问："这么细心，不是一般人吧？"

"你猜。"云想想就送她两个字，然后把东西全部放回去收好。

三人对视一眼："有情况啊，坦白从宽，抗拒从严！"

"现在还不是你们想的那样。"看着逐渐逼近的三人，云想想只好投降，然后拿起手机给宋冕回了信息："谢谢，我收到了，很实用。"

真正到了军训之后，云想想才知道宋冕为她准备的东西到底有多实用。

宋冕那种防晒霜没有提亮肤色的效果，但擦在身上冰冰凉凉，涂抹过后不但汗水流得少，其他人一天下来肌肤都有晒伤，她半点事都没有。

弄得第二天开始马琳琳几个就丢了自己的防晒霜，来蹭她的。

宋冕考虑得很周到，弄了一大瓶，云想想估算着够她们四个用完军训二十天，大大方方地分享，一下子就把几个女生的心完全笼络。

还有就是统一的军鞋，有些不明白的小姑娘一天下来脚上几个泡，马琳琳她们倒是做了功课，在鞋子里垫了卫生巾。

不过晚上取出来气味真的熏死人不说，还汗津津的难受。

而云想想的鞋垫有吸汗的功能，垫着不但非常舒适，跑步起脚时还感觉特别轻松，并且吸了汗之后，鞋子里散发出来的是香气。

奈何宋冕只按照云想想的尺码做了三双，不要说她们几个脚不一样大，数量也分不均，三个人只能羡慕地继续垫卫生巾。

再就是蚊虫剂，九月夏秋交替之际真的很热，寝室里免不了有蚊子，宋冕的蚊虫剂轻轻一喷，屋子里就会散发一种令人神经松弛的气息，不仅灭蚊还有助眠效果，至少她们寝室里几个女生头天无论多累，睡了一觉起来精神都比别人好。

润喉糖更是被马琳琳几个爱得不行，唱军歌，喊口号，一天下来简直喉咙要冒烟。

宋冕的润喉糖吃了之后清凉无比，不但喉咙舒服了，还像是吃了一口冰，就连全身都舒服得不行，让她们几个完全抵抗住了冰水的诱惑。

"啊啊啊，想想，你快告诉我，这些东西都是什么牌子？"

两天过后，陶曼妮终于忍不住逮住云想想问，不论多贵，她一定要买很多，尤其是这个润喉糖，根本就是夏日圣品。

"自制牌。"云想想很无奈。

"这些东西，全都是你那位追求者自制的！"

马琳琳不可置信，但又没有办法反驳，她们几个早就在网上搜索了，不论是照片搜索，还是语言描述搜索，都搜索不出来。

"想想，你的追求者是外星人吗？"冯晓璐呆呆地问。

不是外星人，怎么这么全能？而且研制的东西从护肤品到用品再到食品，领域跨得太大了吧。

"他只是一名医生，这些东西都有个共同的特性，含有中药材。"云想想解释说。

防晒霜云想想闻着有淡淡的莲花香，问了宋冕才知道，里面加了雪莲花，所以擦起来才会冰冰凉凉，而鞋垫的香气也完全来自于中药材，润喉糖用的是几味中药辅佐蔗糖熬制。

"这年头中医生都这么厉害吗？"马琳琳三人惊呆了。

不过她们相信云想想不会欺骗她们，没有这个必要啊。

"想想啊，你让你那位追求者大量生产吧，防晒霜和润喉糖还有那个灭蚊剂，我觉得能够卖到脱销。"陶曼妮郑重其事地说道，"就卖这三种，他用不着五年就能够挤进全球富豪榜！"

马琳琳和冯晓璐赞同地点头："不论多贵，我省吃俭用，努力兼职也要攒钱买！"

没有用过和吃过的人根本不知道多么神奇！

很多年以后，当她们三个知道了宋冕是何许人，再想到今天，才知道她们三个多么天真！

"药材限制不能批量生产。"云想想随意说了个理由。

事实上她也不知道能不能批量生产，不过宋冕那种人，就算可以批量生产，也不需要这种对于他而言小打小闹的赚钱方式。

三人一脸失望，正准备说点什么，就听到隔壁有响动，还有惊呼声，她们几个赶忙跑过去，就看到和她们同班的祝媛疼得脸色煞白，哭喊着肚子痛，另外两个舍友一个安抚她，一个抱着她，还有一个应该是去找指导员了。

为了防止她们女生军训期间有突然状况，部队给她们配了一个女军人指导员。

"你什么地方不舒服？"云想想上前轻声询问。

她已经痛得说不出话，捂住痛的地方看着云想想。

"是月经来了吗？"云想想又问。

祝媛无力地摇头。

"琳琳你去拿我的小药盒，曼妮你接一杯温水。"云想想叮嘱两个室友，然后对祝媛的室友道，"扶她上床，放平躺下来。"

几个人六神无主，都听着云想想吩咐，几乎是将祝媛架上去，然后云想想爬上去帮她按摩肚子上的穴位。

这是宋倩教给她的，一边按一边问她："你是不是这两天训练结束，没有休息就喝了水，而且还是冰水？"

感觉舒服了一点，没有那么痛的祝媛吃力地点头。

"你应该是伤到了肠胃，我帮你顺一顺气。"云想想手上的动作没有停，这个时候马琳琳已经拿了云想想的药盒，从下方递给云想想，云想想没有立刻给她吃药。

毕竟她不是医生，她在等校医。让马琳琳去拿药只是以防万一，万不得已的话只能用药。

很快祝媛另外一个室友带着宿管阿姨和指导员来了，跟着来的还有校医。

"怎么了？"指导员走进来问。

"我好多了……"祝媛声音细弱地回答。

"她可能是剧烈运动后没有休息就喝了冰水伤了肠胃。"云想想停下来，从床上下来对校医道，"烦您给看看。"

校医上前仔细地询问，按了按祝媛的腰腹处，最后得出的结论和云想想一样。

因为她们住的就是自己的宿舍,休息时间肯定没有住部队里军训的人那么严苛,祝媛这事的动静闹得也有点大,对面隔壁的几个宿舍都围了过来,云想想这件事就这么被传了出去。

这件事又在学校里惹起了热议,好多人都把她给神化了,以为她还涉猎医学。

其实只是军训前,宋倩教了她一些应急措施,是担心她出意外。

云想想怎么解释,除了同宿舍的三个,其他人都觉得她在谦虚,她也就无力地不再辩驳。

系主任是越来越喜欢她,当天下午亲自开车带着她和杨奇去电视台。

《励志人生》是著名主持人赵群主持的一档节目,专门搜罗真实的民间的小人物励志故事。

收视率不是特别高,但影响力却很大,尤其是老一辈特别喜欢。

云想想和杨奇是穿着军训服到的现场,在化妆间的时候节目策划人让杨奇换了两套衣服都觉得没有那一身绿精神。

于是就拍板,妆不化了,就把衣衫整理一下,头发梳了一下,两个人穿着军训服上场。

"一会儿不要紧张。"云想想看着杨奇时不时地握拳,一直在做深呼吸,便笑着安慰他。

"有请我们今天《励志人生》的主人翁。"赵群一番开场白之后高喊。

然后他们站的地方舞台门打开,迎接他们的是现场观众的掌声。

云想想看杨奇浑身僵硬,便上前抓住他的手腕,几乎是牵着他走到了舞台中央。

"赵老师好。"云想想先一步大方地和赵群握手。

杨奇跟着云想想学:"赵老师好。"

"你们好。"赵群也先后和他们握手,然后站在两人中间,"你们先自我介绍。"

赵群也发现杨奇的不自然,就看向云想想。

"大家好,我是云想想,刚刚踏入大学校园的一名大一新生。"云想想介绍得很简单,是不想给杨奇压力,但是她的笑容很美丽,立刻获得掌声。

而直播的观看率也很高,这三天寰娱世纪也是出了力宣传。

【女神是纯素颜,好漂亮好漂亮!】

【一直以为军训服丑,现在才知道丑的是我自己。】

【羡慕励志小哥,能跟女神一道上节目!】

紧接着杨奇也稍微调整了一下："大家好，我叫杨奇，不是校花杨琦，是奇特的奇。"

这一句话让气氛活跃了不少，云想想对他鼓励一笑。

"看来两位学霸都很繁忙，穿着军训服就直接来了节目。"赵群笑着接了话，"来，请坐，我们说说你们的故事。"

【什么你们的故事，说得这么暧昧，给电视台寄刀片！】

【楼上的傻子，那是华视，你想死是吧，给电视台寄刀片。】

【寄给赵群就好】

云想想和杨奇都戴着耳麦，坐在圆弧形的沙发上，自觉隔了一个人的距离，而赵群坐在对面。

"大家都知道坐在我对面的两位是刚刚考进青大的学霸，云想想还是以全国第一的成绩被录取，可以称之为学霸中的学霸。"

赵群面对着观众说了这句话之后，看向云想想，云想想礼貌地笑了笑，"据我所知云想想从小就是学霸对吗？"

"家有小灶，爸爸是教师。"云想想回答，"开蒙比很多小朋友早。"

"所以你小的时候不出去玩，就在家里学习？"

"也不是，小孩子到了一个阶段就自然渴望学习，在家里学会了，去了学校就比别人学得快，懂得多，受到老师的表扬，有了虚荣心就会更加努力学习。"

云想想含笑回答，"当优秀成为了一种习惯，学习成为了一种生活方式之后，也很难戒掉，对于玩乐的渴望就会降低。"

"看来想想是自律型。"赵群笑了笑就把话题转到了主角杨奇的身上，"杨奇应该是奋斗型，听说你小的时候成绩并不是特别优异。"

杨奇有些腼腆地摸了摸后脑勺："从小成绩都是中上游，高三以前都没有进过前十。"

"促使你力争上游的原因是坐在你身边的女神吗？"赵群双手摊向云想想。

杨奇点头。

"能和我们具体分享一下吗？"

杨奇回想了一会儿才开口："大概是寒假过年的时候，同学们在群里说《关爱》很好看，因为我名字和女神演的女主角一个音，很多同学还拿来打趣我。"

"但是我家在农村，没有电影院，要坐两个小时的车到县里才有，一张电影票对于我来说是一周的生活费，再加上来回的车费，我舍不得，就没有去看,不过我关注了女神的微博。"

说到这里,杨奇有些歉意尴尬地看着云想想,立刻补充了一句:"虽然我没有去电影院看《关爱》,不过我暑假打工去电影院看了《大学梦》。"

急切的样子,让大家都觉得很可爱。

"嗯,谢谢你支持《大学梦》。"云想想也说了一句话,让他平复情绪。

"你们县城一张电影票多少钱?"赵群特别好奇。

"二十块。"杨奇回答。

"也就是说二十块是你高中五天的生活费?"赵群很惊讶。

杨奇点头:"已经很多了,我有时候还能够省下一两块钱。"

"一天不到四块钱,你三餐吃什么?"

"我们县城比较便宜,早上一个馒头或者鸡蛋都只要五毛钱,中午食堂里两块钱的饭菜,晚上基本吃土豆饼或者卷饼只要一块钱。"

杨奇认真地回答,"每周回家,奶奶都会给我做一罐咸菜,拿几个咸鸭蛋或者海鲜酱,带到学校只用买一份饭,就能够吃得很香。"

"水呢?"

"教室里有饮水机,水可以自由接。"

有时候为了多省点钱,不是很饿,他就喝水充饥,像极了云想想《大学梦》里的夏红,这也是他这么喜欢云想想的原因,不过他不好意思说,也怕父母知道了心疼。

"你叫杨奇,但却是夏红的人生。"赵群笑道。

"不不不,我比夏红幸福很多,我家在农村,但不是深山,爸爸妈妈也并没有无视我的存在,已经尽了最大的能力给我关心和条件,我们村子里很多孩子初中毕业,高中辍学,有的是成绩不好,有的是家庭原因。我还有个妹妹,我爸妈对妹妹也很好。"杨奇解释,"我觉得我很幸福。"

看着杨奇咧嘴傻笑,很多人莫名眼眶湿润。

"以前为什么没有努力奋斗?"突然赵群问了一个略显尖锐的问题。

"以前就觉得我们农村孩子,就那样了,好像大家都这样,也没什么。"杨奇回答。

"没有奋斗目标?老师平时不会激励你们吗?"

"老师会说很多勉励的话,但我们觉得很远,很空。而且我的成绩已经稳定在一本线,我爸爸妈妈对我的要求也是考上我们省的大学。"杨奇像个乖巧的学生,一本正经地回答。

他的话充分反映了落后地区,没有见过繁华的贫困家庭孩子的眼界,也体现出了农民工人家庭对于孩子要求的易满足现状。就像杨妈妈见到云想想的时候说的那句话。

做梦都不敢梦到儿子考上青大,这才造就了杨奇在没有关注云想想之前的得过且过。

"你是怎么确定想想是学霸的?这么刻苦,我想读过高中的人都应该明白,要在一年的时间,把五百多分的成绩提升到七百分多么艰难,中间的汗血无法想象。"

"我加入了粉丝会,认识了会长,会长和女神是同学,因我平时脸皮特别厚,又任劳任怨,知道我们同一届,我问女神成绩的时候,会长也会告诉我。"提到这个话题,杨奇就变得轻松许多。

"想想是个演员,按照常理她很可能读影视相关的大学,如果她没有上青大你怎么办?"

"那不都是在帝都吗?我最开始也没有想过和女神做同学,我只是想要尽我最大的努力离她近一点,我自己也不知道为什么会有这种想法,就想考帝都的大学。"

"最初只是想在同一个城市。"赵群替杨奇总结,"那么现在成为了同学,距离女神这么近,你是不是特别激动,有没有想过追求女神?"

杨奇剧烈地摇头,立刻又变得手足无措:"我没有这种想法,女神应该拥有更优秀的人。"

他的眼神清澈,一看就知道他说的是实话。

"别害怕,想说什么就说什么。"看着他急得满头大汗,云想想递了张纸巾给他。

察觉云想想没有误会,杨奇才轻松了一点,擦了擦额头上的汗对赵群认真地说:"对于我而言,女神是信仰,我很喜欢她,也许你们问我为什么喜欢她,我不能确切地告诉你们。"

"我也并不是出于自卑,我这种喜欢是纯粹的喜欢,没有其他想法。我对自己很了解,现在没有,以后也不会有。我觉得粉丝对偶像的喜欢更多是精神层面,理智的喜欢是不会包含私心的。"

赵群欣慰地笑了笑:"你比很多年长的人更懂得如何喜欢自己的偶像,那如果以后你的女朋友不同意你喜欢想想你会怎么办?"

"这个问题应该不会出现。"杨奇摇头,"现在所有人都知道我是女神的粉丝,如果她能够成为我的女朋友,就是接受了这一点。我可以接受我女朋友不喜欢我女神,但不能接受我女朋友讨厌她或者不允许我喜欢。"

"看来杨奇把喜欢偶像的感情看得很清楚。"赵群说着就看向云想想,"想想呢?你这么漂亮一定很多人追求你,如果是你的粉丝,你会考虑吗?"

"事实上我到现在还没有被人追求过。"云想想很无奈,"我爸爸是教师,初中高中的同学都知道,谁要是追求我,一定第一时间进办公室,并且没有成功的可能。至于以后的对象,我觉得感情这种事是凭感觉,喜欢不喜欢和这个人的身份是没有关系的。"

　　"想想作为一个演员,以优异的成绩考入青大,以后还会继续做演员吗?"赵群又问。

　　"会。"云想想很肯定地回答,"我很喜欢演戏,并且我觉得这份工作很有意义,就像我拍了《关爱》影响了杨奇一样,我希望我以后能够输出更多正能量的作品,影响更多的人,任何行业在我看来只要用心去对待,都是为社会做贡献。"

　　"这个时候观众席上电视机前喜欢你的粉丝可以松口气了,很多人其实都怕你以后不再演戏。"赵群笑着又问,"作为一个演员,想想如何看待追星?"

　　"任何人做任何事我认为都应该有底线和理智,一旦有了底线,有了理智就不会做出疯狂举动。人需要一个奋斗的目标,一个释放无从宣泄感情的对象。这种对象往往不会从身边寻找,这个时候公众人物就会成为目标。追星其实没有关系,但不盲目,不跟风,不迷失自我,我觉得利大于弊。"

　　其实这档节目,除了想要用杨奇和云想想这样正面的事例来引导更多的青少年以外,其根本的主旨就是在于教导青少年如何正确理智地追星,这个社会现象已经成了当今青少年教育最头疼的事情,节目组才会宣扬他们的事例。

　　"想想觉得一个偶像,应该如何引导粉丝?"赵群问了最后一个问题。

　　"不引导。"云想想摇头笑着说,"粉丝是思想独立的个体,他们不是偶像的附属品,也不是偶像的学生孩子。"

　　"偶像不应该有企图掌控他们利用他们的想法,更不能把他们当做名利、地位的象征,将他们利益化。

　　"其实我并不想做一个偶像,我只想做一个演员,努力把我觉得好的作品展现出来,把我认为对的人生观、价值观、感情观表达出来。

　　"认同与否,粉丝们也好,广大群众也好,自有属于自己的评断,我只能尽我最大的努力,不辜负喜欢我的人的一片真心,让他们不后悔喜欢我一场,仅此而已。"

　　顿了顿,云想想看向镜头:"如果可以,我希望有一天所有人对待演员也能像对待其他工作人员一样平静,希望他们疯狂喜欢的只是这个演员呈现出来的作品和角色,而不是因为某种原因,无条件地痴迷一个不认识不了解

万／丈／星／光

· 194 ·

不相干的陌生人。"

没有人想到云想想竟然会说出这样一番话，不管是现场还是电视机前都一瞬间静默。

就连赵群这样的人都怔了片刻，旋即带头站起来鼓掌。

节目的录制结束在雷鸣般的掌声之中，也就是这一刻很多人才感觉到云想想似乎真的很不一样，她和许多的明星演员并不同。

云想想的话值得很多人深思，这样的话真的没有几个演艺圈的人敢说出来，因为断了很多人的财路，毕竟有很多人都没有作品。但细细想一想，在上一辈的演艺圈，哪一个不是靠作品出名？

很快云想想又上了热搜，话题是#云想想谈追星#。

更有一个大V发了长篇微博。

【世界在变V："如果可以，我希望有一天所有人对待演员也能像对待其他工作人员一样平静，希望他们疯狂喜欢的只是这个演员呈现出来的作品和角色，而不是因为某种原因，无条件地痴迷一个不认识不了解不相干的陌生人。"@演员云想想

听到这句话的时候，我真的哭了，我的叔叔原本有个很完整的家，堂妹到了叛逆期开始追星，为了喜欢的明星逃课、偷钱、撒谎，甚至和人打架进医院。

在家里和父母吵得像仇人，为了一个陌生人倾尽所有，真的让人心寒。

可那又怎样？自己的孩子自己还是要养，为此叔叔家几乎没有平静过一天，我做梦都希望我堂妹有一天能够清醒，我相信这样的家庭不少，我一直希望有一天能够有个公众人物站出来点醒这些执迷不悟的可怜虫。

从来没有想到这番话会出自一个刚成年的演员之口。不论你以后做不做得到，我这一刻为你这一段话粉你！你不变，我不弃。】

云想想这番话如果换个人来说，会被装睡的人喷得体无完肤，他们会说是吃不到葡萄说葡萄酸，是自己得不到那些荣耀站不到那个位置，才会露出典型的嫉妒丑陋嘴脸。

可是云想想不同，她就是一个演员，她才刚刚出道不久，自然不是一线咖位。可是就她的年纪，她现在的实力，以及她出道的作品而言，她说这话有底气。

那些不赞同她的人不论是站在什么立场，都不好出言喷她。

她说的没错，粉丝不是偶像的附属品也不是偶像的孩子和学生，更不是偶像获得利益的工具，总不能有粉丝为此甘堕落地来怼她。

这些各个偶像的粉丝不动，其他不追星的人更是恨不能把赞点爆，而个

别心里不爽甚至恨云想想的艺人，也不敢这个时候站出来。

因此网上对云想想是一片赞美声，甚至不少老艺术家和老戏骨也关注了云想想。

云想想并不是很理会网上的事情，除非有人指名道姓地怼她，否则她基本不发言。

她一心参加军训，在学校的形象节节攀升，因为他们系他们班只有六个女生，又是在同一个连，而云想想大方，懂得也多，虽然年纪最小，可言谈举止都处于领导地位，其他五个人基本都以她为中心形成了一个小团体。

自军训以来，云想想几乎是零失误。不提宋倩给她的提点，就凭她拍《大学梦》那段时间的磨砺，比之军训更加辛苦。

"想想啊，你是金刚吗？"又结束了半天的军训，因为上次的事情成了云想想小迷妹的祝媛瘫在她身边。

看着她依然精神奕奕，那眼神已经不是在看一个人的佩服，"你看看那边的男生，都没有你这么轻松，不知道的还以为你出自军人家庭，已经习以为常。"

"我拍《大学梦》的时候，比这热多了，从山上到山下，有时候一段路要走无数遍。"云想想淡笑着说，"教官已经很人性了，尽量给我们挑了有树荫的地方，最热的时段也不折腾我们。"

也不知道是不是他们连表现得不错，教官对他们明显比其他连的教官要温柔一点。

当然，也只是相对而言，其实还是很辛苦，该训练的一点没少，这几天已经开始半夜紧急集合，真的是折腾得人死去活来。

"你颠覆了我对明星的看法……"陶曼妮跌坐在椅子上，软得像没骨头。

"《大学梦》我也看了，你可真舍得牺牲，瘦成那副鬼样子，而且我看到好几场你受伤的戏都没有剪辑画面，那是真伤啊？"马琳琳早就想问这个问题了。

"那些都是拍摄时的意外，其实并不是剧本的安排，只不过我忍下来，没有让镜头乱，韩老师就把它们保留下来了。"云想想点了点头。

最开始她受伤的时候，韩老师和其他人都紧张得不行，还要她来安慰他们。

韩静看着她不娇气，渐渐地两人就达成了默契，用韩老师的话说，不能让她白受伤，就要放入电影里，让观众看清楚，而且这对于他们这种题材的电影增色很多。

"我决定，以后想想的电影我一定一部不落下，并且把我身边的所有人拉到电影院。"冯晓璐举起手说。其他人纷纷响应。

"我也不是每部电影都这么牺牲,那时候无知者无惧,现在让我重来一遍,我未必敢。"

真的好几次惊心动魄差点没有小命,"其实以前的老艺术家们都是如此,为了演一部电影他们会牺牲健康,苦学一门技术。"

"那是以前,现在都靠专业的替身,要不就是神剪辑。"马琳琳吐槽,"所以我现在真的不喜欢看电视剧电影了,电视剧又臭又长,电影完全不知道表达什么。"

"还是有优秀的作品。"虽然变少了,但并不是没有,云想想觉得有些作品也很好。

"哎,想想,你上次采访说你没有被人追求过,真的假的?"陶曼妮一直不相信。

"真的,我们学校小学初中高中部都有,我爸爸是高中部的老师,根本没有敢追求我的人,最多送点礼物。"云想想的感情史到现在真的是一片空白。

"哈哈哈哈,哎呀呀,我没有想到我们几个人中最漂亮的人才是最纯净的人。"马琳琳打趣道。

"想想我觉得,估计在我们学校也没有几个人能够鼓起勇气来追求你。"祝媛颇为遗憾,"你已经快成了我们学校的神话,你站的地方太高,他们对你已经形成了一种仰望。"

那种被放在神坛,让所有人自惭形秽的存在。

第9章 你喜欢我吗?

云想想懂这种感觉,就像她对宋冕。

她敬佩宋冕的才能,用仰望的目光看着宋冕,所以生不出男女之情,这是一种不平等拉开的距离,正常的人都不会选择飞蛾扑火。

也许学校的人并不是都像她一样理智冷静,有些更多的是出自一种自卑,或者不敢轻易地尝试,没有足够的优秀都害怕遭受众人的白眼和嘲笑。

男人比女人更要面子和自尊心。

再加上,学校里的人都把她奉为女神,有一种主观的影响,会让对她有好感的异性,也生出一种只是和别人一样属于粉丝对偶像的倾慕。

"唉。"云想想颇为惆怅地叹了一口气,"我还没有体验过被人追的滋味。"

别看她颜值高，但云志斌从小盯着，除了匿名给她礼物和信，真没有一个人敢追求她。

"想想啊，你不老实哦。"马琳琳三人对视一眼。

陶曼妮甚至拿出一颗润喉糖放在指尖摆动。

"不是你们想的那样，他对我好，是因为欠我救命之恩。"

宋冕到现在都没有说过要追求她，就连宋倩都说不清，她虽然决定要去寻宋冕问个明白，可也还没有自作多情地认为宋冕就一定真的对她有心。

"我不信！"陶曼妮否定，"就算你真的救了他的命，如果不是对你有心，哪里会细致到这种地步，你见过除了爱一个人，谁会关心一个人的衣食住行？"

"曼妮说得对，按照你说的，他应该很有本事，这样的人要报答你的救命之恩，可以一次性付清，或者暂时你不想要，也可以等到你需要的时候给你，不用这样默默地关注着你的一举一动，并且像春风化雨一般温柔。"马琳琳也摇着头。

"有情况啊，快给我们科普一下。"祝媛立刻拉着室友楚荨凑过来。

冯晓璐几个看云想想也没有阻止，就对她们嘀嘀咕咕地说了起来。

而云想想则是独自一个人往安静的地方走，她没有被追求的经历，也没有去追求过一个人，加上在医院的时候宋冕照顾人也是无微不至，她就形成了一种理所应当的思维。

但马琳琳方才的话让她醍醐灌顶。是啊，她和宋冕已经谈好条件，如果宋冕对她没有其他心思，没有必要这么关心她。

仅仅只是当朋友的话，她自问做不到为朋友想得这么细致，就好比她和宋萌、李香菱是闺密，彼此间也不会照顾到这么周到。

所以，宋冕他真的对她有其他感情……

云想想有些不可置信，但这会儿却又不得不往这方面想，如果宋冕真的喜欢她……

并没有觉得小鹿乱撞或者受宠若惊，她想她有时候真的不像一个十八岁不谙世事的小姑娘，面对宋冕这样一个优秀到近乎完美的男人，她竟然还能保持理智和冷静。

她对宋冕从一开始就没有过想法，并且不想去浪费时间谈情说爱，又怎么可能因此感到惊喜？

别看她刚刚还在对马琳琳她们感慨，但那不过是好朋友之间的说笑，她并不期待也不需要有人追求。

尤其是像宋冕那样的男人。

云想想拿起手机发了一条微信给宋冕：你喜欢我吗？男人对女人那种喜欢。

发出去之后才清醒过来，她连忙撤回，紧盯着屏幕，过了好几分钟宋冕都没有回复，她才松了一口气。

还是等见面后问清楚吧，问清楚了才知道以后如何相处。

如果宋冕没有这方面的想法，觉得她自作多情，从而反思自己的行为给她造成了误会而疏远，也未必不是一件好事。

集合的哨声让云想想回过神来，她顾不得想其他，小跑到队伍之中，又开始了训练。

晚上洗完澡，躺在床上，云想想拿出手机再确定了一次，宋冕还是没有回复，也没有发信息来问她撤回了什么，云想想就彻底放下了心。

正准备关机睡觉，电话响了，竟然是许久没有联系的方南渊。

"喂，南子。"云想想接通电话。

"想想啊，这么晚没有打扰你吧？"方南渊问。

"没有，有什么事儿吗？"云想想问。

"想想，如果我对你说我爱你，你第一反应是什么？"方南渊突然语气认真地道。

云想想顿了顿笑出声："玩大冒险输了是吧？"

话音才刚刚落下，方南渊的电话里就传来一阵阵的尖叫声和惊叹声。

"你在哪里……"云想想心里有了猜测。

"我在录制节目。"方南渊老实交代。

"想想，你好，我是《大牌星期天》的主持人，孙策。"另一道声音传来，"是这样的想想，我们正在玩一个游戏，方南渊抽到一张贺卡，上面写着他必须说一句话就让通讯录里一个朋友说出'你是不是玩大冒险输了'，他选择了联系你，没有想到你真的好厉害，一猜就中，不愧是学霸啊。"

"孙哥您好，久仰大名。不是我聪明，而是我们太熟悉啦，熟悉到不可能发展恋人关系，而且南子就算真的要和我告白，应该也不会在电话里说吧……"云想想依然语气轻快带着笑意，"所以我猜他莫名其妙说这句话，只可能是玩大冒险输了。"

"想想和现场的观众朋友们打个招呼吧。"孙策提议。

"大家好，我是云想想，嗯，我的新电影《正义无私》，大家了解一下。"

云想想的打招呼又引来主持人的一阵惊呼，孙策说："想想真是好会宣传，我们欢迎想想有机会亲自到节目来宣传电影。"

"好的好的。"

"不打扰想想休息,再见。"

"大家再见。"

《大牌星期天》是一档收视率很高,红了好几年的综艺节目,既然连线了,她自然不会放过这个机会。

"想想啊,你这是坐在家里,也有宣传的机会。"陶曼妮正好在云想想对床。

"意外之喜,意外之喜。"云想想回答。

"《大牌星期天》我挺喜欢看,每周日都守着,节目特别搞笑,两个主持人也特别有才华。"马琳琳也趴在床边的栏杆上,"你这一期什么时候播放,我要看首播!"

"南子的电视剧要十月中旬才上映,这次上节目应该是为了宣传电视剧,很可能在十月七号那周播放,总会有预告,你每期都看的话,应该不会错过。"云想想说。

"想想什么时候上综艺节目?我们去现场给你捧场。"冯晓璐突然开口问。

好像云想想除了电影获奖之后的电影节目和之前那个访谈节目,就没有上过其他节目。

"这个要看以后的电影需不需要,其他真人秀之类的节目我应该不会去。"云想想并不是很喜欢上这些节目刷脸。

"为什么?我看很多真人秀综艺特别有意思,最近几年综艺也很火。"陶曼妮好奇。

"时间太长,我宁愿多拍一部电影。"云想想望着天花板,"我去演戏还可以说是工作,请假也还过得去。请假去上综艺,这算什么,我害怕学校把我开除。"

明星不是宣传作品上综艺只有两个目的:名和钱。

"快睡吧,明天还要军训。"云想想打个哈欠,阻止她们继续问下去。

经过了一系列日晒雨淋之后,大家都看到了胜利的曙光,结果阅兵大典的前一天,他们竟然进行了十五公里的拉练,回到学校所有人都只剩下一口气。

不过到了军训结业典礼的那天,大家都精神奕奕地完成了他们各自的项目,云想想还得到了一个优秀标兵的荣誉证书,从此以后他们才是正式的青大一员。

虽然训练的时候恨教官恨得要死,不过军训结束送别他们的时候,大部分感性的人都因为离别的伤感而落泪。

教官们都是部队的军人，以后只怕见面不容易，头天晚上学校也不管他们，大家一起热热闹闹地办了一个小晚会。

正好是周末，刚好放两天假，不过系主任找到云想想，让她明天准备一份新生代表发言稿发给他，周一上午的开学典礼，云想想将会作为新生代表发言。

抱着任务，云想想终于回到了她离开了三周的家，小区入口停车道闸是自动识别车牌系统，需要停一下车，就在这个时候一个人敲响了云想想的车窗。

"这个人一大早就等在小区门口。"宋倩对云想想道。

"开锁。"云想想对宋倩说着，按下车窗。

"云想想，我有个剧本想要邀请你出演。"对方也看得出时间紧迫，不先自我介绍，而是直接开口。

"您请上车。"云想想对他笑道。

这个人云想想认识，和花想容看电视的时候，她提到过，其实花想容还欠着他一份人情。

当时花想容小有名气，那天她去了一个酒店，原本只是落下东西回去取，不过第二天却莫名其妙出现她和剧组投资商秘密开房的新闻，影响特别不好。

完全没有交集的杜长荣站出来帮她澄清，因为他当天看到她回去取东西。杜长荣是出了名的耿直，为此得罪不少人，而且他和花想容没有利益关系，他的话让这件事得到了平息。

后来，才有人挖出来，她是做了替罪羊，如果当时不是杜长荣，她至少得冷却一段时间，可对于一个崭露头角的新人而言，很可能就是一辈子爬不起来的坑，要想在这种情况下拿到好剧本，就得付出一些她不愿意付出的代价。

之后杜长荣的电视剧也没有找花想容，他们之间也没有合作。

后来杜长荣不混电视圈，转投电影，自编自导。不过他的几部电影都不讨喜，渐渐也没有人愿意投资他的电影。

他又固执地不肯再回电视圈，以至于这两年都快被人完全遗忘。

知道这段故事，基于杜长荣的人品，也出于对长辈的尊重，云想想决定认识一下他。

杜长荣没有想到云想想这么干脆地让他先上车，他立刻打开车门坐上去："你认识我？"

"看过您的电影，搜索过关于您的新闻。"云想想只能这么回答。

"我还以为是老周已经跟你打过招呼。"杜长荣说完自己也笑了,"你现在已经签约寰娱世纪,老周的情面也不好使,他估计不会特意跟你说。"

云想想微笑着没有说话。

杜长荣抱着剧本也没有开口,他的手很爱惜地摩挲着剧本,随着云想想去了她家。

云想想亲自给杜长荣倒了杯茶水:"杜导。"

"别这么叫我,也许明年我就要转行。"杜长荣有些苦涩地笑了笑,"这一行我都快混不下去了,以前还固执地认为是别人没有眼光,现在连我自己都开始怀疑我自己。"

"杜导的电影很有内涵。"

可惜太深奥,并不适合大众。观众现在把电影当做消遣,他们需要直观的,能够牵动他们情感的,不需要让他们绞尽脑汁去领悟的,只能说杜长荣的表达方式太隐晦。

"你能说出这句话,也不枉我跑这一趟,我这里有个剧本,我拉不到投资,但我还是不甘心想要试试,你看看它能不能打动你?"杜长荣将剧本递给云想想。

他从周维那里打听到云想想的性格,知道她受寰娱世纪的力捧,而且云想想的演技好,年纪也符合女主角的角色,并且云想想现在影响力也够,口碑更是极佳。

他想云想想能够拍摄《大学梦》那样的电影,又看了云想想的访谈节目,才鼓起勇气为自己赌一把。

云想想有自主选择剧本权,这是签约的条件之一。正好贺惟不在,可以越过他直接寻到云想想。

只要云想想看上了这个剧本。他相信以贺惟的护短,一定能够说动寰娱世纪投资,不需要太多,给他八百万他就能将之拍好。

"杜导,我会认真地看剧本,但我必须要告诉您,我就算答应接下这个角色,也只能等寒假才能拍摄。"云想想没有先看剧本。

"你先看剧本吧,其余等你看上它再商量。"否则一切都是空谈。

杜长荣还是一如既往的固执,年过五旬,在娱乐圈撞得头破血流,依然没有被打磨圆滑。

云想想听说他妻子因为他这样的脾气已经和他离婚,就连儿女都受不了他的不知变通。

"好,那您先喝茶。"云想想坐在杜长荣的对面,拿起剧本认真地翻阅。

这部电影叫做《坏女人》,是一部民国电影,女主角叫做九色。

九色生在烟花之地，母亲是个被拐卖入风月场所的可怜女子，从小就被调教，已经忘记自己原本的父母和家。

九色的母亲很漂亮，初登台就万人追捧，后来被一个军阀包养，她的日子比一般人过得滋润，不用在各色男人之间迎来送往。

但好景不长，她怀上九色的时候，她的男人死在了战场上，等到她生下孩子噩耗传来，侵略军已经打到了他们的城市，她抱着女儿带着昔日伺候她的小丫鬟趁乱逃走。

东躲西藏之际，她的大部分金钱被小丫鬟偷走，无奈之下她给自己找了个依靠。这户人家也很快因为母亲染上鸦片没落，一家子躲到了乡下农村。

乡下人一看就觉得九色母亲不正经，对他们家多有排挤，九色的养父郁郁而终，母亲没有多久也撒手人寰。

那时候的九色才十五岁，因她长得特别美，村子里一些男人一边垂涎着她，一边又看不起她，村子里的一些女人一边嫉妒她一边明里暗里诋毁她。

九色看人看事都很透彻，也极其能隐忍，村里虽然有些人不友好，但大部分还是善良，对这个没有犯过错的孤零零的女孩子很照顾。

但战乱的年代，就算是乡下也不安稳，村子里时常有恶霸侵扰，庇护九色的一家人因为和恶霸争执而被打死，村子里的人都说九色和她母亲一样是扫把星。

就在这个时候九色主动勾引了恶霸，成为了恶霸的女人。

村子里的人对此极其愤怒，但是九色有恶霸护着，大家都只敢怒不敢言。

从此以后九色好像扬眉吐气了一般，时常跑到村子里耀武扬威，趾高气昂地欺凌村民。

恶霸为了讨她欢心，不准别人靠近这个村子，村子里的人全是九色的玩具。

九色成为了整个村子里最痛恨的坏女人。

九色的好日子并没有过多久，这个恶霸突然死了，没有人知道他的死因，好像就是睡一觉再也没有醒来。

村民都觉得这是报应，曾经受到九色欺辱的人纷纷想要去把九色抓回来处置，却发现九色已经消失无踪。

后来在上海滩这个纸醉金迷的地方，最大的歌舞厅出现了一个叫做九色的舞女，她美丽耀眼而夺目，引得不少人追捧，十六岁的九色成为了六十岁富商的情妇。

偏偏这个富商还是个人人恨得牙痒痒的大汉奸，专做搜刮百姓钱财、贩卖鸦片、逼良为娼这些丧尽天良的事情。

九色住着上海滩最华丽的房子，出行前呼后拥，成为整个上海滩最令人看不起的助纣为虐的坏女人。

可是那又如何？她依然过着奢侈的生活，俯视着所有看不起她的人。

然而没有一年的时间，这位富商也死了，死在自己的家里，死因是吸食鸦片过重中毒。

九色灰溜溜地带着行李逃离了上海滩，两年后十八岁的九色成为了权阀的姨太太，这位权阀五十岁，可谓位高权重，但却是个通日的卖国贼。

他走到哪儿，都带着越发貌美宛如祸国妖姬般的九色，九色一如既往的虚荣、奢靡、骄横，一点小妾的自觉性都没有。

看谁不顺眼就仗势欺人，整个北平的名门太太恨不得撕碎了她。她还时不时地吹耳旁风，陷害忠良。

于是九色成为了整个国家有良知人心中的坏女人。

她风光的日子也只维持了五年，五年之后日军投降，她依靠的男人被处死在监狱里。

最后她被秘密送往香江，住在一栋华丽的宅院，终日养花弄草，安度余生。

看完剧本之后，云想想不由轻叹一声，杜长荣的剧本啊，还是那么的隐晦。

这部电影叫做《坏女人》，然而九色真的是个坏女人吗？

给她温暖，保护她，在村中颇有威望的人，因为恶霸看上她而遇害，她就从了恶霸。

她当了恶霸的女人之后，时常到村子里欺负村民，恶霸为了让她开心，就再也没有干涉过村子里的事情，从那以后村子里再也没有出现过流血事件，也没有人被压迫死。

这些村民看不到，他们只看到九色的折辱欺侮。

到底是真没有发现，还是发现了不愿意承认，承认他们过得好的原因是一个他们眼里不懂自爱，卖肉求荣的女人给他们的？

恶霸是怎么死的？为什么九色一个弱女子，能够避开恶霸的耳目悄无声息地潜逃？

一个从小没有经过训练的人到了最繁华的歌舞厅，又是如何这么快就适应并且出名，被万人追捧，很快就被大富商看中？

而贩卖鸦片的大富商，以往十几年都不曾吸食鸦片的人，又是为何在和九色一起一年就染上了鸦片的瘾，死得这么离奇？

那些幸灾乐祸想要看九色凄惨下场的人，真的不懂思考这些，还是他们不愿意接受，他们费尽心力想要杀掉的人，想要挽回的局面，想要打乱的鸦片市场，是一个他们轻视觉得卑贱的舞女靠着美色完成？

九色消失两年，是怎么从一个只懂搔首弄姿的舞女变成了一个能够在名门贵女面前不逊色的权阀姨太太，仅仅只是依靠美色吗？

而让北平乱了十几年，令无数人头疼的权阀，为何在纳了九色五年后就迅速倒台，根深蒂固的庞大权势真的是顺应天命而亡？

那么为何九色这样吹枕边风陷害了不少忠良的女人，会在最后被人密送香江，从此深居简出，安然度过余生？

这些东西，细思极恐。

九色这个角色真的很丰富，从乡村到豪门再到权门，层次感鲜明，角色逐渐递增。最完美的还是她由始至终扮演的是一个坏女人。

没有任何忍辱负重，从头到尾她都是盛气凌人，这样的人设无疑会让观众觉得很爽。

那种我就是让你们恨得牙痒痒，但是你们依然奈何不了我，还得对我曲意逢迎的恣意，能引起观众极大的共鸣。

虽然这部电影依然继承了杜长荣细腻深奥的风格，但人物的定位和过往大相径庭。

尤其是这部电影女主角一路走的是奢华路线，前期在乡村还不显，越到后期越发华美，只要投资到位，表演到位，场景到位，未必不会是一部爆款电影。

而且剧本看完之后，云想想犹如品了一杯美酒，余韵绵长，回味无穷。

"杜导，九色我接了。"云想想几乎是没有任何犹豫。

杜长荣激动得有些局促，他的嘴都微微地颤抖，曾经在电视圈被人争抢要接他戏的名导，这几年是真的被磨得没有了脾气。

"你要想清楚，九色如果拍得不好，不但对你发展有影响，甚至会牵扯到你在寰娱世纪的地位，而且很可能对你形象造成负面影响。"

"我明白。"她怎么会不明白九色这个角色成败的天差地别？

正如她方才所说，观众都喜欢直白的不需要费脑子的内容，杜长荣之所以越混越差，就是因为他还在坚持着电影是艺术品，是犹如需要人慢慢品味的老酒，表达的东西很隐晦。

这难免就让人觉得有些枯燥，他以前的作品云想想都看过。

九色这个角色，哪怕真的是个地地道道的坏女人，云想想也能演出让观众喜爱的样子。

"杜导，网上有句话'你美，你做什么都对'，我不能保证这部电影我演了之后会有多大的成就，但我能够保证就算电影不被看好，依然对我没有任何影响。"

因为她演的是美人。

对于美人，世人的包容往往更深。

她是有这个资本的人。

这个角色具有挑战力，而且她还没有演过民国电影，正好可以颠覆一下形象，以免被人定格，以为她只能演校园青春的学生。

"那好，我把剧本留给你，我的情况你肯定也有所了解，片酬我给不了你多少，到时候我把总投资的百分之十给你外加分账？"

杜长荣说得其实有些心虚，在没有任何把握的情况下，也许这部电影拍出来还要倒亏。

这部电影最寒碜也得将近一千万才能拍出效果，毕竟服装道具和现代电影不一样，百分之十也就是税前一百万到八十万的样子，这个仅仅只是保证云想想拍了电影没有白忙活。

好就好在，这部电影只有一个绝对的女主角，其他都是配角，和《大学梦》一样没有男主角，那些角色杜长荣可以凭人脉找，很多有演技形象正面的人价格并不高。

他之所以找云想想，就是因为云想想符合他的女主角，而且女主角能够挑大梁。

并且周维说云想想不浮华慕金，加上云想想背靠寰娱世纪，寰娱世纪怎么都不可能让云想想进一个穷剧组。

"片酬方面我不是很看重，按照您的意思来，但我时间上很有问题，您也知道我还要上课，另外就是我还有其他工作，我得等惟哥回来之后，让他找您确定拍戏的细节。"云想想心里还想着天天这个角色。

也不知道贺惟有没有对她的寒假做出安排，还有门罗的事情。

"没关系，我能等。"只要云想想接了，杜长荣觉得其他都不是事儿，考虑到云想想一个女孩子，他也不好久留，就站起身，"那我就先回去了，我把电话留给你，到时候你让贺惟联系我。"

云想想也不挽留，将杜长荣送到门口，然后转头打电话给贺惟，把这件事告诉了他。

"你看过剧本，我相信你的眼光，但这部电影后续的事情交给我。"

贺惟很好说话，没有责怪云想想不经过商量，就私下接了剧本，并且还为她筹划。

"你国庆的时候来一趟大苹果城，我在这里等你，奥斯汀要见你本人，如果你能够拿下门罗全球形象大使，对于你这部电影，公司重视程度也会不一样。"

云想想其实最初有点忐忑，听了这话才轻松了下来："好的，我现在订机票。"

下周连着七天的课上完，就是国庆节，也不知道他们放几天，正好去国外也不耽搁学习。

订机票这种事情自然是交给可可，并且可可和艾黎她们都要跟着她去。

她回到房间把发言稿写完，检查修改之后发给了系主任，云霖就被宋萌接回来了。

"姐姐！"三个星期没有见到姐姐，虽然有视频电话，但云霖还是特别想姐姐。

"国庆节姐姐要去大苹果城，你要不要跟着姐姐一块去？"云想想摸着弟弟的脑袋，"最近长高了啊。"

"跟着倩倩姐练武，吃得多长得快。"云霖不但高了，还结实了不少，"爸爸妈妈也一起去吗？"

"一起去。"云想想笑着点头，父母还没有出过国呢。

不过云想想打电话回去之后，苏秀玲虽然很心动，但考虑到云霆才一岁，十多个小时的飞机太折腾，就让云想想把云霖送回家，自己去工作，等以后云霆大一点再去。

云想想征询云霖的意见："爸爸妈妈不去，你是跟着姐姐，还是回家？"

"我寒假再回家，我跟着姐姐。"他现在学武正上瘾呢，跟着姐姐才能继续和倩倩姐学武。

云想想让云霖自己跟父母说，就去帮忙端菜摆桌子。

云志斌夫妻对云想想很放心，知道云想想是去谈工作，肯定有公司的人负责，也就放心云霖跟着她去增长见识。

吃了晚饭之后，云想想和云霖都被宋倩拉到练功房。

晚上洗完澡收拾完躺在床上，薛御给云想想打了个电话："明天早上我去接你，我们去彩排一下演唱会要唱的歌，我知道你小长假要去国外，只能抓紧周末。"

"正好没事。"云想想也正想打电话问问薛御，过了这个星期她就没有时间，小长假也不知道要耽搁几天。

"放心吧，没有多少事情，两天时间足够。"对于这些薛御经验丰富。

"对了师兄，你能给我几张演唱会门票吗？"云想想还记得答应过宋萌。

"你要几张？"薛御原本就打算给云想想准备几张，让她带同学来。

"我问问我几个室友，哪些人有时间要去，师兄演唱会是哪天？"云想想也不客气。

"十月二十号刚好是周六。"

"那好，我先问问，问清楚了发信息给你。"

挂了电话之后，云想想立刻进去了她们建立的寝室群，里面还有祝媛和楚莩。

【云想想：十月二十号，我师兄演唱会，我要去做嘉宾，有求带的吗？】

【马琳琳：啊啊啊啊，薛神是我偶像，求带求带求带！】

【陶曼妮：我还没有去过演唱会，而且薛神的演唱会门票特别贵，还不好买。想想，我爱死你了。】

【祝媛：星期六啊，好激动，我也没有去过，我也要去。】

最后几个都表示要去，云想想转头就不客气地发信息向薛御要了九张。

班里五个，宋萌和李香菱，打算带上云霖，宋倩和艾黎肯定有一个人要跟着她入场，得多备一张。

薛御很大方地表示给她准备着。

就在这时候楚莩单独私聊云想想：

【想想，我能买两张票吗？网上的票已经卖完，我想带两个人。】

云想想问了薛御，薛御说可以多准备两张，云想想回复了楚莩，并没有收她的钱。

薛御说过这些票本来就是空出来送人，另外还准备了三十张微博发粉丝福利。

刚刚关机准备睡觉的时候，电话的振动声传来，是宋冕送的那部手机，云想想拿起来接通。

"睡觉了吗？"宋冕轻声问。

"还没有呢。"云想想声音很精神没有困意，她只是习惯早睡，现在才九点半。

"你想什么时候和我见面？"

云想想考虑了会儿："我周末要去排练，这周不行，下周我要去大苹果城……"

"好巧，我也有事要去，那我在大苹果城等你，到时候你方便我们就见面，你如果没有时间，我们再约。"宋冕很体贴。

"好。"云想想答应下来。

两人又聊了会儿天，大概十分钟就结束了通话，云想想放下手机入睡。

早上吃了早饭，大概八点半的样子，薛御开车到了小区。云想想带着艾黎和可可，宋倩留在家里陪云霖，午饭有王永，她一点都不需要担心。

薛御的录音室非常大，足有一百平米，所有乐器应有尽有，旁边连着一个练舞室，在这里云想想第一次见到了薛御的团队，薛御要养的人比她足足多了一倍。

不过因为她有艾黎和宋倩，支付的酬劳现在没有薛御多，以后肯定比他多。

到了录音室之后，薛御让云想想唱了一遍《黑天鹅的诗》这首歌，然后在音调上纠正后再练习。

他们再一起合唱试验效果。薛御也把云想想调整好的歌录下来发给云想想自己听，让她如果有什么建议可以提出来。

练了半天，云想想口干舌燥，好在云想想还有润喉糖，递了一颗给薛御："润喉保护嗓子有奇效。"

薛御原本不喜欢吃糖，听了这话也就拿一颗尝尝，却没有想到吃了之后眼睛明亮："糖是哪里买的？"

"朋友做的非卖品。"云想想说道。

"能让他给我做些吗？"这东西对于他们唱歌的人来说，简直是神器。

"不太方便……"云想想不好意思地表示，"我那里还有一小罐，是我军训剩下的，我平时也不用练嗓子，明天给师兄拿来。"

"没白疼你，我留着以后演唱会吃，再有的话也要记得师兄。"薛御欣然收下。

吃了午饭之后，两人又接着练，一天的时间就磨合好，薛御晚上请云想想吃了晚饭才把云想想送回家："记得我的糖啊。"

"放心吧，我不会忘。"云想想关上车门就上了楼。

回到家里把糖拿了个玻璃小罐装起来，装满了还剩下一小把，自己留了几颗，剩下的都给了云霖："这个是药糖，嗓子不舒服的时候吃，平时就别贪吃了。"

主要是没有了，这东西平时吃也有清肺的作用，不过到底是凉性的东西，也不能贪嘴。

把小罐糖给薛御，云想想也是这么叮嘱。

"放心，这种神器要用在刀口上。"薛御又不是喜欢吃糖的女人，"想想，你会跳芭蕾舞吗？"

"不精。"云想想学过芭蕾舞。

"你试试。"薛御去拿了一双芭蕾舞鞋，"我让他们按照你的尺码准备的，我的意思是你最好能够当天和我同台，伴舞加伴唱。"

云想想知道薛御这是不留余地地为她宣传，为她造势，才会这么用心去想。

她自然不能辜负，干脆地换了舞鞋和舞衣，把头发盘起来，回忆学习的基本功，刚刚开始还有点生涩，慢慢地就熟练起来，云想想的身体越来越柔韧，平衡力也更好。

"跳得不错啊，你真是谦虚。"薛御要的又不是专业大师，就云想想这水准完全够，"我们现在练习动作，配合拍子和旋律，演唱会那天我们白天去体育馆练习几次。"

"听你的安排。"云想想完全配合。

"就喜欢你这么乖巧。"薛御没有兄弟姐妹，父母早逝，是爷爷奶奶抚养长大，他真把云想想当妹妹看。

薛御指导得格外认真，云想想也极其用心排练。她打算回去之后也抽时间复习巩固，争取演唱会当天不给薛御拖后腿。

第10章　你好，宋先生

周一的时候他们完成了开学典礼，在能够容纳三千多人的体育馆，开学典礼非常庄严肃穆，学生们一个个都是精神抖擞。

开学典礼之后他们拿到了课程表，大一的课程真的很多，周一三五上午是满课，周一周三下午各一节，周二四只有上午第一节没有，周二四晚上也有课，唯一值得高兴的就是周五下午没课。

"想想，你加入学生会吗？"马琳琳拿了学生会申请表问云想想。

"我不加入了。"高等学府的学生会成员是很有用的，可以接触更多的知识，但云想想没有那个时间啊。

她就本本分分把她这个专业学好，其他的就别想了，贪多嚼不烂。

"那社团呢？"冯晓璐也问。

云想想还是摇头："没时间。"

事实上她已经接到了好多社团的邀请，这才知道他们学校的社团真是够丰富，有些的确感兴趣，可惜她真没有那个时间。

"想想啊，你不会以后真的大半时间都不在学校吧？"陶曼妮惊愕。

云想想点头："这学期应该都在学校，下学期开始就要忙了。"

贺惟建议她年前再拍一部电影，《坏女人》还没有筹拍，应该不会是它，那么加上天天,她现在要拿下的剧本就有两个排在明年。

中间应该还会有其他的譬如颁奖典礼,譬如电影上映前的路演宣传,譬如新品牌的代言……

"那你学业怎么办?你可是要保证系里前十啊!"她们真的没有想到云想想会这么干。

"所以你们要勤录音,勤做笔记,我就靠你们啦。"云想想朝着她们眨了眨眼。

"这些包在我们身上,但我还是希望你能够私下找个人给你补课,我们仨可都不是考前十的料。"马琳琳无奈,她们专业学霸太多。

云想想收拾好东西,明天早上第一节没有课,她要回家休息:"我知道,先回去了。"

虽然云想想住校外,但学校还是给她留了一个床位。

云想想决定周二周四没有意外就住学校。可以和同学们多交流,有落下的课程也可以及时补上。

在家里不仅可以接受宋倩的指导,还能够陪伴云霖,这样两边都不耽误,反正她上下学都有宋倩来接,不用自己操心。

"永哥,你能不能做些类似于蟹黄酱这种下饭的菜,我想拿到学校去送同学,以后外出去拍戏也可以带些。"

马琳琳他们都是外省的,学校的食堂自然是很好,但吃多了也会腻,而且有时候忙起来也顾不上。

再加上云想想如果再去偏远的地区拍戏,就算带上王永也是巧妇难为无米之炊啊。

"我明天去采购,做一些你喜欢的菌类酱。"王永立刻答应,"明天早上做些早点,想想可以带到学校去。"

"麻烦永哥啦。"云想想也不拒绝,拿起手机就发消息到寝室群里。

【云想想:明天给你们带早点,我九点到学校。】

【祝媛:哈哈哈,我睡到八点半起来,洗漱完正好。】

群里纷纷表示等她带早点。

云想想看了看明天的课程,将带回来的书先温习一遍,有不懂的地方用笔做标记,自己先网上查一遍,能够查到弄懂的就批注上去,不能的就划重点。

这是她十多年学习的习惯,通常她的课本都会贴上厚厚的便签和五颜六色的备注。

等温习完差不多晚上八点半,洗澡护肤,九点半左右她又躺在了床上。

今天回来得早，提前完成宋倩交代的任务，可以睡个早觉。

次日，装好王永做的精美早点，云想想早早地去了学校。

"我们都洗漱好了。"陶曼妮立刻迎了上来，"还买了牛奶，你要吗？"

"我已经很饱，你们快吃，吃完了我们先去教室。"云想想将保温盒递给她们。

王永做了咸的肉夹馍，甜的重阳糕和养颜红枣糕，打开之后几个人都惊呼起来，纷纷食指大动。

"想想，太幸福了！"吃了个重阳糕，手里拿着肉夹馍和牛奶的冯晓璐感叹。

其他人嘴里包着早点纷纷点头。

等她们吃完已经是半个小时之后，九点四十五要上课，大家收拾收拾准备提前去，毕竟是大学的第一节正式课程。

一整天的课程由于云想想提前温习吃透，听起来并不难，云想想上了大学才发现，这里和高中完全不同，老师的速度相当的快，而且也不会非常细致地讲解。

"我好几个地方都没有听懂。"上完晚上最后一节，回到寝室陶曼妮有气无力地呻吟。

"可以去问老师。"冯晓璐还好，觉得差不多都懂，"或者去图书馆自己查。"

"这么晚问什么老师，去图书馆也得有时间啊，明天上午满课，我觉得比我上高中还累。"陶曼妮沮丧嘟囔，和她想的完全不一样嘛。

"什么地方不懂，我看看。"云想想看她这个样子，不由出声问。

"想想，救星。"陶曼妮连忙把课本和自己做的笔记拿来，坐到云想想的旁边。

云想想看了看，这些她都懂，于是温柔耐心地给陶曼妮讲，毕竟是能够考入青大的人，基本都是一点就通，弄懂了之后陶曼妮抱着云想想狠狠亲了一口："我爱你，想想，你以后不上课了，我可怎么办啊！"

"问老师，泡图书馆，二选一。"她还要赶自己的进度，肯定没有时间给别人讲。

"我选择泡图书馆。"陶曼妮毫不犹豫地选择后者。

"对了，辅导员说周四晚上竞选班干部，你们有要参加的吗？"马琳琳想到群里的消息。

"我要去竞选团支书。"冯晓璐举手，"我已经开始准备竞选稿。"

"那我去竞选班长？"马琳琳笑眯眯，"到时候我们就可以把持我们整个班级。"

"竞争激烈，你们加油，我安安分分做个学生。"陶曼妮不想参与。

"我也要竞选班长。"楚葶和祝媛恰好从隔壁走过来，听到这话，便对马琳琳道。

"反正也不多你一个竞争者，我们良性竞争，如果两个都不中，就一起抱头哭吧。"马琳琳一点都不介意。

楚葶笑着点头。

云想想觉得同学们都很大方且成熟："那我只给晓璐投票，你们俩我都不参与。"

"好像每个人必须投哎。"马琳琳耸了耸肩。

"你们也说不是你们两个竞争啊，我到时候投给其他人。"云想想笑眯眯道。

"算你狠。"马琳琳轻哼一声。

"好了，我去练会儿功，你们三个先洗澡，我最后。"虽然不在家里，但云想想还是不松懈，好在两个宿舍间连着一个宽敞的客厅，正好给她空间，她拿着瑜伽垫就走出去了。

明天的课程她已经全部预习好，虽然是趁着其他三个洗澡的时间少练一会儿，但一番折腾下来躺在床上已经十点半，赶上寝室熄灯。

早上五点半云想想就起床，穿戴好去外面晨练回来六点左右，洗漱完才把几个懒鬼叫起来，等她们洗漱的时候，云想想已经去食堂把早餐买回来了。

"和想想在一起，真幸福。"还有点不清醒的陶曼妮，一边吃着早餐，一边困倦地感叹。

"想想，你为什么不困？"马琳琳也是一副睁不开眼的模样。

"我十点半睡觉，五点半起来已经睡了七个小时，怎么会困！"云想想其实每天只要能睡五个小时基本就足够，"快点吃，七点半要到教室。"

又是三大节课，老师还布置了作业，下午两点四十五就结束了一整天的课程，云想想拽着几个人去了图书馆，把课程吃透，作业做完，并且引导着她们把明天的课程预习一遍，才在晚上六点钟被宋倩接回家。

周四自然又给她们带了早点，紧接着是一整天忙碌的课程，紧张程度丝毫不亚于高中。

当天晚上班干部竞选，马琳琳和楚葶都落选，倒是冯晓璐如愿成为了团支书。

"想想，你一定是锦鲤。你投了晓璐，所以她中选了，我和葶葶落选，早知道让你投一个好了。"马琳琳最后丧气地哀叹,"班长就是你投的那人中选!"

云想想只是笑了笑,压根没有把她这话当真。

班干部落实了,学习生活就更加井然有序,同学们之间也开始磨合,这周他们周末也要上课,因为下周一开始放国庆,补了周四周五的课,还好不是最多的周二周四。

周六的时候宋萌打电话给她,问她国庆节的安排,云想想如实相告,宋萌吵着也要跟着去,问了李香菱,李香菱说她另有安排。

为了方便倒时差,云想想买了周日晚上十一点的航班,到了那边正好也是那边的深夜,睡了一觉起来神清气爽。

贺惟非常体贴地让他们当天休息了一天。

次日,宋倩带着云霖和宋萌出去玩。贺惟带着云想想去见了门罗现在的掌权人奥斯汀,一个四十岁的中年男人,微微发胖,但很幽默和蔼。

"上帝,你比照片上更漂亮。"奥斯汀已经看过云想想的照片,并且查过云想想的一切,但看到真人,也不得不发出惊叹。

其实并不是,而是云想想在日渐长开,她这个年纪正是气韵变化最大的时候。

"很高兴见到您,奥斯汀先生。"云想想用流畅的英文和对方交流。

虽然云想想的腔调比不上留学生,但词汇量丰富,并且一直洋溢着自信的笑容,一番交谈让奥斯汀越来越喜欢云想想。

"让我的珠宝告诉我,你是不是我们需要的天使。"奥斯汀带着云想想去了公司,并且立刻准备了摄影师,造型师。

原来门罗最新设计的一系列命名为"天使"的珠宝,一直在寻找适合的人,但找了很多都缺了一点味道,恰好这个时候贺惟带着云想想在国内拍的照片来寻奥斯汀,而"天使"系列也没有完全完工,他们都在等着云想想来。

云想想看到"天使"系列的珠宝后,被晃花了眼。

所有的珠宝灵感来源于天使,而在《圣经》中,上帝左手边有九大天使,右手边有九大堕天使,每一位有不同的地位,不同的故事和性格。

而门罗也按照这个充分地用了铂金、纯金、彩金、各色钻石、各色宝石,或是单系,或者几种混合,设计出了十八套顶级奢华的珠宝,任意一套都贵得离谱。

不过现在做好的成品只有六套。

云想想戴上了第一套纯铂金和全裸色钻石的首饰,耳环是左右一个天使羽翼，每一只都有一颗三克拉的大钻，十二颗五分的小钻。项链是双翼从背后环过来，翅尖交叉，保护着什么的造型，恰好环住了佩戴者的脖子，一共镶嵌一百多颗钻石，手饰则是被拉长拧在一起交会双翼形成的约一厘米宽钻石手镯，上嵌了六十多颗钻石。

这一套首饰售价是三千多万。

纯素色的白，极致的闪耀。

奥斯汀让云想想自己挑选礼服，云想想挑选了一条抹胸奶白色，金色蕾丝勾边礼服。

她选择的礼服让贺惟皱了皱眉，奥斯汀也有点费解，就连造型师也摇头。

这样极致纯白的成套钻石，最好是选择深色，全黑或者全红的礼服才能够衬托出来。

"奥斯汀先生，请相信我一次。"云想想却很自信。

奥斯汀摊了摊手，让造型师给云想想做造型，云想想也提供了意见，将她的头发弄成大波浪，半绾上去，等到整个造型出来，贺惟和奥斯汀都惊艳无比。

云想想那一袭雪白，配上这套珠宝，圣洁得真的像《圣经》里描绘的天使，她的妆容都偏金色，礼服的金色边恰好给她增添了一份贵气。

人的圣洁，珠宝的璀璨，浑然一体。

"太完美了！"奥斯汀激动地赞叹。

"奥斯汀先生，如果我没猜错这套珠宝代表着瑰洱对吗？"云想想轻笑着问。

"是的，瑰洱。"奥斯汀点头，"聪明的女士，能告诉我是什么让你看到了瑰洱？"

"瑰洱掌管着梦，而我看到这套首饰就只想到了梦幻。"云想想笑着回答。

"你看到了梦幻？"一道惊奇的声音插进来，一个留着灰白胡子特别瘦的男人疾步走到云想想的面前，"你真的看到了梦幻，看到了瑰洱？"

"看到这套珠宝的第一感觉，觉得它很唯美梦幻，这是'天使'系列，我猜测是瑰洱。"云想想不知道这是谁，但能够来到这里，随意插入她和奥斯汀的话，身份肯定不一般。

"云，请允许我隆重介绍，这是我最好的伙伴，门罗首席设计师珀西。"奥斯汀介绍，"他即将退休，'天使'是他最后的梦。"

"你好，珀西先生。"云想想礼貌地微笑。

珀西应该已经六十了吧，是应该退休的年纪，难怪门罗会这么疯狂地打造出这样一个奢华系列，能够成为首席设计师，一定是将一生都贡献给了这个品牌。

"你好，东方天使。"珀西对云想想用了极其看重的称呼，这句话几乎是肯定了她对于"天使"系列的代言权，"你能看看另外两套珠宝，让你看到了谁吗？"

这次只拿了三套珠宝出来，一套已经被云想想戴在身上。

"我的荣幸。"云想想很乐意。

珀西伸手将云想想请到一边，另外两套珠宝比第一套更加的华丽，除了白色的钻石还有黑色的翡翠，看着非常的冷艳，但是它的排列很紧密，白色的钻石围绕着黑色的翡翠，宛如神秘莫测的翡翠迸发出光芒和力量，而且这套首饰的分量应该是瑰洱的两倍不止。

云想想的指尖划过放着珠宝的盒子轮廓："这套珠宝让我看到了力量，我猜测它是欧亚。"

珀西完全已经不知道说什么，他的蓝色眼眸看着云想想只有不可思议的惊叹。

最后一套云想想只看了一眼就回答："阿姆拉。"

这套首饰的项链是七只羽翼舒展铺开，从中间绝对的对称的样式。

阿姆拉是左起第一位天使，它有七只羽翼，但是个完美主义者，一直因为不对称而苦恼，甚至询问上帝可不可以增减一只翅膀。

阿姆拉还是所有天使之中最弱小的一个，所以这套首饰相对于另外两套看起来线条更加简单大气，镶嵌的珠宝也没有那么奢华。

"云，你学过珠宝设计吗？"珀西已经开始怀疑。

全套的首饰他已经全部画出来，并且拿给了他几个学生看，特点类似于阿姆拉这么明显的倒是人人都能够猜出来，可其余的完全没有人答对，甚至有人把欧亚认成了瑰洱。

听了学生的理由，他曾一度怀疑自己是不是表现得不够到位。今天遇上了云想想，她竟然真的能够读懂珠宝表达的寓意。

对于珠宝设计师而言，每一件作品都是有灵魂的艺术品，而随便东拼西凑，没有任何设计灵感，这样的作品很难闪耀。然而设计师更希望遇上能够看懂他们通过作品表达出来的含义的人，不需要他们描述，一眼就能看出来，这是对设计师最大的肯定。

"没有，我虽然是一位女士，但是对珠宝并不狂热。"她对珠宝是真的没有多大的喜爱，基本是要用的时候才买，不用的时候想不起来这东西。

"哦，太遗憾了，你应该是天生的珠宝设计师！"珀西很惋惜，要是云想想是珠宝设计师，他一定收她为学生。

"谢谢，我更喜欢做演员。"云想想喜欢演员那种在演戏过程中尽情释放情绪，体验不同角色的快感，"我现在可以进行拍摄了吗？"

"是的，可以。"奥斯汀立刻招呼摄影师，和其他人就位。

珀西更是直接跟着云想想，把摄影师助理都打发了，他亲自给云想想打理裙摆，和云想想交流姿势、角度等问题。

"珀西已经很久没有这样开心了。"站在一边的奥斯汀对贺惟感慨，"谢谢你贺，珀西将全部的热情贡献给了门罗，他患上癌症，医生已经建议他放弃治疗，我们并不知道他的生命还有多少天，父亲决定完成他最后的梦想，开始全力打造他策划十年的'天使'。"

"我很遗憾听到这个消息。"贺惟安慰奥斯汀。

"我想我们现在可以谈一谈合作。"奥斯汀笑着将贺惟请到一旁的办公室。

等到云想想拍摄完之后，贺惟和奥斯汀也愉快地谈完了条件，他们走出来看到放大的照片，都不由震撼。

淡金色像阳光的轻纱，配上纯净如雪的白，身材高挑明媚浅笑，眼神带着点迷离的少女，绚丽散着光芒的珠宝……

浑然天成，宛如一体。

"奥斯汀，我的伙伴，你看看是不是太完美了？"珀西看着完全舍不得挪开目光。

"是的，完美。"奥斯汀已经找不到赞美的语言，他觉得这一张照片放出去，会令人疯狂。

"其实并不完美，如果把我的头发染成金色，会更好看。"云想想看了照片之后找到唯一的不足。

"是的，金色更完美。"珀西点头认同，"云，你的头发很快就要变身。"

"我会接受最好的安排。"云想想已经可以想象接下来几套珠宝的拍摄，她的头发要被怎样的折腾，应该是一套一个发色或者多个发色。

戴假发不自然，这是工作必需的牺牲，她并不排斥，不过琢磨着回去怎么养护。

奥斯汀很热情地请了他们去他家，并且心情极好地亲自下厨烹饪牛排。原来奥斯汀最大的梦想竟然是做一个快乐的厨师。他煎出来的牛排实在是太美味，云想想这个不爱吃西餐的人都吃了三块。

约定好明天开始拍摄宣传片之后，贺惟带着云想想离开，临走时奥斯汀和珀西一人送了一份礼物给云想想。

"全球形象大使谈妥了，明天签约，不过不是全线，他们腕表在欧洲的形象大使合约没有到期，奥斯汀说以后会优先考虑你。"贺惟心情很好，"合约是两年，每年四百万美币。"

两年就是八百万美币！

云想想不可置信！

贺惟其实也没有想谈到这么高，比起酬劳，他更看重带来的名。

云想想没有来之前，奥斯汀都还没有松口，并且贺惟感觉得出来他并不太愿意。

云想想自己给他们带来了惊喜，并且她不但理解了珠宝的理念，还用自己的肢体将之表现出来。

门罗是顶奢品牌，珀西对她的喜欢，这些条件的叠加，有了这么高的酬劳。

"没有惟哥，我也没有表现的机会。"对于贺惟，云想想除了感激还是感激，"这下我可以把欠惟哥的债还清了。"

也仅仅是还清，之前可以支付三分之一，这会儿合约升级，剩下的三分之二扣除税和一半给公司，云想想还得自己再拿出几百万，才刚刚够还清贺惟。

她，依然是个穷鬼，还得为了以后养得起宋倩和艾黎奋斗。

这已经不是云想想第一次念叨着要还他钱，贺惟也就不再推辞，看得出来云想想是那种很不喜欢欠着别人的人，如果清债能够让她轻松些，那就由着她吧。

车子刚刚开到酒店门口，云想想的电话就响起，这个声音是宋冕来电。

"想想，今天方便吗？"宋冕的声音传来。

"方便，你在哪里？"云想想正好今天下午有空，明天开始就要拍摄宣传片和广告。

"把你的位置发给我，我来接你。"宋冕道。

"好。"云想想挂了电话，在微信上给了宋冕自己的定位，侧首对贺惟说，"惟哥，我要见一个朋友，你先回酒店吧。"

"你在这里有朋友？"倒不是贺惟想要干涉云想想，而是他得对云想想的安全负责。

"就是推荐艾黎和宋倩给我的人，艾黎会跟着我一起去。"云想想解释。

贺惟迟疑了片刻，才让云想想和艾黎下车，自己开车去停车场。

差不多五分钟后，一辆低调的黑色兰博基尼停在了云想想的面前，这是

万/丈/星/光

辆只能容得下两个人的精巧跑车，云想想看着驾驶位置一身休闲穿戴的宋冕。

"有我在，你很安全。"宋冕侧首对云想想浅浅一笑。

云想想考虑到她今天和宋冕的谈话，也不适合有旁人，就让艾黎回去，她自己上了车。

宋冕没有带着云想想去什么高级的西餐厅，也没有去任何奢华的场所，而是去了一栋精致漂亮、环境优美的小洋楼："这里是我的住所，我知道你喜欢吃中餐，给我个表现的机会。"

"你还会做饭？"云想想惊讶不已。

在她看来，宋冕就是那种特别不食人间烟火的人，他宛如古代世家走出来的雍容华贵的贵公子。

"我也是个人。"似乎读懂了云想想的心思，宋冕强调，"是个现代人。"

云想想不由抿唇一笑，跟着宋冕进了屋子。

并不是特别奢华的装修风格，以蓝白色为主色，让人想到了蓝天白云，清朗、开阔、自由。厨房的操作台上已经放了很多菜，都还没有洗过。

云想想把头发绾起来，脱了小外套来到厨房，准备打下手。她已经发现这里只有她和宋冕。

宋冕没有阻止她，并且还会给她分配活计，两个人一起很少交流，就把要做的菜处理好，云想想洗手的时候注意到宋冕拿刀的姿势，还有切菜的速度都一点不生涩。

靠在墙上，看着他站在砧板前，他身高应该有一米八八，修长的身材，上半身微躬，低着头认真专注切菜的样子，都像是画中人一样令人赏心悦目。

"你这是要做多少？"云想想看了看，又是鲍鱼鱼翅海参，还有猪肚鸭肉……

"只做一道菜。"宋冕冲着云想想神秘一笑。

云想想看着这么多食材，做一道菜？

蓦然间她反应过来，迟疑地问："你，你不会是要做佛跳墙吧？"

"第一次为你下厨，自然要做最好的来招待你。"宋冕点头，"正好我们有一下午的时间。"

难怪宋冕这么早就开始行动："其实……其实不用这么麻烦……"

这太奢侈了，云想想只听说过这道菜，以她的财力也不是吃不起，而是她觉得应该没有人能够做出那种古老的味道，与其吃一个仿冒品，影响了佛跳墙在心中的神圣地位，不如一直抱着憧憬，永远不去尝试。

"只要你喜欢，一辈子我都不觉得麻烦。"宋冕深深地看了云想想一眼。

云想想被看得脸发烫，她不知道该如何接，宋冕肯定是已经知道自己的来意，所以不再遮掩。"我去喝杯水。"

找了个借口，云想想迅速地跑到客厅，不过她真的有点口渴，拿了个杯子接了杯水，就坐在饭厅的椅子上，她此刻心有点乱。

并不是突然心动而无措，而是宋冕这样如神祇一样高高在上的男人，他没有用强迫威逼的手段，明明只要他想，他就可以轻而易举得到一切。可他偏偏没有，他的话不是山盟海誓，却让云想想确切地感受到他的真心。

他的每一个字都是发自于内心深处最真实的情感。

他对她并不是突然的好奇，或者仅限和别的女人稍有不同。

他很清楚明白自己的心意，并且付出最大的真诚来追求她。

完美的男人并不致命，完美的男人认真起来才致命！

云想想突然说不出拒绝的话，明明她知道人人平等，明明她一直把自己和宋冕放在一个水平线，但却突然生出一种如果拒绝他，就是一种深深的罪恶的感觉。

云想想觉得自己没有资格去拒绝这样一个男人全心全意的对待。

她在宋冕这里感受到绝对的诚意、真心以及尊重。

一个男人能够给予一个女人最好的对待。

戳中一个女人最柔软的心，哪怕云想想也不舍得推拒。

可是她是个足够成熟的人，她清楚地知道这份舍不得是源自于所有正常人都有的虚荣心和贪念，而不是她真正喜欢上了宋冕。

她必须冷静，不能对不起宋冕这份纯粹。

"其实我不想这么早让你知道，你还太小。"不知何时，宋冕已经走出来，他拉开一把椅子，坐在云想想的对面，"我也害怕你对我产生误会。"

"误会？"云想想疑惑。

看着云想想，宋冕道："你才刚刚十八岁。"

"噗嗤。"云想想笑了，没有想到宋冕还在意这个，现在多少学生初中就谈恋爱，她都已经大学，已经成年了。

"我很认真。"宋冕解释。

那些初中高中甚至大学恋爱的学生，有几个懂得什么是责任，什么是认真，什么是担当？甚至又有几个懂得什么是真正爱一个人，而不是一时的荷尔蒙分泌造成的错觉？或者短暂地被美丽的外表诱惑，更甚只是对方带来一瞬间的触动，就为一时欢乐追求？

"我知道。"云想想也正色起来，她握着水杯的指尖在滑动，想了好一会儿，云想想才开口，"宋冕，我要很认真地告诉你，我对你还没有男女之情，并不是你不好，也并不是你非我想要，而是我从一开始就打算一个人一辈子，你的出现打乱了我的人生计划。"

"你听我说完。"阻拦宋冕开口，云想想接着说，"宋冕你知道吗？因为爱上我的那个人是你，我连拒绝的资格都没有。"

"我相信你不会勉强我，我也知道你会尽最大的努力不让别人来打搅我。可喜欢一个人在意一个人是难以遮掩的，你身边有很多人已经察觉。"

比如宋倩，比如宋尧。

"除非你转身结婚生子，否则我可能永远得不到安宁，因为太多人想要讨好你，不惜一切代价地讨好你，哪怕是赌上身家性命。毕竟人生就是一场博弈，赢了受益无穷，输了也不过是一无所有。"

宋冕的眼神深邃，他的眉峰微微聚拢。

强大如他也不能信口开河保证这种情况不会发生，他并不是无所不能的神，而百密也会有一疏。

"抱歉，我给你带来了困扰。"宋冕的手渐渐收拢，似乎下了很大的决心，"如果别无选择，我会。"

云想想瞬间大脑一片空白。

他的意思是说，如果他的爱意真的给她带来了麻烦，为了还给她一个平静的人生，他会选择结婚，从此不再打扰她？

眼眶一酸，泪水夺眶而出，云想想立刻仰着头，想要把泪水逼回去。

宋冕大步走到她的身边，将纸巾递给她，抿着唇："对不起，我并不想让你难过……"

话还没有说完，云想想突然圈住他紧窄的腰身，紧紧地抱着他，将脸埋在他的腰腹，眼泪不可抑止地滚出来。

从来没有一个人对她这么好，为了她可以牺牲到这样的地步，父母也做不到，因为他们还有另外两个孩子。

只有宋冕，为了给她想要的一切，他可以牺牲自己所有。

"你不用感动，如果我对你的感情给你造成了困扰，由我来解决是理所当然。况且，我身上也有属于我的责任，我可以不结婚但不能没有孩子，正如我来到这个世界。"大概知道云想想为什么哭，宋冕低醇的声音宽解着她。

"宋冕，你是无法超越的完美男人。"

这话并没有让云想想释怀，反而让云想想更加觉得宋冕难能可贵。

那种为了喜欢一个求而不得的人，而不顾一切，忘记自己的责任，忘记父母亲人，仿佛全天下都抛弃他，都愧对他，都应该为他的爱而不得悔恨，难过、伤心的人，云想想看不起。

"宋冕。"轻轻地推开他，云想想抬头，琥珀色的瞳孔晕染着湿意更加晶莹剔透，"其实在刚刚，我一个人想了很多。我能够感受到你真心喜欢着我，正因为感受到了真心，所以我告诉自己哪怕再贪恋你给的温柔，我都不能让自己沦陷，这样是对你真心的侮辱，对你不公平。"

她不想成为第二个花想容，花想容何尝不是贪恋若非群的干净，从而纠缠到彼此疲惫？花想容和若非群也许并不是真的爱，因为彼此不肯为对方妥协，为对方退让。

宋冕蹲下身，与她平静对视，没有说话。

"可现在我告诉你，我很清楚自己还没有对你动情，至少没有可以为了你心甘情愿抛弃一切，但我觉得和你在一起很安心，我贪恋你对我的好。"

"我把选择权交给你，如果你能够接受现阶段这样的我，我们试着交往。如果你不能接受，我们可以再等等。"

云想想觉得她不能自以为是对宋冕不公平，宋冕是个成熟理智的人，他有自己选择的权利。

宋冕静静地看了云想想好一会儿，他细长结实的手握住她的柔荑："和我在一起除了安心，还有一点勉强和不能忍受吗？"

云想想摇头，和宋冕在一起，她觉得很放松很自由。

可就是没有那种怦然心动的感觉。

"如果你一辈子都没有遇上你认为的爱情，一定要选择一个结婚对象，你会第一个选择我吗？"宋冕接着问。

云想想认真地思考之后，慎重地点头。

宋冕唇角缓缓地舒展，那璀璨的笑意弥漫而上渗透到眼底，让他紫黑色的眼眸散发出瑰丽迷人的光芒，他缓缓地靠近云想想，一点点地像是在试探。

云想想呆呆地看着他，感觉到呼吸相近，她本能地想要逃，宋冕的手扣住了她的后脑。

温软的触感如期而至，宋冕先是轻轻地触碰她，渐渐地开始吸吮她的唇，动作始终温柔而缱绻。

大脑瞬间死机，随着吻的加深，宋冕不知何时已经松开了她，但云想想浑然不觉，她竟然情不自禁开始笨拙地回应。

宋冕在这个时候离开了她的唇瓣，低低地笑出声，对上她反应过来羞窘的脸："和我亲密，会不适吗？"

虽然羞窘，但云想想还是摇头，并不觉得不适，甚至险些被蛊惑。

万/丈/星/光

"我们交往吧。"

我们交往吧。

他不介意她现在对他的感情不够深，他不介意她现在只是贪恋他的细心温柔、他的好而愿意和他在一起。

他那样的出身，那样的权势，该是何等的骄傲。而又该是对她情深几许，才能够愿意委屈自己这样地迁就她？

"宋冕，你以后如果觉得累了倦了受不了我了，一定要第一时间告诉我。不要在我们没有分手的时候伤害我，我是个极其自私凉薄的女人。如果你背叛了我，哪怕我对你并没有多爱，我也会用极其残忍的手段来报复你。"云想想认真看着宋冕，把她想说的话一次性说得明明白白。

"你也是，如果你遇到一个让你有了爱情的人，第一时间告诉我，我会成全你。"宋冕用这样的方式回答她的话。

虽然这种事情，他不会让它发生。

双手圈住宋冕的脖子，云想想主动投怀送抱，在他耳边轻声道："宋冕，如果我不能爱上你，那我再也不可能爱上其他人。"

因为你太好，这世间再也没有比你更好的男人，连你都爱不上，别人我就更不屑一顾。

这句话无疑取悦了宋冕，他很高兴："我会努力，让你爱上我。"

蹭了蹭宋冕，云想想才松开他，拖开身边的椅子，让宋冕坐下，然后自己端正地坐在他旁边。

"你好，宋冕先生。重新和你介绍一下，云想想，你刚刚上任的女朋友。她很要强，很独立，很自私，没有女孩子的温柔，也不太会撒娇卖乖，更不喜欢缠人黏人。从今天起你要无条件包容她，并且不能干涉她的事业，她喜欢靠自己，还有她需要你全部的信任。"

"你好，云想想小姐。"

宋冕唇角摇曳着星光般的笑意，学着她，"宋冕，你刚刚上任的男朋友。他没有谈过恋爱，没有任何经验，如果他不够体贴，不够细心，什么地方做得不好，你一定要告诉他。如果你有烦恼，伤痛，也可以向他倾诉。他也许并不能为你排忧解难，替你抹平伤痕，但他能够陪着你一起喜怒哀乐。他也需要你绝对的信任。"

云想想的笑容前所未有的灿烂，她伸出手："祝我们以后相处愉快。"

宋冕握住她的手："相处愉快。"

两人相视一笑，宋冕微微用力将云想想拉到怀里，然后拦腰抱起来，往卧房走去。

云想想只是僵硬了一下，就放松下来，由着他抱着放到柔软的床榻上。宋冕旋即脱掉自己的外衣，躺在她的身侧，圈住她纤细一掌能握的小腰："女朋友，陪男朋友睡个午觉吧。"

"我的佛跳墙……"云想想还惦记着吃呢，这顿佛跳墙对她意义不同。

"放心，不会让你失望。"

"那你睡吧。"云想想的手从他浅碎的头发穿过，柔声道。

宋冕搂着她就这样闭上了眼睛，几乎是两分钟的时间他就熟睡。

云想想却并没有睡意，她安静地看着他的睡颜。

好看的人连沉睡的样子都迷人不已。

干净似美玉，宁静如皎月。

也不知道是不是环境太过舒适，原本没有困意的云想想竟然也不知不觉睡着。

诱人的香气弥漫，勾回了云想想的神智，让她从睡梦之中清醒过来，身边已经没有了人，窗外已经挂上了暮色，她愕然自己竟然一觉睡了这么久，这是从来没有过的。

看了看时间已经六点，她打了个电话给贺惟说她在外面吃晚饭，大概十点回来。

贺惟并没有追问，叮嘱她注意安全之后就挂了电话。

云想想翻身下床，走出卧室门，就看到宋冕拿着还没有拆开的毛巾、牙刷和杯子从楼下上来，将之放在浴室里："洗漱吧，我做了糕点，你先吃着，还要一个小时才能吃饭。"

"嗯。"云想想懒洋洋应了一声，就去洗脸刷牙。

等到到楼下的饭厅，云想想看着那梅花形状，从中间的玫红层层透出来，花瓣是浅粉色渐变到最后的白色，精致得比王永做的还好看，简直可以称之为艺术品。

云想想果断拿出手机拍下来，然后发了朋友圈：饭前点心。

勾引了一众吃货，宋萌更是强烈要求她打包一份。

云想想回复了她：独家专享。

不但好看，而且很美味，满足地吃着，云想想问："你有什么不会?"

"我不会的很多，只是比普通人会的多一些。"宋冕轻笑道，见她还要吃第三个，"少吃点，一会儿还有正餐。"

想到佛跳墙，云想想就把手收回来，她已经不饿了。

"喵儿……"

"你养了猫?"云想想听到猫叫声，侧首问宋冕。

"这附近有流浪猫。"宋冕在这里的住所并不是特别私密高档的地方。

也许是身在异国他乡，他更向往平凡正常的人生，因此连一个保姆和佣人都没有。

"我出去看看。"云想想很喜欢猫，可惜她一直忙于工作，没时间养。

小猫的叫声在宋冕小洋楼围墙之外，这只小淘气爬树被卡在树权中，不知道怎么卡紧了，竟然挣扎不出来。

很小的一只，大概只有十厘米长，应该才出生不久，浑身雪白的毛有点脏，圆圆的浅蓝色眼睛像湖泊，眼眶有一圈淡淡的粉色。

"它好漂亮，我想养它。"云想想回头对宋冕道，"你给我拿个梯子，我把它弄下来。"

宋冕回屋拿了一个折叠梯过来，他在下面扶着，云想想爬上去，轻手轻脚地把小猫取下来："附近有宠物医院吗？"

这种流浪猫需要清洗打疫苗。

"我带你去。"宋冕先拿了一个盒子装好了小猫，才开车带着云想想去了最近的宠物医院。

检查了它的身体状况，给小家伙进行了全面的清洗，一下子它就变了个模样。

"这是一只近乎纯色的布偶猫。"宠物护士将小猫抱给云想想，"它真迷人。"

云想想也看出来了，除了耳朵透着一点银色，浑身都雪白无瑕。

护士说它应该才出生两个月左右，又交代了云想想怎么照顾，他们在宠物店买了好多东西才带着它回家。

第11章 东方天使的美称

"我要怎么把它带回国？"云想想顿时犯难，好像飞机上不能带宠物。

"交给我。"这对于宋冕而言只是一件小事情。

想到宋冕有私人飞机、直升机什么的，云想想也就点头："我得给它取个名字。"

这个问题宋冕没有给意见。

抱着小猫咪逗弄了一会儿，云想想说："我记得布偶猫又称'仙女猫'，叫它小仙女吧。"

刚好是一只母猫，小仙女多可爱啊。

"好听。"宋冕点头认可,"仙女养的小仙女。"

"喵……"小仙女也应景地叫了一声。

回到家已经七点半,打开门就是扑面而来的香气,云想想立刻感觉到饥饿,"好香!"

放下小仙女,云想想就洗了手跟着宋冕去厨房忙,一罐佛跳墙端到桌子上,她被勾引得一直分泌口水,如果不是热气腾腾的烟雾,她恨不能立刻大快朵颐。

最后,云想想吃得前所未有的撑,真的太好吃了!

还是宋冕承诺,以后再给她做,云想想才依依不舍地停下筷子。

等她休息一会儿,宋冕就送她回去。明天她要工作,小猫咪跟着她并不方便,所以云想想并没有把小仙女带回去。

到家之后云想想更新了一个微博。

【演员云想想V:脱单了,我们家新成员,它叫小仙女。(照片)】

照片是宋冕拍的,她和小仙女的脸,引得粉丝哇哇叫。

【女神又调皮了,吓了我一跳,不过猫好漂亮。】

【仙女养的宠物必须是小仙女。】

【放开那只猫,让我来!】

【你的孟买V:高兴,转发微博抽一百人,一人9999红包,限云朵。】

【握草,大佬您是无时无刻不盯着女神吗?】

【这次我一定抽中!】

【豪粉,看我看我。】

【神啊,保佑我中一次吧。】

本来云想想发一条微博并没有多少受关注,但宋冕紧接着又来一次抽奖,因为上次抽的人是真的得到了现金,到现在还有不少人津津乐道。

这下一大堆人涌来,云想想又上了热搜:#云想想豪粉再现#。

而这个时候,云想想正面对贺惟的审问,她那条一语双关的微博能够隐瞒得了别人,却隐瞒不了眼神犀利的贺惟,并且贺惟知道今天她去见了人。

"你是认真的?"贺惟问。

"惟哥,我虽然只有十八岁,但没有十八岁的不成熟,我很认真。"云想想不打算隐瞒贺惟,贺惟和其他经纪人不一样。

"我需要见他一面。"

贺惟知道云想想很有主见,很理智成熟,但到底是个十八岁的姑娘,他觉得身为她的经纪人有必要替她把关。

要是换了别人,也许云想想会答应贺惟,但是宋冕……

云想想思考之后发信息给宋冕，出乎意料的是宋冕答应见贺惟，宋冕说了个时间地点，云想想转达给贺惟。

贺惟才点头放过云想想。

有些话，云想想还小，他又不是云想想的亲人，还是个男性，就不方便讲给云想想听。

而这时微博出现了一个挑事儿的人。

【娱乐就是愚乐V：呵呵呵，现在买热搜都这么画风清奇吗？演员发个微博，再挑个小号撒把钱，就被送上热搜。比起这种又当又立的行为，我更欣赏直截了当地买。】

云想想之前那一番偶像论其实得罪了很多人，就连媒体也得罪了不少，要知道如果没人对明星盲目追捧，没人对明星好奇，他们这些娱乐记者还怎么混？

云想想这样的话不但是断了很多流量明星的出路，也是断了他们这些娱乐记者的财路。

这才是为什么很多大咖明明看不惯现在娱乐圈的现象，但真说出来的没有几位。

不过云想想太干净，实在是拿不出什么料来抹黑，好不容易看到有人发作，自然铆足劲儿地点赞。

多方暗恨云想想的势力瞬间把这个消息送上热搜，让博主都意想不到他还有上热搜的一天。

本来没有人可以做到人见人爱，公众人物有两个黑粉很正常，像这种不痛不痒的言论直接无视最好，可被人恶意搞上了热搜那就不一样了。

"惟哥，我自己来。"这种事情用不着经纪公司出马。

【演员云想想V：我都能把你一个两千粉丝的人带上热搜，我本人的微博还需要砸钱买热搜？你是太看得起你自己，还是太看不起我？@娱乐就是愚乐】

【噗，我的饮料喷了，女神永远这么霸气。】

【女神带带我，带我飞。】

【有些人就是心里没有一点数。】

【娱乐就是愚乐：俺靠本事上的热搜】

【楼上真相了。】

【可把他厉害坏了，估计这会儿在叉腰。】

这会儿那些铆足劲儿点赞的人才回过神来，他们这是过犹不及，反而又给云想想搞了一波热度。

买热搜这件事就这么结束，云想想压根不放在心上，她第二天就去门罗拍宣传片。短短的三天时间，她染了三次头发，分别是金色、酒红色、黑色。

烫的次数根本数不清，这一趟折腾下来，她觉得她的头发损伤很严重，当天下午结束工作之后去找宋冕，就跟他抱怨。

宋冕的手摸着她的长发：“别担心，我给你护理。”

"有个神医男朋友才是人生最大的外挂！"上次提了润喉糖，宋冕说等她回去之后，就给她送去。

"我曾经很抵触我为什么一定要学医，但此刻我很庆幸。"宋冕倾身在云想想的额头上落下一吻。

"对了，阿冕，我认识了一个长辈，他患了癌症，你能帮他看看吗？"

云想想昨天才知道珀西得了绝症，这几日和珀西相处很愉快，他是个有才华的人，又想到了花想容，云想想才希望宋冕给珀西医治。

"我不一定能够治好。"他的医术再精湛，也只是人，不可能什么都能治好。

"没关系，我们就看看。"

云想想亲了宋冕脸颊一口，然后打个电话给珀西，没有说要介绍医生给他，只是说明天她就要回国，希望临走前能够和他共进晚餐。

珀西自然是很高兴云想想和他道别，并且很热情地邀请她去自己的农场做客。

虽然外国人不注重第一次登门做客要带礼物的细节，但云想想还是要做到礼貌，毕竟珀西是长辈，可一时之间她也不知道送珀西什么好。

"有建议吗？"云想想把难题抛给男朋友。

宋冕转头去了阳台，云想想跟着，才发现阳台上放着很多盆栽，宋冕拿了其中一盆："送这个吧。"

紫砂花盆里，约一米高的树，树叶绿黄色，结了几个艳红色的果子。

果子晶莹剔透，圆润红亮，形如樱桃，灿若宝石，与绿叶交相辉映，令人赏心悦目。

"这是红豆杉！"云想想看着这一盆大盆栽，"如何做到结出这么漂亮的果子？"

红豆杉素有"植物黄金"之称。它的药用价值极其高，能够净化空气，防癌、抗癌、防辐射，是摆放在家里最好的植物。

从红豆杉中提取出来的紫杉醇可以制作成美容护肤品起到保湿、调节血液循环等作用。

但红豆杉栽入盆栽极难结果,就算结了也不会像宋冕这个这么漂亮。

"父亲对于培植花草树木颇有些心得。"宋冕笑道,"我耳濡目染,略懂一二。"

"请你做个凡人!"云想想一脸的无语,这家伙别这么全能,她会有压力。不过很快她又正色道,"你养了这么久,肯定有感情,我们换个别的吧。"

"我养的花草很多,等你回去之后我再让人给你送一盆比这个好的。"宋冕一手扣着花盆边缘,一手牵着云想想就下楼,"就送这个吧。"

云想想看着那个花盆应该有半米长,四十厘米宽,宋冕就这么轻轻松松用几根手指头的力量给端下来……

"你是不是也练过功夫?"上了车之后,云想想侧首问他。

"宋家的人都得学一点强身健体。"宋冕点头。

她才不相信只是强身健体,蓦地想起了自己的事儿:"宋倩对我说,你们宋家有一套柔术,我可以学吗?"

"你的身体已经够柔软了。"宋冕开着车,都没有看云想想就回答。

云想想俏脸一红:"你胡说什么!"

明明他们俩除了那天开诚布公之后,一个非常温柔的亲吻,之后就再也没有更亲密,宋冕这话说出来多让人误会。

宋冕的唇角微微一扬,潋滟的眼眸荡开笑意。

如果不是他在开车,云想想一定要他好看,正了正脸色:"我是为了拍戏学,只要学了对身体没有坏处,我愿意抽时间来学习。"

"可以学,柔身术也可以增强体质,勤加练习对经络畅通有极大的效果。"宋冕也正经地回答她,"等你回去之后,我让宋倩教你,不过初时要受些苦。"

"我不怕苦。"云想想说。

"我回去给你准备些汤药和药膏,使用方法会告诉宋倩。"

宋冕自然会尽最大的力帮助云想想,她不准他在她的事业上插手,那他只能在其他方面更加细致,"不过这可不是三五日之功就能有所成就。"

"三五个月总能有些变化吧?"云想想自然知道一口吃不成胖子。

"三五个月能练到什么地步,就看你的天赋。"宋冕鼓励道,"你的身体本身就柔韧极好,这和硬功不一样,需要气力和根骨强劲,学起来很快。"

"我会认真学的。"云想想下定决心,侧首面对着宋冕的侧颜,"我回去之后,大多数时间是学习,周末我基本有空。"

"我在这边还有两个病人要见,还有一个学术研讨会要参加,可能忙到月底。"宋冕也主动交代自己的行程，"周末的时候我给你视频电话。"

"好。"云想想并不是那种黏人的小女人，不需要时时刻刻都陪伴。

宋冕这样的身份，也注定不可能给云想想特别多的陪伴，他基本一个月有二十天在各国。

他不仅仅是医生，还是宋氏庞大商业帝国的掌权者，有些事情是手下的人无权代替干涉的。

这也是他父亲没有娶妻的原因之一，而他也没有想过要找一个天天留在家里，对他翘首以盼，人生的全部都围绕着他的女人，这样的另一半会让他心生愧疚，并且感到压力。

他和云想想这样就刚刚好，主要的是两个人的性格很合拍。

"可惜我的假期不长，不然我就多陪你几天。"云想想还想着宋冕对她的课业指导，让她现在学起来很轻松，好在她身边还有艾黎，不但可以指导课业，还能够陪练英文。

"没关系，我们半个月就能见，我会给你一个惊喜。"宋冕颇为神秘地笑了笑。

云想想扬了扬眉，有点期待，但宋冕说了是惊喜，她就不追问。

两人有一搭没一搭地聊着，话题都是没有营养的内容，可两人都不觉得无聊，反而觉得很舒适温馨。

他们俩都不是那种追求轰轰烈烈浓浓爱情的人，这种细水长流、润物无声的方式，更能够触动他们俩的心田。

大概开了一个小时的车，他们终于到了珀西的农场，很大很广阔。

珀西穿着一身休闲服，戴着牛仔帽站在路口等他们，看到云想想告诉他的车牌号，立刻指导着宋冕将车开到车库。

"珀西先生，看我给你带来的礼物。"云想想和宋冕走到珀西的身边，对珀西介绍，"这位男士，是我的男友。"

"他像个贵族。"珀西眼睛毒辣，一眼就看到了宋冕的气质，夸奖了宋冕之后，看到宋冕手里的盆栽，立刻惊叹，"很漂亮，谢谢你，云，它让我又有了创作灵感。"

云想想真是哭笑不得，珀西真是个工作狂，他看到什么都能够联想到珠宝设计。

直到宋冕将之搬到室内，放在了珀西指定的位置后，珀西还在盯着不放："我已经有了主意，云，我会将它画下来，作为你的生日礼物送给你。"

珀西知道云想想还有四个月就满十九岁，对她承诺道。

"谢谢你，亲爱的珀西。"云想想并不推拒，西方礼仪和华国不一样，太客气反而是不礼貌,"珀西这棵树……"

云想想向珀西详细地介绍红豆杉,虽然欧洲也有,但是欧洲的红豆杉没有这么具有价值,并且也不会结出这样的果子,而珀西又是个珠宝迷,云想想真的怕他不知道。

果然,珀西惊呼:"哦,云,实在是太感谢你。"

"珀西,我的男友是个医生,你可以让他给你看诊吗?"云想想并没有拐弯抹角,西方人和他们不一样,没有觉得癌症是不能触碰的伤痛,反而大多数西方人对于疾病绝症看得很开,珀西的身上从来没有一点沮丧和灰暗的气息。

"是神秘的中医吗?"珀西有些激动地看着宋冕。

云想想看了看宋冕点头,没有说宋冕涉猎中西医。

"感谢上帝,让我遇见了你,云。"珀西很高兴。

他立刻招呼宋冕和云想想到了客厅,宋冕真的为他诊了脉,亚洲人和欧洲人的身体肯定是有区别的,不过宋冕在欧洲上流社会受到热烈的追捧,对于他们的研究,和经历的病例肯定也不少。

云想想之所以想到让宋冕给珀西看病,是因为奥斯汀说宋冕是他最后的希望,但是他约见过宋冕几次,都没有预约成功,后来珀西知道后,让他放弃。

宋冕不仅给珀西诊断,还看了珀西所有的病例本,以及现在吃的药,和照的片。和珀西说了很多关于珀西病情的见解,他们俩的语速太快,并且有极多的专业术语,云想想只能连蒙带猜,囫囵听了个大概。

宋冕建议珀西停止现在的用药,这些药只能让他保持清醒和好受一些,对他的病情没有任何帮助。珀西听了之后很惊喜,因为这是他向医生提的要求,他希望能够在生命的尽头完成最后一次设计。

珀西的病并没有到无法治疗的地步,虽然未必能够根治,但还是有希望,宋冕让他去宋氏医院入住,接受治疗。

云想想很是为珀西感到高兴:"珀西你一定要接受治疗,我相信你一定能创造奇迹,还有更多璀璨的珠宝在等着你设计。"

珀西却没有出声,他好像没有听到云想想的话,而是惊呆一般难以置信地望着宋冕。

"你姓宋!"再看到宋冕那双招牌式的紫黑色眼睛,珀西惊得不能再发声……

宋氏医院是享誉并且遍及全球的医疗机构,很少有人知道他们的掌权人有一双紫黑色的眼睛,但珀西知道。

他因为收藏珠宝，认识一个同样爱好的大资本家，是站在大苹果城顶尖上的人物，这个人见过宋冕，在得知珀西的病情之后，曾经对他提及。

"云，你真是幸运的女人，你能给所有人带来好运。"珀西真的没有想到奥斯汀约见了很久的人，他已经不奢望的人，会这样来到他的身边。原本他只是有点相信宋冕的话，但现在他的眼里迸发了希望。

"我只是一名普通的医生。"宋冕并不想珀西将他的事情告诉别人。

珀西自然能够听懂："当然，宋医生。"

珀西很高兴，他要亲自做一顿丰盛的晚餐庆祝他遇上了云想想和宋冕，并且让他们去他的农场游玩，等到做好晚餐他会去叫他们。

云想想和宋冕也没有拒绝，珀西的农场很大，一片一片草坪，即便是秋季放眼望去依然是满目的绿。

他们俩牵着手走在小路上，风将云想想的裙摆和长发吹得飘动。两人一路无言，就这么默默地牵着手，感受着自然的气息，也觉得极其惬意和满足。

"阿冕，我这样给你介绍病人，会不会不太好？"云想想其实没有想到珀西竟然认出了宋冕。虽然珀西是著名珠宝设计师，可要接触到宋冕本人的可能性不大。

珀西并没有进入权贵圈。

"不要胡思乱想，如果不妥，我不会来。"宋冕停下来，幽深的眼眸望进云想想的眼底，"奥斯汀约见了几次，我有派人去接待，但他对我派去的人并不信任，一定要我本人，我才没有理会。"

并不是宋冕区别对待，而是他就一个人，这世界每天的病人有多少，如果每一个都得他亲自去看，他每天二十四小时不睡觉也做不到。让宋冕不予理会的根本原因还是奥斯汀的不信任，如果他派去的人不能胜任，肯定会报到他这里来。

医生最不能接受病人以及病人家属的质疑。

尤其是宋冕这样高高在上，习惯了安排，不接受反驳的王者。

"我以后尽量不给你添麻烦。"见宋冕欲开口，云想想按住了他的唇，"不是客气，也不是内疚，而是单纯地不想你太累。"

珀西这件事，实在是这几日相处她真的很欣赏这个有才华、乐观、向上的老人，再加上奥斯汀和贺惟的谈话实在是有点悲观，又见今日宋冕恰好有时间，才会冲动下开口。

虽然她不后悔，但以后会更加谨慎。

"心疼我了？"宋冕的双手握着云想想纤细的腰，十指都能够扣住，可见云想想的腰细到什么程度。

双手搭在宋冕的肩膀上，云想想微微抬起头，仰望着他："你是我的男人，我不心疼，谁来心疼？"

这句话让宋冕的眸色加深，他俯下身侧头攫住云想想的双唇。

这次的吻来得又急又猛，犹如狂风暴雨，而云想想就像暴雨之中柔弱得只能被动承受的小花。

渐渐地她开始回应宋冕，宋冕实在是太高，比她高了接近二十厘米，就算宋冕弯下身，她也得踮起脚尖，好在宋冕的双手扶住她的腰，令她不用太费力。

傍晚的风带来一阵凉意，卷起凋零的枯叶飞舞。

天边的彩霞弥漫开，夕阳金色的余晖轻柔地洒落，在绵绵起伏的草地上，拉长了亲密相拥男女的身影，如诗如画，深情蜜意。

在珀西的农庄享受一顿非常地道的地中海式美食，以水果、蔬菜、杂粮和豆类为主要原料，最让云想想回味的就是蜂蜜水果沙拉，六种水果，颜色各异，淋上蜂蜜，看起来非常新鲜欲滴，吃到嘴里极其的清爽，还有一道蔬菜大麦汤，大量的蔬菜和大麦综合，味道极其特殊，汤汁据说是牛肉汤，营养丰富。

云想想八号开始上课，她买的是六号晚上的飞机票，这里比帝都晚十二个小时，等云想想回去，刚好是七号的晚上，睡一觉第二天去学校。六号白天她完全自由，云想想撇下所有人，带着弟弟和宋冕一起出去游玩。

她拍摄宣传照的时候，宋冕和贺惟见了一面，并不知道他们俩谈了什么，反正贺惟不会阻拦她和宋冕交往，她也试探过贺惟，发现贺惟只当宋冕是宋氏普通的成员。那应该是贺惟没有听说过宋冕特殊的眸色，否则一定不会猜不到。

云想想更喜欢这种状态，这样贺惟不用担心她，也不会对她过于紧张。

"姐姐，这是你的男朋友吗？"宋冕带着云想想姐弟去了中央公园，骑自行车，坐马车，溜冰……把云霖哄得开心不已，云霖趁着宋冕去买小蛋糕，拉着云想想悄悄问。

"是啊，他是姐姐的男朋友，怎么样？"云想想大方承认。

"现在看着还不错。"云霖颇有些挑剔地说。

云想想笑了笑，摸着他的头，她只是想让家里人和宋冕接触，加上这次带云霖来，都没有好好带他玩，才打算最后一天陪陪他。

下午他们又去了儿童博物馆，云霖对异国的东西还是很感兴趣，宋冕也是个非常好的陪玩者，把云想想姐弟都照顾到，晚上宋冕带他们去吃了味道很棒的比萨。

乘着夜色，宋冕开车将他们姐弟送往机场，其他人已经在机场等候。

下车的时候，云想想有些舍不得，云霖这个小机灵鬼先跑下去："给你们空间。"

一句话把云想想和宋冕逗乐了，不过云想想还是倾身在宋冕的脸上亲了亲："在家等你。"

"嗯。"这里不能停车太久，宋冕很满足地笑着点了点头，没有做过多的纠缠。

云想想也很干脆地下车，对他挥了挥手，姐弟两人站在门口看着他的车开走。云想想觉得很开心，从来没有过的开心，和宋冕在一起，没有那种激烈的怦然心动的感觉，没有那种时不时恨不得黏在一起的迫切，也没有那种分开就郁结难过的悲情。

可只要和他在一起，就心情愉悦，仿佛灵魂都很轻松。

她不知道该如何形容这种感觉，也懒得去追究，开心就好。

"姐姐，你放心，我会帮你保密。"云霖拉住云想想的手，一副小大人的模样。

"小鬼。"云想想捏了捏他的脸，一进门口就看到宋倩，肯定是宋冕早就告诉她，会将他们送来的确切位置。

白天玩得太过劳累，云想想和云霖在飞机上呼呼大睡，十几个小时有八个小时都处于睡眠当中，回到帝都的时候正好是帝都时间晚上八点整。

第一时间给家里人打电话报了平安，云想想发了一条信息给宋冕，不知道他这会儿在做什么，贸然地打电话可能会打扰到他。

等她回家洗了澡，护肤完毕，宋冕才回了一条信息，让她早点休息。

没有什么特别的甜言蜜语，但对于云想想而言很受用。

"哟哟哟，想想你不一样了。"陶曼妮一大早看到云想想，就审视着她。

"我哪里不一样了？"云想想莫名。

"满脸春色。"马琳琳高深莫测地说道。

"这都被你看出来了，你怎么不去天桥下摆个摊？"云想想半真半假地说道。

"好了，你们不要打趣想想，小心下次想想不给你们带礼物。"冯晓璐站出来挺云想想。

"好吧，看在礼物的分儿上，我放过你。"陶曼妮拿着云想想给她的礼物晃了晃。

上午的课上完，吃午饭的时候，祝媛神神秘秘地对云想想道："想想，我怀疑有人要暗害你。"

云想想咀嚼的动作停下来，其他人也顿住，纷纷看着祝媛。

"有人向我们两个室友打探你的消息。"祝媛的另外两个室友是其他系的，"鬼鬼祟祟。"

把饭菜咽下去，云想想开口问："打听些什么？"

"就是打听你假期去了哪里，还打听你有没有竞选班干部，然后竟然打听我们班里的班干部有哪些，是不是都是你参与投票……"祝媛全部说出来，粗略听着好像没有什么毛病，就是一些鸡毛蒜皮的小事，但不止祝媛，其他人听了都觉得有些怪异。

如果只是普通的记者想要挖料，不应该问这些事情啊，关心班里班干部是不是有她投票。

"我知道了！"冯晓璐推了推眼镜，"对方为什么关心班干部是不是想想投出来，是想抹黑想想，说我们班跟风，说想想利用自己的影响力任人唯亲，搅乱校风。"

"幸好想想没有投我和荨荨。"马琳琳也觉得是这样。

"想想你得罪人了啊。"祝媛担心地看着云想想。

"听起来是有点阴谋论。"云想想也不清楚对方具体目的，"我得罪的人很多。"

从上次那说她买热搜的帖子被送上热搜就看得出来，到底是什么她一时间也摸不透。

"媛媛和荨荨，你们想办法帮我打听出来是谁想知道我的行踪。"私底下去查一查，防患于未然总是好的。

"没问题。"两人拍胸脯保证。

这只不过是个小插曲，正准备睡午觉的时候，宋萌给云想想打来电话："想想，你看看这个新闻，我发你微信上。"

新闻标题是：综艺连线表白，是假戏还是真情？

原来是昨晚方南渊参加的综艺节目播放出来了，那天晚上连线云想想的话被炒出来，这种事情如果不是有人刻意，不可能被单独拿出来放个大版面，并且还处处暗指她和方南渊是情侣。

之前云想想发布的那一条脱单的微博也被拽出来说是恋爱的证据。

还有人拍到了当初云想想和魏姗姗去买手表，云想想单独送了方南渊戴着的手表，言之凿凿地说这是送给方南渊的定情信物。

方南渊去年拍的校园偶像剧大热，他现在的人气比云想想还高，粉丝也比云想想多。

两个人，一个刚成年，一个是刚刚冉冉升起的新星，这绯闻传得令人反感。

　　云想想蹙眉的时候，方南渊打了电话来："对不起，想想，我也不知道怎么会出现这样的新闻，这次是我的失误，以后我会更谨慎。"

　　"没关系，我们俩现在都不是当红影星，这种似是而非的东西引不起多少关注，不过还是要处理一下。"

　　她现在是门罗的全球形象大使，只是宣传片还没有在官网上公布，还没有公开。这样的负面新闻，门罗可以追责她。

　　这很明显是有人恶意而为，她不想助其气焰："你约束好你的粉丝，不要参与这种新闻讨论，尽量让新闻不要上热搜。"

　　哪怕是热搜的尾巴，她也不想看到。

　　拿起手机打了个电话给贺惟，贺惟没接，肯定是有事，不过相信贺惟会很快处理。

　　这种事情，这个时候压根还没有引起多大的阅读量，云想想和方南渊本人如果急吼吼地跑出来澄清什么，反而会给人此地无银三百两的感觉。等到闹大，影响又恶劣，到时候说什么都没有人信，只能甩给经纪公司处理。

　　半个小时后，这条新闻就消失不见，而微博热搜出现了当红流量小鲜肉夜店两女作陪的新闻。

　　有图有真相，这个演员云想想听说过，是前年凭借一部古偶剧大火的人气明星。

　　虽然他的人气很高，但去年没有什么大热作品，按理说不可能这么快冲到热搜榜第三的位置。

　　这时候贺惟给云想想来电："刚刚我在开车，新闻的事情我已经处理好了。"

　　"那个夜店两女新闻……"

　　云想想不是新人，这几年娱乐圈的淬炼，让她对于很多事情都非常敏锐，这个时间的爆炸性新闻来得太过于及时。

　　云想想不认为贺惟是那种无良的为了保护自己艺人去挖别的艺人短处之人，就算是别的艺人私德败坏，贺惟也不屑用这样的方式来引走注意力。

　　"他和方南渊正在竞争一部大制作男一号，翻拍的武侠剧。"贺惟本来不想让云想想知道，既然云想想问了，他也很欣慰云想想的敏锐，就简单地提点了一下。

　　"原来我是无辜躺枪。"云想想轻叹一声。

　　她之所以问，是因为她受了之前祝媛带来的消息影响，并不确定这条新闻，到底是她连累了方南渊，还是方南渊连累了她，这么看来并不是盯上她的人出手。

"惟哥，我觉得有人在暗中针对我。"她还是提前给贺惟打个招呼。

"行，我知道了，会打点好，让他们多看着点。"贺惟对云想想道。

这就是有经纪公司的好处，经纪公司和各方媒体合作，有些新闻也许还没有发出来，就先被拦截。

优秀的经纪人，那庞大的人脉，绝不仅仅限于给艺人资源。对于艺人和工作相关的一切，基本都是一条龙服务。

贺惟，更是其中翘楚。

虽然这件事，没有兴起波澜，甚至连云想想的粉丝都没有几个看到，不过云想想还是很警惕，因为这件事，贺惟倒是夸奖了宋萌一次，说她够机灵。

云想想把贺惟的话转达之后，宋萌激动得一整晚都没有睡。

以前宋萌就是个追星族，但上了大学，真正接触到传媒这一块，并且立志于要做个合格经纪人之后，宋萌就把贺惟当做了新男神。

"是什么？好香啊。"下午回家是艾黎来接她，云想想一进家门就闻到一股芬芳，"这是在熬什么？"

"香汤，给你泡澡。"宋倩回答，"这是少爷送来，配合你练功用的，里面有九种鲜花，当然很香。"

云想想眼睛一亮，凑过去："这种古方香汤泡澡之后，我会不会身带异香，像香妃那种。"

"这只是刺激你的血液循环，增添肌肤弹性的药方……"宋倩颇为无语地看着云想想。

"你的意思是，是有那种让身体透香的古方咯？"云想想对这个很执着。

"有。"宋倩点头，"不过我不建议你使用。"

"为什么？"云想想可是个很爱美的女人！

"你是公众人物，你也想像香妃一样招蜂引蝶？"

宋倩白了她一眼，"而且这种芬芳渗透毛孔，残留在皮肤组织，才能够留下香味，这对于肌肤会造成一定的堵塞。你要知道任何花的香味都不可能永久保存，过了花期就变臭，你要保证不臭，就得定期使用……"

"行了行了，我放弃。"云想想举手投降。

不过到了傍晚泡澡的时候，宋倩还帮她按穴位，增加吸收力，被宋倩这么一通按摩下来，云想想整个人都轻飘飘，比做水疗好上千百倍，让她昏昏欲睡。

"倩倩，我现在一点都不心疼聘用你的一百万。"简直是物超所值嘛！

"不准睡。"宋倩一把将软绵绵的云想想提起来，"就是这个时候，最适合练功！"

"什么？"晴天霹雳，云想想不可思议地看着宋倩。

云想想从来不是一个懒惰的人，但这会儿让她离开床，太残忍了。

"你要是不想练功，你就睡吧。"宋倩好整以暇地望着云想想。

"啊啊啊啊……"一迭声的哀号之后，云想想还是慢吞吞地爬起来。

等到练功的时候，云想想才知道什么是真正的哀号，什么是真正的痛得撕心裂肺。

真的，云想想终于觉得拍摄《大学梦》那点苦，压根不算什么，这练功疼得她眼泪都止不住地狂飙。

"少爷已经在香汤里加入适量的止痛药，不然你还会疼痛加倍。"宋倩训练起云想想是格外的冷漠，"熬过头一周就好。"

半个小时后，云想想觉得她已经死了无数次了，整个人像烂泥一样躺在瑜伽垫上，身体还止不住地轻颤。

连一根手指头都动不了，大脑都是木的，完全不知道自己该做什么，指挥不了身体。

宋倩也没有去搬动她，而是在她的旁边坐下："这套柔术是从战国时期流传下来，后来流入宋家，先祖将它和人体关节穴位结合改良，极大地减少了对身体的损伤。不过对韧带的拉伸很严苛，最佳的练习时期是从六岁开始。"

云想想像一条被大海无情抛弃的鱼，趴在地上，眼角还挂着未干的泪水，一句话都不想说，也没有力气说。

"你有少爷准备的香汤在前，润肌膏在后，所受的苦比普通学习的人减少了三分之二。"

宋倩除了宽慰云想想，也没有其他办法，少爷特意吩咐下来准备的香汤和润肌膏耗费了多少人力、财力和物力。

如果云想想就这么半途而废，宋倩都想修理她。

半途而废是不可能的，云想想只不过是需要缓一缓，实在是疼痛超出了她的承受范围。

过了十五分钟，宋倩才扶着云想想站起来，让她趴在床上，又拿了一种特别清香的雪白药膏为她推背，按穴位。

终于让她的疼痛缓解，并且四肢恢复了力气。

"好好睡一觉，明天早上起来就好了。"宋倩给云想想关了灯，出去了。

云想想连翻个身都不愿意，有一种翻个身她骨头都会全部散掉的危机感，就这么趴着睡了一晚上。

她以为第二天她会起不来，就算醒了也会浑身疼痛无力。可一觉醒来，她除了感觉到身体有些轻微的酸痛以外，并没有别的不适，大脑清醒，精神十足。

从床上坐起来，看着六点钟的闹钟，她利落地穿衣起来晨练，晨练的时候也没有觉得不舒服，只不过没有以往那么轻灵。

除去晚上那半小时痛入骨髓，恨不能去死的剧痛，并不影响云想想的日常生活，她也就咬牙坚持了下去，痛着痛着也就习惯了。

熬过头几天云想想也不知道是不是自己适应了，还是真的疼痛减轻了，反正她没有再叫得和杀猪一般。

"明天早上起来，就不要跑步晨练，我们练太极拳。"这天宋倩给云想想按摩完之后对她说，"你的练功服我已经给你放在床尾。"

云想想是第二天起床才问："为什么要练太极拳？"

"你只想做个柔软美人？"宋倩反问。

云想想摇头。

"这一套柔功，只是对身体有益，并不能增加你的力道。而太极拳之中的柔劲乃是天下至柔的功夫，可相辅相成。"

宋倩耐心地解释，"我呢，其实也没有学到精髓，不过为你打基础还是没问题，你什么时候能够过了我这里，我再请少爷派人来深入教你。"

"原来你之前就打算让我学太极拳的柔劲啊。"难怪她说要学柔功之前，宋倩就一直在锻炼她的柔韧性。

"这是最适合女孩子的功夫。"不会练出肌肉，不会让身上出现厚茧。

练好了还能以柔克刚，动起手来比硬功更厉害，只不过要达到那个境界少说也要二三十年。

宋倩也没有指望云想想有多深的造诣，她就是想要应付拍戏而已。

但云想想本着技多不压身的道理，学什么都很坚持，柔功那么痛她都能狠得下心，更何况太极拳打起来软绵绵，一点也不痛。

后来云想想还发现，自从练了太极拳之后，柔功越发地得心应手，就更加不敢懈怠，加倍努力，当然这是后话。

周五这天，华国门罗的官网上终于公布了云想想全球形象大使的身份，一石激起千层浪，整个娱乐圈都炸开了锅。

门罗珠宝系列从来没有全球形象大使，更别说首任全球形象大使的身份还是华国人！

【哈哈哈哈，第一手资料，我翻墙看了门罗国际官网上的照片。】

【啊啊啊啊，美炸了，我一直知道女神美，却没有想到女神美得这么可怕。】

【我的天啊，这几张宣传照，竟然是完全不同的感觉。】

【太美了，梦幻的，高冷的，傲慢的，妖娆的……】

云想想的宣传照先在国外的官网上公布，随后各大国的时尚大街，广场，甚至是机场，只要有门罗店面的地方，都放上了云想想的照片。

云想想一共拍了六套天使系列珠宝。

金色白色梦幻唯美，圣洁纯净。

黑色白色眼神犀利，深沉高冷。

紫色白色轻纱遮面，神秘莫测。

蓝色白色柔顺乖巧，自由鲜活。

红色白色明艳的笑容，魅惑妖娆。

绿色白色诡异的眼神，像希望又像深渊……

所有的宣传照，服装都是没有繁复花纹，设计大气优雅简洁的衣裙，反衬出珠宝的奢华与夺目。

加上云想想千变万化的气质，光看一张张宣传片，就好似在看一个百变妖姬的大片，云想想拍摄的那一条广告只在国外的网上有，引得一大拨人纷纷翻墙。

很快微博热搜就出来了#千面风华云想想#。

这是云想想第二次完全凭实力爬上热搜第一。

这一拨宣传照震撼的自然不止华国，还有很多外媒，甚至有外国的杂志联系贺惟，想要采访云想想，不过贺惟都没有答应，越是这样越发地保持了云想想的神秘感。

美利坚国的知名美学家里安甚至从美学的角度发了一篇论文，赞美了这一组宣传照，并且称云想想为"东方天使"，从此云想想在国外有了代称。

这个时候薛御发了一条微博。

【薛御V：百变天使明天化身黑天鹅，将她的初唱献给我和我的歌迷。@演员云想想】

又是一个重磅！

很早以前薛御就说过演唱会将出现一个神秘嘉宾和他对唱，大家都往歌星方面想，这会儿才知道竟然是云想想。

薛御的唱功大家还是很相信，能够让薛御这么早宣布，看来是对云想想信心十足，这让更多的人期待。

而买了票的人都觉得赚了!

事后,薛御还特意打个电话给云想想:"师妹啊,你是锦鲤吗?自带宣传功能!"

《关爱》前期没有,但《关爱》上映的时候,云想想的自动宣传功能可是体现得淋漓尽致。

到了《大学梦》就更加了不得,直接一个全国高考状元,以最高的分数考入最好的大学,拍的电影又叫《大学梦》,可以说《大学梦》的票房一半的功劳来自于云想想的宣传功能。

偏偏这个宣传又不是刻意,还不花钱,影响力却还比花钱宣传更广,更好,更有效果。

连带着她当时正在拍摄的《正义无私》也被人关注,现在她又在自己演唱会的前一天这么给力这么震撼,虽然以他的实力和地位,并不缺关注度,但谁会嫌弃关注度高呢?

看看现在多少人嗷嗷直叫后悔没有抢到演唱会的票,创下了求票历史新高。

"一切都是赶巧……"云想想真的觉得就是这么巧合。

"不,是你足够优秀。"薛御难得正经地说。

只有足够优秀的人才能把握得住机会,把机会化作震撼的赞美,而不是令人厌烦的诋毁。

"师兄,你再这么说,我要上天啦。"云想想笑嘻嘻道,"我要去练功了,不能和你聊了,咱们明天见吧。"

"练功?"薛御好奇了一下。

"为了'天天'而战!以后你就知道了。"云想想可是打算震撼所有人,自然不会提前泄露,就连贺惟都不知道。

"拭目以待。"薛御越来越喜欢这个小师妹,并且越来越期待她带来惊喜。

当然这份喜欢,并没有男女之情,因为云想想年纪小,虽然薛御觉得云想想很成熟,没有少女的稚气,但还是把云想想当做一个孩子。

挂了薛御的电话,云想想又一次慷慨赴义一般走入练功房,又是一次死去活来才能够睡下。

第二天一大早,贺惟亲自来接云想想去了体育场,体育场还在进行最后的清理和布置,舞台已经处理好,完全不妨碍云想想和薛御进行最后的排练。

对于两个艺人的第一次合作,贺惟还是很看重,亲自在一旁监督,并且给出意见，一直忙碌到下午三点，三个人都确定满意，才下去休息。

"公司已经同意投资你拍摄《坏女人》，但这个名字估计后期需要改。"休息的时候，贺惟对云想想道，"投资商这方面，你不用担心，不过这部电影，公司决定于明年三月开机。"

投资的到位，场地的筹备，还有后续的事情，现在已经十月，明年三月并不算慢。

"知道了，谢谢惟哥。"云想想点头。

"我建议你期末之前接拍一部电影，考试的时候请假回去考试，争取寒假前拍完。"贺惟又提议，"我手上有几个剧本，都是近一两个月要开拍，还没有定女主角的剧本，明天我带来给你看。"

"好，学习这边我会在这一个月多补课，争取将这学期的内容提前学完。"这样就可以安心去拍戏。

"最后，你的形象代言这方面……"

贺惟顿了顿，"昨天到今天找上我的很多，我虽然主张你走高端路线，但你拍的电影又多是亲民内容，长此以往会给大众表里不一的印象。所以，我给你挑了几个国内的代言广告，有家具电器和食品方面的，看你自己选择。"

云想想不得不再一次感叹有个这么全面的经纪人，自己真是掉入福窝的艺人啊。

如果云想想一直代言国外奢侈品牌，多了很容易引起爱国人士的抵触和反感，虽然这和爱国没有什么关系，但看不惯你的人总会给你挑出毛病。

不要小看这个不爱国的帽子，一旦被扣上，形象会大受影响不说，对发展也会有多方限制，从而也激发很多人对艺人作品的抵触。

要亲民，还有什么比家电和食品更亲近？这些东西要么就是家家户户必备品，要么就是青少年或者小孩子都爱的零食。

最重要的就是这两样东西，完全和那些顶奢高奢品牌不冲突！不会影响这些奢侈品牌对她的考量。

"老贺，你以前不是这样对我的！"薛御再一次发起控诉。

想他以前，哪里会有这样商量的语气？哪里会跟他解释这么做的原因？哪里还会给他选择的余地！

这要是换做他，贺惟会直接冷冷地把选好的品牌合同扔到他的面前，并且冷冷地对他说："我给你接了个合约，签了它，去拍宣传照和广告……"

"两个选择，回炉再造，或者认命。"贺惟果然冷冷地看着薛御。

薛御立刻偃旗息鼓，摆出一脸生无可恋。

看得云想想只想发笑。

"我明白了,老贺。"突然薛御一拍大腿,"你是嫉妒我比你长得帅!"

"噗!"云想想真的很不礼貌地喷了,薛御怎么可以这么逗。

贺惟正要开口,他的手机响了,扫了薛御一眼,拿起手机出了休息室。

"我和你说,他以前要是这样,他才不会只剩下我一个。"

贺惟刚一走,薛御就立刻吐槽起他,"要不是有一次我们两人共同经历了一场车祸,我也会离开他。他以前专制霸道,只会发号施令的性格,只有他的奴仆才能够受得了。"

云想想表示沉默,花想容曾说很多人传过贺惟不好相处,但她根本没有机会接触,所以不好评价,不过现在贺惟和她想象的完全不一样,也许是那时候的贺惟年轻,没有现在成熟,自然也没有现在这么会为人着想。

也许是真的看云想想是个女孩子,且年纪还这么小,不自觉就带出了长辈的关心和忍让。

反正云想想真的觉得自己很幸运,能够遇上贺惟这样的经纪人,他根本就是一个全能职场管家。

什么都不需要她操心,只需要顺着他铺好的路走下去,就一定是康庄大道,花团锦簇。

云想想和薛御嘀嘀咕咕,薛御正在爆料贺惟以前的不人道,大吐苦水。贺惟两分钟的时间就折回来,正好逮到薛御学贺惟黑脸的表情。

"想想啊,学会了吗,黑脸就是这么演。"薛御灵机一动,立刻扯上云想想。

云想想忍着笑,努力一本正经地点头:"嗯,我学会了,多谢师兄指导。"

贺惟扫了薛御一眼,就径直走回自己的位置上:"奥斯汀打来的电话,天使系列你拍摄照片的那几套珠宝,一售而空。"

"噗——"说了半天的薛御,刚好端起一杯水喝到嘴里,立刻就喷出来。

贺惟嫌弃地将一包餐巾纸扔给他。

薛御连忙抽出一张擦嘴,一边咽着口水道:"那六套珠宝才上线一天吧?"

昨天云想想的宣传照才统一放出来,薛御特意去看了那六套珠宝,他估计总价值大约超过四亿,这才二十四小时不到,就被人给全部买走?

是不是太快了点!

世界上有钱人突然口味都变得一样了?

"是一个人买走的?"云想想敏锐地捕捉到贺惟的情绪不对。

如果不是一个人买走，贺惟应该面上有喜色，这会儿他面无表情。意味着这六套极其华贵的珠宝并不是被分散的富豪买走。

这世界不缺有钱人，能够一次性买走这价值近五亿的珠宝面不改色的人也不少。

但上流社会有上流社会的规则，往往他们购买这种顶奢东西，都有其他利益考虑。

出于喜欢的也有，不过也太喜欢过头了吧。

"嗯，一个人，而且是你的宣传照上线之后五分钟。"贺惟点头。

这么迅速，这么不犹豫，说明对方实力雄厚，调动五亿资金分分钟的事情。

也说明对方买珠宝不是为了珠宝，否则五分钟不够他们看完。

购买珠宝的人时刻关注着云想想的动态，买珠宝只为云想想。

"我知道了，惟哥，我出去打个电话。"云想想拿起手机，招呼一声就走出去。

目前为止，云想想认识的人，会为了她一掷千金的只有她那位新上任的男朋友。

电话拨通过去，就响了一声，宋冕就接了，好听的声音带着点笑意："女朋友，兴师问罪来了吗？"

"男朋友，看来你对于你自己做了什么很清楚，并且也没有打算欺骗我。"云想想的语气也像谈天气一样轻松。

"我永远不会欺骗你。"宋冕不放过任何表白机会。

"那么，男朋友，给你五分钟时间解释一下，你答应过我不干涉我的事业。"云想想说。

"我绝对没有干涉你的事业，快过年了，父亲说我们又到了人情往来的时候，送礼不能送心意，需要送名贵。"

宋冕信誓旦旦，"正好看到女朋友代言的珠宝，我送礼顺带照顾一下我女朋友的业绩，这不为过吧？"

云想想：……

像宋冕那样的顶级豪门，相交需要维系往来关系的必然也是顶级豪门。

送礼的确不能寒碜，送一套几千万的珠宝很合适，并且珠宝都是送给家眷，男人们彼此脸上也更好看。

人家只是筹备年礼，本着肥水不流外人田的道理，买自己女朋友代言的产品，合情合理。

云想想自问也是个能言善辩的人，怎么碰上宋冕，每每都被他说得哑口无言？

"生气了？"久久没有听到云想想回复，宋冕有些小心翼翼地问。

"生气？"云想想语气带着点自豪，"我应该骄傲，骄傲我有这么实力雄厚的男朋友。"

宋冕不买珠宝，也要买其他的东西，一样的贵重，那为什么不能便宜做女朋友的她？

她是想要靠自己，但并不意味着她迂腐。

"就知道女朋友最明白事理。"宋冕低低地笑道。

"这次算你过关，下次你要是再做和我扯上关系的事情，也最好像这次一样，有说服我的理由，不然……"云想想故意用凶巴巴的语气，带着点威胁。

"遵命，女朋友。"宋冕好脾气地应下，"你今晚要参加演唱会对么？"

"你要做什么？"云想想第一反应竟然是防备。

真的好怕宋冕给她惊喜，她觉得只会有惊，绝对没有喜，有钱人的世界，她不是很懂。

"女朋友啊，真想这一刻就站在你的面前，你的表情一定又软又萌。"似乎脑补到了云想想此刻的表情，宋冕笑得格外开心，"我就是关心关心你，放心吧，我不会乱来。"

"是，你轻易不乱来，一乱来就惊天动地。"

五亿珠宝，说买就买。

"嗯，女朋友的不满，一定认真记下，以后好好改正。"宋冕非常严肃地回答。

云想想翻个白眼："我信你个鬼。"

有一种人，从小就是挥金如土的，他估计连平民的东西都认不全，想要他亲民，下辈子都不可能。

两个人确定了关系之后，打起电话来就有说不完的话，还是薛御和贺惟催促，云想想才挂了机，挂机前问："你什么时候回来？"

"下周，回来我会告诉你。"

"好的，等你回来。"

挂了电话之后，云想想接着去排练，这次非常正式，和先前不一样，这半个月来宋倩都不忘帮她压脚背的效果出来了。

当云想想穿着一身黑色的芭蕾舞裙，跳起了芭蕾舞，不懂行的如薛御和贺惟看得忍不住竖起大拇指。

"可以啊，师妹。"薛御忍不住惊叹，"你这才多久，就从初学者到大

245

师级。"

"师兄，咱能别王婆卖瓜自卖自夸行吗？"

云想想都不好意思了，"什么大师级，我就是比之前动作到位，姿态更轻灵一些，我要和专业的比，不也一样被挑毛病。"

"可你这进步也太大了，你怎么做到的？"薛御不由惊叹。

"就是每晚压一压脚背。"云想想说得云淡风轻。

但作出《黑天鹅的诗》这首歌的薛御，是真的去了解过芭蕾舞学习者，才会那么有感触地写出这首经典歌，他很清楚压脚背多辛苦。

"想想，是不是师兄给你压力了？"薛御突然有点自责。

第12章 她有她的骄傲

看着这样的薛御，云想想颇有些哭笑不得："师兄，如果是我请你帮我做事，你难道会敷衍了事？"

薛御摇头。

"对啊，我也只是认真对待。"云想想说。

"可是你这也太辛苦……"

"师兄，我现在学的又不是只在你的演唱会上用。"

云想想立刻打断薛御，"技多不压身，多学点东西，学会了就是永久的财富，我又是个演员，以后说不定就用得上，为什么不趁着有时间有机会早用功，让未来更加轻松？"

"学学你……"

"你别说话！"不等贺惟开口，薛御立刻打断他，"我懂，我羞愧。"

薛御找了个检查服装道具的理由遁了。

想起他以前，不到火烧眉毛，他才不会急。

能够有一分钟闲暇的时间，他恨不得瘫两分钟。

让他居安思危，让他把玩乐休息的时间花在未来可能用得着的东西上面。

对不起，他做不到！

"师兄这是……"云想想还没有弄懂，薛御又怎么了？

"他只是终于意识到自己多丢人，让他一个人静静就好。"贺惟依旧毒舌。

这话云想想不好接，便乖乖去化妆。

与此同时宋尧正心疼地听着宋冕的吩咐:"少爷,那几套珠宝真的要送出去?"

　　他不是心疼钱,而是这几套珠宝可是他们少爷的女朋友,未来少夫人戴过的,真是抬举她们,想着就心里不舒服。

　　"买来,就是打算送人。"宋冕手里拿着手机,唇角含笑。

　　"啊?"宋尧一时间没有反应过来,"从一开始就打算买来送人?"

　　"不然你以为?"宋冕扬眉看着这个素来能读懂他心思的小管家,怎么觉得最近他的智商在下降。

　　"我以为少爷是买回来珍藏着,等你和少夫人结婚,当做聘礼……"察觉宋冕越来越质疑的目光,宋尧声音逐渐变低,"女人不都喜欢这样被人宠着?更何况云小姐那样的小姑娘。"

　　"她不一样,看着小。"宋冕一说到云想想就情不自禁露出了迷人的浅笑。

　　曾经他也觉得云想想小,但她的思想和心智是足够的成熟,她是个看似温软,实则刚强果断的人。

　　宋尧一脸愁苦:"白跑一趟。"

　　宋尧还以为珠宝是买回来等以后送给云想想,特意去了门罗总部亲自护送回来。

　　早知道是送给那些人,随便派两个人去取就好,或者直接一个电话让他们送来。

　　"我记得十二月有个舞会,你挑几个参加的人送。"宋冕沉思了片刻后道。

　　"蓝血舞会?"宋尧没有想到少爷还记得这个舞会。

　　蓝血,在西方特指高贵与智慧。

　　这是大苹果城举行的舞会,参加的都是全球顶尖家庭的子女。

　　那是真正的名媛盛会,这些名媛还不仅仅要求家世顶级,本身也得德才兼备毕业于顶级学府。

　　宋家送出去的珠宝,又恰逢这个当口,十有八九都会在当晚被佩戴。

　　可以想象一下子有三位以上甚至很可能是六位名媛佩戴门罗的珠宝,将会是怎样的轰动。

　　一下子就可以把门罗推到能够和全球第一比肩的地位。

　　而门罗的水涨船高,就算没有人觉得这是云想想的影响力,也会为云想想博得极高的关注,但也仅仅只是关注,机会还是要云想想自己去抓。

　　"少爷,你这样做云小姐不一定知道。"

这样太费心思了吧,而且收益最大的根本不是云想想本人,宋尧不太懂少爷的想法。

"对她好,为什么要让她知道?我对她好,只是顺心而为,不是为了让她回报。"宋冕说。

"可这未免太迂回了吧。"

宋尧急啊,他少爷追女人的方法实在是温吞。

"我知道,你在想什么,你心里想的事情,别背着我做。她没有开口,就不要插手她的事情。"宋冕叮嘱宋尧。

"啊?"宋尧更纳闷了,爱她不就是应该把一切最好的都给她?

按照宋尧的想法,云想想现在需要机会,只要一句话,都不用宋冕亲自开口,就会有大把的机会砸在云想想的身上。

只要宋冕想,云想想可以不用三年的时间就站在最顶端。

"你不懂,她有她的骄傲,而我尊重她,也相信她的能力。"宋冕的眼眸似阳光下的深海掠起了一片深紫的光,荡开宠溺的柔情。

他在闵老那里打听了云想想,她说:别人给的是空中楼阁,自己赢的才不会黯然失色。

那是个倔强,自尊,独立,理智而不慕富贵的姑娘。

她没有坚定地将他推开,从她答应和他试着交往的那一瞬间起,她就决心把自己变得更优秀。

她的骄傲不允许他用身份地位干涉她的生活,那是在提醒她他们之间的差距。

这是在用尊贵的身份嘲笑她的低微:你看你要吃尽苦头,我却只要开个口。

否定她的努力,否定她的付出,否定她自身的能力,就是否定她这个人。

如果他真的这样做了,那么他们之间就走到了尽头。

宋尧头痛地抓了抓头发:"你们以后是一家人,你的不就是她的吗?"

"她是不一样的。"宋冕眉梢眼角都渗透着笑意。

也许很多女人向往着通过嫁人,俗称第二次投胎改变自己的生活质量,甚至有些女人为了富裕的物质可以牺牲一切。

可云想想不是,她想要的一切都必须是她通过努力得到的,她不会在任何时候任何地方,对任何人低下她骄傲的头颅。

宋冕心里颇有些惆怅,他们要变成一家人哪里有那么容易?

云想想那么的骄傲,就算他和父亲都没有瞧不起她或者她父母,她也绝对不会允许自己毫无建树之前就嫁给他。

宋尧不懂，也不想懂，默默地离开，将宋冕吩咐的事情办妥。

走出楼房，吹着深秋的风，他蓦然觉得人生有些萧瑟。

以前他们有个心思深沉，高深莫测的少爷。

现在他们即将多个复杂独特，与众不同的少夫人。

"哎，管家的人生，才是世界上最烦恼的人生。"

宋冕主仆二人的心思，云想想自然不知道。

此刻她在演唱会的现场，站在台下看着舞台上的薛御，他的声音非常有特色。

可以柔情似水，可以岁月沧桑，还可以热血沸腾。

战鼓擂，长虹贯日白骨堆

山河碎，风雨欲来城欲摧

塞上胭脂一滴女儿泪

大漠孤胆经年寒风吹

一身戎装伴浊酒一杯

三军对垒笑几人能回

问英雄是谁

……

这首《问英雄》是薛御自己填词作曲的歌。

开嗓就是高潮，由高转低，由热血转变柔情，将铁血柔情，将古代戍边战士的悲情唱得淋漓尽致。

一句"问英雄是谁"真的可以把泪点低的人唱哭。

云想想非常喜欢，她情不自禁地跟着薛御的节奏唱起来。

不知不觉唱完之后，现场鸦雀无声，旋即又爆发了尖锐的叫声和呼喊声。

演唱会进行到了最高潮的时候，而下一首歌就是《黑天鹅的诗》。

薛御和贺惟特意和各方面协商之后，把这首歌放在最好的时段。

这个时候演唱会被《问英雄》掀起了最大的激情，激发了歌迷的情绪。

"我一个人唱着，不过瘾。"薛御的声音在台上响起，"我今天还特意请来一位天籁之声，为我助阵，你们都知道是谁吧？来，我们大声喊出她的名字！"

"云想想，云想想，云想想——"

观众席上一声声的呼唤，让云想想莫名有种被万众期待的喜悦感。

"好的，接下来我和我师妹共同为大家带来一首《黑天鹅的诗》。"

在欢呼、尖叫、鼓掌声中，舞台上的灯光完全消失，云想想趁着这个时候上了舞台，在指定的位置上摆好姿势，优美的钢琴声先一步响起。

一束光打在了云想想的身上，她穿了一身黑色的芭蕾舞裙，随着薛御的钢琴声开始舞动。

她的手轻柔，舒缓，优雅地伸展变化。

做了一个迎风展翅的动作之后，薛御的歌声响起：

坠入凡间的天使

谁看透她舞姿

飞越罪恶歧视

请读懂她手势

舞台血泪浸湿

……

紧接着云想想一个单足优美旋转，恰好回眸，目光深沉而又固执地面向观众，接下了旋律：

折断双翼的天使

谁记住她名字

绽放青春固执

请看清她样子

黑白相拥彼此

……

云想想的开唱，引来了一大片的尖叫。

她今天化了比较浓的舞台妆，眼线勾得非常粗，银色的眼影闪烁着荧光。

左边的眼角点缀了黑色的天鹅羽毛，边缘贴了几颗水钻，灯光下那双如梦似幻般剔透的眼眸，坚定不屈。

在她翩翩起舞的时候，仿佛这首歌唱的就是她这样一个倔强不肯服输的女子。

她就像歌里抒发的情感那样，用她全部的力量，释放生命一样的美来坚持梦想。

她深信着她能够等到黑暗之后的黎明之光。

明明这首歌，这样的低迷，却偏偏让人听了血液开始沸腾，让他们想要疯狂地尖叫。

最后他们合唱：

黑天鹅的诗，是最美的坚持（是梦想的展翅）

一曲完毕，不少观众直接站起来激烈鼓掌，那雷鸣般的掌声淹没了整个演唱会。

没有买到演唱会门票，只能看直播的也一个个狼嚎起来。

【啊啊啊啊，我女神唱得我心潮澎湃。】

【我去操场跑二十圈平复心情。】

【为什么我会听得流泪啊?】

【我录下了，设置成各种铃声】

而此时的宋家，宋安默默地将手帕递给老爷。

宋老爷拿过来擦了擦眼泪："你说这小姑娘是吃了多少苦，才会唱得这么心酸?"

这话宋安可没法接，云想想的资料他都查清楚了，虽然云想想不是千金小姐，但也是家庭幸福简单，父母开明且疼爱她，他也不知道这感情是怎么唱出来的。

云想想的经历，自家老爷也知道，偏偏还是被骗出了眼泪。

宋安不由感叹，果然心尖子，动不得，稍有不对，就疼得跟什么似的。

"哎哟，我这心口痛。"宋老爷往后一靠，拳头捶着胸口。

宋安唇角抽了抽，但还是拿出电话打给宋冕，等到宋冕接了电话之后，就递给老爷。

"父亲?"宋冕的声音传来。

"我心口疼。"宋老爷开口直言。

宋冕：……

他爹的身体状况他会不知道?他长这么大就没有见过父亲生病，突然心口疼，事出反常必有妖。

宋家的医生多着呢，如果紧急他不可能还有工夫给自己打电话，这声音听着也像无病呻吟。

"你这个不肖子，我心口疼，你听到了吗?"宋老爷看着儿子半晌不回声，生气道。

"哦，然后呢?"宋冕语气平平。

老爷子气得跳起来，在屋子里来回踱步："就知道生儿子没有用，一点也不贴心，要是我有女儿，肯定会紧张我!"

岂料宋冕回答："我不介意有个妹妹，父亲，现在还来得及。"

"你——"宋老爷气得脸色铁青，直接把手机砸出去。

宋安反应神速地飞扑过去接住，然后拿电话走到一边去对宋冕说："少爷，老爷刚刚看了云小姐的演唱会，是想您什么时候把云小姐再请到家里来。"

"我这里还有几个病人……"

"没有要你回来!"宋老爷夺过手机,气呼呼地打断,"你不用回来,打个电话,说你常年不在家,让小姑娘代替你常来看看……"

宋老爷的话还没有说完,手机已经传来了忙音。

宋老爷瞪着眼睛,冲着宋安数落:"你看看,你看看,养臭小子有什么用?"

宋安不由联想到,他那个从小跟在少爷身边,自从少爷掌权之后,就连说梦话都要把自己荣养起来的儿子,深有同感地点头。

儿子,就是这世界最讨厌的生物。

"老爷,要不要我打个电话给云小姐?"宋安请示。

宋老爷的脸色立刻恢复,摆了摆手:"别吓着小姑娘,免得那臭小子娶不到媳妇,正好有理由怪到我头上来。"

他是想见那个可爱的小姑娘,但绝不会越过儿子,虽然臭小子不孝顺,可他是个称职的爹。

演唱会完美落幕,云想想并没有等到最后,就被贺惟先一步送走,这是为了避开围堵的娱记。

"今天你这么累,就休息一天,不练功。"

宋倩看着云想想卸妆过后,眼底的疲惫,体谅地为云想想推了穴位之后,让她早点睡觉。

"不行。"像个慵懒猫儿眯着眼睛的云想想倏地睁开了眼睛,"练功不可一日懈怠。"

"少一日,不影响。"宋倩以为云想想是担心影响进度。

"我不是急于求成。"

云想想缓缓地爬起来:"人啊,就没有几天不累的时候,不是身累就是心累。若有点疲惫就懈怠,打开了这个缺口,以后就有偷懒的理由。"

人就是一种惰性生物,好逸恶劳其实是每个人都有的本性,就看能不能将它给压制,只有时刻挑战它,才能够变得越来越坚韧,才永远不会被它给支配。

她又不是动不了,也不是受了重伤,只要爬得起来,今天的事情就必须今天完成。

宋倩是接受过特殊训练的人,最明白那样可怕的环境,什么样的人才能够存活下来。

而能够熬出来的人,日后无论遇上什么逆境,都能够坚持。

他们是受过训练被磨砺出来的，而云想想则是与生俱来。

云想想没有解释，她从小就凭着这股韧劲，努力维持自己的完美，差一点钻了牛角尖，幸好在转折的路口遇到了一盏明灯。

又有谁的性格不是成长环境造成？

当一个人什么苦都吃过，也就什么都不觉得苦。

练完功，云想想是被宋倩给抱回来的，宋倩把她放成什么姿势，她就什么姿势睡到天亮。

早晨起来可就没有以往那么神采奕奕，到底她是个普通人，昨天的确过于疲惫。

不过她还是在被生物钟唤醒之后，就打起精神洗漱，然后打太极。

"她真的很棒。"艾黎是个性格很冷的人，寡言少语，也很少欣赏一个人，但相处下去之后，她越来越欣赏云想想。

"走上巅峰的人，不一定最聪明，但一定是最努力，懂得把握一分一秒的人。"宋倩靠在门边，和艾黎一起看着里面认真专注的云想想。

云想想练完功，就去洗澡，出来的时候王永已经做好了精美的早餐。

"永哥在的人生真是太幸福。"云想想享受着营养美味早餐，不忘夸赞王永。

"嗯嗯嗯，太幸福。"云霖也跟着点头，"我以后也要找个像永哥一样好的大厨。"

把憨厚的王永夸得有些不好意思。

其实他是农村的穷人，祖上就传了手艺，但不善于经营，家里越来越穷。

他读书也读不好，出了农村就去餐馆酒楼打工，很多东西他都是一看就会。

但因为他没有学历，考不了厨师资格证，掌厨是不可能，还处处被人排挤、利用和嘲讽。

他已经心灰意冷，打算回老家混沌过日子，是一个看不起他的人拿了贺惟的招聘广告，颐指气使地对他说："你不是说你有真本事，只不过没有学历限制了你吗？咯，这个地方上面写着不要求学历。"

当时他还以为是个小地方，这些人就等着看他笑话，等着他打听清楚后，差点腿软，还一度以为是骗子。

想着自己也没有什么地方值得被骗，这才鼓起勇气问清楚是不是真的不需要学历，确定后顶着那群人戏谑的目光，一头扎了进来。

贺惟亲自考察，从一百多个人当中挑选了他。

被派到云想想身边,他特别紧张,这么漂亮的姑娘,会不会是那种不好伺候的千金小姐。

没有想到云想想这么亲和好相处,像个让人情不自禁想要宠爱的小公主。

云想想给他开的工资更是差点把他吓死,他当然要使尽浑身解数来对得起这份高薪。

"想想,你要的酱我都做好了,我还做了其他的酱。"王永连忙开口道。

"我去看看。"云想想刚好吃饱,就往厨房去。

"这边是素的,这边是荤的。"王永打开柜子,两边都整整齐齐摆放着二十几罐密封的玻璃罐,"素的都是菌类,荤的有海鲜、牛肉、鸡肉和猪肉。"

一个多月的时间王永做了这么多,云想想随便拿了一罐,拧开闻了闻:"好香啊,我明天带几罐去学校,倩姐你晚点拿些给香菱和萌萌送去。"

转头对王永笑弯了眉眼:"辛苦永哥,要是没事就多做点。"

等到宋冕的糖给她送来之后,她就一起寄点回去给爸爸妈妈。

"好好好。"王永就怕云想想不喜欢,云想想的满意比什么都重要。

关于做酱,他母亲有秘方,他从小就爱做这些。

想到马上就要去找贺惟,云想想就挑了几罐打包好,坐上车去公司。

到了公司,让宋倩去送东西,晚点来接她,她带着可可入了门。

"想姐来了,想姐你唱歌真好听!"

"想姐,你以后会不会出专辑,我要买。"

"想姐,给我签个名好不好?"

一楼的接待和员工看着云想想一个人来,就围上来。

"你们叫我想想就好。"这些人比她年纪都大。

她知道这是出于尊重,还是有点不好意思。

"都不用工作吗?"就在这个时候,后面一道清冷的声音传来。

云想想转过头就对上了文澜冰冷的脸,她微微一怔。

文澜的身边跟着两个人,一个是她新签约的艺人,一个是云想想认识的人——露华浓。

云想想虽然没有关注过露华浓和若非群,但有些事情还是经过宋萌的嘴知道,露华浓和若非群因为花想容跳楼事件,被骂。

两人一年多没有任何作品,上次颁奖典礼,是花想容去世后,若非群第一次出现在公众视线。

听闻露华浓生了个儿子,一心在家里相夫教子,这两年都没有拍戏。

不过看起来露华浓的气色很不错,生过孩子不但没有让她身材走样,反而增添了韵味。

就是妆容比以往要浓了些，不知道在遮盖什么。

云想想对她没有任何敌意。不是她没有良心，她感谢人生际遇，让她在最迷茫的时候遇上了花想容，也在心里把花想容这个引领她走上这条，自己从未想过，却原来很喜爱的道路的人，尊敬成为师父。

每年她都会去花想容的墓碑前送上一束她最喜欢的花，她能够做的也只有这么多。

不可能因为感恩，去背负花想容的恩怨。

不过对露华浓好感肯定也是没有的，工作人员被文澜呵斥退去，云想想仿佛不认识她们一样，点头算是打了个招呼，就走向电梯。

文澜她们也紧跟着，云想想按了二十八层，她们按了十八层。

"云想想你好，我叫薄颜，跟着澜姐，你本人比电影里漂亮。"文澜新签约的人趁着这个机会，主动和云想想自我介绍。

"你好，云想想。"云想想简单应答，客气而又疏离。

寰娱世纪是个大公司，各个经纪人之间的艺人泾渭分明，资源是有冲突的，尽管整个寰娱世纪的经纪人都在仰望贺惟和薛御，但薛御有实力，没有人敢质疑。

云想想不同，她是新人，就算她目前势头很好，但资历不够，在别人看来底气也不足。

看下面那些人怕文澜，云想想就明白，她在公司还没有什么威信。

无论是怀着什么心思，都会不介意接近一下。

薄颜没有想到云想想这么冷淡，一时间也不知道说什么。

讨好云想想那是打文澜的脸，只能尴尬不失礼貌地笑了笑，还好十八层很快就到了。

她们一出电梯，电梯门还没有合上就传来了露华浓温柔安抚的声音："别难过，虽然你们俩都是新人，但她到底是有作品有口碑，以后你也会好起来……"

"她……"可可听到非常气愤，她们家想想得罪这女人了？拐着弯说云想想看不起薄颜。

恰好这个时候电梯关起来往上，云想想说："优秀往往是要承担平庸的嫉恨。"

"噗。"云想想的话让可可忍不住笑了。

露华浓的敌意在意料之中，她空降寰娱世纪，一下子成为贺惟的第一个女艺人。

入公司就有贺惟牵线，拿下了顶奢门罗的全球形象大使，对于同样类似于薄颜的新人已经没有威胁。

很明显她们不在一个档次，接触的资源也不一样。

但是对于寰娱世纪的小花旦，就是巨大的威胁，因为她们同等地位。

且云想想比她们年轻，比她们幸运，就更让她们不平。

她们自然不希望云想想在公司的形象好，人缘好。

"想想，你先坐会儿，惟哥在开会。"贺惟的秘书徐沁给云想想倒了杯温水。

徐沁是个其貌不扬，但办事能力特别强的女人，今年三十岁，已婚。

云想想才刚刚坐下，徐沁就抱着好几个剧本放在云想想的面前："这是惟哥甄选过后的几个剧本，惟哥说让你自己挑，都是这个月要开机，大多是因故缺女主角。"

其实就是原本已经谈妥了女主角，并且很可能已经签约，所以其他事都准备好的剧组。

有些是因为意外事故，比如受伤无法参演，像之前秦玥就是这样错失了《关爱》的杨琦。

有些是因为艺人形象，比如突然丑闻缠身，这样的话剧组也会解约。

有些可能因为合约，就是临时觉得片酬或者某些规定不行而辞演。

剧组突然换角，缺主演是很常见的事情。

贺惟已经甄选过一次，送到这里的都是他个人看好的剧本，云想想看了两本，都很不错。

全是电影剧本，其中一部关于犯罪心理师和罪犯斗智斗勇的剧本云想想很喜欢。

不过最吸引她的却是放在最下面这部《王谋》。

取材于真实历史，春秋楚文王，这是一部大男主权谋战争大戏。

编剧是著名春秋历史文学作者熊傲。

熊傲这个人真的如他的名字一样，又熊又傲，对他的作品拍摄要求苛刻到连群演的一个表情都得精细。

经常因为拍戏的事情和导演吵架吵上新闻，最后都是制片人来说和。

但是他的作品又真的经典，既符合历史，又把主角写得大气真实不缺完美。

譬如云想想手里的《王谋》，讲述的就是楚文王登上王位，立刻施展雄才大略，他做的第一件事，就是力排众议迁都。

刚刚迁都完毕，不给喘息他第二年就举兵北上伐申。

楚文王是个野心勃勃的男人，他的意图可不仅仅是申国，申国和楚国之间隔着一个郑国，对于郑国他也是志在必得。

碍于楚国和郑国是姻亲，郑国国君是他舅舅，他不太好动手，于是打算先灭了申国再徐徐图谋。

哪知道他借道郑国发兵申国的时候，郑国的几位大臣觉得楚文王狼子野心。如果郑国国君帮他灭了申国，必然唇亡齿寒，就百般阻拦。

最后郑国国君还是在楚文王的设计下借道，楚文王顺利地攻打下这个周南朝最大的异姓国，将之变成了楚国的县。

等到回程的时候，楚文王依然路过郑国，这个时候的郑国大臣已经不敢和楚文王针锋相对，奈何楚文王不愿意放过他们。

为了名正言顺，楚文王设了个计，传出风声他正在暗中调兵遣将，打算吞掉郑国，这个消息被郑国的大臣知晓，便派人来行刺楚文王，结果正中楚文王的下怀。

抓住这个把柄，楚文王毫不犹豫地灭掉了郑国，开疆辟土，一下子楚国便强大无比。

但是楚文王的征战杀伐之心并没有到此停止，他已经而立之年，不爱美色，不贪美酒，唯独喜爱万里山河，他不仅仅只会打仗，在治国上，也是雄才大略。

他建立了郡县制，重视县城之间的水路交通，他提拔优秀官员，他善待灭国之民。

所以他就算灭了其他国，也让人恨不起来。

稳定了后方，他开始着眼下一个目标——蔡国。

他意在逐鹿中原，每一次出兵都要理由充足，不能给其他国家群起而攻的借口。

对付蔡国，他一直在等待时机，这个时机也就是女主角出现带给他的。

蔡国国君蔡侯贪杯好美色，他娶了陈国公主为妻，其妻尤为善妒，且手段狠辣。

楚文王便派人潜伏在蔡夫人的身边，蔡夫人有个妹妹，嫁给息国国君息侯，息夫人倾城国色，天下传颂。

但楚文王并没有在意，他派人在过得不幸的蔡夫人耳边诉说着息夫人是如何被息侯捧在掌心，幸福美满。

这引起了蔡夫人极大的嫉妒，于是在息夫人省亲的时候，她作为亲姐姐发出了邀请。

息夫人本就要路过蔡国，蔡夫人的盛情她自然不能拒绝。

姐妹俩见了面，蔡夫人自小就嫉妒息夫人的美貌，还是后来自己嫁了强国，而息夫人嫁了个小国，才得以平息。

现在看着妹妹过得如此滋润，并且越来越美貌，还打听到息侯对她言听计从。

嫉妒之心，使得她心理阴暗。

她设宴招待妹妹，借故离席，却把自己那个好色的夫君引来，本想让夫君对妹妹不轨，抓住夫君和妹妹一个把柄。

但她却不知道，息夫人看似娇弱，实则刚强，不但没有让蔡侯得手，甚至愤而离去。

息夫人自幼聪慧无双，她知道息国国力不敌蔡国，且夫君对她爱若珍宝，若是知晓她在蔡国受辱，定然要愤怒。

她以雷霆手段处置了几个知情的下人，并且离去之后传了一封书信给蔡夫人，原来蔡夫人早有把柄在息夫人手中，不过是她没用罢了。

这样一来，蔡夫人也不敢将蔡国的事情捅出去，蔡侯险些被一个柔弱女子持剑重伤，这么没脸的事情，他自己也不可能让之宣扬。

埋伏在蔡夫人身边的眼线，将事情的经过告诉了楚文王，他立刻对这个从未见过面，天下传颂其貌美的女人刮目相看，他第一次对女人产生了兴趣。

他弄来了息夫人的画像，仅仅只是桃花树下一个抚琴的背影，却令他惊为天人。

最可贵的是，息夫人不仅美貌无双，楚文王搜罗了所有关于她的信息，才知道她嫁给了息侯，不仅能够帮息侯掌管后宫，还在政务上有真知灼见。

那一刻，楚文王怦然心动。

只有这样的女人，才是配得上他的人。

于是，他毫不犹豫地将蔡国发生的事情，通过自己的人泄露给了息侯。

息侯虽然软弱无建树，但这事关男人的颜面，若是他还忍气吞声，岂不是不配为人？

但他虽然文弱，却非常有自知之明，他不是蔡国的对手。

想到妻子一力将这件事瞒下来，意图息事宁人，他行事就避着妻子。

在有心人的煽动下，息侯终于想出一个计谋，他知道楚国想要攻打蔡国，便传信给楚文王：他故意做出对楚国不敬的事情，让楚文王假意来攻打他，他趁机向蔡国这个连襟求救，到时候楚文王就能够借机将蔡侯给擒拿。

如果没有息夫人的存在，息侯这个计谋可以说各取所需，但息侯并不知道，楚文王已经对息夫人志在必得。

蔡国他要，息夫人他也要。

息侯的一切都在楚文王的算计和掌握之中，楚文王欣然应允与息侯合谋。

最后果然将蔡侯生擒，这个时候是拿下蔡国最好的机会，名正言顺。

但在作战的时候，楚文王潜伏入息国远远见了息夫人一面。

她的美是传言都不能尽显，她的才情智慧，比他所想的还要令他惊艳。

想到那宛如桃花仙的梦中人，楚文王对蔡侯说，他可以放其一条生路，并且帮他灭了欺骗他的息国，但他得给自己一个灭息国的理由。

蔡侯哪里能不配合，他大肆地对楚文王说息夫人的貌美，盛赞息夫人这样的美人，要陪伴楚文王这样的雄主才对。

楚文王这样一个野心勃勃，心怀天下的事业型的男人，竟然真的为了息夫人放过了蔡侯。

蔡侯回国自然对息侯怀恨在心，便依计故意在边境挑衅，给了楚文王巡查的机会。

路过息国，一无所知的息侯毫无防备，设宴款待，蔡侯趁机派人假装息国人谋刺楚文王。

楚文王借由以雷霆手段灭了息国，带走了息夫人，意欲娶其为妻。

息夫人以释放息侯，善待息国百姓为条件允嫁。

婚后楚文王对息夫人如珠如宝，但息夫人对楚文王冷若冰霜。

楚文王因她一句无心之言，认为她对蔡国不满，而重新举兵灭蔡国。

也是这个时候息夫人才知道，她真的可以一言一句就影响这个男人。

她不敢再任性，开始努力做一个楚国国君夫人，尽可能地不让自己行差踏错。

由此，楚文王后方稳定，开始继续逐鹿中原，东拓北进。

"你看上了这个剧本？"贺惟的声音突然响起。

云想想从故事之中拉回神，她抬起头："嗯，喜欢这个息夫人。"

在那个女子地位低下的年代，她有着女子的柔情诗意，又不失智慧与刚烈，这个角色非常的好。

"这部戏，息夫人是女主角，但戏份很少。"贺惟解开西装的扣子，坐在云想想对面。

"我知道，大男主戏嘛。"

云想想这看的还是属于女主角的角度，都这么少的戏份，更别说整部戏下来，能够有多少个镜头：可这是铁骨铮铮之中的一抹柔情，就像万花丛中那一点绿意，不可缺少，不容忽视。"

角色的好坏，角色的成功与否，其实和戏份多少并不画等号。

诚然戏份多的确可以让人更记忆深刻，但多而不精反而令人厌烦，精而不多却更能让人念念不忘。

"你知道这部戏是谁导演吗？你知道楚文王、息侯、蔡侯，甚至戏份更少的郑侯是谁演吗？"贺惟突然问。

这部戏的消息云想想一点都没有听到过，她老实摇头。

贺惟递了一张表格给云想想，云想想看到上面的名字，不由倒吸一口凉气，三大影帝，华国顶尖大导，权威制片人。

导演是吴钊，他可以排入华国导演前五之列，比诸多演员的知名度都高，入围过全球电影奖，拿过无数国际大奖。

楚文王是陆晋，今年三十三岁，却已经有三十年的演艺生涯，三岁就童星出道，十七岁就拿到影帝桂冠，专注于电影，是站在电影圈顶端的大咖。

蔡侯是侯舱，四十五岁，作品不多，却都脍炙人口，数度提名国际最佳男主角。

息侯是新晋西柏电影节影帝贺星洲，二十六岁，前途不可限量。

就连只有几场戏的郑侯和蔡夫人都是拿过影帝影后奖的著名演员。

"这部戏不应该缺人才对……"云想想深呼吸后弱弱地开口。

别说还有三位大有来头的影帝领衔主演，就凭吴钊的名号，一票女明星哪怕是倒贴钱都愿意。

而且这部电影应该是那种波澜壮阔的战争权谋大戏，整部戏看起来会很震撼。

想要火爆，就凭几位主演和导演的名头就行。

吴钊的制作精良口碑整个华国都知道。

怎么会临近开拍了，还没有找到女主角？不合常理。

"因故缺女主角。"贺惟笑道，"这部戏已经开拍，就差女主角戏份。吴钊的风格，就是他拍戏之前，不透露风声，不做任何宣传，不准任何主角泄露，拍戏阶段也是封闭式的。"

云想想点头，这个她听说过。

"第一个女主角呢，是谁我就不说了，把定妆照传到了微信上，吴钊二话不说踢了。"

贺惟详细给云想想解释，"第二位女主角，接受训练的时候，礼仪姿态、神情表达不达标，也被辞了，第三位，被骂跑了……"

"骂跑了……"云想想呆了呆。

做演员被骂真的是太正常不过，认真的导演，脾气再好，遇上猪队友，

260

也是控制不住脾气的。

哪个做演员的没有被骂过？就算咖位再高，再火，再有地位的演员，也还能遇上地位更高的导演，而且也不是人人一出道就是巨星，就得被捧着。

演员啊，就是从被骂走过来的。

别看她这还没有被骂，那估计是因为她还算有点灵气并且年纪小，出的差错不多，大家也对她够宽让。

但是这么好的机会啊，换了是云想想，别说是她达不到要求被骂，就算是被挑刺挨骂，她也要死皮赖脸拍下去。

面子有那么重要吗？

这么大的制作，这么好的团队，这么棒的角色，这么精的剧本，竟然还有人拿到机会，被骂跑的？

"这部戏总投资超过三亿。"贺惟认真地打量着云想想，"我和曹驰虽然有些交情，但能不能拿到这个角色，得看你自己。"

曹驰是《王谋》的制片人，华国权威制片人，经他手的电影口碑都不差。

这么大的投资，很明显不缺钱，所以就不存在带资进剧组的事儿，情面也不好使，贺惟最多给她拿到面试的机会。

当然这已经很难得，这样的强大制作，不是一般人就能够拿到面试机会的。

吴钊又是个喜欢保持神秘的人，海选什么的在他这里不存在。

"如果一直找不到女主角呢？"云想想突然好奇。

这么大的投资，得多少人出钱出力，总不能一直耗着吧？

"这是大男主戏，直接弱化女主角就行。"贺惟对云想想很有耐心。

如果不是有恃无恐，吴钊怎么会这么有底气吹毛求疵？

"厉害。"云想想不得不赞。

实在是寻不到满意的女主角，那就删减戏份，找个能够大致体现，不说令人眼前一亮，给电影带来亮点，至少中规中矩，不突兀拖累的人。

降低要求，人就好找了。

"这部戏息夫人的戏份不多，但要拍摄的时间会很长。你如果入了他们的眼，得进行一个月的礼仪培训，培训不达标，还是会被逐出剧组。"贺惟慎重地告诉云想想。

"我知道。"云想想点头，"我喜欢这样的认真和严谨。"

因为是春秋时期，她必须要去接受春秋时期的礼仪培训，从仪态，到走路，到说话的语气……

总之一举一动,都要让观众看到真正的春秋时代。

拍这部戏的辛苦绝对不亚于《大学梦》。

《大学梦》累的是身体,这部戏累的是心。

因为一个不慎,很可能就会被赶走,诸多的付出化为乌有,前面三位就是好例子。

而因故被辞退,要求提前写在合约里,想要违约金是不可能的。

这种顶级制作,进去就得签下不平等合约,虽然人家严苛,但只有演员求着去的份。

"我就是担心我的考试……"云想想沮丧。

虽然她很想加入这个剧组,进入这一部很可能成为经典的电影之中,但她还是学生,得以学业为主。

拍戏必须得在她保证成绩的情况下进行,吴钊这么苛求到变态的人,听说他的演员进去之后,在拍完之前不得在任何情况下缺席,哪怕是没戏也得到场。

他是个突然会有灵感的人,拍着拍着有了灵感,就会突然加戏删戏。

加戏的时候这个人要是不在场,那肯定要倒大霉。

整个华国的演员,对他真的是又爱又恨,爱是爱他的制作,恨是恨他的风格。

现在已经十月下旬,培训,拍戏,估摸着要到寒假,中间有她的期末考。

她可是答应过学校,考试必须到场,不得参加补考。

"那就不去?"贺惟试探性地问。

"不,我要去。"云想想定了定神,"我要去试试,如果是我不行,那我也要知道自己哪里不足。如果我可以让他们认可我,我再提要求。"

"提要求?"贺惟忍不住笑了,"傻姑娘,你知不知已经十多年没有人敢向吴钊提要求。"

"如果我足够优秀,他非我不可呢?"云想想下巴一扬,颇有些骄纵的模样。

"好好好,我这就打电话给曹驰。"贺惟摇头笑着拿起手机。

在贺惟看来,云想想就是初生牛犊不怕虎。

他还算是了解云想想是经得起打击的那种人,让她见见世面,受点挫折,也是好的,有助于成长。

别看他平时对云想想非常地照顾和呵护,但他从来不溺爱。

不该经历的那些乌烟瘴气,他自然会挡在云想想的面前。

可这种增长阅历和经验的挑战,他是非常乐意云想想尝试。

这是为她好的事情,否则这个剧本他就不会给云想想看到。

自然,贺惟也是希望云想想能够创造奇迹,能够刷新她的演艺履历。

贺惟的面子很好使,加上云想想的外表符合绝色美人的设定,目前为止云想想也没有负面新闻。

曹驰问了吴钊之后,制片人和导演决定三天后和云想想吃个饭。

"你有三天的时间准备。"贺惟将这个消息告诉云想想。

"谢谢惟哥,我会努力。"云想想眉开眼笑,然后把自己带来的酱递给贺惟,"我让永哥做的酱,平时留着下饭。"

贺惟拿着几罐酱,有荤有素,这种平常的东西,已经很多年没有人送过他,却莫名感觉到温馨。

这说明云想想是真的时时刻刻想着他,而不是故意要讨好他。

"我收下了。"贺惟放到一边,招呼着云想想坐下来,"刚刚公司开会,有人提议让你全面发展。"

"全面发展?"云想想蓦然想到昨天的演唱会,"让我出专辑?"

贺惟点了点头,将平板电脑递给云想想:"昨天的反响。"

云想想今天还没有刷新闻,以前有什么重大的事情,都是宋萌通知她,她今天没有登微信微博,可能没有看到。接过贺惟的平板电脑翻了翻,很多版面都做了报道,当然不乏一两个鸡蛋里挑骨头的,这种毕竟是少数,大多数是认可和赞扬。

贺惟这么大方地给她看,说明这些肯定不是公司做的宣传,而是媒体自发报道。

关键是每篇褒奖的报道阅读量和热度都非常高。

云想想又上了微博,果然有宋萌发来的信息和链接,薛御的演唱会还上了热搜。

不少人对云想想唱歌的水平赞不绝口,很多粉丝包括云想想自己的也纷纷求出专辑。

认真地看完之后,云想想放下平板电脑:"惟哥,我并不想顾此失彼。"

"说下去。"贺惟面无表情地点了点头。

"我还要读书,我这个年纪最应该的其实是读书。"

云想想组织好语言之后开口:"我知道这些赚钱赚名,我没有生在大富大贵的家庭,但我衣食无忧。我很庆幸我能够不需要为了吃饱穿暖而去绞尽脑汁,费尽心力,向社会向现实低头。"

花想容就是不得不向现实低头,因为没有学历,没有其他本事,就没有了底气。只能忍气吞声把唯一能够走得下去的路走到底。

她对生活的要求，从来不是物质的享受。金钱对于她而言，能够让她吃饱穿暖，有点余额就够。

所以她想要坚持做自己想做的事情。

她只对演戏感兴趣，才会在能够兼顾学业的情况下，去演戏。

"我唱歌好不好听是一回事，我喜不喜欢是另外一回事。"

云想想的态度很坚定，"有些人被生活环境所迫，只能浪费天赋；但有些人天赋并非所爱，生活又不窘迫，所以选择放弃这项天赋，我谢谢老天爷给我好听的嗓子，可我并不想唱歌。"

"如果我对它没有热情，天赋再好，无心去努力，我觉得也做不好，还会因为我不喜欢的耽误我喜欢的，最后落得两头空。"

"想清楚了？"贺惟问。

"嗯。"云想想郑重地点头。

贺惟的唇角掀出一抹欣慰的笑："我在会议上已经否决了他们的提议。你放心，有我在，没有人能够勉强你。"

"谢谢惟哥，我一定好好拍戏，让他们都看清楚，你的选择才是最对的。"云想想非常感动。

这会儿云想想无比庆幸她的经纪人是强势、不容别人指手画脚的贺惟。是在寰娱世纪说一不二，举足轻重的贺惟。

否则，她也可能像花想容一样被逼无奈，做一些只为利益，并不喜欢的事情。

这也不能说是公司的错，公司要赚钱，他们这些艺人，本来就是公司赚钱的工具。

将他们的价值最大化，是公司理所应当的选择。

"不用给自己太大压力，你还很年轻。"想到云想想为了做个嘉宾去压脚背，贺惟既是宽慰又是心疼。

他在这个行业这么多年，看过多少形形色色的人，不是没有那种敬业的，但却没有云想想这么努力的。

一个嘉宾，几分钟的事情，再敬业的人除非是被要求，都不会主动做到这一步。

"我才不会给自己压力。"压力是什么，云想想字典里就没有这两个字。

"息夫人这个角色，如果吴钊那边不妥协你要怎么办？"贺惟还是有点担心。

就怕云想想付出了辛苦和汗水，最后白忙活一场，影响她的心性，得提前做好思想工作。

"不答应，我就放弃。"云想想回答得很干脆。

她的确很喜欢这个角色，也愿意为这个角色付出最大的努力和诚意。

但她始终没有忘记她现在的身份，在学业和事业能够兼顾的时候，她努力兼顾。

一旦两者有了冲突，她必然是要选择学业的。

错过了一个息夫人，尽管遗憾，还有其他剧本。

错过了学业，尤其是青大的学业，那就是人生一辈子无法弥补的缺口。

她答应学校的事情，不能失信，更不想看到爸爸妈妈失望的目光。

"你能这么想，我就放心了。"贺惟赞赏地点头，"没事的话，我就去忙，你自便。"

"哎，惟哥。"云想想出声叫住站起身的贺惟，"我来的时候遇上了澜姐带着露华浓和薄颜，我觉得露华浓对我有敌意。"

她可没有打小报告，这说的是事实，贺惟是她经纪人，她当然要把这些事情提前报备。

站起身，扣着西装扣子的贺惟突然顿了顿，然后点头："我知道了，一会儿你离开的时候，去徐沁那里领份资料，是我甄选出来的新代言，你自己挑选个。"

"好，惟哥慢走。"云想想冲着贺惟挥手。

等贺惟走了，她就摸出手机给宋倩打电话，问她多久能够回来。

宋倩说大概一个小时，云想想就让可可先去徐沁那里拿资料。

果然像贺惟说的那样，都是些家电或者食品公司。

食品有蛋糕、饼干、薯片和某种饮料。

家电是电冰箱和抽油烟机。

"可可，你找人去好好打听一下这两个牌子的电冰箱和抽油烟机。"云想想吩咐可可，"上面这些零食，你也去一样买一些来，这个蛋糕好像是新品，想办法联系负责人，要一箱。"

"想想，你这是要做什么？"可可虽然把云想想的话都记下来，但却不明白云想想的意图。

云想想已经拿出手机，开始搜索电冰箱和抽油烟机的公司、品牌以及相关的新闻，甚至还去官网看了看消费者的评论，网页搜索询问大众对这个牌子的看法。

"了解它们。"

"了解？"可可还是不太明白。

云想想抬起头:"我要做代言人,当然要把我代言的产品摸清楚,它有什么功能,它好不好用,他们公司有没有以次充好、有没有偷工减料的前科,我得对得起我的代言。"

可可不可思议地睁大眼:"这需要代言人负责吗?"

"你说什么是代言人?"云想想放下手机反问,"代言人的意义是什么?"

"代言人不就是为了商品打广告的知名人士?"

可可非常官方地回答,"代言人的意义,就是利用代言人的号召力和影响力来扩大商品的知名度,从而最终达到提高销量,获得更大效益的目的。"

"对,我代言就意味着我的粉丝会更关注这些产品,他们粉我喜欢我,如果我带给他们的产品不好,我这就是不负责任。"云想想道。

"那也是骂生产商……"

这种事情不是没有,艺人代言的东西多了去了,真正使用的有几个?就算粉丝买了,觉得不好,也不会怨怪代言人,毕竟产品不是他们生产的。

艺人负责推广,拿到相应的报酬就行。

"这种行为,在我看来是一种不负责任。"

云想想郑重其事地对可可说,"别人我管不了,但我代言的东西,我一定要亲自体验过,并且我真的觉得它值得推广,我可以不收代言费推荐好的,也不会高价代言我认为不好的东西。"

这不是代言人的义务,也不会写在合约里,但却是云想想自己的坚持。

她很清楚这样一来,她会错失很多代言,少很多机会。

但她希望她赚的每一分钱,都对得起自己的良心。

好就是好,不好就是不好,让她拿钱说违心话,对不起,臣妾做不到!

可可被云想想说得肃然起敬,蓦然间她觉得跟着云想想,是一种骄傲,立刻着手去办。

大概浏览了一个小时的网页,云想想把看到的新闻都截图下来。

她也不会就听网上的片面之词,网上的喷子多了去,还有来自于同行的攻击。

她会一一去核实,如果太麻烦,那她就直接放弃,选择简单的就行。

接到宋倩已经到楼下的电话,云想想才下去,出了电梯就感觉到气氛不对劲。

抬眼,云想想就看到大堂外缓缓走进来一个人。

她身段婀娜,约莫一米七二的身高,高腰白色阔腿长裤,五厘米细跟尖嘴白皮鞋,将她细直的大长腿衬托得格外吸睛,上半身是一件灰白相间大衣，荷叶边的领格外的精致。

酒红色的头发盘起来，耳朵上是心形流苏钻石耳环，手里拿着一个贴着亮片的精美包包，不需要刻意气场就全开，大堂的接待和工作人员个个毕恭毕敬。

标准的鹅蛋脸，细长媚而不俗的眼，一颦一笑都能够祸国殃民。

"今天回来得真是时候，竟然进门就碰上了小公主。"她的声音清越动人。

"曼姐。"云想想先打招呼。

来人正是寰娱世纪唯一一个SS级女艺人——黎曼。

不过黎曼给云想想的表面印象就是高岭之花，之前在微博上她称呼自己小公主，云想想还以为她是看在公司的面儿上。

黎曼围绕着云想想走了一圈，一边打量一边点头，最后掷地有声两个字："漂亮！"

"曼姐也很漂亮。"云想想礼貌回应。

"不拍马屁，够自信，我喜欢。"黎曼赞赏着，拉开她的包包，在里面翻了翻，最后翻出一个钥匙扣，"见面礼。"

云想想看着这个钥匙扣上密密麻麻镶嵌着钻石，中间是一颗小拇指头大的红宝石。

"君子不夺人所好……"

"知道你是大学霸，别跟我咬文嚼字。"黎曼不等云想想说完，抓住云想想的手，将钥匙扣塞到她的手里，"好了，姐姐的经纪人催着了，就不欣赏美人了，改天找姐姐玩。"

说完，黎曼就万种风情地对云想想一眨右眼，迤迤然地离开。

云想想绝对不承认，这只尤物，眼睛带电！

就那一眼，要是个男人，指不定要酥了骨头。

低头看着静静躺在手里的钥匙扣，转头就见到黎曼带着几个保镖已经进了电梯，这时候再追上去就有点失礼，只能认命地收下。

也不知道这个钥匙扣多少钱，这收礼容易，还礼就难了。

黎曼和薛御不一样，薛御是自家师兄，黎曼只是同公司的师姐。

"怎么垂头丧气的?"宋倩看着云想想这么丧，不由好奇。

"我听到我的钱包在暴风中哭泣。"云想想回答。

一句话让宋倩和可可都忍不住笑出声。

"回家吗？"宋倩问。

"不，找个好点的蛋糕店，买个生日蛋糕。"云想想连忙道，"今天是艾黎的生日。"

宋倩一怔，没有想到云想想竟然记得这个。

她们既然作为云想想聘请的人，基本资料都要给云想想过目，像出生年月这些都是在资料上必不可少的，但没有几个人会去注意，就算看了一眼，也不会真的记着。

"我的生日呢？"宋倩一边掉头一边问。

"你是三月十八。"云想想张口就来，"我可是用心记着，你们的生日我都知道。"

毕竟是要跟着她的人，这些人用心照顾她，帮助她，虽然她付了酬劳，但她还是喜欢用心去对待每一个人。

"艾黎喜欢吃奶油蛋糕，不加果条、水果、燕麦、香芋这些东西。"宋倩的唇角忍不住扬起。

"好的好的。"云想想瞄了后方的可可一眼，靠近宋倩悄悄地问，"宋冕的生日是什么时候？"

宋倩挑眉，颇有深意地瞥了云想想一眼："你自己去问少爷啊。"

"是不是好姐妹？你快说。"云想想佯怒。

要是她好意思去问宋冕，她需要向宋倩开口？

以前倒是问得出口，现在关系不一样，自然有点难为情。

"六月六。"宋倩笑得格外揶揄。

云想想当做没看到："农历还是新历？"

"农历。"这回宋倩很爽快。

迅速地拿起手机，将日历翻到明年，农历的六月六日被云想想备注。

本来还想取笑云想想的宋倩瞥见云想想的备注不止一个，方才翻过来之前，三月十八也备注了："我以为……"

"以为什么？"云想想白了她一眼，"以为我只备注了宋冕？"

宋倩点头。

收好手机，云想想说："我的人生不止宋冕一个重要的人，我爸爸妈妈，我弟弟，还有你们。他的人生也应该这样。他也许会成为我的不可缺少，但却不会是我唯独不可缺少的。"

爱情的确很重要，但爱情不能成为一切。

是父母先把我们带到世界，首先要感恩父母。

成长的时候是兄弟姐妹在陪伴，其次要友爱兄弟姐妹。

学习或是工作的时候，是好友和同事在左右。

遇见了爱情，就多了一个让我们感动、甜蜜的人。

完整多彩的人生，这些都是缺一不可的，她可不是个有异性没人性的女人。

当然，准备的礼物，和用心程度肯定是不一样的。

这就不要说出来，让单身的宋倩她们被虐啦。

宋倩把车停到了一个蛋糕店门口，这家蛋糕店是宋倩以前来过的。宋倩挺喜欢的口味的店。

云想想看着附近没有什么人群，就戴一顶棒球帽，低着头跟着进去。

玻璃柜里放着特别漂亮的蛋糕，除了苏秀玲，谁都不知道云想想有个爱好，那就是蛋糕。

云想想戳了七八块："我都要，就在这里吃。"

"想想，我不喜欢吃甜食……"可可连忙表态。

"哼，我一个人吃，小意思。"云想想极其自信。

和蛋糕师说好了蛋糕的要求，宋倩回来就看到云想想坐在小圆桌前，桌上摆了半个桌子的蛋糕。

"你要吃什么自己点，我请客，这些都是我的。"云想想用叉子挖了一块蛋糕。

宋倩唇角抽了抽，直接越过云想想点了杯咖啡坐到可可那桌。

一口吃到嘴里，云想想忍不住闭上眼睛，享受味蕾那馨香绵软甜而不腻的感觉。

阳光恰好洒落，落地玻璃窗后的少女，绝美的脸庞镀上了一点点夺目的金光，室内应该有空调，将她的发轻轻吹动着。

四周美丽的蛋糕模型成为了她的陪衬，拼凑出梦幻的画面，让人看了觉得世界都变甜了。

云想想毫无顾忌地把这个当做了午餐，在等待做蛋糕的两个小时中，她吃了十二块。

合起来约莫等同完整的六寸蛋糕，把宋倩和可可吓得不知道说什么好。

可可在犹豫着要不要把这件事告诉惟哥，艺人这么吃高甜高热的东西不太好。

宋倩也拿起了手机，向宋尧通风报信。

她不会随便泄露云想想的隐私，宋冕叮嘱过她，她不是监视器。

不过这种无伤大雅的小事，还是不需要避讳，并且宋倩还拍了几张照片。

云想想并不知道，这会儿微博都炸开了锅。

原因是云想想斜对面，恰好有个美食博主在品尝美食，无意间就看到了云想想，这个美食博主不追星，不太关注娱乐新闻，她只是觉得云想想有些眼熟，但却没有认出来。

于是拍了几张云想想吃蛋糕的唯美照片放上了自己的微博，并且留言：不知是不是秀色可餐，看到她我突然好想吃蛋糕。

好巧不巧的就是，这位美食博主有关注者是云想想的粉丝，立刻就转发到自己微博。

"啊啊啊啊啊，快来围观吃蛋糕的想姐！"

一下子就引来一大拨云想想的粉丝。

蓝天、阳光、梦幻的橱窗、唯美的蛋糕，以及吃着蛋糕的小仙女。

【甜了甜了，今天莫名好甜。】

【一桌子的蛋糕，想姐是认真的吗？】

【痛哭流涕，我想变成勺子里的蛋糕。】

【这个地方……离我有点近，我现在就去。】

【楼上带我飞。】

【求带！！！】

云想想正在吃最后一块，结果电话响了，是宋萌来电："想想，你要是不想被粉丝堵上，现在走还来得及。"

"???"

虽然没有弄懂宋萌的意思，云想想却知道肯定是发生了什么事儿，拿着纸巾擦了擦嘴："蛋糕好了吗，好了我们快撤。"

"早就好了，就等你吃完。"宋倩拎起放在一边打包好的蛋糕。

云想想以最快的速度结账之后，冲上了自己的车。

上了车才打开微信，看到宋萌分享的链接。

不由哀号着："偷得浮生半日闲，出门却有风险。"

这事儿还没有结束，云想想溜得快，粉丝们没有堵上，有钱的都化悲愤为食欲，当天上午，不到两个小时，该蛋糕店被一扫而空。

"蛋糕好吃吗？"第二天去了学校，见面马琳琳就笑眯眯地问。

"正巧，给你们尝尝。"云想想把自己带来的早餐放到桌子上。

这是昨天特意多打包的，一人一块："冰箱里放了一晚，不知道影不影响口感。"

"好吃……"打着瞌睡的陶曼妮，吃了一口立刻有了精神，迅速地把目光落在冯晓璐那块上，"璐璐啊，我记得你不喜欢吃甜食来着！"

"唔唔唔唔……"正在洗漱的冯晓璐，刷着牙跑过来，把蛋糕端走。

云想想把另外四块送到隔壁寝室，祝媛和楚荸都是同班同学，自然不厚

270

此薄彼，人家寝室还有两个其他系的同学，也得捎带上。

"做想想的同学，真的好幸福。"喜欢吃甜食的祝媛双手托着脸，一脸幸福地看着蛋糕。

"我昨天还以为是名人效应。"吃了两口的冯晓璐点头赞叹，"是真的好吃，难怪昨天卖得那么快。"

"嗯？"云想想疑惑，"你昨天也去买了？"

"我就知道她不看自己的新闻。"咬住叉子的陶曼妮，把新闻翻出来，将手机扔给云想想，继续吃早餐。

新闻标题竟然是：有一种美，是吃得美！

上面有云想想的照片，是远距离的路人照。角度还有点偏，不过恰好捕捉到了阳光的斜照，多了一点自然的唯美，就是云想想闭着眼享受的那一张。

说的是云想想走后不到两个小时，店家就关店了，因为卖完啦，他们家的为了保证质量，食材都是限量的，尤其是牛奶、水果、奶油这些是绝对不要过夜的东西。

"他们家的蛋糕真的好吃。"云想想把手机还给陶曼妮。

"你知不知道因为你，好多不喜欢甜食的人爱上了这家的蛋糕。"冯晓璐调侃，"比如说我，虽然有些贵，不过我攒一攒，偶尔还是能小资一把。"

睡了午觉起来，云想想道："我去图书馆。"周一，下午第一大节课没课，还有四十多分钟才上课。

"不是吧，就这么点时间你也要去图书馆？"马琳琳哀号。

有个优秀的室友不可怕，可怕的是人家处处比你优秀，还时时比你努力，这真是不给人活路。

"一会儿帮我把书带到教室，顺便给我占位置，我不是去图书馆学习，是去翻找资料。"云想想把自己的东西递给马琳琳。

昨天她上网查找了一些关于楚文王和息夫人的历史文献，但内容很少，也难怪目前为止没有荧屏作品讲述他们，青大的藏书丰富，希望能够寻到一些。

实在不行，就想办法从帝大图书馆借。

后天就要和吴钊吃饭，云想想还是希望能够把功课尽量做足，能不能成先不说，至少给人家留个好印象，这次不行，下次才好商量不是？

关于这段记载实在是太少，云想想在青大的图书馆也没有找到多少有用的信息，不过还是打算借几本春秋时期的文化记载。

就在她打算去登记的时候，她仍然觉得有人在关注着她，不过她去寻找的时候又没有寻到。

心思一动，云想想不动声色地又去寻了一些别的书。

吴钊她没有接触过，不过他那么严格，要是因为有人爆出她查询春秋时期的相关内容，而泄露了吴钊的题材，只怕她就没有进剧组的机会了。

上课的时候云想想依然很认真，全神贯注，没有一分钟分神。

明早第一大节没课，云想想还是回家。

回家依然泡澡，练功，预习明早的课，睡觉的时候已经十一点。

这三日，云想想大部分时间都在查资料，认真上课，每天只能和宋冕聊几分钟电话。

其间经过核实和甄选，云想想决定代言薯片，只有薯片不浮夸，其他都是名不副实。

两个家电云想想没时间摸清就放弃了，她这个年纪，让她代言家电，其实并没有已婚的艺人贴切，还会找上她，肯定有点贺惟不在意，但云想想会介意的猫腻。

比如产品的性能方面……

"我正要和你说，那家蛋糕，愿意提高代言费。"贺惟开着车，带云想想去赴饭局，车上云想想说了要代言薯片。

"我又不是看代言费选产品。"云想想摇头，"他们家这款蛋糕我吃过，不够松软，口感也一般。"

"你还真的吃了？"贺惟都惊讶。

"当然要吃，我得为我代言的产品负责。"云想想很认真地点头，"总不能坑我的粉丝。"

"我知道你做事认真，没有想到你认真到这个地步。"贺惟颇有些哭笑不得，"你这已经是较真。"

"惟哥，我知道你们都觉得没有必要。艺人代言的产品，只要不出现大纰漏，都不会影响到艺人，我们做代言人的拿钱干活就好。"

云想想趁着这个机会，想要把自己的想法与贺惟说清楚："我不想这样，如果我代言不到好产品，或者他们要我打的广告不符合产品的实际情况，我宁可不赚这份钱。"

要知道现在很多粉丝，会在相同的产品上偏向于消费偶像代言的东西。

她不能说她代言的东西，粉丝一定会给面子，但哪怕只有极少的人，不是出于自主选择，而是出于对她喜爱而偏向，让他们因此买了名不副实的东西，云想想都会觉得对不起他们。

她说过，她要让所有粉她的粉丝，这一辈子不后悔粉她一场。

她会尽最大的努力做到。

"你以后代言护肤品吗?"贺惟突然问。

"我可以代言,也可以自己不用,但前提是这款护肤品是真的非常好,我的广告词也要符合护肤品的功能。"云想想态度强硬。

总不能它补水,却让她说它不仅仅补水还美白祛斑吧?

她不是说一定要产品是最好的,但一定要和宣传的相差无几。

不浮夸,不虚传。

贺惟扬了扬眉:"我明白了。"

"谢谢你,惟哥。"云想想甜甜一笑。

也就是贺惟,才能够不骂她,并且会按照她的想法规划。换个经纪人,不把她骂得狗血淋头,那才是不正常。

贺惟带着云想想来了一家私房菜,是非常著名的中餐馆,据说祖上做过御厨。

这个地方吃饭得先预约,通常要提前一个月才能排到,每天限量接待十六桌。

吃饭的地方是个很漂亮的四合院,光看这栋房子就知道主人家不差钱。

开中餐馆应该是为了兴趣爱好,或者寻找同样懂得美食之人分享美食。

一下车,就有穿着唐装的服务员迎上来,贺惟报了约好的包厢,对方立刻保持着礼貌得体的微笑将他们带过去。

房间也很中式,里面还有屏风,屏风后面有个小台,小台子上摆了一架古筝。

贺惟他们才刚刚落座,就有个穿着旗袍的姑娘走进来,坐到了古筝后面开始弹奏。

琴声缭绕,檀香袅袅,瞬间令人忘了一切喧嚣,沉浸在这个诗情画意的世界。

他们是提前半个小时到的,位置是贺惟订的,为了订到这个位置,贺惟动了不少人脉,才和人家换到手,贺惟对云想想说过,吴钊就喜欢这一口。

不过吴钊再有名,再喜欢,也不能破了规矩,每次都要预约。

好不容易预约到了他又未必有时间,有时间的时候大多在排队。

他们等了十五分钟,三个人就一起到来。

走在中间的是个五十岁左右的男人,他是典型的国字脸,皮肤偏黑,额头上的抬头纹很明显,双眸深邃,看起来不苟言笑有些严肃,云想想认得这是大导演吴钊。

左手边的看起来四十来岁，穿着很随意的运动套装，却给人很精明的感觉，云想想不认识。

右手边的三十岁左右，五官棱角分明，双眼细长却又不上挑，看起来不像狐狸的魅，更添几分深邃与犀利，挺直的鼻梁，本应该给人很刚毅感觉的五官，却又因为脸部的曲线很柔和，恰到好处令他的气韵独特。

这是一张塑造性特别强，英俊逼人的脸，和薛御不相上下。

云想想也认得，这就是《王谋》的男主角——陆晋。

"吴导，老曹，陆老师，快请坐，请坐。"贺惟先一步站起身打招呼。

云想想礼貌乖巧地跟在后面，有人投来目光，她也不越过贺惟开口，更没有主动凑上去，而是保持微笑点头示意。

至少第一观感，吴钊三人对云想想感觉还不错。

三人落座之后，贺惟才介绍："我新签下的艺人云想想。"

然后又对着云想想分别介绍这三人："吴钊吴导。"

云想想立刻笑着打招呼："吴导好。"

云想想不拘谨，也不多话，更不趁机拍马屁。吴钊也回了个笑脸："好。"

"这是大制片人曹驰，叫他曹先生就好，他喜欢这个称呼。"介绍曹驰的时候，贺惟更随意，显然他们俩私下肯定有交情。

也是，如果不是私交好，怎么会拿得到他统筹的剧本和角色？

"曹先生，你好。"云想想不偏不倚，一样的态度。

"这位大帅哥，不用我介绍了吧。"贺惟笑道。

"陆老师好。"云想想自然认识陆晋这样家喻户晓的大牌。

"云老师好，我就是听说有好吃的，来蹭饭，希望没给你添压力。"陆晋人很随和。

"不是我请客，我的钱包没有压力。"云想想非常高情商地调节气氛。

"哈哈哈哈……"曹驰非常愉快地笑出声，对着贺惟说，"老贺啊，我今儿可得好好给你的钱包增添压力。"

"敞开肚皮吃，管够！"贺惟非常豪气。

这样一来，大家的生疏就少了不少，菜是已经点好，早就让开始做，这会儿人到齐，该上的自然是端上来了。

贺惟先和曹驰与吴钊聊了聊近况，然后他们又分析起如今电影圈的趋势、受众、电影种类。

从国内的聊到了国外，聊了半个小时也没有聊到《王谋》，甚至没有提到云想想。

而云想想呢,一点也不着急,她认真地听着,一句话也没有插,但就是没有人忽略得了她。

她在短短的时间内已经把三个人的口味摸清楚,每当三位有人提筷子,菜被转到远的地方,还没有等他们礼貌性地放下筷子,云想想已经不动声色地将他们想要的菜转到他们面前。

一次可以说巧合,但次数多了,大家都明白,这是个玲珑心肝会照顾人,并且非常懂察言观色的姑娘。

她的讨好方式很隐晦,这本来就是贺惟做东,她是贺惟的艺人,可以身兼主人家招待客人,令客人宾至如归算是她的责任,也不算是逢迎拍马。

就是这样的默默无闻,反而令人身心舒泰。

又吃了一口云想想转过来的菜,吴钊放下筷子:"我们几个大老爷们说了半天,也没有让小姑娘说句话,我知道你是为了息夫人来,那就说说你心目中的息夫人。"

曹驰和陆晋已经吃得差不多,也放下筷子,一副洗耳恭听的模样。

云想想也不露怯,她拿起纸巾擦了擦嘴:"这三天做了些功课,可书上能够查到的很少,我只能浅显地说一说我的读后感。"

"春秋战国,密不可分,但春秋是礼崩乐坏,战国却是百家争鸣。在春秋时期,群雄争霸的初期,女子地位十分劣势,公主陪嫁为媵便可窥探一二。息夫人虽然是陈国公主,但她不是嫡出,她没有沦落到给嫡出的姐姐陪嫁,这说明她很聪明。"

曹驰听着点了点头,陆晋给了个鼓励的眼神。

吴钊面无表情,看不出情绪。

云想想丝毫不受影响,继续道:"她这么聪明,又有美貌,还能够不沦为工具,没有被陈国国君送去巴结讨好强国,说明她不但聪明还很有手段。所以,她给自己挑选了一个不起眼的弱小息国,她能够令碌碌无为的息侯亲贤臣远小人,让息国自强,说明她还有政治眼光。"

"息夫人是个有远见,有谋略,有智慧,可敬可佩的女人。"最后,云想想作出了结论。

只是时代和环境限制了她,就是在男尊女卑的王朝,她也不是菟丝花。

"那你是如何看待息夫人二嫁?"吴钊接着问。

"关于二嫁,就要说回我方才说的春秋是个礼崩乐坏的时期,那时候的思想束缚并不强。战乱的年代,本就是弱肉强食,女人更是生如浮萍,我对于息夫人的二嫁理解:好死不如赖活着。"

"噗!"陆晋忍不住笑出声,"好死不如赖活着?"

就连吴钊那严肃的脸都差点绷不住。

"对啊。"云想想一脸无辜,"息夫人这样的性格,对软弱的息侯最多是,妻子对丈夫的敬重,没有男女之情,息国亡了,她保住他的性命,也就算是仁至义尽。"

"息国是因她而亡。"曹驰突然开口。

"息国真的是因她而亡吗?"云想想反问。

"不是吗?"陆晋也问。

"当然不是。"云想想语气肯定,"长得美不是她的错,却成了男人争夺她的借口。以楚文王的野心,他得了申国,转头连舅身的郑国也收入囊中,现下看着蔡国,意在逐鹿中原,迟早也要吞并息国,息国的灭亡不是因为息夫人的美貌,而是强者注定吞噬弱肉。"

"息夫人她聪明,果敢,却并不是有野心的女人,不然她可以凭借她的美貌,得到更多。"云想想对着吴钊腼腆地笑了笑,"这些就是我的个人想法。"

"很用心,也很有见解。"吴钊认可了云想想的观点,"你做了这么多功课,应该知道我的规矩。"

"惟哥和我说过。"云想想点头。

"我对演员要求严格,你至少要去培训一个月相关知识点,再进剧组,表现得好最少也要两个月,进了我的剧组,可没有拍完之前离开的先例。"吴钊看着云想想说。

"我知道这个要求很冒昧,如果吴导愿意给我这个机会,我会很认真很努力去完成,唯一的恳求,就是期末能让我参加考试。"云想想把自己的要求提出来。

"我从没有为任何人破例。"吴钊的态度很强硬。

"那我和息夫人缺了点缘分。"云想想笑得很真诚,端起自己的青梅果酒,"不管如何,今天能够见到吴导、曹先生和陆老师很高兴,我敬三位一杯,希望下次有机会能够与三位合作。"

"这么轻易你就放弃了?"曹驰有些没有反应过来,看着这小姑娘笑得一点也不勉强。

就好像失去这次机会,无关痛痒。

曹驰说不出这会儿是什么心情,要是云想想像以往那些人一样,抹点泪他又觉得烦。

云想想这么落落大方,他又觉得好像姑娘不是很重视,有点被看轻的不是滋味。

"不是轻言放弃,是我已经拼尽全力。"云想想依然真诚地笑着,"这个世界上,人能够得到的东西是有限的,我不习惯为了错失的美好就沮丧难过,并不是它的分量不够,而是我喜欢笑对人生。"

世界上美好的东西太多,哪里是人人都能够拥有全部?

谁的人生不会错过,没有求而不得?

哭哭啼啼,它也不会回来,为什么还要让自己难过?

为了注定不属于你的抑郁,不如为能够拥有的欢愉。

三个人都愣了,这么个漂漂亮亮,娇娇俏俏的小姑娘,亭亭玉立地坐在面前,说她喜欢笑对人生。

没有死缠烂打,没有苦苦哀求,不把自己低到尘埃里,也不因为得不到而满腹怨气。

自信,开朗,拿得起放得下,还有一股子韧劲儿和爽利,令人不得不欣赏。

"十八岁的年纪,你这份人生观,倒是令人钦佩。"吴钊出了名的吝惜,他很少这么夸奖人,"这周六,你打电话给我,让我看看你值不值得我给你开例批假。"

云想想没有想到竟然峰回路转,她可真的不是以退为进,而是真诚放弃了。

不过她反应很快:"谢谢吴导,我一定全力以赴!"

"饭也吃饱了,事儿也说定了,散席回家,还有一堆事儿。"吴钊站起身,拿起外套。

本来饭就已经吃得差不多,大家都是笑容满面地离开,陆晋和曹驰还和云想想换了联系方式。

"回去好好休息,明后天好好上课,这周六我陪你去。"贺惟将云想想送到了家门口。

"嗯,惟哥开车慢点。"云想想下车朝贺惟挥手。

贺惟点了点头,就开车离开。

云想想上了电梯,到了楼层,电梯一打开,就对上了宋尧的笑脸。

"云小姐,请再上一层。"

明白的云想想,就按了楼上的数字,等到电梯再打开,果然看到了宋冕。

"你好,女朋友。"宋冕将手伸出来。

云想想把自己的手搭上去,由着宋冕牵着她进了屋子:"我记得楼上有住户。"

277

"我从他手上买下来了。"宋冕回答。

"喵……"一进门，小仙女就跑了过来，竟然还认得云想想。

云想想蹲下身，将它抱起来，就看到玄关处准备了女式拖鞋，并且一眼看出是她的脚码。

瞥了宋冕一眼，云想想干脆地换了鞋子，就走到了客厅。

一样的中国风装修，可怎么看怎么都比她的要高大上不止一倍，那种扑面而来的古风气韵，真的是可以让人忘记这是现代公寓，就连楼梯都是古风红木。

"这就是你给我的惊喜？"云想想还记得回国前，宋冕的话。

"喜欢吗？"宋冕点头，拉着她去了饭厅，"给你熬了药膳粥，消食去燥助眠。"

原来已经吃得很饱的云想想，一闻到香味又有了胃口，立刻拉开椅子坐下。

宋冕给她盛了一碗，接过来之后她问："你给了多少钱，他才愿意把房子让给你？"

这个地段很好，贺惟给她的那一套还是早期贺惟就买下的，这里现在已经没有售卖的屋子，能够买得起这里房子的人，估计她最穷。

也会有人突然缺钱脱手，但没那么巧急需用钱的就是她楼上。

"市场价。"宋冕自己也盛了一碗，坐在云想想旁边，对上云想想审视的目光，宋冕才接着说，"他得了病，我让人给他医治。"

"唉，果然天下最吃香的还是医生，早知道我也学医。"云想想感叹一句，"医术在手，天下横走！"

现在人类最怕的已经不是天灾人祸，而是未知的疾病。

没有一个人一辈子不求医，医生成了不可缺少的存在。

"你想学，什么时候都行。"宋冕对着云想想笑得温柔。

云想想连连摇头："我就随口一说，别当真。"

她现在都快忙得恨不能有分身术，哪里还有时间去学医？

"你最近过于劳累。"宋冕突然开口。

"啊？"云想想喝了一口粥，摇了摇头。

"没有人可以在一个中医面前，隐瞒健康状况。"宋冕站起身，走到云想想的身后，他的手按上云想想的头部，"放松。"

中医五色，他已经到了只需要扫一眼，就能够看出一个人全部健康数据的境界。

云想想立刻将紧绷的神经放松下来。

宋冕的手指很有力度地按着她的头部，每一下都让她觉得酸酸的微微疼，却又莫名觉得很舒服，直到他的手按到后脑勺，靠颈部和耳朵的地方，突然一用力。

"好痛！"

"这是风池穴，缓解疲劳。"宋冕可没有手下留情。

这会儿不小痛，日积月累就是大痛。

不过第一次用力很痛，渐渐地疼痛就减缓，到最后云想想竟然觉得好舒服，只想就这么闭着眼睛睡觉。

事实上，她真的在宋冕的穴位按摩下睡着了，就连宋冕将她抱起来放到沙发上，她都没有醒，不过宋冕只让她睡了一个小时，就把她叫醒。

他知道她有温书的习惯，还有她弟弟在楼下，如果就这么在这里睡过去，会打乱她明天所有的计划。

"我感觉我精神十足！"睁开眼睛，云想想一点都不觉得困倦。

"舒筋活络，有提神之效。"宋冕笑道，"我以后在国内，会住在这里。"

"那……宋叔怎么办？"云想想有点不好意思喊伯父，实在是宋冕的父亲看起来比她爸爸年轻太多。

"他有花花草草就好。"宋冕语气平淡。

"他肯定还是希望你能常陪伴他。"云想想手搭在宋冕肩膀上，把自己下巴搁上去。

要是宋冕不在国内还好，在国内还是帝都，距离家这么近，不回去不太好。

"我不回去，是为他好。"宋冕侧首对云想想说。

"嗯？"云想想狐疑地看着宋冕。

"气多了，对他不好。"

"噗！"云想想忍不住笑出声，"你知道会气他，也不让让他。"

"嗯，听你的，以后让让他。"宋冕一副听话的样子点头。

就是这么不经意的流露，就让她觉得他是把她捧在掌心疼宠。

从后面圈住宋冕的脖子，云想想趴在他的背上："你不用这么麻烦，特意买套房子，我可以时常去宋家看你。"

"那样更麻烦。"宋冕抓住云想想的手，"以后跟踪你的记者肯定不少，每次甩记者多危险？你如果常常出入宋家，总会有人猜到，会有对你不利的新闻。虽然我很乐见其成，但我不想用这样的办法来逼迫你。"

他喜欢上的姑娘，就像她自己说的，她很要强。

宋家所在的位置，就算媒体进入不了，可那片区域全是显贵，媒体要知道了,不知道怎么含沙射影地报道。

最好的还击,当然是他站出来,正大光明地追求云想想。

可是因为他的身份,一旦他站出来,不论云想想以后付出多大的努力,都会被忽视。

那些人只会认为云想想得到一切,都是因为他的存在。

这对云想想不公平,宋冕和她一样,希望她得到认可,是因为她自己足够优秀。

情不自禁,云想想就迅速在宋冕脸上亲了一口:"宋冕,这世界怎么会有你这么好的男人?"

"爱之深,则为其计之远。"宋冕自然不放过任何表白的机会。

第13章 一直等待你出现

"你在国内待多久?"云想想轻声问。

抓住云想想的手,宋冕轻轻在她的手背上落下一吻:"想想,我不能时时刻刻陪伴在你身边,但我保证一定会在你最需要我的时候出现,下周一我要去一趟非洲。"

"你有你的事业,难道要你为了陪我,在家里啃老?"

对此云想想非常地理解,"就像我也有我的事业,我也不能因为你就不思进取。"

"知道我从什么时候爱上你的吗?"宋冕突然问。

云想想下巴一扬:"我这么天生丽质,你难道不是一见钟情吗?"

看着小女朋友故作凶狠的模样,威胁着他,敢说不是,肯定给他好看。

把宋冕的一颗心揉得软成棉花:"是在病房里,你对我说的话,你的独立,你的自强深深打动了我。我父亲没有结婚,是不想辜负对方,也是不想勉强自己。"

"我要的从来不是一个以我为中心的女人。"

"你可真是与众不同。"云想想笑问,"你不知道吗?大多数男人都希望女人满心满眼都是他,多少有点本事的男人,都希望女人被他们好吃好喝圈养起来。"

"我不能评价这种做法,每个人对爱情的定义不同。"

宋冕想了想才对云想想说,"我不能接受我的妻子只是为了我而活。如果我爱她,我会变成一个只想时时刻刻陪伴她,不问世事只有爱情的可怜虫；如果我不爱她，我会深深地负疚，因为她深沉的爱，我无法给予同等的回报。"

也许是作为医生，他从小见惯了生离死别，看到太多恩爱的夫妻，因为丧偶而迷失。

从此世界上会多一些无人问津的老人，或者失去父母的孤单孩子。

这种爱情有些偏执，有些可怕，以爱人为世界，忽略所有的骨肉至亲。

没有了爱情，就失去了灵魂。

他并不是否认这种爱，只是这不是他所求的爱。

他希望他的妻子足够坚强，不论遇到什么，都不会被击垮。

希望她的世界多姿多彩，哪怕有一天突然失去了某一种颜色，依然还有其他的绚丽。

"阿冕……"云想想的脸在宋冕的后背上蹭了蹭，"你真的很让我打脸。"

"嗯？"宋冕不明白这句话的意思。

双手把他的脸扳过来，和自己正对着，云想想凑上前，两人的鼻尖相碰，呼吸相接。

云想想那双剔透的琥珀色眼眸对上他眼底那一片潋滟的紫黑色："我一直以为，我不期待爱情，今天我才知道，我其实一直在等待你出现。"

这一刻的云想想才明白，再强势的女人，其实也有一颗渴望爱情的心。

只不过有些人不敢尝试，有些人害怕失去，有些人其实是太过于失望。

才会用决绝和冷漠来包装自己，催眠自己不需要爱情。

但其实都只是没有遇上那个对的人，一旦遇上，就再也逃不开。

云想想最初答应宋冕开始交往，仅仅只是因为宋冕是个她想尝试的人，不想拖拖拉拉，等到别人介入之后，让她因为其他人的原因而错失。

就算他们是真的不合适，她也希望只是他们彼此的原因。

此刻，她很庆幸她做出了这个选择，才给了她自己去深入了解宋冕的机会。

"我可不可以理解为，女朋友为我心动了？"

宋冕的笑意从嘴角抑制不住地蔓延上眉梢，渗透到了眼底，让他那双紫黑色的眼更加迷人。

云想想偏头就在宋冕的唇上狠狠亲了一下，宋冕一震之间，她又一把将他推开，迅速地跑了，穿着拖鞋就抱着小仙女："宋先生，你自己猜。"

关门的声音，让宋冕情不自禁低低地笑出声，指腹轻轻地摩挲着自己的唇。

小姑娘还以为自己逃得快，他只是不想这么早吓到她，才没有去追她。

以后她就会明白，只要他不放手，她就休想能够逃得走。

"好漂亮的小猫啊。"云想想下来，刚好是云霖给开门，"小仙女，给我抱。"

立志于做国民好弟弟的云霖，肯定关注姐姐微博，虽然小仙女被养好了很多，但是布偶猫是成长最缓慢的一种猫，只是稍微有点肉感，看起来变化不大。

云想想当然给弟弟，不过小仙女一入云霖的手就别过小脸："喵……"

"刚练完功，还没来得及洗澡吧？"云想想扫了一眼头发有些湿的弟弟，"小仙女嫌弃你身上的汗味儿。"

"我这是男人味！"云霖辩解。

"还男人，你才多大？快去洗澡。"云想想把他推进去，进门就看到了宋倩，"小仙女的窝和猫粮你肯定准备好了。"

"我可没有瞒着你。"宋倩连忙表态，"是宋尧一起送来的，我也是今天下午才知道少爷回来，并且楼上两个月前就被少爷买走了。"

"两个月前？"云想想迅速捕捉到关键词。

现在十月下旬，她是七月下旬给宋冕输血，合着宋冕八月份就已经把手伸到她楼上？

宋倩露出迷人的甜笑，转移话题："已经很晚，你要不要泡澡、护发？"

"哼。"云想想轻哼一声，然后就往浴室去。

宋倩帮她按摩穴位的时候说："你要的糖少爷已送来了，还有些增加免疫力和抵抗力的药，少爷说送给你爸爸妈妈。"

"我妈妈倒是好办，我爸爸……"

云想想有点犯难，她相信宋冕送来的都一定是珍贵且没有什么副作用的好东西，可她爸爸是个没有病，或者说没有感觉到病，绝不会吃药看医生的老顽固。

他在某些方面是真的超级古板，要说这是她买的保健品，云志斌肯定不会吃。

总不能说这是她男朋友孝敬的，估计她爹明天就会出现在她面前。

倒不是宋冕见不得人，而是她才刚成年，以她对云志斌的了解，云志斌肯定不希望她二十岁以前恋爱。

尤其是宋冕的身份才是最让人头疼的，等云志斌问起来，总不能说谎隐瞒。

这要是说了实话，云志斌非得气炸。

就算再信任自己的女儿，也会怀疑她是来了帝都，被浮华迷了眼睛，小小年纪心智不坚定，才会被富贵蒙蔽。

"唉，你家少爷还有得磨。"云想想只要一想到云志斌的性格，就为宋冕掬一把同情泪。

"什么意思？"宋倩不懂。

"我爸爸是个非常传统的男人，他能够让我做演员已经是破天荒。"云想想也不介意告诉宋倩，"再让他知道，我交了你们少爷那样一个男朋友，呵呵呵……"

云想想没有说下去，就给宋倩留了一串意味深长的怪笑。

云志斌肯定希望自己的女儿能够找个门当户对，也就是家庭条件和自己家差不多，有担当有责任的男人，像他和苏秀玲一样，一辈子和和睦睦，有商有量。

他绝对不会允许云想想嫁入高门大户，更别说像宋冕那样顶级的。

托那些狗血电视剧的福，云志斌陪着苏秀玲刷多了，对高门大户也是有偏见的。

他一定会觉得嫁到高门大户，没有办法给闺女撑腰，闺女会被对方看不起……

哦，宋倩听明白了，他们家少爷想要抱得美人归，最大的阻碍不是云想想本人。

而是那位人民教师，未来岳丈大人。

"如果你们一直得不到双方父母的认可，而你们又非彼此不可，你会怎么样？"宋倩突然很好奇。

虽然他们家这边是不会出现这种情况，老爷对少夫人的要求，只需要没有品格上的缺陷，美丑都无所谓，少爷喜欢就行。

至于云想想的父亲，宋倩对自己家的少爷有百分百的信心，一定能够拿下。

她纯粹是突发奇想地随口一问。

"爱情是两个人的事情，我自己的爱情，我能够做主，所以我不需要征得任何人同意，就和宋冕交往。"

云想认真地回答宋倩，"但婚姻是两个家族的事情，得不到父母祝福的婚姻，永远不会有幸福的结局。"

她的婚姻必须是双方家长都共同期待的结合，否则她宁可选择一辈子不结婚。

她可以为了父母放弃他们不认可的爱情，却不会为了父母对自己不负责。

当爱情和亲情发生了冲突，很多人会选择爱情。

这其实是潜意识的一种有恃无恐。

因为知道父母无论如何伤心都不会真正地抛弃自己，才会这么肆无忌惮。

也许有些人得到了良人，最后能够得到父母的妥协，但其实大部分坚持到最后得到的是伤害。

被深深地伤害之后，才发现真正守护自己的人是从小养大自己的双亲，余生会有很多悔恨。

她拥有这样幸福的家庭，她对于亲情很是看重，家人是她的底线。

"不会遗憾吗？"宋倩没有想到云想想会这么干脆，干脆得好像她不在乎。

"遗憾？"云想想笑了，她的眼底渗出一股令人压抑的怅然，"没有人的人生不留遗憾。"

时间不会倒退，人无时无刻不面临着各种各样的选择，鱼与熊掌永远不可兼得。

选择了一样，就不得不把另一样放开。

只不过是每个人看重的不一样，做出的抉择自然也就不一样。

就像她今天对吴钊说的那样，不是她轻言放弃，而是她已经拼尽全力。

还得不到，她能够如何？

宋倩沉默了不再说话，她忽然觉得自己以前想事情有些过于放不开……

云想想练完功，收拾好自己已经是十二点，极少这么晚才睡觉。

也不知道是不是昨天晚上在宋冕那里睡了一个小时的缘故，云想想第二天起来还是神清气爽，赶到学校之后，又是一天紧张的课程。

明天早上第一节就有课，云想想按照习惯今晚要留在学校，但上完晚上最后一节课，陶曼妮就见到云想想在收拾东西。

"咦，你今晚不住校？"陶曼妮一脸揶揄，"是什么让我们大校花破例啊？"

云想想一进他们学校就成了公认的校花，并且前段时间网上搞了个十大名校校花评选。

呵呵呵，这些人怕是不知道咋死的，云想想在校期间搞这种评选，结果还需要说吗？

不过参加的人还是不少，当然最后云想想以碾压的方式毫无悬念成为冠军。

"爱情的力量，你这种单身汪，不懂。"云想想笑得满面春风。

"你这个散发着恋爱酸臭气的女人，不要影响我们的清香，快走快走……"马琳琳把收拾好东西的云想想往外推。

"这样啊，我还说明天给你们带早餐……"

"想想，我们三个散发着酸臭气的单身狗，需要你这个浑身清香的美人拯救！"冯晓璐立刻冲上前，堆起笑。

"琳琳啊……"

"想姐，我错了，为了弥补我的错误，我给你录音做笔记。"马琳琳立刻讨好。

云想想笑眯眯地摸了摸她的小脸："明早你们可以多睡一会儿，等我。"说完，云想想就拿起东西，留给她们一个潇洒的背影。

车子停在校园的停车位，云想想看了看宋倩给她的定位，立刻就走过去，一上车就看到坐在旁边的宋冕，开车的还是宋倩，不过副驾驶坐着宋尧。

"你们俩不忙吗？"云想想觉得他们俩就算回国，也应该有正事。

"再忙也比不上女朋友重要。"宋冕完全无视宋倩和宋尧的存在，甜言蜜语张口就来。

宋尧已经麻木，宋倩很明显是被吓到了。

突然间宋冕的目光就变得犀利，视线隔着车窗投向外面。

熟悉宋冕的宋尧和宋倩立刻神经紧绷起来。

"怎么了？"云想想也察觉不对，顺着宋冕的目光看过去。

不少人朝着她的车投来目光，现在整个学校没有几个人不知道这是她的车，毕竟宋倩经常开来接她。

被学校的同学围观她也已经习以为常，这些人也就是会多看她几眼，最多拿手机拍个照。

"有人跟踪你。"宋冕的眼底有冷光划过。

"跟踪我？"云想想沉思了片刻才点头，"我也老觉着最近一到学校就有人盯着我。"

她自问是个非常警惕的人，但每次她去寻找的时候，都没有寻找到。

"前面停车，让宋尧下。"宋冕吩咐宋倩，然后温柔地看着云想想，"交给我就好。"

"应该没有恶意吧……"云想想第一时间联想到的是疯狂粉丝。

这种事情对于艺人而言，实在是再寻常不过，幸好贺惟买房子很隐秘，现在也没有人知晓她的住所，否则还会有更可怕的事情发生。

"谨慎为上。"宋冕不会放过任何一个可能给云想想带来危险的人。

"我们现在去哪儿?"云想想岔开这个不愉快的话题。

"我觉得我们需要一场约会,但我从来没有和女孩子约会过,我不知道该如何做,就想问问你。"

宋冕直白的话一出口,车子都晃了晃,显然是宋冕的话惊到了宋倩。

宋冕紫光潋滟的眼突然变得有点凉凉的:"我该考虑给你换个保镖。"

宋倩竟然会犯这样低级的错误,这么容易就受到了影响。

"好了好了,你别乱来,倩倩还不是被你给吓到了。"云想想连忙打圆场。

"我的话很吓人吗?"宋冕没有觉得他的话多么令人受惊。

云想想真的是憋不住笑出声:"哈哈哈哈……"

看着宋冕一脸无奈又宠溺的样子,云想想忍不住笑倒在他身上:"我的阿冕,你怎么可以这么可爱,你来前就没有请军师?"

"都是些狗头军师。"宋冕一本正经地回答,"看电影,逛商场,出海看风景……"

云想想自己就是电影演员,逛商场她肯定不愿意,出海看风景倒是不错,可她明天有课,其他的就更没有意义。

"也就是我,换个女孩子,不被你气死?哪有男女朋友第一次约会,像你这样直接来问女方?"不能怪宋倩被吓到。

"你和她们不一样。"宋冕那迷离的声音令人像喝了酒一般,晕乎乎的沉醉。

云想想不得不承认这句话让她觉得很甜:"你想和我做什么?"

"只要和你在一起,就这样静静地看着你,我就很开心。"

"嘴真甜,出门前吃了几斤蜜?"云想想一脸审问的样子。

宋冕忽然就把那张魅惑人心的脸凑上前,微微合着的眼睛带着蛊惑看着云想想。

"吃了多少,你试试就知道。"

方才宋冕的警告起了作用,宋倩专心致志地开车,眼观鼻,鼻观心,不受任何影响。

云想想一把将宋冕的脸推开:"我们回去吧,我有作业,你给我做饭,我做作业?"

看电影,最近没有什么好看的电影;逛街真的不适合她,尤其是和宋冕一起。

她现在知名度不是很高,但大大小小也算是在观众面前混了个脸熟,要是被人偷拍下来，就不得不解释和宋冕的关系。

欺骗她是做不到，要是公开那就完了，毕竟她才十八岁。

至于出海看风景，她对这些没有什么要求，还是回去最合她的心意。

"原来，女朋友也是只要能够看到我就满足。"宋冕十分愉悦地坐正，对宋倩道，"回去。"

"不……买菜吗？"

等回到了宋冕的家里，云想想才知道宋冕估计早就猜到她的想法，所以买了那么多新鲜的菜。

换了家居服，宋冕就系上了男款围裙，厨房靠窗，和饭厅是类似博古架的隔断。

云想想坐在饭厅里，透过隔断的缝隙就能够看到宋冕忙碌的身影。

宋倩他们自觉地没有出现，整个屋子里就云想想和宋冕两个人。

她低着头专注地做着作业，耳边是他洗菜切菜的声音，出奇的悦耳。

等到云想想的作业做得差不多，诱人的香气也弥漫过来。

她不自觉地抬起头，就看到宋冕低着头在翻炒着菜，他的动作行云流水。

厨房的灯光和窗外不知何时洒落的月光交织成一片落在宋冕身上。

也许是人好看，做什么都好看，云想想不由托着腮又看出了神。

"把小霖叫上来开饭。"盛着菜的宋冕对云想想说。

云想想立刻回了神，迅速地整理好自己的东西，然后下去把也刚好做完作业的云霖叫上来，看到王永已经给宋倩他们做好饭，就没有叫他们。

"好香好香好香！"一打开门，香气扑鼻而来，云霖忍不住赞。

被他抱着的小仙女也喵了一声，就跑了。

"去洗手。"云想想吩咐了云霖一声，自己去厨房洗了手帮忙摆碗筷。

宋冕做了四菜一汤，菜是两荤两素。

"冕哥，你做的饭菜好漂亮。"云霖坐到桌前，看着几道菜都非常美，忍不住食指大动，吃了几口就开始狼吞虎咽，"也很好吃。"

"吃慢点，吃太快不利于胃吸收和消化。"宋冕细心地叮嘱。

云霖这才放慢速度，云想想无奈地摇了摇头，想到之前云霖还对宋冕有些挑剔，这会儿宋冕就把他给影响得这么乖巧。

吃完饭之后云霖神秘兮兮地凑到收拾碗筷的宋冕身边："冕哥，你是医生对不对？"

"是。"宋冕一边洗碗一边回答。

"我有个好朋友，他一喝中药就吐，西药又吃不好，这怎么办？"云霖小声问。

"中药不一定要喝。"宋冕手中的动作不停,"我一会儿给你写个纸条,你让他去宋氏药房挂宋彗的号。"

"可以不喝?"云霖觉得不可思议,"不喝也能治病?"

"可以针灸配上药浴或者足浴。"宋冕侧首对云霖微微一笑。

"这么神奇啊。"云霖觉得他对中医好像有了新认知。

"想学吗?"宋冕笑着问。

云霖的眼里虽然有星光,有对宋冕的崇拜,但他很坚决地摇头:"我要学开飞机。"

自从上次坐过一次直升机,云霖就喜欢上了那种空中翱翔的快感。

"不冲突,两者可以兼顾。"宋冕没有告诉云霖,他就是两者都会。

"姐姐说一个目标没有实现之前不能制定下一个目标,会顾此失彼。"云霖还是很坚定。

宋冕也就没有再多言,而是点了点头,把碗盘擦干净,放入柜子里,调好杀菌之后,走出厨房,就去给云霖写了张纸条。

云霖看了上面的字,一个都不认识……

"世界上最难认的字,就是医生的字!"云想想对弟弟说,"去了学校,知道怎么说?"

"我又不傻,我就说我认识的一个哥哥。"云霖立刻回答。

对方肯定会询问他怎么得到这个纸条,他怎么可能回答这是我未来姐夫写的?

"好了,下去练功。"云想想满意地摸了摸弟弟的脑袋。

云霖开始注重他的发型,也就云想想蹂躏他的头发他没有一点不舒服。

走前,云霖还把一点不情愿的小仙女抱走:"我把电灯泡给你们抱走。"

明明自己舍不得小仙女,非要说得这么为姐姐着想。

不过云霖前脚刚走,后脚宋尧就回来了,将一个U盘交给宋冕。

宋冕用电脑打开,云想想走过来惊觉这竟然是他们学校:"你让宋尧去拷贝监控?"

国内顶尖学府,自然是不缺监控,几乎每个公共区域都有监控,但不是随便就可以调出来。

除非是出了大事,或者有法务人员持证上门,否则学校不会轻易给。

"他们应该感到庆幸,你是他们学校的学生。"宋冕的指尖滑动着,播放的速度快得令人眼瞎。

如果不是云想想还是学校的学生,这事儿要是发生在外面,他就直接黑入系统，哪里需要知会他们，问他们愿不愿意？

因为女朋友，才会给他们一点尊重。

"你调了好几天的监控……"云想想看着日期，是从周一开始的。

整整四天，全方位的监控，不过宋冕锁定了云想想，全部是有云想想所在的画面。

幸好云想想不乱跑，图书馆、食堂、教室出现的次数最多，宿舍也就只有走廊有，寝室里肯定没有，但也是非常多。

宋冕用了半个小时全部浏览了一遍，他细长骨节分明的手迅速地敲击着键盘，快得令云想想根本看不清他的操作，很快十几张图片就被从监控里面截图出来放大。

每一张图都有云想想，但是图的边缘总会有一个身影。

有时候是一只脚，有时候是半边身体，有时候是非常远的一个背影……没有一张是正面，很明显这个人对学校的监控了若指掌，每次都避开。

这个人要么就是特意去了解过监控的位置，要么就是和监控安置有关的人员。

"身高一米七二到一米七五，体重六十到六十五公斤，左撇子，左腿小腿有过重度骨折经历。"宋冕对宋尧说，"患有中度青年性驼背，着重调查想想同系或者近日时常逃课人员。"

宋尧立刻着手去办。

云想想凑近了认真地看那十几张不完全，连半边脸都没有的图片，好奇地问："你是从哪儿读出这么多信息的？"

"这张图虽然远，但有你们图书馆的书架做参考，可以估量出他大致的身高。我是医生，只需要他几个身影，和他的身高数据，就能够猜测出他的体重范围。"

宋冕调出一张图片放大在云想想的面前，然后又点了一张。

"这张他在食堂，只有右半边，却没有餐盘，没有拿着筷子，桌前也是整洁无比。"

宋冕又在图上圈了一下："他的右手是以一种非常闲置的姿势垂在大腿上，只有大脑第一意识不使用的手，才会出现这种反应。"

云想想下意识地回想一下自己，好像她也会无意识地这样闲置自己的左手。

宋冕接着点开一张距离稍微近一点，完整的一个背影，在他的两条腿上画了直线，又在他的背影上画了线。

"他的左腿小腿不协调，这种是骨折后遗症，脖颈的距离和背脊的弯曲程度可以判断他有中度青年性驼背。"

这些都是一个医生凭着经验一眼能够看出来的破绽。

"看你截出来的图，他应该时常在我身边晃动，我却一点印象也没有。"

这些图片有些很明显是在距离她不远的地方，有些还是恰好和她错身而过。

"这就说明他是个非常有自制力，善于伪装，且其貌不扬的人。"宋冕又对他的性格做出了分析。

"外貌不特别，你才不会多注意。靠近你的时候不散发恶意，不特别关注你，才会让你毫无警觉性。"

"他这么做的目的是什么？"云想想有些费解。

如果他对她图谋不轨，不应该这么大大咧咧地几次三番出现在她的视线范围内，这样太明目张胆，他就不怕她对他起了防备之心？

"恰恰相反，他是在降低你的防备之心。"

猜出云想想的心思，宋冕说，"人是靠着神经系统处理信息，嗅觉、听觉、视觉尤为重要，他一次次试着缩短你和他之间的安全距离，就是要让你的大脑神经将他处理为无害。"

当一个人释放的气息把另一个人的神经反应麻痹之后，他就可以悄无声息地靠近，在最不设防的时候给人致命一击。

快狠准，且不需要过多的善后。

"这不会是一个惯犯吧……"云想想有些后怕，心思这么缜密，并且懂这么多。

"这也未必，我们等等就知道结果了。"宋冕从不对不肯定的事情下定论。

"那我下去练功，有了结果你告诉我。"云想想可不会为了这种事影响自己。

看着她刚刚还有点心有余悸，一转眼又斗志昂扬，仿佛之前的事情已经过去，没有在她的心里留下一点痕迹。

这种自我调节的恢复力，真的是让宋冕惊叹。

"不要用这样的目光看着我，我这是相信我的男朋友，才会这么心大。"云想想冲着宋冕笑了笑，就挥了挥手，回到了自己家里。

宋倩已帮云想想准备好东西，虽然已经练了很久，疼痛也可以忍耐，但练完之后，云想想还是懒得动，可她又想知道结果，她明天还要去学校。

其实宋冕那头早就查清结果，就是等着她练完功再来告诉她。

"这是我的房间！"云想想正打算拿本书看着等，就看到宋冕走进来。

"我的房间女朋友都睡过了，女朋友的房间却不让我进。"

宋冕啊，那样高高在上的男人，看着如此清贵优雅的男人，用这样低落的语气，配上他格外黯然的神情，真是让人觉得呵斥他都是一种罪过。

云想想懒洋洋地坐起身，抱着一个抱枕："快说，说完，我要睡觉。"

宋冕坐在床边："这个人我已经送到警局，很快你们学校就会收到通知。"

"他犯了什么事？"关乎到学校的荣誉，云想想很关心。

"他的心理疾病很严重，建议休学治疗。"宋冕将事情的前因后果徐徐道来。

这个人是云想想同系大三的学长，不知道从什么时候迷恋上了犯罪网游，从而开始迷恋上犯罪心理学的书籍。

文字和视频已经完全不能满足他，他想要寻求更大的快感。

因为云想想是学校里的风云人物，符合他想要实施犯罪的特色，他觉得对云想想下手更刺激，所以第一个目标就锁定了云想想。

"能够考上青大的人，都是十分努力或者聪明的人。"云想想叹息。

就这样被不良游戏和书籍引导，堕落得面目全非，实在是令人扼腕。

"他没有犯罪经历，这次也是犯罪未遂，他计划绑架你的证据很充分，但也不会量刑过重。"

要量刑过重，就得按兵不动，等待着他出手，但这是让云想想以身试险。

尽管他做了万全的准备，能确保万无一失，可云想想是个名人，总会传出不利于她的言论。

他也舍不得她去遭受这一番苦。

"我会让人盯着他，如果他因为首次计划失败，而幡然悔悟，我就不与他计较。"

若是执迷不悟，变本加厉，要让一个人把牢底坐穿，于他而言太容易。

"有你在，我不怕。"云想想甜甜一笑，然后下逐客令，"谢谢男朋友，我要休息了。"

"女朋友的谢谢，可真简单。"宋冕双手撑在云想想两侧，倾身靠近她。

云想想故作凶巴巴地瞪了他两眼，才凑上去亲了他一下："晚安吻！"

宋冕那双魅惑人心的紫黑色眼，静幽幽地凝望着云想想。

他一寸寸地靠近，云想想本能地往后缩，直到后脑抵上了床头。

他身上独特的气息蹿入云想想的鼻息，令她的心蓦然有些慌乱。

大片的阴影投下来，云想想倏地闭上了眼睛，轻软的唇瓣擦过她的脸颊。

睁开眼，就对上宋冕近在咫尺，洋溢着笑容的脸，他的眼底摇曳着星光。

"晚安，我的女朋友。"

低低的，轻轻的，令人迷醉的声音还萦绕在云想想的耳畔，宋冕人已经离开。

云想想突然觉得自己的脸在发烫，扯着被子捂住自己的头，好一会儿才露出脑袋。

拍了拍自己的脸，闭上眼睛睡去。

次日还是按时醒来，云想想晨练的时候王永已经赶来，开始做早餐。云想想昨天就说了要给同学带早餐，王永准备很充分。

等到云想想晨练完，洗了澡穿戴好，门铃就被按响，竟然是宋尧。

"云小姐，少爷给您做了早餐。"宋尧恭恭敬敬地让开路。

"他这么早起？"云想想蹙眉，立刻坐了电梯上去。

宋冕穿着一身米白色的休闲服，脚上踩着拖鞋，正在饭厅摆筷子。

他听到声音，转过头看到云想想："快来，吃早餐。"

云想想走近一看，竟然摆满了整张桌子，种类特别多，但每一份量都特别少。

"现在才六点钟，你是几点起床，才做了这么多东西？你不用休息的吗？"

听到女朋友这隐含着关切的责备，宋冕露出轻浅迷人的微笑："我的生物钟是四点。"

"信你个鬼。"云想想坐下来，怼了他一句。

"我说过我不会欺骗你。"宋冕也跟着坐下来，给云想想盛粥，"我十二岁之后，都是晚上十一点睡，早上四点起。"

云想想蓦然想到了花想容，她刚刚入寰娱世纪，除了一张好看的脸什么都没有。

这是她唯一一个可以证明自己，堂堂正正活着的机会。

为了不被刷下来，为了不被公司舍弃，她也是拼了命地学习。

有大概一整年的时间，她每天只睡四个小时，这才让公司看到她的进步。

优秀并不是与生俱来，有些人或许天生比别人聪明，可天才也经不起懈怠。

宋冕和她不一样，他身在那样的家族，有多少优秀的家庭成员？

如果他不是足够优秀，不是足够令这些人仰望，如何能够傲视他们，统御他们？

"为什么做这么多？"云想想只有在酒店才看到这么丰盛的早餐。

她不想继续那个话题，就拿起筷子，多得她都不知道先把筷子下到哪里。

"一日三餐，早餐才是最重要的。"把盛好的粥放在云想想的面前，"先喝这个。"

"好香，有燕麦。"云想想闻了闻，就拿起勺子。

粥浓稠而不糊，香滑而不黏，没有任何甜咸味道，只有馥郁的香。

"燕麦粥。"宋冕也坐在云想想旁边，等云想想喝了几口，夹了一个卷饼放在她的盘子里，"鸡蛋蔬菜卷。"

只有非常小的一块，金黄色的鸡蛋饼表皮，裹着三层蔬菜：生菜、番茄、胡萝卜。

然后再是奶香小馒头一个，全麦煎饼一小个，红枣桂圆山药糕一小块……

最后是一杯玉米牛奶汁。

吃完，云想想刚好饱了，一点都不撑。

"太精致，太麻烦了……"虽然吃得心满意足，但云想想还是不想宋冕这样。

"我不能每天都陪着你，但能够陪伴你的时候，我想这样照顾你。"宋冕也吃完了，"你什么都不用做，只要给我表现的机会就好。"

云想想忍不住倾身，亲了亲宋冕的脸："你就惯着我吧，有你后悔的那一天。"

"只愿我对你的宠，能让你一辈子有恃无恐。"

一大早的情话，云想想自己都觉得肉麻，看了看手表，立刻说："去学校了，不然迟到啦。"

第一节课是八点开始，云想想到学校的时候已经七点十分，三个室友还在呼呼大睡。

云想想放下早餐，将她们几个人给拉起来，看着她们惺忪的睡眼，云想想就把饭盒掀开。

王永做的早餐没有宋冕那么讲究和有营养，但却是色香味俱全。

三只磨磨蹭蹭的馋猫，立刻争先恐后地去洗漱。

这一天，那种被人注视的感觉果然消失，学校里少了个人，陶曼妮她们完全不知道。

估计除了那人的室友、老师与校领导，也没有几个人知道。

这样也很好，免得引起其他学生的恐慌，云想想也当做自己什么都不知道。

一天的课结束之后，云想想照例打了个电话给爸爸妈妈，并且汇报了她和云霖的近况。

不出意外，宋冕又和宋倩一道接她："放假了，我带你出去玩？"

"对不起啊，男朋友。"云想想也很想和宋冕一起出去玩，"我明天约了新剧本的导演。"

"没关系，我们有一辈子的时间。"宋冕非常善解人意，并且又附上了一句告白。

"后天吧，后天如果我有时间，我陪你去看看宋叔叔。"云想想不接宋冕的话茬。

"听你的。"宋冕非常好说话。

云想想的晚餐，自然是宋冕负责，就在她帮着宋冕打下手的时候，手机响了。

是宋萌："想想，放假了，我和香菱约你出去玩儿。"

她们三个人开学之后，还没有聚在一起。

"我明天要去见导演。"云想想遗憾地回答。

"不是吧……"宋萌丧气地问，"那后天呢？"

"后天……"云想想看了看宋冕，"后天我要陪男朋友。"

惊了好一会儿的宋萌才不确定地问了一遍："想想，你说什么，你后天要干啥？"

"我们约定过，有了男朋友不可以互相隐瞒。"云想想非常正式地开口，"我现在通知你们俩，我脱单了，我有男朋友了，等我下次有空，我会安排你们一起见个面。"

她们三个约定好，有了男朋友要告知，避免同时爱上一个人。

"云想想，你好样的，咱们电话里先不说，下次见面再理论。"宋萌凶巴巴地放下话，就挂了电话。

云想想摇头觉得好笑，走到宋冕的身边："你下次什么时候回来？"

"我尽快。"宋冕没有给一个确切的回答。

"等你回来，我介绍我的闺密给你认识。"云想想又说。

"我很高兴，也很乐意。"宋冕点头答应。

真正喜欢一个人，一定会把对方带入自己的朋友圈。

每一个人都希望自己的另一半得到自己好友的认可。

294

"你……有朋友吗？"云想想迟疑了下问，"发小那种。"

宋冕这样的人，是高高在上的王者，而王者注定孤独。

"有。"宋冕出乎意料地回答，"不过他们不好聚在一起，等他们有时间，我一定把他们叫回来，见见你。"

"他们都是做什么的？"云想想干巴巴地问，她觉得宋冕的朋友应该也不一般。

亲如手足的朋友，就算身份上有差距，能力上也必然是不相上下，才有资格为友。

"一个当兵，一个野人。"宋冕非常言简意赅。

"呵呵呵……"云想想一阵假笑，"你还到处和人说，你就是个医生。"

"我的确是个医生。"宋冕觉得他没有说谎。

云想想翻了个白眼，前面那位她就不问，后面这个有点好奇："野人，是什么意思？"

"用他的话来说，就是伟大的探险家。"宋冕解释。

她就知道，探险家只有富得流油，闲得发慌的人才有资格做。

云想想没有接着问，以后见了面就知道，而且饭菜好了，云想想把云霖叫上来，一起用了晚餐，她又在宋冕这里做了好多作业，不懂的就问宋冕。

一直到了九点半才下去练功沐浴，躺在床上的时候十点半，高高兴兴地睡觉。

早上宋冕果然又精心给她做了早餐，依然是种类繁多，但数量极少。

吃了早餐，云想想陪着宋冕说了会儿话，看着他熟练地处理自己的事情。

十点左右贺惟来接她，带上宋倩，把云霖交给宋冕，就去寻了吴钊。

《王谋》并不是在帝都开拍，取景是非常的考究，大多是实景，实在是取不到的才搭建。

吴钊不知为什么这几日留在帝都，也许是为了甄选演员。他特别的忙，直接约了个餐厅。

他们到的时候，吴钊已经到了，身边还跟着一个非常有气质年约四十的女人。

这个女人穿了一身旗袍，她的坐姿云想想形容不出来，就是这样看着她，就仿佛画中人一样的雅致。

尤其是见到云想想和贺惟上前，那不露齿的微微一笑，实在是有一种别样的美与韵味。

"我们来迟了，让吴导久等。"贺惟客气地开口。

"是我们来得早，坐吧。"吴钊招呼着两人坐。

等到落座之后，吩咐服务员上菜，就给双方介绍："这位管老师，是专门研究古文化礼仪的大师，我请她来做你的培训师。"

"管老师好，以后要麻烦你。"云想想礼貌地打招呼。

"好漂亮的小姑娘。"管孜夸赞云想想。

她的声音真的太好听，不是音色多么悦耳，而是她说话的语调和节奏，轻缓却不绵软。

令人听着如沐春风般舒服。

"你是个有主见的姑娘，这一个月的时间，管老师的时间任由你安排，你想什么时候学就什么时候学。"

吴钊十分大方，"我不看过程，只看结果。一个月后你要是不达标，我不会用你。"

"我明白。"云想想点头。

"另外，我说过我不给任何人破例。"吴钊接着说。

见云想想紧张起来，话锋一转："我给每一个演员的培训时间都是一个月，如果你想要有假期去考试，你就二十五天完成任务。"

说完又补充一句："当然，如果你十天就能达到我的要求，我就允许你拍摄期间请假二十天。"

云想想眼睛一亮："谢谢吴导。"

都说吴钊吹毛求疵，没有想到会对她这么优待。

时间她安排，那么她就可以多在学校学习一个月，把学习时间安排到周末或者晚上。

她努力点，勤奋一点，不说十天达标，二十天达标，也有十天的假期，也能应付临时事件。

吴钊点了点头："快吃饭，吃完你和管老师商议时间安排。"

这顿饭吃得非常安静，因为管孜一看就是那种食不言寝不语的大家闺秀。

吃完饭之后，吴钊都没有歇口气，拿起外套就走。

云想想送他出去的时候，他转身叮嘱："我这部电影现场取原声，不后期配音，剧本你自己揣摩。"

这就相当考验台词功底。

一部戏，男女主角的台词往往不少，要记下来很简单，但是要拍摄的时候，情绪到位的同时台词又一字不差就比较难。

如果是拍摄的时候就取原声，那就不仅仅是要求情绪和台词到位，还有语调、音色、角色当时的心境都必须揣摩到位。

稍有不慎，就得重来。

一般人都不会这么做，最多是后期演员自己配音，这样能够省很多经费。

关键是这部电影，不仅仅有个高要求的导演，还有个寻衅索瑕的编剧……

为了让自己尽量少挨骂，云想想得打起十二分的精神来严苛要求自己。

送走吴钊，云想想和管孜沟通了一会，大略地询问了一下她需要培训的范围。

不出意外，立容、坐容、站姿、行态、语态……

云想想一一做了笔记，看得管孜暗暗点头。

"管老师，我回去看看我的课程，制定一个学习表格，我晚上发微信给您。"

"好。"管孜十分好说话。

"管老师家住哪里？我和惟哥送您回家。"云想想问道。

"我约了朋友，来这里寻我，你们自便。"管孜婉言拒绝。

云想想和贺惟也就不勉强，和管孜交换了联系方式就离开。

回到家云想想就去寻宋冕，把自己的要求提出来："阿冕，我可不可以让小霖住这里，我想把礼仪老师请到家里。"

宋冕把脸凑上前，云想想亲了一口，他才说："你楼下我也买下来了。"